NICOLE OBERMEIER

ONE HUNDRED LOVERS

Contemporary Romance

ROMANCE EDITION

ONE HUNDRED LOVERS

Nicole Obermeier

8712 Niklasdorf, Austria

1. Auflage

Covergestaltung: © Sturmmöwen
Titelabbildung: © Tverdohlib.com
Korrektorat & Lektorat: Romance Edition

Printed in Germany

ISBN-Taschenbuch: 978-3-903278-13-4
ISBN-EPUB: 978-3-903278-14-1

www.romance-edition.com

Prolog

Mit kritischem Blick mustere ich das pummelige Mädchen vor mir. Unter zusammengeschobenen Brauen scanne ich sie von Kopf bis Fuß, angefangen bei ihrem Gesicht, über ihr Outfit zu den hochhackigen Schuhen und wieder zurück. Ich versuche, etwas Schönes an ihr zu finden, doch es gibt nichts, das mir gefällt. Alles, was ich sehe, sind ihre Mängel: mattes braunes Haar, das ihr langweilig und glatt über die Schultern fällt. Mittelbraune Augen, die mich nichtssagend anstarren. Schmale Lippen, denen auch der farblose Gloss keine Fülle verleiht. Die breite Nase, die ihr ohnehin schon rundes Gesicht noch fülliger wirken lässt. Ganz zu schweigen von der unreinen Haut, die sie unter einer dicken Schicht Make-up zu verstecken versucht. Schweißperlen glänzen auf ihrer Stirn. Als ich blinzele, blinzelt auch sie. Ich versuche mich an einem aufmunternden Lächeln, das sie kläglich erwidert. Frustriert stoße ich die Luft zwischen den Zähnen aus. Das Glas des Spiegels beschlägt.

Es ist vollkommen egal, wie viel Farbe ich mir ins Gesicht male oder welche Klamotten ich anziehe. Ich bleibe, wer ich bin: Robyn Samantha Ward, ein schüchternes siebzehnjähriges Mädchen, das etliche Pfund zu viel auf den Rippen hat und voller Selbstzweifel steckt. Nicht einmal das angeblich vorteilhaft geschnittene neue Kleid, das ich gestern gekauft und heute Nacht, während meine Eltern schliefen, heimlich gewaschen habe, schafft es, meine Problemzonen zu kaschieren. Es ist mintgrün und harmoniert angeblich besonders gut mit der Farbe meiner Augen. Das zumindest behauptete die Verkäuferin, als sie mir die sechzig Dollar dafür abknöpfte. Obwohl der Preis weit über meinem Budget lag und ich es wahrscheinlich kein zweites Mal anziehen werde, musste ich das Kleid kaufen. Ich bekomme so selten Komplimente, dass ihr wohlwollender Blick und ihre schmeichelnden Worte ausreichten, um mich zu überzeugen. Also wanderte die günstigere und weitaus schlichtere Alternative zurück auf die Kleiderstange und das grüne Kleid in meine Tasche, obwohl ich den Ausschnitt eigentlich zu tief und den Rock zu kurz finde. Doch für den heutigen Abend musste es etwas Besonderes sein.

Ein letztes Mal tusche ich meine Wimpern und frische das Rouge auf. Ich versuche mir einzureden, dass mich die Schminke attraktiver macht. Doch die Unsicherheit bleibt. Normalerweise versuche ich meine Kurven eher zu verstecken, als zu betonen.

Meine Eltern sind vor einer Stunde losgefahren. Sie wurden auf die Geburtstagsfeier eines Kollegen eingeladen und kommen voraussichtlich erst spät nach Hause. Meiner Schwester Francis habe ich eingetrichtert, ihnen zu sagen, ich würde schon schlafen, sollten sie vor mir zurück sein. Sie sah mich mit großen Augen an, fragte aber nicht weiter nach. Eigentlich gehe ich nicht aus. Nie käme ich auf die Idee, die heimlichen Partys meiner Mitschüler zu besuchen – mal abgesehen davon, dass ich sowieso nie dazu eingeladen werde.

In einem letzten erfolglosen Versuch, ihm Volumen zu verleihen, knete ich mein Haar durch, doch es fällt augenblicklich zurück in seine langweilige Form. Der Duft meines Vanilleshampoos kitzelt in meiner Nase. Eine besonders widerspenstige Strähne weigert sich, hinter meinem Ohr zu verbleiben, bis ich sie mit Nachdruck feststecke. Dabei fällt mein Blick auf meine Oberarme. Nicht zum ersten Mal wünschte ich, das Kleid hätte Ärmel. Hoffentlich denkt Ethan nicht dasselbe, wenn er mich sieht.

Ethan James Cole.

Ich lasse mir seinen Namen auf der Zunge zergehen und stelle mir vor, wie er meinen ausspricht. Flüsternd und voller Zärtlichkeit. Ein wohliges Prickeln überzieht meine Haut und mein Herz macht einen kleinen Satz. Ethan ist der Inbegriff meiner Träume. Ich vergöttere diesen Jungen, seitdem er vor einem halben Jahr den ersten Schritt in meine Klasse setzte. In den ersten Tagen war er genauso ein Außenseiter wie ich, verschwiegen und in sich gekehrt. Doch das blieb nicht lange so. Seine große schlanke Statur zieht mich ebenso an wie die klugen Fragen, die er im Unterricht stellt. Von meinem Fensterplatz aus beobachte ich oft, wie er sich das verstrubbelte blonde Haar aus dem Gesicht bläst oder auf seinem Stift herumkaut, während er nachdenkt. Ab und an wandert sein Blick zu mir und ich senke meinen. Doch die Röte auf meinen Wangen verrät mich jedes Mal. An seinem ersten Tag dauerte es nicht länger als zwei Mathestunden, bis ich mich von den Haarspitzen bis zu den Fußsohlen in Ethan verliebt hatte. Es war das erste Mal, dass mich ein Junge derart faszinierte. Alles in mir geriet in Aufruhr, als ich ihn sah. Dieses neue, überwältigende Gefühl überkam mich so heftig wie eine Gewitternacht im Sommer. Und es wächst mit jedem Tag.

Obwohl Ethan blendend aussieht, regelmäßig trainiert und dieses unwiderstehliche freche Grinsen auf den Lippen trägt, ist er nicht so ein aufgeblasener Kerl wie die meisten anderen Jungs in meinem Jahrgang. Auch nachdem er in der Schule Anschluss fand und immer beliebter wurde, benahm er sich nie daneben. Jeden Morgen schenkt er mir ein Lächeln, wenn er den Klassenraum betritt. Auch wenn es so unscheinbar ist, dass ich mich manchmal frage, ob ich es mir bloß einbilde.

Im Gegensatz zu meinen Mitschülern hat Ethan noch nie ein schlechtes Wort über mich fallen lassen oder mich herablassend behandelt. Seine meerblauen Augen strahlen nichts als Freundlichkeit und Offenheit aus. Selbst als er sich mit Bobby Bane anfreundete, dem größten Idioten an meiner Highschool, änderte sich das nicht. Ich hätte nie zu hoffen gewagt, dass mich Ethan eines Tages um ein Date bitten würde. Ausgerechnet mich! Es erschien mir ebenso unmöglich, wie einen Beauty- oder Beliebtheitswettbewerb zu gewinnen. Und doch hat er mich gefragt. Seit Tagen kann ich nicht mehr klar denken. So kenne ich mich gar nicht. Nicht mal beim Vorstellungsgespräch für meinen Job im Imbiss war ich so aufgeregt wie vor dem heutigen Abend.

»Franny, ich gehe jetzt los!« Vom Flur aus werfe ich einen Blick ins Wohnzimmer. Meine Schwester sitzt auf dem Sofa und schaufelt eine Menge Chips in sich rein, bei deren bloßem Anblick ich sechs Pfund zunehme. Völlig gebannt starrt sie auf den Fernseher. Um diese Zeit läuft ihre Lieblingsserie, von der sie bisher keine Folge verpasst hat. Als ich mich räuspere, nickt Francis abwesend.

»Alles klar.« Ihre Worte gehen zwischen dem Krachen der Kartoffelchips fast unter.

Gerade als ich zur Haustür gehen will, sieht sie auf. Ihre Augenbrauen schnellen in die Höhe. Ein anerkennender Pfiff verlässt Francis' Lippen. »Wow. Du siehst toll aus.«

Ich lächele zaghaft.

»Wo hast du das Teil her? Gibt's das auch in meiner Größe?«

Obwohl meine Schwester es nicht böse meint, fährt ein Stich in meine Brust. Das klägliche Lächeln erstirbt auf meinen Lippen. »Kann schon sein«, murmle ich. Dass es in dem Geschäft, in dem ich das Kleid gekauft habe, nur so von atemberaubenden Sachen wimmelt, in denen Francis eine super Figur machen würde, behalte ich für mich. Sie ist erst vierzehn, doch sie sieht viel älter aus – und atemberaubend noch dazu. Während meine Schwester nach Dad kommt und mit langen, schlanken Beinen, einem flachen Bauch und glänzend vollem Haar gesegnet ist, haben sich bei mir leider die Gene unserer Mom durchgesetzt. Seufzend streiche ich noch einmal den Saum meines Kleides glatt. »Okay, ich muss los.«

»'kay.«

Als ich mich umwende, ruft sie mir noch einmal hinterher. »Robyn?«

»Ja?«

»Viel Spaß.« Francis' Lächeln ist so ehrlich, dass es ansteckend wirkt. Sie weiß, wie sehr ich auf Ethan stehe.

»Danke, Franny.« Als ich die Tür hinter mir zuziehe, schleicht sich ein Grinsen auf mein Gesicht.

Ethan hatte angeboten, mich abzuholen, aber das habe ich abgelehnt. Die Vorstellung, dass Francis neugierig hinter dem

Vorhang hindurchspäht, während ich vor Nervosität fast vergehe, hielt mich davon ab. Stattdessen sitze ich nun in einem Taxi, das ein weiteres Loch in mein Portemonnaie reißt, und lasse die Straßen von Mayfield an mir vorüberziehen.

Die Stadt, in der ich lebe, ist genauso unspektakulär und trist wie mein Leben. Neben der Mall, der Highschool und ein paar Diner, Cafés und Clubs, die ich meide, gibt es hier nichts von Bedeutung. Die nächstgrößere Stadt ist Phoenix, doch bis auf einen Kurztrip mit meiner Familie vor ein paar Jahren habe ich noch nicht viel von ihr gesehen.

Ethan ist kürzlich aus Florida herzogen. Seine Mutter stammt ursprünglich aus Mayfield und nun ist die Familie in ihre Heimatstadt zurückgekehrt. Ich brenne darauf, zu erfahren, wie sein altes Leben in Florida aussah und ob er es vermisst.

Nach fünfzehn Minuten Fahrt hält das Taxi vor einem großzügigen Anwesen am Fuße des Hügels, der die Stadt umgibt. Ein großer Garten liegt saftig grün und gepflegt vor mir. Das Haus hat zwei Etagen, eine breite umlaufende Veranda und einen Erker im Obergeschoss, der von zwei Säulen getragen wird. Das Grundstück ist mehr als doppelt so groß wie unseres. Im hinteren Bereich kann ich einen abgedeckten Pool entdecken. Ungefragt schiebt sich ein Bild in meinen Kopf: Ethan, mit feuchtem, verstrubbeltem Haar, der sich aus dem Wasser zieht. Tropfen, die in schmalen Bahnen seinen perfekten Körper hinabrinnen. Eine weite Badehose, die tief auf seinen Hüften sitzt. Diese wahnsinnig blauen Augen, die mich durchdringend mustern.

Mein Herz klopft wild in meiner Brust. *Durchatmen, Robyn!*

Im Haus ist es ruhig, die obere Etage ist dunkel. Nur im Untergeschoss brennt Licht. Die fehlenden Autos in der Einfahrt lassen darauf schließen, dass auch Ethans Eltern und seine ältere Schwester heute Abend unterwegs sind. Auf dem Weg zur Tür ergreift ein leichter Schwindel Besitz von mir. Meine Handflächen werden feucht und mit jedem Schritt fühle ich mich wackeliger auf den Beinen. Hoffentlich falle ich vor Aufregung nicht um. Beim Gedanken daran, gleich mit Ethan allein zu sein, wird mir flau im Magen. Dabei ist es doch genau das, was ich mir wünsche. Meine innere Stimme versucht mir krampfhaft Selbstbewusstsein einzutrichtern, doch es fällt mir schwer, selbiges auszustrahlen. In meinem Kopf tobt der ewigwährende Kampf: meine negativen Gedanken und Empfindungen wechseln sich mit wilden Verschwörungstheorien und tiefsitzenden Ängsten ab. Plötzlich frage ich mich, was ich hier eigentlich tue. Ich kann, oder besser gesagt *will* mir nicht vorstellen, dass mich Ethan wirklich mögen könnte. Niemand mag mich. Das ist nicht übertrieben, sondern schlicht die Wahrheit. Und auf einmal erkenne ich, in welche Situation ich hineingeraten bin. Wie dumm ich war, zu glauben, das wäre ein ganz normales Date. Wahrscheinlich ist das ein Trick, eine linke Nummer, um mich zu verarschen. »Los komm, laden wir das fette Mädchen vom Imbiss ein, machen ihr Hoffnungen und dann lassen wir sie so richtig auflaufen!« Ich will nicht so von Ethan denken, aber ich kann nichts dagegen tun. Seit jeher gehe ich immer vom Schlimmsten aus. Die Erfahrungen der letzten Jahre haben mich nichts als Misstrauen gelehrt. Dabei wünsche ich mir so sehr, genauso gemocht zu werden, wie ich bin. Ich hoffe aus tiefstem Herzen, dass Ethan genau das tut.

Du wirst es nie herausfinden, wenn du nicht endlich diese Klingel betätigst!

»Okay«, flüstere ich, atme tief durch und tue es. Mehrere Herzschläge lang passiert nichts. In meiner Brust breitet sich eine Welle der Erleichterung aus und ich will schon umdrehen, als ich Schritte auf der anderen Seite der Tür höre. Dann steht Ethan plötzlich vor mir. Mehr als anderthalb Köpfe größer als ich, das sonst so wirre Haare gebändigt, aber immer noch weit entfernt von ordentlich. Er trägt ein schwarzes Poloshirt und Jeans, dazu ausgetretene Chucks.

Seine meerblauen Augen weiten sich beim Anblick meines Kleides. »Ist dir nicht kalt?«

Fast muss ich lachen. Auf eine Jacke habe ich extra verzichtet, doch die Gänsehaut auf meinen Armen verrät mich. Dieses Kleid mag das teuerste und schönste Kleidungsstück sein, das ich besitze, aber für diesen kühlen Oktoberabend ist es definitiv zu luftig.

Ohne meine Antwort abzuwarten, greift er nach meinem Arm und zieht mich ins Haus. »Komm rein«, murmelt er überflüssigerweise.

Seine Finger auf meiner Haut fühlen sich gut an. Ethans Blick verharrt einen Tick zu lange an meinem Ausschnitt. Er streicht sein Haar aus der Stirn und reibt danach über seinen Nacken. Anschließend baumeln seine Arme so verloren an den Seiten herab, als wüsste er nicht, wohin mit ihnen. Er ist ebenso nervös wie ich und aus irgendeinem Grund beruhigt mich diese Erkenntnis.

»Hast du gut hergefunden? Willst du was trinken? Lass uns in die Küche gehen«, stößt er atemlos hervor.

Jetzt muss ich doch lachen. »Es ist alles gut.«

Ein kleines Lächeln zuckt um seine Mundwinkel.

»Ein Glas Wasser wäre schön.«

Sofort setzt er sich in Bewegung, hält dann aber inne und wartet darauf, dass ich zu ihm aufschließe. Ethans Hand liegt auf meinem unteren Rücken, während er mich durch die weitläufige Diele führt. Seine Berührung lässt einen Schwarm Schmetterlinge durch meinen Bauch wirbeln.

Die Küche ist riesig und ganz in Weiß gehalten. Am Tisch können locker zehn Personen Platz nehmen. Ehrfürchtig lasse ich meinen Blick durch den Raum schweifen. »Was machen deine Eltern eigentlich beruflich?«

»Sie sind Anwälte.« Während er Eiswürfel in ein Glas füllt, wendet er sich mir kurz zu und verdreht die Augen. »Sie arbeiten beide in Phoenix, wollten aber lieber in die Kleinstadt ziehen.«

Ich muss grinsen.

Mit einem Nicken bedeutet er mir, am Tisch Platz zu nehmen.

»Heute Abend steht irgendein wichtiges Geschäftsessen an.« Er füllt die Gläser mit Wasser und lächelt schief.

Mein Herzschlag beschleunigt sich. »Willst du später auch

Jura studieren?«

»Gott, nein!« Als wäre der Gedanke völlig abwegig, schüttelt er belustigt den Kopf. »Ich bin eher praktisch veranlagt. Zum Glück wissen das meine Eltern und haben kein Problem damit.«

»Was willst du dann tun?«

Er denkt einen Moment darüber nach. »Etwas Handwerkliches würde mir gefallen. Ich könnte mir vorstellen, mit Möbeln zu arbeiten. Oder mit Autos.« Beim letzten Wort liegt ein verträumter Glanz in seinen Augen. »Und du?«

Ich hebe die Schultern und hefte den Blick auf die Tischkante. *Die Highschool hinter mich bringen und so schnell wie möglich aus Mayfield abhauen* ist sicher die falsche Antwort. »Weiß noch nicht. Was macht deine Schwester?«, lenke ich von mir ab.

Ethan stellt mein Glas vor mir ab und setzt sich mir gegenüber an den Tisch. »Hailey studiert am Art Institute in Tucson. Sie kommt manchmal am Wochenende zu Besuch. Du hast auch eine Schwester, oder? Freya, richtig? Sie ist doch eine Freshman?«

»Francis, ja. Sie geht seit diesem Jahr auf unsere Highschool.«

Ethan nickt. »Hab euch ein paarmal zusammen gesehen. Ich wäre aber nie darauf gekommen, dass ihr Schwestern seid.«

Die Worte treffen mich wie ein Fausthieb direkt in den Magen, obwohl er sie sicher nicht böse gemeint hat. Doch es ist nun mal nicht von der Hand zu weisen, wer von uns beiden die Hübschere ist.

»Hm«, brumme ich bloß. Wieso muss das Gespräch unbedingt auf meine Schwester fallen? Jetzt kann ich nicht anders, als mich mit ihr zu vergleichen. Als würde ich das nicht schon oft genug tun. Fran ist nicht nur schlanker, größer und attraktiver als ich, sondern auch viel beliebter. Was zugegeben nicht schwer ist. Jeder ist beliebter als ich. An guten Tagen behandeln mich meine Mitschüler wie Luft. Aber an den weniger guten ...

Ich senke den Blick auf die Tischplatte. Vielleicht hätte sich Ethan lieber mit Francis verabreden sollen.

»Alles okay?« Umständlich hebt er sein Glas.

Ich zwinge mich zu einem Lächeln und stoße mit ihm an.

»Ja«, sage ich leise und schiebe die negativen Gedanken ganz weit weg.

»Schön, dass du hier bist.« Ethan hält den Blick auf sein Wasser gesenkt. Mit dem Daumen knibbelt er an der Tischplatte herum. Seine Nervosität ist so niedlich, dass ich mich langsam wieder entspanne.

Das Lächeln, das ich ihm nun schenke, kommt von ganzem Herzen. »Finde ich auch. Danke für die Einladung.«

Er wirkt erleichtert, als er den Blick wieder hebt und mich ansieht. Seine Gesichtszüge werden weich. »Soll ich dir das Haus zeigen?«

Bevor ich »Ja« sagen kann, ist er bereits aufgesprungen. Als seine Finger meinen Unterarm streifen, nehme ich mir fest vor, alles Negative aus meinem Kopf zu verbannen und den Abend mit ihm zu genießen.

Das Haus ist umwerfend, genau wie Ethan. Ich bestaune die geschmackvolle Einrichtung ebenso wie die Familienfotos, die überall hängen. Ethan hat sich von einem pausbäckigen Baby zu einem niedlichen Kleinkind und schließlich zu dem attraktiven Teenager entwickelt, der er heute ist. Seine Eltern wirken glücklich neben ihrem frech grinsenden Jungen und ihrer süßen Tochter, die mittlerweile als anmutige junge Frau von den Fotos lacht.

Am Ende des Rundgangs ist nur noch ein einziger Raum im Obergeschoss übrig.

»Das muss dein Zimmer sein«, vermute ich.

Vor der angelehnten Tür bleibt er stehen, streicht sich die Haare aus dem Gesicht und heftet den Blick auf einen Punkt über meinem Kopf. Er scheint nach den passenden Worten zu suchen. Dann sieht er mich endlich an. »Habe ich dir eigentlich schon gesagt, dass du toll aussiehst?«

Sein Kompliment wirkt ehrlich und verschlägt mir die Sprache. Als hätte es mein Gehirn lahmgelegt, bin ich zu keinem klaren Gedanken mehr fähig. »D-danke«, stammele ich schließlich. Es fühlt sich seltsam an, solche Worte zu hören, aber Ethan lächelt so aufrichtig, dass ich nichts dagegen einwende. Meine zitternden Finger spielen mit dem Saum meines Kleides. Das Herz klopft mir bis zum Hals. Plötzlich wird mir klar, wie dicht Ethan vor mir steht. Wann ist er mir so nahe gekommen? Sein Duft kitzelt in meiner Nase. Er riecht nach frischer Minze. Mein Atem stockt, als seiner warm auf meine Lippen prallt. Ethan blinzelt, senkt die Lider und beugt sich ein Stück zu mir. Unwillkürlich komme ich ihm entgegen, doch dann schiebt er die Tür mit dem Fuß auf und der Moment ist vorüber.

Halb enttäuscht, halb erleichtert trete ich ein. Ethans Zimmer ist in einem hellen Grünton gestrichen. Es ist größer als meines und wird von einem riesigen Bett dominiert, das mittig an der Wand zu meiner Rechten steht. Von der breiten Fensterfront kann er fast das gesamte Grundstück überblicken. Auf seinem Schreibtisch stapeln sich Comichefte und Schulbücher. In der danebenstehenden Vitrine befindet sich eine Sammlung Modellautos. Ich erkenne einige Sportwagen unter ihnen, die wie teure Sammlerstücke aussehen. Darüber hängt ein gerahmtes, von den Schauspielern unterschriebenes Filmposter von *The Fast and the Furious: Tokyo Drift*. Links und rechts davon befinden sich einige Plakate von bekannten Rockbands.

»Setz dich doch«, bietet er an und deutet auf das ordentlich gemachte Bett. »Wir könnten einen Film schauen. Oder worauf hast du Lust?« Seine Stimme bebt. Ich hätte schwören können, dass Ethan Übung in Sachen Dating hat, aber scheinbar habe ich mich getäuscht.

Mit einem kleinen Sicherheitsabstand nehme ich neben ihm auf der Bettkante Platz und lasse meinen Blick durch den Raum schweifen. »Ich mag deinen Musikgeschmack«, sage ich und deute auf ein Poster von *Thirty Seconds to Mars*.

Ethans Gesicht hellt sich auf. »Die sind cool, oder? Das neue Album ist der Hammer.«

»Ich liebe ihre Videos. Das sind richtige kleine Kunstwerke.

Kennst du den Clip zu *Hurricane*?«

»Klar!« Er springt auf und holt seinen Laptop vom Schreibtisch. »Willst du ihn dir ansehen?«

»Gerne.« Doch schon nach wenigen Sekunden bereue ich meine Wahl, denn bei dem Video handelt es sich, trotz Zensur, um einen halben Porno. Hatte ich wohl kurzzeitig verdrängt. Während wir dem oberkörperfreien Jared Leto und seinen Bandkollegen dabei zusehen, wie sie ihre verrückten Fantasien ausleben, wird mir immer wärmer. Unbehaglich rutsche ich auf der Stelle herum.

Ethan ist neben mir ganz still geworden. Er starrt ebenso gebannt auf den Bildschirm wie ich. Ob sein Herz auch so wild klopft? Hin und wieder kann ich ihn aus dem Augenwinkel schlucken sehen. Als der Clip nach dreizehn unendlich langen Minuten vorbei ist, klappt er den Laptop zu und sieht mich mit erhobenen Brauen an. »Wow. Ich hatte fast vergessen, wie abgedreht das Video ist.«

Ein erleichtertes Lachen befreit sich aus meiner Kehle. Zum Glück ging es nicht nur mir so. »Echt schräg. Aber auch irgendwie cool.«

»Dieser Jared ist ein Hammertyp«, sagt Ethan bewundernd. »Wusstest du, dass er vegan lebt? Darauf wäre ich nie im Leben gekommen. Ich meine, hast du seine Muskeln gesehen? Total irre.« Sein Blick wandert zu dem Bandposter und verharrt darauf.

»Wer braucht schon Jared Leto? Du bist viel attraktiver.« Oh Gott. Habe ich das gerade laut gesagt?

Ethans Blick schnellt zu mir zurück. Er grinst. Die Luft zwischen uns vibriert. Es kostet mich einen kurzen Moment der Überwindung, doch dann strecke ich meine Hand aus und berühre seine Wange. Mit angehaltenem Atem greift er nach meiner Hand und drückt einen zarten Kuss in die Innenfläche. Ich senke die Lider und genieße das Kitzeln seiner weichen Lippen auf der empfindlichen Haut. Langsam öffne ich die Augen wieder und entdecke ein Funkeln in seinen. *Gleich wird er mich küssen.*

Vor einer Stunde noch hätte mich dieser Gedanke mit blanker Panik erfüllt. Aber jetzt und hier bin ich ganz ruhig. Ethan rutscht ein Stück näher zu mir. Mein Oberschenkel drückt gegen seine Jeans. Mein Puls beschleunigt sich. Ich sehe nichts außer dem unfassbaren Blau seiner schönen Augen. Dann geschieht alles ganz schnell. Er legt die Hände an meine Wangen und nähert sich meinem Gesicht. Meine Lippen finden seine, warm und unglaublich weich.

Das ist der Wahnsinn.

Nie hätte ich gedacht, dass mein erster Kuss so unschuldig sein würde. Unzählige kleine Stromstöße pulsieren durch meinen Körper und entfachen Gefühle in meinem Inneren, die mir völlig neu sind. Ich genieße den Augenblick und lasse mich fallen.

Ethans Finger streicheln meine Wangen. Er vertieft den Kuss vorsichtig und setzt mein Herz in Flammen. Noch nie habe ich mich so schön gefühlt, so besonders. Das ist der beste Moment meines ganzen Lebens.

Nach einer Weile löst sich Ethan von mir und sieht mich aufmerksam an. Ich will mehr von diesem wundervollen Gefühl. Mehr von ihm. »Ethan, ich ...«, stammle ich und komme ihm näher. Er bewegt sich nicht, ergreift nicht die Flucht, sondern wirkt ebenso elektrisiert von unserem Kuss wie ich. In seinem Blick kann ich lesen, dass er noch lange nicht genug hat.

Ich umfasse seinen Hinterkopf und ziehe Ethan wieder zu mir. Ein erstickter Laut dringt aus seinem Mund, direkt in meinen, ehe auch er mich packt. Dieser Kuss hat nichts mehr mit Unschuld zu tun. Er steckt voller Hunger und Gier. Während sich unsere Zungen gegenseitig necken und miteinander tanzen, fühle ich mich so frei und leicht wie noch nie zuvor. In diesem Moment bin ich mir sicher, dass wir füreinander bestimmt sind, denn ich kann es fühlen. Bis in die Zehenspitzen.

Kurze Zeit später liegen wir nebeneinander. Meine Hände sind unter Ethans Shirt gewandert, seine streichen meinen Rücken hinab. Ich bestehe aus nichts als purem, reinem Glück. Fühle mich begehrenswert und wunderschön. Als der Träger meines Kleides den Weg über meine Schultern findet, protestiere ich nicht. Es fühlt sich richtig an. Der zweite folgt sogleich. Auch Ethans Shirt ist mittlerweile so weit hochgerutscht, dass sein Bauch freiliegt.

»Robyn«, keucht er zwischen zwei atemlosen Küssen. »Ich fürchte, wenn wir jetzt nicht aufhören ...« Es kostet ihn sämtliche Willenskraft, sich von mir zu lösen und mich anzusehen. Seine Lippen glänzen feucht. Das Haar hängt ihm zerstrubbelt in die Stirn und weckt das Bedürfnis in mir, mit den Fingern hindurchzufahren.

»Was dann?«, frage ich grinsend.

Er richtet sich auf, fährt sich mit der Hand über den Nacken und atmet tief durch. Mit der anderen Hand versucht er, seine Erektion zu verbergen, doch das ist unmöglich. Voller Hingabe sehe ich den Jungen an, von dessen Berührungen ich bis heute Abend nur träumen durfte.

Ich weiß, dass ich nicht weiter als bis hierher gehen sollte. Nicht beim ersten Date. Nicht ohne Ethan richtig zu kennen. Aber all diese neuen Empfindungen und die Sehnsucht, die er in mir auslöst, machen es unmöglich, jetzt aufzuhören. Ich möchte mehr von dem Jungen, dem mein Herz gehört.

Wortlos öffne ich den Reißverschluss an der Seite meines Kleides. Ich streife das Kleidungsstück von mir und beobachte Ethan, der mir gebannt zusieht. Als der Saum meine Knöchel erreicht, beißt er sich auf die Unterlippe. Ich bin mir meiner zahlreichen Problemzonen mehr als bewusst, aber ich gebe mein Bestes, um sie aus meinen Gedanken auszuschließen. Alles was zählt, ist, dass mir Ethans Blicke zu verstehen geben, wie schön er mich findet – trotz meiner überflüssigen Pfunde. Oder vielleicht genau deswegen?

Ich greife nach seiner Hand, lege sie auf die Stelle, unter der mein Herz Purzelbäume schlägt, und führe sie weiter. Er umfasst meine Brust, vorsichtig zuerst, dann fester. Keuchend koste ich dieses prickelnde Gefühl aus. Ich öffne meinen BH und lasse ihn zu Boden segeln. Es ist unübersehbar, wie sehr Ethan meine Oberweite anturnt. Blitzschnell drückt er einen

Kuss auf meinen Mundwinkel, dann zieht er sein Shirt über den Kopf und lehnt sich auf seinen aufgestützten Ellenbogen zurück. Sein Blick verharrt auf meinem fast nackten Körper. Ich werfe mein Haar über meine Schultern und klettere auf ihn. Seine Hände umfassen meine Taille und finden den Weg zu meinen Brüsten. Noch nie bin ich einem Jungen so nah gewesen und doch weiß ich genau, was ich will und wie ich es will. Vor allem aber möchte ich all das mit Ethan erleben.

Kurze Zeit später bin ich nackt. Ethan trägt noch seine Hose, doch ich habe nicht vor, diesen Zustand länger als nötig beizubehalten. Alles in mir schreit danach, mit ihm zu schlafen – ihm so nah wie nur irgend möglich zu sein. Ein vorfreudiges Zittern lässt meinen Körper erbeben. Als ich die Schnalle seines Gürtels öffne, nehme ich ein Blitzen wahr. Ich denke mir nichts dabei, ziehe den Reißverschluss seiner Jeans runter und lausche dem Rauschen in meinen Ohren.

Ethan atmet schwer. Mit geschlossenen Lidern lässt er mich gewähren, als ich meine Hand in seine Unterhose schiebe.

Da blitzt es wieder. Irritiert drehe ich mich um. Draußen ist es dunkel geworden, doch vor dem Fenster kann ich schemenhafte Umrisse erkennen. Als es erneut geschieht, wird mir plötzlich bewusst, was hier läuft. Alles in mir gefriert zu Eis. Mit einem spitzen Schrei springe ich vom Bett, bedecke notdürftig meine Blöße und angele gleichzeitig nach meiner Unterwäsche.

»Was ist denn los?«, fragt Ethan benommen. Seine Stimme klingt, als hätte er geschlafen.

»Was los ist?«, kreische ich und zeige anklagend in Richtung Fenster.

Verständnislos folgt er meinem Blick, dann setzt er sich hastig auf und zieht seine Hose wieder hoch. »Was zum...? Was soll das?«, ruft er.

»Das frage ich dich!« Schnell werfe ich mein Kleid über und lasse mir meine Haare ins Gesicht fallen. Die Enttäuschung hält mich gefangen und treibt siedend heiße Tränen der Scham in meine Augen. Wie konnte er mir das antun?

Vor dem Fenster ist ein tiefes, grollendes Lachen zu hören.

»Gut gemacht, Bro!«

Das ist der Moment, in dem mein Herz zerbricht. Zertrümmert und ausgeblutet fällt es aus meiner Brust und klatscht auf den Boden, direkt vor Ethans Füße.

Ethan sprintet zum Fenster und öffnet es. »Bobby? Bist du irre? Was tust du hier?«

Doch Bobby antwortet ihm nicht. Er ist viel zu sehr damit beschäftigt, sich laut lachend an der Leiter festzuhalten, auf der er steht. Das hässliche Geräusch geht mir durch Mark und Bein. Meine Finger zittern, mir ist kotzübel. Das ist der Moment, in dem ich die Augen aufschlagen und aus dem schlimmsten Albtraum meines Lebens aufwachen will. Doch er geht einfach weiter.

»Hab alles im Kasten«, bringt er schließlich prustend heraus. »Das war echt filmreif, Alter. Wer hätte gedacht, dass die fette Kuh so abgeht?«

Einen Moment später stoße ich Ethan zur Seite. Bobby *Arschloch* Bane grinst mich hämisch an. Ich versuche, die Kamera an mich zu reißen, doch er lässt sie einfach fallen. Geschockt sehe ich dabei zu, wie ein anderer Kerl sie auffängt. Als er sie hat, wedelt er damit herum und lacht schallend. Ich kenne seinen Namen nicht, aber ich weiß, dass es einer der Jungs ist, mit denen Bobby gerne rumhängt.

»Was soll der Scheiß? Bist du völlig durchgeknallt?« Ethans Gesicht ist rot vor Zorn. Er hängt halb zum Fenster hinaus und umfasst Bobbys Handgelenk, das sich unter seinem Griff verfärbt. »Du wirst diese Fotos auf der Stelle löschen!«

»Warum denn?«, fragt dieser gespielt unschuldig. »Ist doch eine hübsche Erinnerung an den nackten Wal.«

Als mir Bobby mit einem widerlichen Grinsen zuzwinkert, brennen meine Sicherungen durch. Ich greife nach dem nächstbesten Gegenstand, den ich zu fassen kriege, und schleudere ihn in seine dämliche Visage. Das Mathebuch landet mit einem dumpfen Knall in Bobbys Gesicht, bevor es zu Boden fällt. Sein kräftiger Körper folgt einige Sekunden später.

»Scheiße«, flüstere ich und schlage entsetzt meine Hände vor den Mund. Das wollte ich nicht.

Es dauert eine gefühlte Ewigkeit, bis sich Bobby bewegt und mühsam aufrappelt. Aus seiner Nase rinnt Blut. Wild fluchend hält er seinen Knöchel umklammert. Vermutlich hat er ihn sich verstaucht. Oder gebrochen. Obwohl er es nicht anders verdient hat, macht sich das schlechte Gewissen in mir breit. Das und die Erkenntnis, dass ich mit meiner Aktion alles nur noch schlimmer gemacht habe.

»Alles okay?«, will sein Kumpel wissen.

»Fuck! Nichts ist okay!« Ich werde den Blick, mit dem mich Bobby bedenkt, nie wieder vergessen. Obwohl er die nächsten Worte leise zischend ausspuckt, hallen sie in meinen Ohren wider, als würde er sie herausschreien. »Das hat Konsequenzen, Schlampe.«

Mir wird eiskalt. »Bobby ...«

»Halt die Schnauze!« Dann reißt er seinem Kumpel die Kamera aus der Hand und hält sie triumphierend in die Luft. »Morgen wird die ganze Stadt erfahren, was für eine hässliche kleine Nutte du bist, das schwöre ich dir.«

»Bobby! Hör auf mit dem Mist«, knurrt Ethan, doch der schneidet ihm das Wort ab.

»Danke für deine Hilfe, Mann. Ohne dich hätte das nie geklappt.« Er reckt seine Faust in die Höhe, dann humpelt er mit seinem Freund davon.

Ich will ihm hinterherrennen, doch meine Beine bewegen sich nicht. Mein Kopf weigert sich zu glauben, was gerade geschehen ist. Wie konnte sich der schönste Moment meines Lebens innerhalb weniger Minuten in das komplette Gegenteil verwandeln?

»Wir müssen ihn aufhalten«, wispere ich. »Das darf nicht passieren. Wenn er das tut, dann ...« Die enttäuschten und angewiderten Gesichter meiner Eltern tauchen vor meinem geistigen Auge auf. Francis' verständnisloses Kopfschütteln. »Wie konntest du nur?«, flüstern sie alle gleichzeitig.

»Robyn.« Behutsam umfasst Ethan meine Oberarme.

»Fass mich nicht an!«, zische ich. Neue Tränen laufen über

meine Wangen.

Ein verletzter Ausdruck verdunkelt sein Gesicht. »Ich wusste nichts davon, ehrlich.«

»Sicher«, knurre ich. »Bobby hockt rein zufällig vor deinem Fenster, während ich ...« *splitterfasernackt bin.* Beim bloßen Gedanken an die Dinge, die ich getan habe, und die Bobby für alle Welt festgehalten hat, möchte ich mich in Luft auflösen. Kopfschüttelnd wische ich die Tränen von meinen Wangen, aber es ist zwecklos. Die nächsten folgen sogleich. Wie konnte ich nur so dumm sein? Wie konnte ich tatsächlich glauben, dass mich Ethan mögen könnte?

Niemand mag dich, Fettwanst, Frittenkuh, Walross!

»Robyn, bitte. Ich wollte das nicht.« Ethan macht einen Schritt auf mich zu, doch ich stoße ihn von mir. Er taumelt zurück und fällt rückwärts aufs Bett. Dieses Bett, in dem wir fast miteinander geschlafen hätten. Wie zwei ganz normale verknallte Teenager. Ich wollte doch nur ein wenig Glück haben. Warum kann der einzige Junge, der mir etwas bedeutet, mich nicht ebenfalls mögen? Meine Sicht verschwimmt. Warum habe ich Ethan vertraut? Ich bin so dämlich.

Ich bin nicht schön. Und auch nicht begehrenswert. Ganz im Gegenteil.

Ich bin dick.

Ich bin hässlich.

Niemand mag mich.

Niemand braucht mich.

1. Kapitel

Neun Jahre später ...

Mit tränennassen, blauen Augen sieht Melissa zu Rektor Jones auf. Ihre Wangen glänzen feucht, der Pony hängt klebrig in ihre Stirn. Auf ihrem Kleid, das heute Morgen noch blütenweiß war, prangt ein faustgroßer, orangeroter Fleck. Das kleine Mädchen schluchzt herzerweichend.

»Setz dich da hin und warte.« Einen Funken Mitgefühl sucht man in Jones' Stimme vergeblich. Der große, kräftige Mann mit der tiefen Stimme und dem stets düsteren Gesichtsausdruck nickt in Richtung Sekretariat und verschwindet anschließend im Rektorat, das direkt daneben liegt. Bevor er die Tür hinter sich zuzieht, murmelt er etwas, das klingt wie: »Muss das neue Schuljahr ausgerechnet so beginnen?«

Mit gesenktem Kopf und hängenden Schultern schlurft Melissa zu dem ihr zugewiesenen Platz und sinkt tief in den Stuhl. Ich versuche mich an einem aufmunternden Lächeln, doch die Zweitklässlerin beachtet mich gar nicht. Sie weint lautlos, den Blick starr auf den Boden gerichtet.

»Zoe hat angefangen«, flüstert Melissa nach einer Weile. Noch immer sieht sie mich nicht an. »Sie ärgert mich immer. Das war schon das dritte Mal diese Woche.«

Ich schlucke, räuspere mich umständlich und warte, bis sie den Kopf hebt. Ihr Blick ist flehentlich, dicke Tränen rinnen stumm über ihre Wangen.

»Trotzdem darfst du sie nicht schubsen«, erkläre ich sachlich.

Auf Melissas Stirn bildet sich eine Furche. »Aber sie hat mir zuerst weh getan.«

»Mit dem, was sie gesagt hat?«

Das Mädchen nickt. »Zoe hat fette Kuh zu mir gesagt. Dann

haben alle gelacht.« Melissas Stimme wird mit jedem Wort dünner. Meine Eingeweide ziehen sich schmerzhaft zusammen. »Das darf sie doch nicht«, wispert sie.

»Nein«, bestätige ich. »Das darf sie nicht.« Meine eigenen Augenwinkel beginnen zu brennen, aber ich blinzele die aufwallenden Tränen weg. Ich darf Melissas Geschichte nicht so nah an mich herankommen lassen. Sie hat nichts mit mir zu tun.

»Es liegt in der Verantwortung der Lehrer, die Konflikte der Kinder zu lösen.« Diese Worte hat Mister Jones mir oft genug eingetrichtert. Mittlerweile halte ich mich heraus. Meistens jedenfalls.

In diesem Moment wird eine Tür auf dem Flur zugeschlagen. Eine erboste Frauenstimme ertönt schrill. »Wo ist meine Tochter? Warum hat niemand verhindert, dass sie verletzt wurde?«

Melissa zuckt zusammen. In meinem Magen bildet sich ein undurchdringliches Knäuel. Eilige Schritte kommen klackernd näher.

»Melissa«, wende ich mich an das Mädchen, bevor die Tür aufgerissen wird.

Ängstlich löst sie den Blick von der Türklinke und sieht mich an.

»Du bist nicht fett. Und du bist auch nicht hässlich. Du bist gut, so wie du bist. Klug, witzig und herzlich. Lass dir nichts anderes einreden. Von niemandem. Hast du das verstanden?«

Der leere Ausdruck ihrer Augen verrät mir, dass es keinen Menschen gibt, der ihr diese Dinge je gesagt hätte. Sie nickt so zögerlich, als würde sie mir nicht recht glauben, da wird bereits die Tür aufgerissen. Wutentbrannt stürmt Zoes Mutter herein. Auf ihrer Stirn pulsiert eine Ader. Die sonst so sorgsam gestylte Frisur hängt ihr halb in die Augen. Ein seltener Moment im Leben dieser beherrschten und normalerweise absolut perfekt aussehenden Frau.

»Du!«, keift sie. Ihr ausgetreckter Zeigefinger deutet anklagend auf Melissa. »Wie kannst du es wagen, meiner Tochter wehzutun? Ist dir klar, dass ihre Nase hätte gebrochen sein können?«

»Ist sie aber nicht«, mische ich mich wider besseres Wissen ein und stehe auf. Mit vor der Brust verschränkten Armen stelle ich mich zwischen das zitternde Kind und die keifende Frau. »Beruhigen Sie sich bitte, Mrs Connelly.«

»Beruhigen? *Beruhigen*?«, schreit sie. »Zoe sollte am Wochenende an einem Schönheitswettbewerb teilnehmen! Das können wir jetzt vergessen! Die blauen Flecken bekomme nicht mal ich überschminkt.«

Mir entgeht nicht, dass sie *sollte* sagt und nicht *wollte*.

Bevor ich etwas erwidere, das mir später womöglich leidtut, klingelt zum Glück das Telefon. Mister Jones, der Rektor, will wissen, wer die halbe Schule zusammenbrüllt. In knappen Worten erkläre ich ihm, dass Zoes Mutter soeben eingetroffen ist. Er knurrt kurz, dann trägt er mir auf, die Streithähne und ihre Mütter ins Rektorat zu bestellen.

»Melissa?«, schallt eine zweite Stimme über den Flur. Wenige Augenblicke später hat sich auch ihre Mutter im Sekretariat eingefunden. »Hier bist du. Was ist denn passiert?«

»Das frage ich Sie!«, echauffiert sich Mrs Connelly und tritt auf Melissas Mutter zu. Sie macht sich nicht einmal die Mühe, den abwertenden Blick zu verbergen, mit dem sie die deutlich übergewichtige Mutter des Kindes mustert. »Aber wenn ich Sie so ansehe, wundert mich nichts mehr«, fügt sie kühl hinzu.

»Jetzt ist aber Schluss!« Obwohl ich mich nicht in die Angelegenheiten der Schüler reinhängen darf, schaffe ich es nicht, mich zurücknehmen. Es zerreißt mir das Herz, dass Melissa beleidigt und gedemütigt wird. Dieses kleine Mädchen erinnert mich so sehr an mich selbst. Ich wünschte, ich könnte sie beschützen. Ihr den nötigen Mut zusprechen, um sich zu wehren. Doch stattdessen bin ich dazu gezwungen, die Klappe zu halten und im Sekretariat meine Zeit abzusitzen. Diese Ungerechtigkeit ist es schließlich, die den nächsten Kommentar über meine Zunge jagt. »Reißen Sie sich zusammen! Und bringen Sie ihrer Tochter verdammt nochmal Benehmen bei.«

Mrs Connellys perfekt gezupfte Augenbrauen schnellen in die Höhe. »*Meiner Tochter?* Wer wirft denn hier mit Essen um sich?«

Sie zeigt auf den Fleck, der mittlerweile auf Melissas Kleid getrocknet ist. »Meiner kleinen Zoe hätte sonst was passieren können, weil diese ... diese ...« Mit den Armen in der Luft rudernd sucht sie nach den richtigen Worten. »... diese wildgewordene Furie sie angefallen hat!«

»Ihre Tochter hat Melissa beleidigt und vor der gesamten Schule vorgeführt. Finden Sie das etwa in Ordnung?« Die Worte purzeln lauter aus meinem Mund, als ich beabsichtigt hatte.

Bevor die aufgebrachte Mutter zu einem Konter ansetzen kann, fliegt die Tür zum Rektorat auf und Mister Jones erscheint. Die Hände hat er in die Hüften gestemmt, sein allessagender Blick bohrt sich in die der beiden Frauen, danach in meinen.

Ich muss dem Rektor die Schlichtung des Streits überlassen. In der Theorie weiß ich das auch. Meine Einwürfe zeugen nicht gerade von pädagogischem Wert, aber bei diesem Thema sehe ich nun mal rot.

Augenblicklich klappt Mrs Connellys Mund zu. Jones' imposante Gestalt, gepaart mit dem finsteren Gesichtsausdruck, verfehlt seine Wirkung nicht. Die auf wenige Millimeter kurzgeschorenen grauen Haare verstärken sein autoritäres Erscheinungsbild. Diesen Hünen von Mann will man nicht gegen sich aufbringen. Das ist selbst Mrs Mein-Kind-soll-eine-Schönheitskönigin-werden klar.

»Miss Ward! Sie sollten die Mädchen und ihre Mütter zu mir bringen und sie nicht zur Weißglut treiben. Was ist so schwer daran zu verstehen?«

Ich verbeiße mir den Kommentar, der auf meiner Zunge liegt, und nicke knapp. Mit einem schmalen Lächeln auf den Lippen, das künstlicher nicht sein könnte, bedeute ich den beiden Müttern und Melissa, nach nebenan zu gehen. »Sie haben es gehört. Wenn ich Sie also bitten darf.«

Mister Jones entspannt sich allmählich und brummt irgendetwas vor sich hin. In diesem Augenblick kündigt Fußgetrappel auf dem Flur Zoes Erscheinen an. Atemlos schlittert das Mädchen ins Sekretariat und kommt vor ihrer Mom zum Stehen.

Auf ihrer Stupsnase prangt ein gepunktetes Pflaster, ihre Wange ziert ein blauer Fleck, dort wo Melissas Tablett sie getroffen hat. Ohne die anderen eines Blickes zu würdigen, umklammert sie schluchzend den Bauch ihrer Mom. Über ihren Arm hinweg wirft Zoe Melissa ein boshaftes Lächeln zu.

Was für ein kleines Biest.

Jones bemerkt nichts davon. Er tritt zur Seite und lässt die Mütter und die Kinder passieren, während er mich ausgiebig von oben bis unten mustert. An meinem Busen haftet sein Blick einen Tick zu lang. Über seine Züge flackert ein anzügliches Grinsen. Wie immer ignoriere ich ihn und ordne stattdessen demonstrativ einen Stapel Unterlagen auf meinem Schreibtisch. Als der Rektor die Tür hinter sich schließt und mit gebieterischer Stimme die Schlichtung des Konflikts in Angriff nimmt, atme ich durch. Nicht zum ersten Mal rettet mir die Tatsache, dass mein Boss auf mich steht, meinen vorlauten Hintern.

Tief durchatmend setze ich mich auf meinen Schreibtischstuhl und wische mir eine Haarsträhne aus dem Gesicht. Hoffentlich gelingt es Jones, die beiden Mädchen miteinander zu versöhnen, damit Melissa in Zukunft von weiteren Demütigungen verschont wird.

Gegen dreizehn Uhr fahre ich meinen PC herunter, sortiere die Akten zurück in den Schrank und mache mich bereit, um die Schule für diese Woche hinter mir zu lassen. Obwohl ich mir Mühe gebe, Melissas Probleme nicht zu nah an mich heranzulassen, weiß ich, dass ich das nicht kann. Mister Jones hat in einem Halbsatz erwähnt, dass die Streitereien zwischen ihr und Zoe noch nicht beigelegt sind. Ununterbrochen kreisen meine Gedanken um die zarte kleine Kinderseele, die den Anfeindungen ihrer Mitschüler schutzlos ausgesetzt ist, nur weil sie nicht so ist, wie andere sie gern hätten. An Tagen wie heute schmerzt es besonders, dass ich mein Pädagogikstudium nicht beenden konnte und stattdessen als Sekretärin arbeiten muss. Nach meinem Highschoolabschluss hatte ich die Vision, Lehrerin zu werden, um etwas zu bewirken. Ich wollte Kindern ein Vorbild sein und ihr Selbstwertgefühl stärken. Es lag mir am Herzen, ihnen die richtigen Ideale zu vermitteln und ein Gemeinschaftsgefühl unter ihnen aufzubauen. Und nun? Sitze ich meine Arbeitszeit Tag für Tag in diesem Büro ab.

Als ich den Aktenschrank schließe, betritt Mister Jones das Sekretariat. »Na, Feierabend?« Gut gelaunt setzt er sich mit einer halben Arschbacke auf meinen Schreibtisch. Im Stillen bete ich, dass die Tischplatte nicht unter ihm zusammenbrechen möge.

Während ich meine Tasche nach dem Autoschlüssel durchsuche, murmle ich eine Zustimmung.

»Was Schönes vor am Wochenende?« Dabei sieht er mir nicht in die Augen, sondern heftet seinen Blick eine Etage tiefer. Erst als ich ihn direkt ansehe, wendet er ihn meinem Gesicht zu.

»Nichts Besonderes.« Jeden Freitag dieselbe Leier. Gleich wird er mir erzählen, dass ...

»Eine so schöne Frau wie Sie sollte sich verabreden und das Leben genießen.«

Ich wusste es. Obwohl ich große Lust hätte, einfach grußlos davonzustürmen, lächle ich gezwungen und versuche, geschmeichelt auszusehen. Doch leider beweise ich in Sachen Schauspieltalent nicht annähernd so viel Geschick wie meine Schwester Francis.

»Es ist wirklich eine Verschwendung, dass Sie Single sind.«

Das sehe ich zwar anders, weil ich nichts von festen Beziehungen halte, aber soll er doch denken, was er will.

»Da draußen wimmelt es nur so von Männern, die Sie kennenlernen möchten, davon bin ich überzeugt.« Das Holz unter ihm knackt bedrohlich. *Mich zum Beispiel*, steht überdeutlich in seinem Blick geschrieben. »Sie sollten sich öfter verabreden, Robyn, sonst verpassen Sie noch Ihr ganzes Leben.«

Wenn der wüsste.

»Der Richtige war einfach noch nicht dabei.« Ich winke ab, um zu signalisieren, dass das Thema für mich beendet ist, doch mein Boss ist hartnäckig.

»Muss es denn gleich Mister Right sein?« Rektor Jones' Stimme klingt mit jeder Silbe säuselnder. Langsam richtet er sich zu seiner vollen Größe auf, beugt sich mir entgegen und legt seine breite Hand an meinen Oberarm.

Mein gesamter Körper spannt sich an. *Fass mich nicht an!*, zische ich in Gedanken, doch stattdessen trete ich einen Schritt zurück und blicke kühl zu ihm auf. »Ich date keine Arbeitskollegen«, erinnere ich ihn. Anschließend schenke ich ihm ein möglichst entschuldigendes Lächeln, von dem ich jedoch ahne, dass es meine Augen nicht erreicht.

Missmutig verzieht er den Mund. Kapiert er es denn nie? Es ist ja nicht so, dass wir dieses lächerliche und hochgradig peinliche Gespräch nicht schon dutzende Male geführt hätten. Und trotzdem nimmt er mich nicht ernst. Wie sehr ich das hasse.

»Aber ich bin doch kein einfacher Kollege. Ich bin Ihr Boss!«

»Noch schlimmer.« Ich kann mir den bissigen Kommentar nicht verkneifen. Wenigstens nimmt er ihn mit Humor.

»Vielleicht sollte ich Sie feuern? Verabreden Sie sich dann mit mir?« Ihm scheint absolut nichts peinlich zu sein. Was denkt sich der Kerl eigentlich? Und warum zum Teufel akzeptiert er kein Nein?

»Tut mir leid.« Ich bemühe mich, meiner Stimme einen reumütigen Ton zu verleihen und trete so weit zurück, bis er mich endlich loslässt. »Sie sind ein toller Mann, Mister Jones. Aber ich habe meine Prinzipien.«

»Robyn, Robyn, Robyn.« Mit geschlossenen Augen schüttelt er den Kopf. »Sie sind echt eine harte Nuss.« Wenigstens scheint ihn mein verlogenes Kompliment zu besänftigen.

Für heute belässt er es dabei, mir ein schönes Wochenende zu wünschen, und lässt mich endlich gehen. Auch wenn ich weiß, dass nächsten Freitag dasselbe Spiel von vorne beginnt, bin ich für den Moment erleichtert.

Mit den Gedanken in der Wochenendplanung versunken, steige ich in meinen alten Honda Accord und verlasse das Schulgelände. Einzig die Aussicht auf den kommenden Abend hellt meine Stimmung etwas auf. In wenigen Stunden wird mich mein Weg aus der Kleinstadt hinaus und ins fünfundachtzig Meilen entfernte Los Angeles führen. Dort werde ich für eine Nacht alles vergessen können, was mich beschäftigt. Melissas Tränen, meinen furchtbar öden Job, die Anmachen meines Chefs und die Albträume, die mich in der Nacht heimsuchen. Für ein paar Stunden werde ich mich ausschließlich meinen Gelüsten hingeben und mir nehmen, was ich will. Ohne Verpflichtungen, ohne Reue und ohne Scham.

2. Kapitel

#71

Ich beschloss, den Abend in einer meiner Lieblingsbars in Beverly Hills zu verbringen. Ich mochte das gedimmte Licht, die ruhige Hintergrundmusik und das Ambiente. Aber vor allem liebte ich die kostspieligen, außergewöhnlichen Cocktails. In meinem enganliegenden schwarzen Kleid mit dem tiefen Rückenausschnitt zog ich etliche Blicke auf mich. Ich sog sie genussvoll auf, spielte mit den Spitzen meines blonden Haars und drehte den Strohhalm meines Drinks lasziv zwischen den Fingern. Ein attraktiver Mann Anfang dreißig nahm Augenkontakt zu mir auf. Er trug ein elegantes Sakko über einem weißen Hemd und einer dunklen Stoffhose. Seine Körpersprache strahlte Selbstbewusstsein aus. Genau dieser Typ Mann reizte mich seit jeher am meisten. Früher wäre es undenkbar gewesen, dass sich ein solcher Blickfang nach mir umgedreht hätte. Nun lagen mir Männer wie er zu Füßen. Mein Glas war noch nicht einmal halb leer, als er sich zu mir setzte und Nachschub orderte. Er stellte sich als Marc vor und überschüttete mich mit Komplimenten. Ich wusste genau, wie die Marcs dieser Welt tickten. Man durfte es ihnen nicht zu leichtmachen. Deshalb nickte ich gelangweilt, während er von seinem Job als Makler für Luxusimmobilien sprach, und lächelte unterkühlt, als er mein Kleid lobte. Er war nicht gewohnt, sich anstrengen zu müssen, um zu bekommen, was er wollte. Das merkte man. Und doch gefiel es ihm.

Nach einer guten halben Stunde wurde ich zugänglicher. Seine Mühe sollte sich schließlich auszahlen. Ich zeigte ein wenig mehr Interesse an den Villen, Apartments und Grundstücken, von denen er sprach. Stolz berichtete er, dass er kurz davorstand, eine besonders kostspielige Villa an einen berühmten Schauspieler zu verkaufen.

»Ich kann sie dir gerne zeigen, wenn du willst«, bot er an.

»Ich bin aber nur heute in der Stadt.«

»Kein Problem. Der Abend ist noch jung. Ich habe Zeit.« Er lächelte

gewinnend. Damit waren Marcs Absichten klar.

Ich gab mich unschlüssig, spielte mit dem Strohhalm meines Drinks und überlegte. »Eigentlich mache ich sowas nicht.«

»Was meinst du?«

»Mich am ersten Abend allein mit fremden Männern an verlassenen Orten treffen.« Schüchtern schlug ich die Augen nieder und öffnete sie sogleich wieder. »So eine Frau bin ich nicht.« Eine glatte Lüge.

Marcs Gesichtszüge entglitten. Er sah seine Felle bereits davonschwimmen. Ein köstlicher Anblick.

»Warum gehst du dann alleine in eine Bar?«

Ich hob die Schultern und spielte die Unschuldige. »Ich wollte bloß meinen Feierabend genießen und einen Drink zu mir nehmen.«

»Klar«, antwortete er kühl. Er starrte auf mein Outfit und gab sich keine Mühe, sein verletztes Ego zu verbergen. »In diesem Aufzug. Das schreit doch förmlich nach ...«

»Was?«, wollte ich wissen.

Er verstummte.

Fick mich.

Genau das schrien mein Kleid und meine blutroten Lippen. Nichts anderes hatte ich beabsichtigt. Ich warf einen beiläufigen Blick auf die Uhr. »Marc, es war nett, dich kennenzulernen. Aber ich muss morgen früh raus.«

Er sah mich verdutzt an. »Du willst schon gehen, Sandra?«

»Samantha«, korrigierte ich ihn.

»Klar, sorry, Samantha. Aber ein paar Minuten wirst du doch sicher noch bleiben können?«

»Ich habe einen langen Tag hinter mir«, entschuldigte ich mich und stand auf.

Sofort war Marc ebenfalls auf den Beinen und wedelte wie ein Irrer mit der Hand nach dem Servicepersonal. Als die Kellnerin nicht sofort erschien, knallte er ein Bündel Scheine auf den Tisch, in dem reichlich Trinkgeld enthalten war.

»Das Haus ist der Wahnsinn. Es hat einen Pool und eine verglaste Südfront, die du gesehen haben musst. Der Ausblick von den Hills ist spektakulär.«

Ich kaute auf meiner Unterlippe herum. »Wirklich?« Gott, wie sehr ich dieses Spiel genoss. Der Kerl war mir vollends verfallen. »Okay.«

Er lächelte erleichtert und bot mir seinen Arm an. Ich erlaubte es ihm, mich nach draußen zu führen. Direkt vor der Tür parkte sein leuchtend roter Tesla. Er hielt mir die Beifahrertür auf und nahm hinter dem Steuer Platz. Ich betrachtete die hellbraunen Premiumsitze und das Panorama-Glasdach. Dies war die Luxusausstattung. Gekonnt lenkte Marc den Wagen durch die Straßen und sah immer wieder zu mir herüber. Den ganzen Weg über sprach er mit einer solchen Begeisterung über die Immobilie und ihre Vorzüge, als wäre ich es, an die er verkaufen wollte.

Nach knapp dreißig Minuten Fahrt erreichten wir die Hollywood Hills. Die großzügigen Grundstücke waren von parkähnlichen Anlagen umgeben und vor neugierigen Blicken abgeschirmt. Das Hollywood Sign leuchtete majestätisch auf dem Kamm des Hügels. Wir fuhren eine Weile bergauf, dann bogen wir rechts ab und erreichten ein Viertel, das man nur mit einem Passierschein befahren durfte.

»Hier wohnen die Superreichen«, erklärte Marc, als sich das massive Tor wieder hinter seinem Wagen schloss. »Die A-Listers wollen nicht von Sightseeing-Bussen gestört werden.«

Innerlich musste ich schmunzeln. Erst vor wenigen Monaten hatte ich selbst eine dieser Home-Of-The-Stars-Touren unternommen. Wirklich viel zu sehen gab es allerdings nicht, dafür lebten die Promis viel zu versteckt. Damals fragte ich mich, wie es wohl hinter den gut bewachten Zäunen, Toren und Schranken aussah. Nun würde ich es erfahren.

Die Grundstücke waren ebenso weitläufig wie prachtvoll. Fast alle Villen standen so weit zurückgesetzt, dass ich nicht wirklich viel von ihnen erkennen konnte. Nachdem Marc noch einige Mal abgebogen war, erreichten wir schließlich die von ihm angepriesene Immobilie. Er wühlte eine Fernbedienung aus dem Handschuhfach und berührte dabei beiläufig meinen Oberschenkel. Ich griff nach seiner Hand und legte sie auf mein Bein. Während das Tor langsam auseinanderglitt, sah er fasziniert dabei zu, wie ich sie unter den Saum meines Kleides schob. Augenblicklich beschleunigte sich sein Atem.

»Ich bin gespannt, was du zu bieten hast«, raunte ich und ließ keinen Zweifel daran, dass ich damit nicht nur die Villa meinte.

Wir passierten die breite Auffahrt und parkten vor dem zweistöckigen Gebäude, das im mediterranen Stil erbaut wurde.

Marc hatte nicht zu viel versprochen. Das Haus war ein Traum. Ein sehr kostspieliger, wohlgemerkt. Der Verkaufspreis lag im zweistelligen Millionenbereich, wie ich erfuhr.

Auch die Aussicht war traumhaft. Nicht mal das nahe gelegene Griffith Observatory konnte mit diesem exklusiven Blick auf die hell erleuchtete, pulsierende Metropole zu unseren Füßen mithalten. Nachdem wir ausgestiegen waren, führte er mich auf die Dachterrasse und rasselte noch mehr Fakten über die Villa herunter. Ich stützte mich auf dem Geländer ab und genoss die leichte Brise in meinen Haaren. Nach den sommerlichen Temperaturen des Tages hatte es merklich abgekühlt. Marc stellte sich ganz nah zu mir, legte seinen Arm um meine Taille und beschrieb, in welcher Richtung sich die bekanntesten Sehenswürdigkeiten in Los Angeles befanden. Je länger er sprach, desto enger presste er sich an mich. Bald berührte sein Mund mein Ohrläppchen und jagte eine Gänsehaut über meinen Körper.

»Du bist so schön.« Er ließ seine Hand zu meinem Po wandern.

Ich schloss die Augen und lehnte den Kopf an seine Schulter. »Das Haus ist atemberaubend.« Und das meinte ich ehrlich.

»So wie du.« Er drehte mich leicht, bis wir uns gegenüberstanden, und sah mich durchdringend an. Seine Augen glänzten vor Verlangen. In meinem Schoß breitete sich ein wohliges Prickeln aus. Zu wissen, wie sehr mich Marc begehrte, erregte mich. Mit halb geschlossenen Lidern schlang ich meine Arme um seinen Hals. Die Heels schenkten mir zusätzliche zehn Zentimeter Körpergröße, sodass ich mich ihm nur ein kleines Stück entgegenstrecken musste. Kurz vor seinem Mund verharrte ich. »Ich könnte etwas zu trinken vertragen.«

Marc entließ einen angehaltenen Atemzug, der direkt auf meine leicht geöffneten Lippen prallte. Sein Brustkorb hob und senkte sich hastig. »Gib mir eine Sekunde.« Damit machte er auf dem Absatz kehrt und lief eilig ins Haus.

Schmunzelnd blieb ich zurück. Der Wind frischte auf und jagte einen kalten Schauder über meine Haut. Ich entschied mich, hineinzugehen. Doch zuvor befreite ich mich von meinem spitzenbesetzten Slip und verstaute ihn in meiner Handtasche. Im Esszimmer lehnte ich mich gegen den grob gezimmerten Tisch, der zweifelsohne eine Einzelanfertigung war. Als Marc mit zwei gefüllten Champagnerflöten zurückkam, fiel sein Blick auf meine nackten, übereinandergeschlagenen Beine. Der Saum meines Kleides war einige Zentimeter hochgerutscht und verdeckte kaum mehr meine Blöße. Obwohl er sich bemühte, sich nichts anmerken zu lassen, sah ich genau, was der Anblick in ihm auslöste.

Wortlos trat Marc an mich heran, presste seinen Unterkörper gegen meine Knie und drückte sie auseinander. Ohne den Blickkontakt zu brechen, überreichte er mir ein Glas.

»Auf eine unvergessliche Nacht«, wisperte ich und stieß mit ihm an. Marc leerte seinen Drink in einem gierigen Zug. Ich zog es vor, an meinem zu nippen. Doch schon nach wenigen Augenblicken wurde er ungeduldig und nahm mir das Glas ab, um es auf den Tisch zu stellen. Ich folgte der Bewegung mit zur Seite geneigtem Kopf. Das Haar strich ich lasziv zur Seite. Marc verstand die Einladung und bedeckte meine freigelegte Halsbeuge mit zarten Küssen. Ich vergrub meine Finger in seinem Hemd und spreizte die Beine, damit ich ihn noch dichter an mich ziehen konnte. Seine Finger strichen über meine Wange zu meiner Schulter und ließen schließlich die Träger meines Kleides fallen. Ich trug keinen BH. Sobald das störende Kleidungsstück verschwunden war, richteten sich meine Brustwarzen auf.

Marcs Blick lag unverwandt auf ihnen, als er den Reißverschluss an der Seite meines Kleides öffnete. Seine warmen Fingerkuppen streichelten meine Brüste, zuerst sanft, dann packte er fester zu. Ich wimmerte leicht. Er nahm den Laut zum Anlass, um meine Nippel mit seiner Zunge zu liebkosen. Zwischen meinen Beinen pulsierte es heftig. Ich war mehr als bereit für ihn, doch ich ermahnte mich zur Ruhe. Als Marcs gerötetes Gesicht wieder vor meinem auftauchte, zog ich ihn an mich und küsste ihn gierig. Marc schmeckte nach Champagner und Kaugummi. Er war ein guter Küsser. Es machte Spaß, seinen Mund zu erkunden. Seine Zunge spielte gekonnt mit meiner. Sie tanzten so vertraut miteinander, als würden wir uns nicht erst seit zwei Stunden kennen. Ohne von seinem Mund abzulassen, zog ich ihm Sakko und Hemd aus. Seine feste, glatte Brust war makellos. Ausgeprägte Bauchmuskeln verrieten mir, dass er regelmäßig trainierte. Eine schmale Spur Haare führte vom Bauchnabel abwärts und verschwand im Bund seiner Hose.

Es war höchste Zeit, auch dieses überflüssige Kleidungsstück loszuwerden.

Ich öffnete seinen Gürtel, zog den Reisverschluss auf und umfasste seine Erektion. Durch den dünnen Stoff seiner Boxershorts fühlte ich, wie hart er war. Marc schloss die Augen, lehnte sich in die Berührung und keuchte im Rhythmus meiner Handbewegungen. Lange hielt er es nicht aus, bevor er sich seiner Hose und Unterhose gänzlich entledigte. Schuhe und Strümpfe folgten nur Sekunden später. Anschließend richtete er sich zu seiner vollen Größe auf und gab mir Zeit, ihn in seiner ganzen Pracht zu bewundern. Was ich sah, gefiel mir. Das Pochen zwischen meinen Schenkeln verstärkte sich um ein Vielfaches. Ich leckte mir über die Lippen und betrachtete seinen Traumkörper eingehend. Vor allem Marcs Körpermitte konnte sich sehen lassen. Meine Haut kribbelte vor Erregung. Ich sehnte mich danach, ihn in mir zu spüren.

Mit gezieltem Griff umfasste Marc meinen Po und setzte mich auf der Tischkante ab. Das kühle Holz ließ mich aufkeuchen. Ich schob das Kleid nach oben und zog es elegant über meinen Kopf. Als er sah, dass ich nichts darunter trug, weiteten sich seine Augen. Aus seiner Kehle drang ein sehnsüchtiger, animalischer Laut. Gott, dieses Geräusch allein reichte aus, um mich um den Verstand zu bringen. Einen Moment später verschwand sein Kopf zwischen meinen Beinen. Ich lehnte mich zurück und genoss die zuckenden, tanzenden Bewegungen seiner geschickten Zunge, die mich alles um mich herum vergessen ließen.

Marc nahm sich Zeit und liebkoste zuerst die Innenseiten meiner Schenkel. Er kostete meine Haut ausgiebig, bevor er sich weiter vorarbeitete. Alles in mir vibrierte. Saugend, kreisend und küssend brachte er mich meinem Höhepunkt entgegen. Am liebsten hätte ich ihn gepackt und seinen Mund an meine empfindlichste Stelle gepresst, bis ich kam. Doch das war es nicht, was ich wollte. Flach atmend versuchte ich mich zurückzuhalten. Ich ließ mich rücklings auf die Tischplatte sinken und schob meine Finger in sein Haar. Die lustvollen Laute, die ich von mir gab, wurden lauter. Fast hätte ich ihn von mir gestoßen, um den Höhepunkt noch weiter hinauszuzögern, doch Marc zog sich rechtzeitig zurück und fischte ein Kondom aus seiner am Boden liegenden Hose. Als er sich wieder aufrichtete, hatte seine Erektion noch beeindruckendere Ausmaße angenommen. Ich stieß mich vom Tisch ab und stellte mich dicht vor ihn. Seine Eichel strich über meine Mitte und hinterließ ein Prickeln, das sich anfühlte, als hätte ich zu heiß gebadet.

Ungeduldig riss ich ihm das Kondom aus der Hand und zog es mithilfe meines Mundes über. Als meine Lippen seine Spitze umschlossen, hielt

Marc den Atem an. Ich genoss es, ihn dabei zu beobachten, wie er mir zusah. Sein bestes Stück pulsierte an meiner Zunge. Ich sog, leckte und knabberte vorsichtig daran, bis er mich zurückhielt. Langsam richtete ich mich wieder auf. Gleich würde es soweit sein. Der Moment kurz vor dem Aufeinandertreffen zweier fremder Körper faszinierte mich ebenso wie der Sex, wegen dem ich hier war. Die Atmosphäre im Raum war elektrisiert. Wir standen uns einen kurzen Moment gegenüber, dann packte Marc meine Hüften und drehte mich abrupt um. Ich liebte diese forsche Herangehensweise. Er strich mein Haar zur Seite und leckte über meine Halsbeuge. Ich schmiegte mich an ihn, bis meine Pobacken sein Glied umschlossen. Mit einer Hand zwirbelte er meinen Nippel zwischen den Fingern, die andere strich an meinem Bauch abwärts. Er stieß zwei Finger in mich und zog sie kurz darauf wieder zurück. Ich gab einen protestierenden Laut von mir, der Marc ein kleines Lachen entlockte. Er erstickte ihn, indem er seine Finger in meinen Mund schob. Mein süßlicher Geschmack brachte mich fast um den Verstand. Ich führte seine Hand zurück dahin, wo ich sie brauchte, und gab mich den Bewegungen seiner Finger hin. Sein hartes Glied rieb ungeduldig über meinen Hintern. Wir hielten dieses Spiel beide nicht lange aus. Bevor ich wusste, wie mir geschah, drückte er meinen Oberkörper auf die Tischplatte.

Endlich! Ich stützte mich mit beiden Händen ab und spreizte die Beine. Ohne eine weitere wertvolle Sekunde zu verlieren, drang Marc in mich ein. Seine Härte fühlte sich schmerzhaft gut an. Ich schloss die Lider und gab einen dumpfen Laut von mir. Er zog sich zurück und stieß erneut zu. Genauso wollte ich es. Langsam gewöhnte ich mich an seine Größe. Marcs Hände umklammerten meine Taille, während er sein Tempo steigerte.

Ich hielt mich nicht länger zurück, sondern keuchte und stöhnte meine Lust schamlos hinaus. Von meinen Lauten angestachelt, beschleunigte Marc seinen Rhythmus ein weiteres Mal. Meine Schenkel begannen zu zittern. Ich richtete meinen Oberkörper auf und griff erneut nach Marcs Hand, die ich zwischen meine Beine führte. Er lernte schnell, wie er sie bewegen musste, um mich zu befriedigen, und tat es offenbar mit größtem Vergnügen. Mit genüsslich geschlossenen Augen umklammerte ich die Tischkante. Seine Beine begannen zu beben. Ich spürte ihr heftiges Zittern an der Rückseite meiner Schenkel. Die Hitze in mir wuchs zu einer Flamme heran, die höher und höher züngelte. Ich konnte sie auf meinem

Gesicht und in meinem Dekolleté spüren. Noch einmal zog sich Marc aus mir zurück, diesmal gänzlich. Ich keuchte gequält. Dann stieß er zu, härter und tiefer als zuvor. Grollend kam er zum Höhepunkt. Marcs Orgasmus sendete pulsierende Wellen durch meinen Körper. Sie wurden von meiner zuckenden Mitte um ein Tausendfaches multipliziert. Unter seiner Hand kam auch ich schnell und heftig.

Ich kostete jede einzelne Sekunde voll aus. Und doch verebbte das Hochgefühl, auf das ich den ganzen Abend gewartet hatte, viel zu schnell.

Marc hielt mich einige Herzschläge lang fest, bis wir beide wieder zu Atem kamen, dann löste er sich und trat einen wackeligen Schritt zurück. Ich strich mir das zerwühlte Haar aus der Stirn und drehte mich zu ihm um. Er atmete schwer, sein Gesicht war ebenso erhitzt, wie sich meines anfühlte. Wortlos zog er mich an sich und küsste meinen Hals. Ich ließ ihn gewähren, doch als er über meine Oberarme strich und die Umarmung vertiefen wollte, zog ich mich zurück und schüttelte sachte den Kopf. Ich hatte bekommen, was ich wollte, von mehr war nie die Rede gewesen.

Gegen drei Uhr am Morgen verließen wir das Villenviertel. Schweigend fuhr mich Marc zurück nach Beverly Hills und setzte mich in der Nähe der Bar ab, in der wir uns getroffen hatten. Wir sprachen nicht darüber, aber uns beiden war klar, dass sich unsere Wege hier trennen würden.

Marc fuhr davon, ohne nach meiner Nummer zu fragen oder mir seine zu hinterlassen. Ich hätte ihn ohnehin nicht angerufen. Beim Abschied sagte er mir, was für eine umwerfende Frau ich sei und wie schön er die Nacht gefunden hätte. Ich lächelte und erwiderte das Kompliment. Es war nicht gelogen. Marc war ein guter Liebhaber, aber das sagte ich ihm nicht. Ebenso verschwieg ich ihm, dass ich in Wahrheit gar nicht Samantha hieß. Oder dass fast alles, was er über mich zu wissen glaubte, gelogen war. Es stimmte nicht, dass ich mich noch nie auf einen fremden Mann eingelassen hätte. Marc, dessen wirklicher Name anders lautete, war keineswegs der Erste. Er war Nummer einundsiebzig.

3. Kapitel

Ich verfasse den Post über Marc, kurz bevor ich schlafen gehe. Francis' gemütliches Sofa, das vor dem bodentiefen Fenster ihres Lofts in Beverly Hills steht, ist wie geschaffen, um die letzten Stunden Revue passieren zu lassen, während der neue Tag anbricht. Ein kleiner Adrenalinstoß jagt durch meinen Körper, als ich auf *Veröffentlichen* klicke, dann klappe ich den Laptop zu. Mittlerweile ist es fünf Uhr am Morgen und ich bin so müde, dass ich kaum noch die Augen aufhalten kann. Mit klammen Fingern schiebe ich die warme Kuscheldecke von mir und begebe mich ins Schlafzimmer.

Francis ist momentan in New York, um die neue Staffel von *All the Beautiful Girls* zu drehen, und wird erst in einigen Wochen wieder in Los Angeles sein. Seit vier Jahren spielt meine Schwester eine Hauptrolle in der Show und gehört mittlerweile zu den beliebtesten Serienstars in Amerika. Sie hat sich ihren Traum von der Schauspielkarriere durch harte Arbeit und eiserne Disziplin erfüllt und ist erfolgreicher denn je. Ihre natürliche Schönheit und das viele Training haben bestimmt auch nicht geschadet. Der Gedanke verursacht ein leichtes Ziehen in meiner Brust, doch als ich auf dem Weg ins Bett vor ihrem Ganzkörperspiegel Halt mache, verfliegt es sofort wieder. Obwohl ich müde aussehe und meine Haare eher einem Nest als einer Frisur gleichen, erinnert heute nichts mehr an das übergewichtige Mädchen aus der Highschool. Meine Haut ist straff, der Bauch flach und fest. Seit einigen Jahren färbe ich meine Haare blond, was einen schönen Kontrast zu meinen rehbraunen Augen und den dunklen Brauen bildet. Würde ich heute ein Foto meines siebzehnjährigen Selbst neben mein Spiegelbild halten, könnte der Unterschied größer nicht sein.

Mit einem müden Lächeln krieche ich unter die Bettdecke

und schlafe fast augenblicklich ein.

Wenige Stunden später werde ich vom Hupen vorbeifahrender Autos geweckt. So schön und zentral Francis' Loft in Beverly Hills auch ist, so laut ist die Umgebung. Mein müder Körper verlangt nach einer großen Tasse Kaffee. Als ich sie wenig später in den Händen halte, führt mein Weg direkt zu meinem Laptop. Wie immer, wenn ich einen neuen Post veröffentlicht habe, kribbelt es vor Aufregung in meinen Fingerspitzen. Ich brenne darauf zu erfahren, was auf dem Blog los ist.

Zweihundertfünfzig Seitenaufrufe in den letzten vier Stunden. Nicht schlecht.

Mein Herzschlag beschleunigt sich, als ich zu den Kommentaren scrolle. Jetzt kommt der spannendste Teil. Ich nehme mir Zeit, um alle Texte in Ruhe zu lesen. Mit jeder Minute entspanne ich mich mehr. Voller Genugtuung überfliege ich die Zeilen. Die Kommentare meiner Leser hinterlassen ein wohliges Prickeln in meiner Magengegend, das mir noch einmal zusätzliche Bestätigung verschafft. Doch leider gibt es auch viele Spinner da draußen, die unter dem Deckmantel der Anonymität nichts als Mist verzapfen. Bei einigen von ihnen muss es sich um einsame Kerle handeln, die sich an meinen kleinen Abenteuern aufgeilen, weil sie selbst keine erleben. Anders kann ich mir solche Sätze jedenfalls nicht erklären:

Anonym, September 9th, 05:20 am:
Die Alte will ich sehen. Das kann doch nur Fake sein. Wenn sie wirklich so hot ist, wie sie uns weismachen will, dann kann sie gerne mal bei mir klingeln und mich von ihren Qualitäten überzeugen.

Anonym, September 9th, 06:10 am:
Ruf mich an, du geiles Stück! Ich warte auf dich.

Stirnrunzelnd scrolle ich weiter. Als ich den Blog vor fünf Jahren gestartet habe, hatte ich nicht erwartet, wie groß das Interesse an meinem kleinen Sextagebuch werden würde. Heute besuchen fast zweitausend Menschen täglich meine Seite und die meisten von ihnen lieben meine Geschichten.

Lucy, September 9th, 7:07 am:
Was für eine Lektüre zum Frühstück! Sam, ich beneide dich. Dieser Marc scheint es ja wirklich draufgehabt zu haben. Ich bin süchtig nach deinem Blog. Warte gespannt auf Nummer #72 ;)

Sarah Mae, September 9th, 07:11 am:
Baby, du hast es einfach drauf! Chapeau, Schwester!

Nicky, September 9th, 08:30 am:
Ich wünschte, ich hätte dein Selbstbewusstsein und könnte mir einfach nehmen, was ich will. Oder wen ich will. Doch wenn ich alleine in eine Bar gehe, dreht sich niemand nach mir um. Ich beneide dich.

Eine Sekunde lang brennt es mir unter den Fingernägeln, dieser Nicky zu schreiben, dass sie einfach selbst die Initiative ergreifen und einen Mann ansprechen soll, der ihr gefällt. Aber ich antworte ihr nicht, das tue ich nie. Bereits in den Anfangstagen des Blogs habe ich gelernt, dass meine Reaktionen endlose Diskussionen nach sich ziehen, auch die scheinbar harmlosen. Also lese und genieße ich stillschweigend. Es fühlt sich toll an, bewundert zu werden. Ein Nachhall des Hochgefühls von letzter Nacht kehrt zurück und wächst mit jedem begeisterten Kommentar meiner zumeist weiblichen Leserschaft. Genau aus diesem Grund teile ich meine Geschichten im Internet.

Doch neben den netten, skurrilen und fragwürden Reaktionen auf meine Posts gibt es auch jene, die nichts als Hass beinhalten. Verfasst – wie sollte es auch anders sein – von Frauen, die es sich zur Aufgabe gemacht haben, mich Woche für Woche wissen zu lassen, was sie von mir halten:

Ms Mayer, September 9th, 09:01 am:
Ekelhaft. Etwas anderes fällt mir dazu nicht ein. Tu dir und mir einen Gefallen und schließe diese widerwärtige Website. Oder greif am besten gleich zum nächsten Strick. Damit wäre der Welt geholfen.

LadyinYellow, September 9th, 09:05 am:
Ich kann nur hoffen, dass diese Seite nicht von jungen Mädchen besucht wird, die deine zweifelhafte Sicht der Dinge teilen und sich im schlimmsten Falle auch noch ein Beispiel an deinem Verhalten nehmen. Absolut widerwärtig.

Linda L., September 9th, 09:13 am:
Solch einen Schund öffentlich über das Internet zu verbreiten ist das Allerletzte! Schämen solltest du dich, du verhurtes Drecksstück.

Tatsächlich gab es vereinzelte Versuche, mich zur Schließung des Blogs zu zwingen. Eine Userin trieb es sogar so weit, mich täglich mit E-Mails zu bombardieren, in denen sie mich unentwegt beleidigte. Ende letzten Jahres nahm ich schließlich Kontakt zu einer Agentur auf, die Websitebetreiben hilft, ihre Identität geheim zu halten. Anstelle meiner eigenen Kontaktdaten tauchen nun die der Agentur in meinem Impressum auf. Seitdem lebe ich ruhiger. Wer Kontakt zu mir aufnehmen will, muss sich dorthin wenden. Die relevanten Anfragen werden an mich weitergeleitet. Stark beleidigende Inhalte oder Morddrohungen, von denen es leider auch einige gab, wandern direkt an die Cops. Die Mitarbeiter der Agentur haben außerdem dafür gesorgt, dass jeder, der den Blog besucht, vorher über einen Button bestätigen muss, volljährig zu sein. Ein Text auf der Startseite weist ausdrücklich auf die expliziten sexuellen Inhalte hin. Damit ist meine Pflicht getan, obwohl ich natürlich nicht verhindern kann, dass der ein oder andere Minderjährige den Enter-Button drückt.

Auch wenn mich die Zusammenarbeit mit der Agentur jeden

Monat eine Stange Geld kostet, ist sie jeden Cent wert. Nichts kann mich davon abhalten, den Blog zu betreiben. Dafür liebe ich viel zu sehr, was ich tue. Was als kleiner Spaß begann, wurde bald zu meiner ganz persönlichen Droge. Wenn der Rausch eines One-Night-Stands verflogen ist, bleiben wenigstens die schriftlich festgehaltenen Erinnerungen und die begeisterte Resonanz meiner Leser. Sie bestätigen mich nicht nur in dem, was ich tue, sondern pushen außerdem mein Ego.

Mit einhundert fremden Männern zu schlafen mag auf den ersten Blick vielleicht fragwürdig erscheinen, doch für mich bedeutet diese unglaubliche Zahl an Liebhabern, dass ich sein kann, wovon ich immer geträumt habe: schön, begehrenswert, sexy. Die Art von Frau, von der ich als Teenager Äonen entfernt war. *One Hundred Lovers* spaltet vielleicht die Lager, doch der Erfolg der Seite und die täglich wachsende Reichweite sprechen für sich.

Nachdem ich mir die restlichen Kommentare durchgelesen habe, kippe ich meinen morgendlichen Obst-Smoothie runter und mache mich auf den Weg zu einer Joggingrunde. Francis und ich tragen dieselbe Kleidergröße, deshalb bediene ich mich gerne an ihren Trainingssachen und -schuhen.

Als ich mit Sonnenbrille, Cap und Musik in den Ohren an den prachtvollen Häusern und gepflegten Vorgärten entlanglaufe, fühle ich mich, als würde ich ebenfalls hierhergehören. Beverly Hills hat sich mittlerweile zu einer Art zweitem Zuhause für mich entwickelt. Hier kann ich die Schule, meinen aufdringlichen Boss und all die anderen alltäglichen Dinge, die in Silver Springs auf mich warten, für ein paar Stunden ausblenden. Mein Weg führt mich an einer großen Mall vorbei und weiter zu einer exklusiven Privatschule, bis in den Beverly Hills Gardens Park. Viele andere Jogger kommen mir entgegen. Die meisten sind junge Frauen, knapp bekleidet, braun gebrannt und blondiert. Aber auch einige durchtrainierte Männer kreuzen meinen Weg und schenken mir das ein oder andere Lächeln. Wie viele von ihnen wohl angehende Schauspieler sind? In Los Angeles, Beverly Hills, Hollywood und den angrenzenden Bezirken wimmelt es nur so von ambitionierten Talenten, die aus aller Welt hierherziehen, um ihre Träume zu verwirklichen. Als mir Francis nach dem Collegeabschluss nach L.A. folgte, bezogen wir gemeinsam eine winzige Wohnung. Meine Schwester und ich verbrachten damals jede freie Minute zusammen. Fran besuchte die Schauspielschule, ich studierte. Es war eine schöne Zeit, unbeschwert und frei. Vielleicht die beste meines Lebens. Die ganze Welt schien uns zu Füßen zu liegen. Alles war möglich.

Manchmal vermisse ich Los Angeles. Wäre ich damals nicht so blauäugig gewesen, würde ich heute vielleicht hier leben und als Lehrerin arbeiten. Doch nach meinem Rauswurf aus dem College musste ich sehen, wo ich bleibe. Ich kann von Glück reden, dass ich die Stelle in Silver Springs antreten konnte, auch wenn Sekretärin nie mein Traumjob war.

Gegen Mittag packe ich meine Sachen und nehme einen kleinen Salat zu mir. Es wird Zeit, nach Hause zu fahren. Schweren Herzens schließe ich die Tür zu Francis' Loft hinter mir ab und steige in meinen Honda. Die Leichtigkeit des Wochenendes verfliegt in dem Moment, als ich den Motor starte. Automatisch driften meine Gedanken zur bevorstehenden Woche und den kommenden Arbeitstagen ab. Zu sagen, dass ich meinen Job hasse, wäre übertrieben, aber er erfüllt mich nicht. Mister Jones' Mädchen für alles zu sein, seine Launen zu ertragen und seine unangebrachten Avancen über mich ergehen lassen zu müssen – das ist alles weit entfernt davon, wie ich mir mein Leben vorgestellt hatte. Nicht mal das sonnige kalifornische Wetter vermag es, mich während der Fahrt aufzuheitern. Nur der Gedanke an Zelda, meine leicht abgedrehte Mitbewohnerin und beste Freundin, zaubert mir ein kleines Schmunzeln auf die Lippen.

Knapp anderthalb Stunden später erreiche ich Silver Springs. Ein Hauch Wehmut erfüllt mich, als ich unser Apartment betrete. Schon jetzt fühlt es sich an, als hätte mich der Alltag wieder fest im Griff. Die Tür zum Wohnzimmer steht offen. Als mich Zelda mit dem Schlüssel hantieren hört, springt sie vom Sofa und fällt mir stürmisch in die Arme. »Endlich! Ich habe dich so vermisst.«

»Es waren doch nur zwei Tage«, antworte ich lächelnd und drücke sie an mich.

»Du musst mir alles erzählen! Auch die Dinge, die du den anderen verschwiegen hast. Wie gut war Marc wirklich? In wessen Villa habt ihr gevögelt?« Zelda ist, neben Francis, die einzige Person, die weiß, dass ich hinter *One Hundred Lovers* stecke.

»Komm, ich helfe dir mit dem Gepäck und dann musst du mir alles erzählen.« Gut gelaunt schnappt sie sich meinen kleinen Koffer und hopst in mein Zimmer. Ihr platinblondes Haar wippt mit jedem Schritt. Zelda LeRoy ist ein echtes Phänomen. Nicht genug damit, dass ihre Eltern sie nach dem berühmten Videospieleklassiker benannt haben – was bei den Leuten in unserer Kleinstadt manchmal für Stirnrunzeln sorgt. Meine Mitbewohnerin ist außerdem ein wandelndes Kunstwerk. Auf ihren ein Meter fünfundsechzig Körpergröße lassen sich mehr Tattoos als unberührte Hautstellen finden. Allein ihr rechter Arm ist flächendeckend von der Schulter bis zum Handgelenk mit filigranen orientalischen Ornamenten in Blau- und Grautönen verziert. Ihre royale Namensgeberin prangt mittig auf ihrem Brustkorb, gemeinsam mit dem dazugehörigen Helden Link und einigen anderen Symbolen aus der Welt von Hyrule. Das bunte Chestpiece beginnt zwischen ihren Brüsten und erstreckt sich zu beiden Schulterblättern. Der Zipfel von Links grüner Mütze endet direkt unter ihrem Kinn. Zelda wählt ihre knappen, meist schwarzen Outfits häufig so, dass das Tattoo gut sichtbar ist. Ihr hübsches Puppengesicht zieren ein zarter Silberring im rechten Nasenflügel und zwei weitere filigrane Piercings in der Unterlippe. Das auffällige Make-up und die bunt gefärbten Spitzen ihrer platinblonden Haare komplettieren den außergewöhnlichen Look. Heute trägt Zelda ein einfaches schwarzes Tanktop mit silbernen Nieten und eine zerrissene Jeansshorts, unter die sie eine Netzstrumpfhose gezogen hat. Während ich ihr zusehe, wie sie den Koffer neben meinem Bett abstellt und sich anschließend auf meine Matratze fallen lässt, stelle ich mir kurz vor, wie Zelda ohne all die Farbe auf ihrer Haut aussehen würde – es ist schlicht unmöglich. Ihre Tattoos und Piercings, ebenso wie die bunten Chucks machen meine beste Freundin so unverwechselbar.

»Also«, führt sie das Gespräch nahtlos fort und rollt sich auf den Bauch, »erzähl mir alles.« Sie faltet die Hände unter dem Kinn, lässt die Beine in der Luft baumeln und sieht mich erwartungsvoll an.

Ich setze mich ans Fußende und streiche die Decke glatt. »Das Haus gehört angeblich einer der Kardashian-Schwestern und ihrem frischgebackenen Ex-Mann. Der Typ muss ein echter Aufreißer sein, nur blöderweise hat er sich diesmal beim Fremdvögeln erwischen lassen. Die Details werden wir dann wohl in der nächsten Staffel ihrer Reality-Show erfahren.«

Zelda blinzelt beeindruckt. Sie liebt Trash-TV ebenso sehr wie ich. »Du kleines Luder«, schnurrt sie. »Echt schade, dass du Marci-Marc nicht wiedersiehst.« Sie seufzt leise. »Der hätte doch Potential für eine Wiederholung.«

»Du kennst meine Prinzipien.«

»Ja, ja: ein Mann, eine Nacht. Danach heißt es Tschö mit Ö, Arrivederci und Goodbye, auf Nimmerwiedersehen.« Ihre lapidare Zusammenfassung meines Credos untermalt sie mit einer wegwerfenden Handbewegung.

»Ganz genau.«

»Und nächstes Wochenende machst du dann Nummer zweiundsiebzig klar?«

»Mal schauen.«

Zelda begleitet mich manchmal, wenn ich nach L.A. fahre. Genau wie ich hat auch sie nichts gegen One-Night-Stands einzuwenden, auch wenn sie keine Listen führt und nicht so oft ausgeht, weil sie an den Wochenenden meist arbeiten muss.

»Was schwebt dir vor?« Sie richtet sich auf, wirft ihr Haar über die Schultern und überlegt. »Wir könnten zusammen nach

Vegas fahren. Ich nehme mir frei.«

Beim Gedanken an meinen Kontostand, der nach dem Wochenende in L.A. auf ein Minimum geschrumpft ist, verziehe ich das Gesicht. »Zu teuer.«

»Stimmt.« Zeldas Konto leidet ebenso unter chronischer Diät wie meines. »Vielleicht wäre es doch mal eine Überlegung wert, mit deinem Blog Geld zu verdienen?« Und als hätte sie nur auf dieses Stichwort gewartet, zaubert meine Freundin einen cremefarbenen Umschlag aus ihrer hinteren Hosentasche hervor und wedelt damit vor meiner Nase herum. Ich nehme ihn ihr aus der Hand und studiere den Absender.

Harper Media Businesses.

»Gibt der denn nie auf?«

»Sieht nicht so aus. Der wievielte Brief ist das jetzt?«

Ich hebe die Schultern. »Hab den Überblick verloren. Aber der siebte bestimmt.« Die vorausgegangene E-Mail-Flut nicht mitgerechnet. Die Agentur leitet diese Art von Schreiben an mich weiter. Obwohl ich den Inhalt bereits erahne, öffne ich das Kuvert. Es dauert keine Minute, um die Zeilen zu überfliegen, die ich schon zigmal gelesen habe.

»Was schreibt Harper diesmal?« Neugierig beugt sich Zelda nach vorn.

»Das Übliche. Liebe Samantha, bla bla. Großer Erfolg deines Blogs, bla. Interesse an einer Zusammenarbeit mit unserer Zeitung *Good Morning USA*. Eigene Kolumne. Bin bereit, über die Konditionen zu verhandeln. Bla bla bla.« Dieser Typ ist besonders hartnäckig. Obwohl ich ihm noch nie geantwortet habe, versucht er es immer wieder. Ich zerknülle den Brief, noch bevor ich bei der Abschiedsfloskel angekommen bin.

»Warum triffst du dich nicht einfach mal mit ihm?« Zelda blickt mich ernst an. »*Good Morning USA* ist eine der größten Tageszeitungen des Landes. Was soll schon passieren? Entweder macht dir dieser Mister Harper ein Wahnsinnsangebot, mit dem du all deine Sorgen los bist, oder du gibst ihm einen Korb. Überleg doch mal: Die lassen bestimmt ordentlich Kohle springen. Darauf verwette ich meinen knorrigen Arsch. Mit dieser

Kolumne könntest du deine Einkünfte aufbessern und gleichzeitig noch mehr Leser erreichen.«

Zwar weiß ich, dass sie recht hat, aber der Gedanke, meine Geschichten an eine große Zeitung zu verkaufen, bereitet mir trotzdem Unbehagen. Klar, ich habe inzwischen viele Leser, aber das hier ist eine ganz andere Hausnummer. Wenn ich mich recht entsinne, liegt die Auflage der Zeitung bei über einer Million Exemplare in ganz Amerika – täglich. Daran konnte auch ein kürzlich aufgedeckter Skandal nichts ändern, bei dem herauskam, dass ein Journalist mehrere Interviews mit ranghohen Politikern und Stars gefälscht hat.

»Ich weiß nicht«, murmle ich nachdenklich.

»Ich würd's machen.« In Zeldas Augen liegt ein verführerischer Glanz. »Was hast du schon zu verlieren?«

Eine durchaus berechtigte Frage. Zum ersten Mal beginne ich ernsthaft über das Angebot nachzudenken. Bisher habe ich alle Anfragen, die in diese Richtung gingen, kategorisch abgelehnt. Die verrücktesten Kooperationen wurden mir schon vorgeschlagen: Ich wurde gefragt, ob ich Sextoys testen und darüber auf dem Blog berichten will. Eine lukrative Werbeanzeigenschaltung für einen Dessoushersteller war dabei. Aber mein persönlicher Favorit war die Einladung zur Neueröffnung eines Swinger Clubs in Las Vegas, verbunden mit dem Angebot einer kostenlosen Mitgliedschaft auf Lebenszeit. Nichts davon reizt mich. Mir geht es darum, authentisch zu sein. Den Frauen da draußen zu zeigen, dass es okay ist, gerne Sex zu haben. Viel Sex, mit vielen verschiedenen Männern. Niemand muss sich dafür schämen, eine ausgeprägte Libido zu besitzen. Monogamie ist nicht das Maß aller Dinge. Zumindest nicht für mich.

Mal abgesehen von meinem Pseudonym, der zwischengeschalteten Agentur und den Namensänderungen der Männer, mit denen ich schlafe, habe ich nie etwas erfunden, beschönigt oder verändert. Mein Blog ist echt, jeder Satz entspricht der Wahrheit und darauf bin ich sehr stolz. Es war nie mein Anliegen, kommerzielle Absichten zu verfolgen. Mir geht es einzig und allein um den Spaß an der Sache. Ich liebe Sex.

Und dass ich damit nicht alleine bin, beweisen die stetig wachsenden Klicks auf *One Hundred Lovers.*

Plötzlich flammt ein Bild vor meinem inneren Auge auf:

Eine Frau in den Dreißigern, frisch geschminkt und perfekt frisiert, aber noch im Morgenmantel, sitzt an ihrem Küchentisch. Vor ihr steht eine dampfende Tasse Kaffee, in den Händen hält sie die neue Ausgabe der Good Morning USA. *Hastig überblättert sie die ersten Seiten, bis sie auf meine Kolumne stößt. Mit klopfendem Herzen überfliegt sie die Zeilen, dabei legt sich ein feines Lächeln auf ihre Lippen. Wort für Wort taucht sie tiefer in mein Abenteuer ein. Als sie am Ende angekommen ist, schüttelt sie schmunzelnd den Kopf und legt die Zeitung beiseite. In dieser Sekunde vibriert ihr Handy auf der Anrichte.*

»Hast du die neue Kolumne von Samantha Bane schon gelesen?«

Mit fliegenden Fingern antwortet sie ihrer Freundin: »Gerade eben. Wieso lerne ich nie solche Männer kennen? Caramel Macchiato heute Mittag?«

Ich erwische mich grinsend vor mich hinträumend. Die Vorstellung gefällt mir. Sehr sogar. Vielleicht ist die Zeit wirklich reif für den nächsten Schritt? Ich überschlage meine Möglichkeiten, male mir aus, wie ein Gespräch mit diesem Mister Harper verlaufen könnte, und bleibe immer wieder am Bild der Frauen hängen, die über ihre Kaffees gebeugt meine Kolumne besprechen.

»Woran denkst du?«, fragt Zelda.

»Ich überlege, ob ich einem Treffen mit Mister Harper zustimmen soll.«

»Yes, Baby! Das ist mein Mädchen.« Mit einem triumphierenden Lachen rollt sich Zelda rücklings aufs Bett und streckt die Beine in die Höhe. Ich hebe den Brief vom Boden auf, streiche ihn wieder glatt und lege ihn neben mir aufs Bett. Während mich meine Mitbewohnerin wissend anlächelt, schiebe ich das Schriftstück in meine mentale Darum-kümmere-ich-mich-später-Schublade.

4. Kapitel

»Miss Ward«, begrüßt mich Rektor Jones' tiefe Stimme am Montagmorgen. Sein strenger Tonfall macht schon vor dem ersten Kaffee klar, dass er etwas von mir will.

»Ja?«, frage ich so freundlich wie möglich.

Die angelehnte Tür zum benachbarten Rektorat wird aufgeschoben. Das Gesicht meines Bosses ist hinter einem Stapel Papiere kaum zu erkennen. »Der neue Schulbibliothekar wird gleich da sein. Führen Sie ihn herum. Ich bin bis Mittag beschäftigt.« Er trägt sein Anliegen vor, ohne mich anzusehen. Das Wort *Bitte* scheint er an diesem Morgen aus seinem Wortschatz gestrichen zu haben. Meine Antwort wartet er gar nicht erst ab. Wahrscheinlich kommt er nicht mal auf die Idee, dass ich ablehnen könnte. Immerhin habe ich ja auch nichts anderes zu tun, als an seiner Stelle neue Kollegen zu begrüßen. *Pff.*

Innerlich verdrehe ich die Augen. »Natürlich.« Zwar habe ich wenig Lust auf den Bücherwurm, aber vielleicht vergeht der Vormittag so etwas schneller.

»Stellen Sie unsere beiden Telefone ins Lehrerzimmer um. Ich will nicht gestört werden.«

Ich nicke pflichtschuldig, obwohl er mir noch immer keine Beachtung schenkt, und sehe dann mit düsterem Blick zu, wie er zurück in sein Büro stolziert.

In dieser Sekunde klopft es an der Tür zum Sekretariat. »Entschuldigen Sie bitte, ich möchte zu Mister Jones. Mein Name ist Anthony Miller, ich bin ...«

»Der neue Schulbibliothekar?«, beende ich den Satz des Mannes, der im Türrahmen steht und mich freundlich anlächelt.

»Genau der.«

Ich nehme mir einen Moment Zeit, um den hochgewachsenen Bibliothekar mit den breiten Schultern zu betrachten.

Anthony Miller hat dunkelbraune Augen und trägt einen dichten gepflegten Bart, der von erstem Grau durchzogen wird. Um seine Augen bilden sich sanfte Lachfältchen. Das Haar ist auf wenige Millimeter kurz geschoren. Zu einem marineblauen, enganliegenden Hemd trägt er eine schwarze Jeans und blütenweiße Nike-Sneaker. Dichte Brauen und die große, gerade Nase verleihen seinem Gesicht etwas männlich Markantes. Dieser Mann könnte durchaus als Model arbeiten. Unter dem rechten Ärmel seines Hemds blitzen die auslaufenden Linien eines Tattoos hervor. Wie weit es wohl hinaufgeht?

Als sich Anthony interessiert im Sekretariat umsieht, kann ich auch in seinem Nacken einige verschlungene Linien erkennen. Verrückt, wie Bibliothekare heutzutage aussehen.

»Mister Jones lässt sich entschuldigen. Ich zeige Ihnen an seiner Stelle die Schule.« Mit ausgestreckter Hand und einem gewinnenden Lächeln trete ich auf ihn zu. »Mein Name ist Robyn Ward. Ich bin die Schulsekretärin.«

Sichtlich erfreut schüttelt Anthony meine Hand. »Schön, Sie kennenzulernen.«

»Darf ich Ihnen zuvor einen Kaffee anbieten?« Ich nicke hinüber zu unserem neuen, kostspieligen Kaffeevollautomaten, der mich seit seiner Anschaffung stets zuverlässig über den Tag rettet.

»Gott, ja!« Anthonys angenehm dröhnendes Lachen schallt durch das Sekretariat. »Den habe ich dringend nötig.«

»Setzen Sie sich doch«, biete ich an und deute auf den Stuhl gegenüber von meinem Schreibtisch, auf dem er umgehend Platz nimmt.

Ich lasse ihm eine Tasse mit der Aufschrift *Silver Springs Elementary School – Education is our passion* volllaufen. »Milch? Zucker?«

»Schwarz, bitte.« Seine dunklen Augen werden von einem herausfordernden Blitzen erhellt. Oder bilde ich mir das nur ein?

Mit einem lauten Rattern beginnt die Maschine die Bohnen zu mahlen. »Kleiner Tipp: Die Plörre aus dem Lehrerzimmer ist ungenießbar. Wenn Sie Lust auf richtig guten Kaffee haben, kommen Sie gerne zu mir.« Liebevoll streiche ich über die glänzende Oberfläche des Automaten. »Aus diesem Baby hier fließt pures, koffeinhaltiges Gold.« Das schelmische Grinsen, das mir Anthony daraufhin entgegenbringt, entfacht ein angenehmes Ziehen in meiner Magengegend. »Warum sollte Rektor Jones der Einzige sein, der in diesen Genuss kommt?«, frage ich mit gesenkter Stimme.

»Ich komme gerne darauf zurück.« Als er mir die Tasse abnimmt und das Motto unserer Schule liest, wandert seine rechte Augenbraue in die Höhe. »Education is our passion?«

»War die Idee des Rektors«, erkläre ich achselzuckend. »Niemand außer ihm fand den Slogan gut.«

»Warum hat er sich dann durchgesetzt?«, fragt er verwundert. Ohne mich aus den Augen zu lassen, umschließt er die Tasse mit beiden Händen und pustet über die Oberfläche des heißen Getränks. Seine vollen Lippen ziehen meinen Blick beinahe magisch an. Ich habe noch nie einen Mann getroffen, der beim Kaffeetrinken so sexy aussieht.

»Sie werden ihn später kennenlernen. Er ist kein Mann, der Widerworte duldet.« Ich sollte nicht so über meinen Boss sprechen, vor allem, da Anthony noch keine Chance hatte, ihn kennenzulernen, aber die Worte wollen einfach heraus. Nach einem kurzen Zögern rede ich leise weiter. »Am besten kommt man ihm nicht in die Quere, denn er kann ziemlich ungemütlich werden.«

Schweigend sieht mich Anthony über den Rand seiner Tasse hinweg an. Ich frage mich, wie alt er ist.

»Möchte ich wissen, was das bedeutet?«

Während ich ihn unauffällig mustere und auf ungefähr Mitte dreißig schätze, hebe ich die Schultern. »Im letzten Schuljahr haben sich zwei Lehrerinnen versetzen lassen, die etwas ... zart besaitet waren. Er wird schnell laut. Das darf man nicht persönlich nehmen.« Mein Blick fliegt zur benachbarten Bürotür, hinter der ich den Rektor lautstark telefonieren höre. Unmöglich, dass er uns hört.

»Verstehe. Damit komme ich klar.«

Das glaube ich sofort. Anthony sieht nicht so aus, als ließe er sich so schnell einschüchtern.

»Ihre Vorgängerin in der Bibliothek war eine schrullige alte Lady. Sie hat die alten Klassiker geliebt, aber den Interessen der Kids kaum Beachtung geschenkt. Der Rektor und sie sind ziemlich oft aneinandergeraten. Am Ende hat sie ihren Dienst nur noch nach Vorschrift erledigt und die Tage bis zu ihrem Ruhestand gezählt. Neuerungen stand sie leider skeptisch gegenüber. Erschrecken Sie bitte nicht, wenn ich Ihnen gleich die Bibliothek zeige. Wahrscheinlich werden Sie denken, jemand hätte Sie direkt zurück in die Achtziger gebeamt.«

Während er leise auflacht, bedenkt mich Anthony mit einem intensiven Blick.

»So schnell kann mich nichts schocken. Danke für den Kaffee. Er ist wirklich gut.« Er ist gerade im Begriff, seine leere Tasse auf dem Tisch abzustellen, als ich ihm zuvorkomme und sie ihm abnehme. Dabei berühren sich unsere Hände kurz. Ein elektrostatisches Kribbeln zuckt über meine Fingerkuppen und sorgt dafür, dass ich die Tasse beinahe fallen lasse. Hastig ziehe ich meinen Arm zurück und stelle den Becher auf dem Tablett neben der Maschine ab. Anthony hat entweder nichts davon mitbekommen oder ignoriert mein merkwürdiges Verhalten. Auf seiner Unterlippe glänzt ein Tropfen Kaffee, den er wegleckt.

Gott, der Kerl ist viel zu heiß für diese Schule. Ich spüre, wie sich mein Unterleib zu regen beginnt. Das ist gar nicht gut. »Wollen wir dann?«, frage ich eine Spur zu laut und deute auf die Tür.

»Klar.« Er steht so lässig auf, als hätte er alle Zeit der Welt und könnte von nichts und niemandem aus der Ruhe gebracht werden. Damit strahlt er das genaue Gegenteil von mir aus. Seitdem Anthony Miller in meinem Sekretariat aufgetaucht ist, hat sich mein Körper dazu entschlossen, jegliche Vernunft in den Wind zu schießen. Stattdessen tanzt meine Libido Tango und hat sich mit meiner schmutzigen Fantasie verbündet. Anders kann ich mir nicht erklären, dass der Anblick seiner

Hände lauter unpassende Bilder in mir hervorruft, die mit wenig Kleidung und viel Seufzen zu tun haben. Ob diese langen, schlanken Finger wohl so geschickt sind, wie ich hoffe? Oh Gott, ich darf so etwas nicht denken. Schnell schüttele ich den Kopf und atme tief durch. *Schluss jetzt damit!*

»Nach Ihnen, Miss Ward.« Anthony tritt zur Seite und lässt mir den Vortritt.

»Nennen Sie mich bitte Robyn.« Wahrscheinlich sollte ich ihm diese persönliche Anrede gar nicht anbieten, aber *Miss Ward* klingt so unpassend aus seinem Mund. Diesem sexy Mund mit den sinnlichen Lippen ...

Zum Glück bemerkt er meinen verklärten Blick auch diesmal nicht. Oder er ignoriert ihn einfach.

»Gerne. Dann bestehe ich auf Anthony.« Wir tauschen einen tiefen Blick, der mir durch und durch geht. Zählt das schon unter Flirten? Obwohl sich alles in mir dagegen sträubt, muss ich zugeben, wie sehr mir die Situation gefällt – wie sehr mir Anthony gefällt, auch wenn ein riesiges, imaginäres Stoppschild über seinem Kopf schwebt. Dennoch werfe ich auf dem Weg zur Tür beiläufig mein Haar über die Schulter und entblöße meinen Nacken. Ich gebe vor, mich noch einmal prüfend im Sekretariat umzusehen, bevor wir gehen, und fange dabei Anthonys Blick auf, der auf meinem Po ruht. In einer unscheinbaren Geste öffnet er den obersten Knopf seines Hemdes. Zufrieden registriere ich, dass er keinen Ring trägt. Also ist der neue heiße Kollege höchstwahrscheinlich Single. Zusätzlich zum Stoppschild beginnt eine schrille Alarmglocke in meinem Kopf zu läuten. Doch die Vorstellung des tätowierten, durchtrainierten Bibliothekars, der sich lustvoll unter mir windet, kann selbst sie nicht aus meiner Fantasie verbannen. Mit weiteren unpassenden Gedanken im Kopf beginne ich schließlich die Führung durch die Schule.

5. Kapitel

In den nächsten Tagen bin ich in der üblichen Schulroutine gefangen. Zwischendrin bellt mir Mister Jones immer wieder zusätzliche Aufgaben zu, die natürlich alle sofort erledigt werden müssen. Lieber noch gestern. Der ganz normale Wahnsinn also.

Mittlerweile ist über eine Woche vergangen, seitdem Anthony seine Stelle angetreten hat. Als am Mittwoch, kurz vor der großen Mittagspause, mein Telefon klingelt und die Nummer der Schulbibliothek auf dem Display erscheint, bin ich gleichermaßen überrascht wie erfreut.

»Robyn Ward.«

»Hey, hier ist Anthony. Ich möchte auf dein Angebot mit dem Kaffee zurückkommen.«

»Sehr gerne.«

»Unter einer Bedingung«, fährt er fort.

»Die wäre?«

»Wir trinken den Kaffee gemeinsam. Hast du Zeit?«

Fast hätte ich laut aufgelacht. »Na klar.« Die Aussicht auf ein Kaffee-Date hebt meine Stimmung gewaltig. Mit gesenkter Stimme fahre ich fort: »Zu dir oder zu mir?« Einen Moment lang herrscht Ruhe in der Leitung. Als Anthony antwortet, kann ich sein schelmisches Grinsen beinah bildlich vor mir sehen.

»So eine bist du also. Wenn das so ist: bei mir. Die Bibliothek ist klimatisiert und ruhig. Außerdem sind wir hier ungestört.«

Ob er den letzten Satz so gemeint hat, wie ich ihn gerne verstehen würde? Bestimmt nicht. Und doch entfacht er ein wohliges Prickeln in meinem Schoß.

»Gut, dann bis gleich.« Als ich den Hörer auflege, vollführt mein Herz einen aufgeregten Satz.

Nachdem die Schulklingel die große Pause eingeläutet hat und Mister Jones mit geschäftiger Miene davonrauscht ist, nehme ich mir kurz Zeit, um meine Haare zu richten und mein Make-up aufzufrischen. Manchmal nervt mich die Blusen-Bleistiftrock-Kombi, aus der mein Arbeitsoutfit besteht, aber heute kann ich dem Look sogar einen Hauch Erotik abgewinnen. In diesem Moment bin ich froh darüber, mich am Morgen für die schwarzen High Heels anstelle der flachen Sandalen entschieden zu haben. Bevor ich mich mit den zwei Kaffeetassen auf den Weg ins erste Obergeschoss mache, öffne ich die obersten Knöpfe meiner Bluse, bis die Spitze meines BHs hervorblitzt. Zwar ermahnt mich meine innere Stimme zur Vorsicht, doch ich ziehe es vor, sie zu ignorieren.

Die Schulbibliothek besteht aus einem kleinen Vorraum, den Anthony als Büro nutzt, und der eigentlichen Bibliothek. An allen vier Wänden befinden sich Regale voller Bücher, aber auch Zeitschriften und Spiele gehören zum Bestand. In der Mitte des Raumes gibt es zwei Computerarbeitsplätze und mehrere Sitzkissen, auf denen die Kids ihren Hausaufgaben oder Recherchearbeiten nachgehen können.

Mangels einer freien Hand, mit der ich anklopfen könnte, schiebe ich die angelehnte Tür zum Vorraum einfach mit dem Fuß auf. Anthony sitzt am PC, neben sich einen Stapel Neuerwerbungen. Er trägt eine rechteckige Brille in Holzoptik. Ich hätte nicht gedacht, dass er noch attraktiver aussehen könnte, doch der intellektuelle Touch, den ihm die Brille verleiht, ist der Inbegriff von Sexyness.

Als er von seinem Bildschirm aufsieht und den Blick beiläufig über mein Outfit wandern lässt, schluckt er leicht. Schnell sieht er mir wieder in die Augen und setzt ein verrutschtes Lächeln auf. »Hey, Robyn. Komm rein.« Mit einem kleinen Schubs stößt er sich von der Tischplatte ab und kommt auf mich zu, um mir eine Tasse abzunehmen. Heute trägt er ein gestreiftes Hemd und eine schwarze, enganliegende Jeans. Himmel, Mister Jones sollte dem Bibliothekar verbieten, seinen Knackarsch derart in Szene zu setzen. Ich schaffe es kaum, den Blick davon abzuwenden, als sich Anthony umdreht, um das Fenster zu öffnen. Zum Glück reißt mich der Lärm der tobenden Kinder auf dem Schulhof schnell wieder aus meinen unzüchtigen Gedanken.

»Bei dem Krach verlässt man das Schulgelände mittags lieber«, sagt er grinsend.

»Mister Jones isst fast jeden Tag in der Mall drüben.« Schmunzelnd streiche ich eine Strähne hinter mein Ohr. Anthonys aufmerksamer Blick wandert von meinem Hals zum Ansatz meines Ausschnitts.

»Und was machst du in deinen Pausen?«, fragt er mit rauer Stimme.

Ich lasse mir Zeit mit meiner Antwort, nehme einen Schluck Kaffee und lecke mir danach beiläufig über die Lippen. »Ich bleibe meistens im Sekretariat und koste die Vorteile der Kaffeemaschine aus.«

»Also bringst du dir dein Essen mit?« Er deutet auf ein abgepacktes Sandwich auf seinem Tisch.

»Ich esse mittags nichts.«

Anthonys Augenbrauen wandern in die Höhe. »Ehrlich? Wie hältst du es mit Mister Jones den ganzen Tag ohne ausreichende Nährstoffzufuhr aus?« Sein amüsiertes Glucksen verrät, dass er den Rektor in den letzten Tagen ziemlich gut kennengelernt hat.

»Ich weiß, wie ich ihn nehmen muss.« Die Zweideutigkeit meiner Worte wird mir erst bewusst, nachdem ich sie ausgesprochen habe.

Anthony grinst schief. »Kann ich mir vorstellen. Einer so bildhübschen Frau wie dir kann der alte Kerl bestimmt keinen Wunsch abschlagen.«

Bevor ich mir eine passende Antwort überlegen kann, wird das Toben der Kinder von einem spitzen Schrei unterbrochen. Der Laut erschreckt mich so sehr, dass ich zusammenzucke und eine kleine Kaffeepfütze auf dem Linoleumboden verteile. Dem Schrei folgt ein zweiter und kurz darauf ertönt ein lautes Weinen. Oh nein, bitte nicht! Bitte lass es nicht Melissa sein. Mein

Herz sackt in die Kniekehlen.

Wir eilen gleichzeitig zum Fenster. Als sich mein Verdacht bestätigt und ich die am Boden liegende Melissa erkenne, wird meine Brust eng und meine Kehle trocken. Ihr Knie ist aufgeschlagen und sie wimmert herzzerreißend. Zoe und ein weiteres Mädchen beschimpfen sie abwechselnd mit *Fettes Schwein* und *Dumme Kuh*. In meinem Magen krampft sich alles zusammen. Meine Knie knicken unter mir weg. Auf der Suche nach Halt greife ich ins Leere, doch zum Glück ist da Anthonys Hand, die mich auffängt und stützt.

»Alles in Ordnung?«, fragt er besorgt.

Es ist mir unmöglich, etwas darauf zu erwidern. Weder meine Stimme noch mein Körper gehorchen mir. Ich atme viel zu schnell, gleichzeitig habe ich das Gefühl, keine Luft zu bekommen. Meine Sicht verschwimmt hinter einem Tränenschleier, als mich eine Erinnerung zurück in die Junior High und den Sommer katapultiert, als ich vierzehn war.

»Du hässliche fette Kuh!«, keift Sarah.

Ich versuche ihre Beleidigung zu ignorieren, senke den Kopf und gehe schneller. So wie ich es immer tue.

»Ich rede mit dir!«, schreit sie, zerrt an meinem Ärmel und wirbelt mich zu sich herum.

»Lass mich in Ruhe!«, antworte ich kühl, doch meine Stimme zittert.

»Lass mich in Ruhe!«, äfft sie mich nach und lacht dann höhnisch.

Hinter einem Gebäude tauchen zwei weitere Mädchen auf. Sie gehen ebenfalls in unsere Klasse und sind Freundinnen von Sarah. In den Händen halten sie Flaschen, ihre Gesichter sind ausdruckslos.

»Du bist eine Schande für unsere Schule! Niemand mag dich.« Sarahs wutverzerrtes Gesicht wird immer röter.

Ich will einen Schritt zurücktreten, doch ihre Hand hält meinen Arm fest umklammert.

»Sieh dich doch nur an! Doppelkinn, Schwabbelranzen. Deine fettigen Haare glänzen mit deiner öligen Visage um die Wette.« All diese Schmähungen habe ich schon unzählige Male zu hören bekommen, aber heute

macht mir Sarah zum ersten Mal Angst. Die Art, wie ihre Lippen beim Sprechen zucken, lässt mein Herz heftig gegen meinen Brustkorb trommeln. Ich wünschte, ich könnte ihre Worte einfach an mir abprallen lassen, aber das schaffe ich nicht. Schon lange nicht mehr. Sie reißen eine Wunde in meine Seele, die jeden Tag tiefer klafft. Ich schiele zu meinen Haarspitzen, die glatt und splissig auf meinen Schultern liegen.

»Und du stinkst«, fährt sie nahtlos fort. Dabei kann das gar nicht sein, weil ich förmlich in Deo bade. Dennoch kann ich den Impuls, möglichst unauffällig an meiner Achsel zu riechen, nicht unterdrücken.

Sarahs Freundinnen kommen näher. Im Gegensatz zu ihrer Anführerin grinsen sie nicht, doch mir jagen ihre unbeteiligten Mienen noch mehr Angst ein.

»Was ist?«, will Sarah wissen, bevor sie mich unvermittelt von sich stößt.

Ich stolpere ungeschickt, bevor ich hart auf dem Boden aufkomme und spüre, dass meine Hose an den Knien gerissen ist und mein Knie blutet, doch ich sage nichts. Keinen einzigen Laut gebe ich von mir. Ich starre Sarah bloß an, blinzele mehrmals und verstehe nicht, warum sie mich so sehr hasst. Was habe ich ihr denn bloß getan? Warum lässt sie mich nicht einfach in Ruhe?

»Hat es dir die Sprache verschlagen, Fetti?« Ich sehe ihren Schlag kommen und reiße die Hände in letzter Sekunde vors Gesicht. Ihre Handkante prallt an meinem Unterarm ab.

»Lass mich in Ruhe«, rufe ich und funkele sie wütend an. »Ich habe dir überhaupt nichts getan.«

»Du existierst, das reicht! Und du verpestest die Luft!« Der nächste Hieb trifft mich mit voller Wucht. Mein Kopf wird nach hinten gerissen, meine Wange brennt. Ich darf nicht weinen. Ich darf keine Schwäche zeigen. Doch ich kann nichts dagegen tun.

Mit einem bedrohlichen Lächeln kommt Sarah näher und winkt ihre Freundinnen heran.

»Jetzt.«

Die nächsten Sekunden laufen wie in Zeitlupe vor meinen Augen ab. Ich sehe sie kommen, ahne, was sie vorhaben, und schaffe es gerade noch, mein Gesicht mit beiden Händen zu bedecken. Reflexartig drehe ich meinen Oberkörper von den Mädchen weg. Das nächste, was ich wahrnehme, ist die heiße Flüssigkeit, die über meinen Rücken läuft und sich durch meine

Kleidung frisst. Ich will schreien, doch da ist keine Luft in meiner Lunge. Mehr als ein Keuchen bringe ich nicht zustande.

Eines der Mädchen wird unruhig. »Scheiße, Sarah. Du hast gesagt, es kann nichts passieren.«

Der Schmerz bringt mich fast um. Ich sehe nichts, meine Augen sind voller Tränen. Mein Rücken steht in Flammen. Ich weine wie noch nie zuvor in meinem Leben.

»Hab dich nicht so. Das kann das fette Schwein schon ab.«

»Lass uns abhauen.«

»Was seid ihr denn für Feiglinge?«

»Sarah!«

»Meinetwegen.«

Während ich mich mühsam zurück auf die Beine kämpfe, entfernen sich die Stimmen der drei. Das ist meine Chance. So schnell ich kann, stolpere ich davon. Es dauert einen Moment, bis sich meine Füße daran erinnern, was sie tun müssen. Im Gehen reiße ich den Pullover über meinen Kopf. Alles tut weh. Meine Rückseite wird immer wärmer. Sarahs höhnisches Lachen hallt in meinen Ohren wider. Ich laufe los. Renne, wie ich noch nie gerannt bin. Innerhalb weniger Minuten erreiche ich mein Haus. Niemand ist da. Meine Eltern arbeiten, Francis ist bei der Theaterprobe. Glück gehabt. Ich halte es keine Sekunde länger in den stinkenden und triefenden Klamotten aus. Hastig reiße ich sie mir vom Leib und schließe mich im Badezimmer ein. Vor dem Spiegel halte ich inne. Mein Rücken glüht. Er stinkt nach Öl und sieht aus, als hätte ich zu lange in der Sonne gelegen.

Was soll ich jetzt tun? Mom anrufen kommt nicht infrage. Ich will meiner Familie keine Sorgen bereiten. Zu sehr schäme ich mich für meine Schwäche und meine Unfähigkeit, mich zur Wehr zu setzen, wenn es darauf ankommt. Also drehe ich das lauwarme Wasser in der Dusche auf, stelle mich vorsichtig darunter und warte, bis der Schmerz zu einem dumpfen Pochen verklingt. Nachdem das Warmwasser aufgebraucht ist, suche ich eine kühlende Salbe heraus und streiche sie, so gut es alleine geht, auf die geschundene Haut. Ich kann nur hoffen, dass die rötliche Färbung schnell verblasst. Zum Glück fühlt es sich nicht so an, als wären tieferliegende Hautschichten verletzt worden. Doch egal, ob sie in ein paar Tagen oder Wochen noch zu sehen sein wird – tief in meinem Inneren weiß ich, dass die Narbe auf meiner Seele für immer bleibt.

»Robyn?« Anthonys besorgte Stimme scheint aus einer anderen Welt zu kommen.

Ich stoße einen tiefen Atemzug aus, schlucke die aufsteigenden Tränen runter und sehe ihn verwirrt an. »Was hast du gesagt?«

»Ich habe dich gefragt, ob alles in Ordnung ist?«

Wieso kniet Anthony plötzlich neben mir? Und wann habe ich mich hingesetzt? Verwirrt sehe ich auf seine Hand, die meine umklammert hält. Mein Brustkorb bebt, das Haar hängt mir ins Gesicht. Auf meinem Rücken breitet sich ein brennender Schmerz aus – genau wie damals. Ich entziehe ihm meine Hand und streiche eine Haarsträhne hinter mein Ohr. »Ja, ja. Alles gut. Ich glaube, mein Kreislauf ist gerade kollabiert.«

Anthony hilft mir auf und sieht mich prüfend an. »Vielleicht solltest du mal darüber nachdenken, doch etwas zu Mittag zu essen.«

»*Du kannst nicht bloß von Kaffee und Obst leben*!«, höre ich Francis schimpfen.

»*Iss mal was Richtiges*!«, schließt sich Zelda ihr in meinem Kopf an.

Ich verdränge die Ermahnungen, ziehe meinen verrutschten Rock zurecht und weiche Anthonys Blick aus. »Alles okay.« Draußen ist es ruhig geworden. Ist die Pause schon vorüber? Und was ist mit Melissa? »Geht es ihr gut?«

»Dem Mädchen, das geschubst wurde? Sie hat sich nur das Knie aufgeschlagen. Eine Lehrerin hat sie hineingebracht. Ich nehme an, dass sie jetzt bei der Schulkrankenschwester ist.«

Nur das Knie aufgeschlagen. Diese Wunde wird verheilen, doch die Beleidigungen und Sprüche werden ihre Spuren auf der Seele des Mädchens hinterlassen.

»Robyn?«, fragt Anthony behutsam. Seine Hand tätschelt meine Schulter. Langsam drehe ich mich zu ihm herum. »Geht es dir wirklich gut?«

Ganz automatisch beginne ich zu nicken, doch dann halte ich inne und senke den Kopf.

»Ja. Nein. Na ja.« Ich weiß nicht, wo ich anfangen soll.

Eigentlich will ich den ungebetenen Flashback sofort wieder vergessen. In der Schule funktioniere ich, meine Emotionen lasse ich zu Hause. Die Schatten der Vergangenheit ruhen tief verschlossen an einem dunklen Ort in meinem Kopf – meistens jedenfalls. Dass sie ausgerechnet jetzt über mich hereingebrochen sind, ist mir ebenso unangenehm wie peinlich. Doch aus irgendeinem Grund verspüre ich das Bedürfnis, mit Anthony über Melissa zu sprechen. Nachdem ich einen tiefen Atemzug genommen habe, legt sich meine innere Unruhe ein wenig. »Dieses Mädchen, Melissa, wird schon länger gemobbt. Letzte Woche bekam sie Ärger, weil sie sich gegen ihre Peinigerin gewehrt hat.«

Ungläubig blickt mich Anthony an. »Warum das?«

»Sie ist ein bisschen über das Ziel hinausgeschossen. Hat Zoe mit einem Teller beworfen und ihr dabei fast die Nase gebrochen.«

»Oje.«

»Ja«, seufze ich. »Dabei finde ich es eigentlich gut, dass sie sich nicht alles gefallen lässt. Nur leider hat sie den falschen Weg dafür gewählt.«

»Und heute passiert sowas.« Er schüttelt betroffen den Kopf, dann hält er kurz inne und sieht mich ernst an. »Dir scheinen ihre Probleme sehr nahe zu gehen.«

»Ich habe einfach Mitleid mit ihr«, sage ich gepresst.

Anthony neigt den Kopf und wartet darauf, dass ich weiterspreche. Doch das tue ich nicht. Ich habe schon viel zu viel gesagt. »Darum müssen sich die Lehrer kümmern«, erwidere ich mit brüchiger Stimme und schenke ihm ein verunglücktes Lächeln. »Dafür wurden sie schließlich ausgebildet. Sie werden ihr helfen, den Konflikt zu lösen, hat Mister Jones gesagt.« Doch bin ich wirklich davon überzeugt? Als ich selbst Hilfe am dringendsten benötigte, war ich ganz allein. Es gab keinen Lehrer, keine Vertrauensperson, an die ich mich hätte wenden können. Ich fühlte mich hilflos, ängstlich und einsam. Außerdem wollte ich niemandem zur Last fallen. Am liebsten wäre ich einfach unsichtbar geworden. Und so machte ich meine Probleme mit mir selbst aus.

»Hey«, flüstert Anthony sanft und streicht über meine Oberarme. »Mach dir keine Sorgen. Melissas Lehrerin wird ihr helfen. In deinem hübschen Gesicht sollte es keinen Raum für Sorgenfalten geben.« Sein warmer Kaffeeatem prallt auf meine leicht geöffneten Lippen. Seine dunkelbraunen Augen funkeln verheißungsvoll. Ich erkenne die Begierde darin. Plötzlich liegt ein Knistern in der Luft, das mich aufkeuchen lässt. Wie von selbst krallen sich meine Fingerspitzen durch Anthonys Hemd in seine Schulterblätter. Mein Atem beschleunigt sich. Gott, dieser Mann macht mich verrückt. Langsam neigt er den Kopf und verringert den Abstand zwischen unseren Gesichtern. Er kommt mir gefährlich nahe. Der Vorgeschmack seines Kusses liegt auf meinen Lippen. Sein fester, warmer Körper schmiegt sich an mich. Anthonys Hände fahren über meinen Rücken und streichen sachte über meine Wirbelsäule. Kurz, bevor sie meinen Po erreichen und sein Mund auf meinen trifft, schrillt die Schulglocke. Als würde ich aus einem Traum gerissen, taumele ich zurück und bringe Abstand zwischen uns. Das war knapp.

Verlegen tritt auch Anthony zurück und reibt über seine kurzen stoppeligen Haare. »Tut mir leid. Ich ...«

»Nein, schon gut«, unterbreche ich ihn rasch.

»Du hast so traurig ausgesehen. Ich wollte nicht ...«

»Ich weiß.« Dabei weiß ich gar nichts. Mit zitternden Händen sammele ich die zwei Kaffeetassen ein und nicke in Richtung Tür. »Ich muss zurück nach unten.«

»Klar. Danke für den Kaffee. Schön, dass du hier warst.«

»Gerne.« Und das meine ich ehrlich.

Als ich mich zum Gehen umwende, ruft mich Anthony noch einmal zurück. »Robyn?«

»Ja?« Meine Wangen brennen, als ich ihn ansehe.

»Können wir das gerade einfach vergessen, bitte?«

Eine Welle der Erleichterung flutet meinen Körper. »Klar. Schon geschehen.«

Er nickt kurz und setzt ein schiefes Lächeln auf. »Meinst du, wir könnten das mal wiederholen?« Er deutet auf die Tassen in meinen Händen.

»Natürlich. Jederzeit. Ich würde mich freuen.«

Sein Lächeln wächst zu einem Strahlen heran. »Ich mich auch.« Damit wendet er sich wieder seinem Computermonitor zu und ich verlasse den Raum.

Auf dem Weg ins Sekretariat muss ich unentwegt daran denken, was wohl passiert wäre, wenn es nicht geklingelt hätte. Hätten wir einen Rückzieher gemacht? Und wenn nicht, wie hätte dieser Kuss wohl geschmeckt? So elektrisierend, wie ich ihn mir ausmale? In meiner Fantasie ist Anthony ein guter, sinnlicher Küsser. Was wäre wohl danach passiert? Die aufgeheizte Atmosphäre in der Bibliothek lässt keinen Zweifel daran, wie es weitergegangen wäre. Ich hätte ihm nicht widerstehen können. Hätte es nicht einmal gewollt. Einmal von ihm gekostet, hätte ich alles drangesetzt, mit ihm zu schlafen, auch wenn es das Letzte ist, was ich tun sollte. Es liegt in meiner Natur, ich kann nicht anders.

6. Kapitel

Bevor ich mich am nächsten Morgen ins Sekretariat begebe, mache ich mich zuerst auf die Suche nach Melissas Klassenlehrerin. Linda Monroe ist eine freundliche, ruhige Frau, die bei den Kindern sehr beliebt ist. Sie gehört zu der Sorte älterer Damen, die stets schick gekleidet und mit dezentem Make-up zum Dienst antreten. Ich habe sie als kompetente, besonnene Fachkraft kennen und schätzen gelernt und genau deshalb hoffe ich auch, dass sie meine Sorgen verstehen kann.

»Guten Morgen, Miss Ward«, begrüßt sie mich überrascht, als ich sie kurz vor Beginn der ersten Stunde an der Tür zu ihrem Klassenraum abpasse. »Wollen Sie zu mir?«

»Ja«, bestätige ich. »Können wir kurz reingehen?«

Sie wirft einen schnellen Blick auf ihre Armbanduhr und nickt dann. »Fünf Minuten?«

Ich folge ihr ins Klassenzimmer. Mrs Monroe zieht die Vorhänge auf und öffnet die Fenster. In wenigen Minuten werden die ersten Schüler in den Raum stürmen.

»Geht es um Melissa?«, fragt sie mit dem Rücken zu mir.

»Ja. Ich wollte wissen, wie es ihr geht.«

Seufzend packt sie ihre Tasche aus und verteilt einen Stapel Unterlagen auf dem Pult. »Sie hat sich die Knie aufgeschrammt. Nichts Ernstes, das wird schon wieder.« Mit besorgtem Blick sieht sie zu mir herüber. »Machen Sie sich keine Sorgen.«

Die nächsten Worte wähle ich mit Bedacht. »Sie wissen, dass das Mädchen stark gemobbt wird?«

»Natürlich. Keine schöne Sache. Die Kleine kann einem wirklich leidtun.«

»Und was gedenken Sie, dagegen zu unternehmen?«, frage ich harsch. Wut ballt sich in meinem Magen. Ich werde das Gefühl nicht los, dass Mrs Monroe den Ernst der Lage nicht sehen und das Thema am liebsten sofort beenden will.

Die Lehrerin blinzelt mich stirnrunzelnd an. Ihre Antwort lässt einige Sekunden auf sich warten. »Nun, das Übliche: Wir suchen das Gespräch mit Melissa und den Mädchen, die sie aufziehen, bestellen die Eltern ...«

»*Aufziehen*?«, platze ich dazwischen. »Mobbing wäre wohl die passendere Beschreibung, finden Sie nicht?« Ich weiß, dass ich mich viel zu sehr hineinsteigere, aber ich kann mich nicht bremsen.

Einen Augenblick lang scheint es, als wüsste die Lehrerin nicht, was sie sagen soll. Dann wandelt sich ihre sonst so freundliche Miene in eine kühle Maske. »Bei allem Respekt, Miss Ward. Was geht Sie das in Ihrer Funktion als Sekretärin überhaupt an?«

Ihre Frage verursacht ein unbehagliches Ziehen in meiner Brust. »Eigentlich nichts«, gebe ich zu. »Aber ich möchte Melissa helfen.«

»Dagegen ist nichts einzuwenden«, sagt sie langsam, »aber Melissa muss auch lernen, dass ihr Verhalten nicht in Ordnung ist.«

Es dauert einen Moment, bis ich begreife, wovon sie spricht. »Sie meinen die Aktion in der Cafeteria letzte Woche?«

»Ganz genau. Gewalt ist nicht die passende Methode, um Probleme zu lösen. Sie wissen, dass dieses Credo an unserer Schule großgeschrieben wird.«

»Dann erwarte ich, dass Zoe und die anderen Mädchen ebenfalls dafür zur Rechenschaft gezogen werden, nachdem sie Melissa geschubst haben.«

Ohne dass ich es will, blitzt das Bild von drei Mädchen vor meinem inneren Auge auf, die ein viertes einkreisen und mit einer übel riechenden Flüssigkeit überschütten. Es schnürt mir die Kehle zu. Ich will mich nicht daran erinnern.

»Das werden sie. Keine Sorge. Mister Jones wird eine professionelle Streitschlichterin einschalten. Der Fall liegt der Dame bereits vor. Sie wird sich noch in dieser Woche mit den Mädchen zusammensetzen.« Ihr Blick wandert zu der großen Wanduhr über der Tür. »Und nun entschuldigen Sie mich bitte. Der Unterricht beginnt in Kürze.«

Versucht Mrs Monroe mich gerade abzuwimmeln? So leicht gebe ich mich nicht geschlagen. Zuerst erwarte ich zufriedenstellende Antworten. »Sind Sie sicher, dass dem Mädchen geholfen wird? Haben Sie persönlich mit der Streitschlichterin gesprochen?«

»Miss Ward«, stößt die Lehrerin deutlich genervt zwischen zusammengebissenen Zähnen hervor. »Jetzt ist aber mal gut. Lassen Sie uns bitte unsere Arbeit machen und kümmern Sie sich um ihre eigene. Ich denke nicht, dass Mister Jones erfreut wäre, wenn er erfährt, dass Sie ihre Nase in fremde Angelegenheiten stecken.«

Mein Mund klappt auf, doch bevor ich antworten kann, hebt sie eine Hand und kommt mir zuvor. »Und nur, damit Sie es wissen: Ja, ich habe mit ihr gesprochen. Die Dame ist sehr engagiert, besitzt Einfühlungsvermögen und eine umfassende pädagogische Ausbildung.« Ihr kühler Blick scannt meinen Körper. »Im Gegensatz zu Ihnen«, steht deutlich darin geschrieben.

Plötzlich fliegt die Tür auf und die ersten Schüler kommen laut schwatzend herein.

»Wenn ich Sie jetzt bitten dürfte, zu gehen«, wiederholt sie noch einmal, diesmal mit mehr Nachdruck. Dann dreht sie sich zur Tafel um und schreibt das Thema der heutigen Stunde an diese.

Währenddessen füllt sich der Klassenraum in Sekundenschnelle. Das Klingeln der Schulglocke ertönt. Es wird Zeit für mich zu gehen, obwohl mir noch tausend Fragen im Kopf herumschwirren. Mir ist nicht wohl bei dem Gedanken, dass sich eine völlig fremde Frau Melissas Probleme annehmen soll. Wie soll ihr das Mädchen vertrauen, wenn es sie noch nie zuvor gesehen hat?

Widerwillig wende ich mich zur Tür um und kollidiere fast mit Melissa, die als Letztes hereinhuscht. Sie hält den Kopf gesenkt, die langen Haare fallen ihr strähnig ins Gesicht. In geduckter Körperhaltung schleicht sie zu ihrem Platz in der letzten Reihe. Ein Riss durchzieht mein Herz, während ich das Mädchen beobachte. Sie erinnert mich so sehr an mich, dass es mir den Boden unter Füßen wegzieht. Ich muss mich an der Wand abstützen, um nicht über meine eigenen, zitternden Beine zu stolpern.

Kurz bevor ich die Tür hinter mir schließe, sehe ich noch einmal zu ihr. Sie hat die Nase in einem Buch vergraben und sitzt wie angewurzelt auf ihrem Stuhl. Obwohl sie nichts von ihren Emotionen nach außen dringen lässt, weiß ich nur zu gut, wie es in dem kleinen Mädchen aussieht. Es kostet mich enorme Überwindungskraft, die Tür zu schließen und den Weg ins Sekretariat anzutreten.

Ich wünschte, ich könnte Melissa helfen. Sie vor der Welt und Mädchen wie Zoe beschützen. Doch mir sind die Hände gebunden.

Meine Schläfen beginnen zu pochen, als ich an mein abgebrochenes Studium zurückdenke. An Tagen wie heute verfluche ich mich dafür, dass ich damals die falschen Entscheidungen getroffen habe.

Natürlich ist es mir auch in dieser Woche nicht vergönnt, in Ruhe ins Wochenende zu starten. Wie jeden Freitag hält Mister Jones es für nötig, mich zu einem Date überreden zu wollen – erfolglos. Wann begreift dieser Kerl endlich, dass ich eher ins Kloster gehen würde, als meine Freizeit mit ihm zu verbringen? Freundlich, aber bestimmt wimmele ich ihn ab und rede mich mit der Notlüge heraus, dass ich gleich einen wichtigen privaten Termin hätte. So schnell mich meine Beine tragen, trete ich den Weg zum Parkplatz an und setze mich hinter das Lenkrad meines Wagens.

Meine Gedanken schwirren noch immer um Melissa und die Ereignisse der letzten Tage, als ich nach dem Aussteigen in die Staubwolke eines gerade einfahrenden Motorrads eingehüllt werde.

»Verfluchte Scheiße! Können Sie nicht ...«

Doch als der hochgewachsene Mann die Maschine neben meinem Honda abstellt und den Helm abnimmt, verstumme ich. Vor mir steht, mit einem hinreißend entschuldigenden Lächeln auf den Lippen, Anthony Miller.

»Sorry, Robyn. Ich wollte dein Outfit nicht ruinieren.« Sein Blick wandert langsam von meinem Gesicht abwärts und verharrt einen Moment auf meinem Dekolleté. »Ich hab das Schätzchen gerade abgeholt und musste einfach testen, was in ihm steckt.« Liebevoll streichelt er die glänzende Oberfläche des Tanks.

Sprachlos starre ich meinen Kollegen an. Aus meinem sonst so schlagfertigen Mundwerk kommt kein Ton heraus. Alle Flüche, mit denen ich den respektlosen Fahrer gerade eben noch belegen wollte, haben sich in nichts aufgelöst. Stattdessen ist mein Gehirn voll und ganz mit der Aufnahme des verboten heißen Anblicks ausgelastet, der sich mir bietet. Anthony Miller, Hottie Nummer eins an der Silver Springs Elementary School, in Lederkluft, Biker Boots und Handschuhen, ist so ziemlich das Leckerste, das ich seit Langem zu Gesicht bekommen habe. Hitze breitet sich in meinem Schoß aus, züngelt von meiner Mitte hinauf, bis in die Fingerspitzen. Meine Hände wollen über Anthonys Bart streichen, seine Lederjacke ausziehen und erkunden, was sich darunter verbirgt. Letzteren Wunsch nimmt er mir ab, nachdem er von seinem Motorrad abgestiegen und zu mir getreten ist. Als er den Reißverschluss seiner Jacke öffnet und ein olivgrünes Shirt mit tiefem Halsausschnitt entblößt, erkenne ich die verschlungenen Linien eines Tattoos auf seiner Brust. Endlich finde ich meine Sprache wieder.

»Nichts passiert.« Mit fahrigen Handbewegungen klopfe ich den Staub von meinem dunkelblauen Bleistiftrock.

»Ich wusste gar nicht, dass du auch hier wohnst. Warte, du hast da noch was.« Anthony streift einen Handschuh ab und fegt ein Steinchen von meinem Bauch. Als er die Hand wieder zurückzieht, berührt er versehentlich meine Brust. Vermutlich sollte er sich für die unangemessene Berührung entschuldigen, doch der tiefe Blick, den er mir schenkt, hat nichts mit Reue zu tun. Diese dunkelbraunen, fast schon schwarzen Augen, werden noch mein Ende sein. Ohne dass ich mir der Bewegung wirklich bewusst bin, trete ich einen Schritt auf ihn zu. Kleine Schweißperlen glänzen auf seiner Stirn. Der Geruch von Leder liegt in der Luft.

»Ich bin letzte Woche hier eingezogen«, sagt er langsam und deutet zu einer Tür im Erdgeschoss, direkt gegenüber von Zeldas und meiner Wohnung. Nur der Parkplatz trennt unsere Apartments voneinander. Sein Blick hält meinen noch immer fest, tief und dunkel. Voller Lust und Gier.

Als würden unsere Körper magnetisch voneinander angezogen, bewegen wir uns aufeinander zu, bis meine Hände den Weg auf seine breite Brust finden. Ich kann Anthonys Herz unter ihnen hämmern spüren. Meine Finger krallen sich in den Stoff seines Shirts und ziehen den ohnehin schon tiefen Ausschnitt noch weiter hinunter.

Anthony atmet scharf aus. Seine Hände liegen auf meiner Hüfte. »Willst du mit reinkommen?«, fragt er rau.

Ein zufriedenes Lächeln breitet sich auf meinen Lippen aus. Und ob ich das will.

7. Kapitel

#72

Vermutlich denken Sie, liebe Leser, dass ich keine Tabus kenne. Keine Regeln befolge. Keine Grenzen habe. Doch das stimmt nicht. Es gibt eine Handvoll Regeln, die ich mir selbst auferlegte, als ich beschloss, im Internet über mein Sexleben zu berichten:

1. *Fische nicht in fremden Gewässern.*
   Wenn ich sicher weiß, dass ein Mann vergeben oder gar verheiratet ist, lasse ich die Finger von ihm. Schlimm genug, dass er die Entscheidung getroffen hat, seine Partnerin zu betrügen. Ich werde dieses Verhalten ganz sicher nicht unterstützen. Allerdings muss ich gestehen, dass ich den Beziehungsstatus meines Gegenübers auch nicht extra erfrage. Wer weiß schon, ob er mir die Wahrheit sagen würde?

2. *Behalte die Kontrolle.*
   Wenn mir ein Mann gefällt und die Chemie zwischen uns stimmt, mache ich kein Geheimnis aus meinen Absichten. Sollte der Kerl jedoch versuchen, Spielchen mit mir zu treiben oder mich zu Dingen zu überreden, die für mich nicht infrage kommen, bin ich raus.

3. *Verliebe dich nicht.*
   Die Vergangenheit hat mir gezeigt, dass ich nicht für Beziehungen gemacht bin. Das ist okay. Ich habe vor langer Zeit mit dem Thema abgeschlossen. Ein kurzes, heißes Abenteuer ist alles, was ich von einem Mann will. Ich liebe Sex. Ich liebe Männer. Aber nie länger als eine Nacht.

4. *Schütze deine Identität.*
   Ich führe diesen Blog unter dem Pseudonym Samantha Bane. Mit dem-

selben Vornamen stelle ich mich den Männern vor, die mich interessieren. Mehr erfahren sie nie. Weder gebe ich meine Nummer raus, noch spreche ich über persönliche Dinge. Ohnehin ist das Meiste, was sie über mich zu wissen glauben, frei erfunden.

5. *Wähle ausschließlich fremde Männer aus.*
   Egal, wie attraktiv, sexy oder unwiderstehlich ein Mann auch ist: Sobald er auch nur meinen wahren Namen kennt, ist er tabu.

So viel zur Theorie. In den letzten Jahren hielt ich mich eisern an meine Regeln. Nie hätte ich gedacht, dass eines Tages ein Mann auftauchen würde, der es schafft, meine Prinzipien über den Haufen zu werfen. Und dann passierte es doch. Innerhalb einer einzigen Woche brach ich zwei meiner Regeln. Nummer vier und fünf waren hinfällig, als mein neuer Kollege Tom in mein Leben trat. Nicht nur, dass er seinen Knackarsch jeden Morgen vor meiner Nase spazieren trug – natürlich musste er ausgerechnet in meine Nachbarschaft ziehen. Danke, Karma. Ich versuchte eisern, seinem Sexappeal zu widerstehen, scheiterte jedoch kläglich. Bereits, als er an seinem ersten Arbeitstag in meinem Büro auftauchte, wusste ich, dass ich ihn haben musste. Anderthalb Wochen später war es dann soweit. Ich konnte mich nicht länger zurückhalten und wollte es auch nicht mehr. Scheiß auf die Regeln! Wer hatte sie aufgestellt? Richtig: ich! Also konnte ich sie auch wieder brechen.

Wir trafen uns am Freitagnachmittag nach der Arbeit zufällig auf dem Parkplatz unserer Wohnanlage. Tom kam zu mir, sah mir tief in die Augen und schien nicht im Mindesten überrascht darüber, wie stark mein Körper auf ihn reagierte. Seine Hände fanden den Weg an meine Hüfte. Meine eigenen lagen auf seiner Brust. Ich konnte Toms harten Herzschlag unter meinen Fingerkuppen spüren.

»Willst du mit reinkommen?«

Anstelle einer Antwort stellte ich mich auf die Zehenspitzen und leckte kurz über die Stelle unterhalb seines Ohrläppchens.

Tom erstarrte, bevor ein Zittern über seine Haut lief. Er griff nach meiner Hand und zog mich wortlos mit sich. Als er die Tür zu seinem Apartment aufgeschlossen hatte, schob er sie mit dem Fuß auf. Im nächsten

Moment spürte ich die kühle Wand in meinem Rücken. Tom presste seinen harten Körper an mich. Seine Hände waren überall. Er war ebenso erregt wie ich. Mit dem Mund liebkoste er meine Halsbeuge. Sein Bart kratzte wohlig über meine Haut. Atemlos ließ ich ihn gewähren, bis er innehielt und mich prüfend ansah. In seinen Augen stand das blanke Begehren geschrieben. Gott, wie sehr ich ihn wollte! Einen kurzen Moment lang sahen wir uns an, tauschten ein stummes Einverständnis, dann lagen seine warmen Lippen auf meinen. Tom küsste mich nicht nur, er eroberte meinen Mund mit einer Intensität, die keine Fragen offenließ. Ich konnte nicht genug davon bekommen. Mit geschickten Fingern öffnete er die Knopfleiste meiner Bluse, ohne von meinem Mund abzulassen. Ungeduldig zog er den Saum des Kleidungsstücks aus meinem Rock und vergrub sein Gesicht zwischen meinen Brüsten. Ich taumelte zur Seite, hielt mich an einem Regal fest und warf den Kopf in den Nacken. Mein BH landete auf dem Boden. Tom nahm sich einen Moment Zeit, um den Anblick meiner nackten Brüste zu genießen. Meine Nippel zogen sich erwartungsvoll zusammen. Wenige Sekunden später kam seine Zunge ihrem Wunsch nach Beachtung nach.

Ich drückte den Rücken durch, öffnete den Reißverschluss an der Seite meines Rockes und ließ ihn über meine Beine gleiten. Tom wusste, was ich wollte, was ich brauchte. Während seine Zunge kleine Kreise um meine Brustwarzen malte, wanderte seine Hand in mein Höschen. Seine Finger rieben meine empfindlichste Stelle, erst sanft und zart, dann mit mehr Druck. Ich schloss die Augen und gab mich dem Wahnsinnsgefühl hin, das dieser Mann in mir entfachte. Zu wissen, dass ich ihn eigentlich gar nicht begehren dürfte, steigerte meine Lust noch mehr. Verbotene Früchte schmeckten eben doch am besten. Mit einer Hand hielt ich mich an dem Regal in meinem Rücken fest, die andere rieb ich über seine Erektion.

Keuchend ließ er von meinen Brüsten ab und küsste meinen Hals. Ich presste mich seiner Härte entgegen, konnte kaum noch klar denken. Zwei Finger glitten in mich. Quälend langsam zog er sie zurück, bevor er sie erneut in mir versenkte. Dieses Spiel wiederholte er so lange, bis meine Beine zu zittern begannen. Meine Mitte pulsierte, zuckte und glühte. Meine inneren Muskeln spannten sich an.

Tom steigerte das Tempo, während ich seine Hose öffnete und ungeduldig nach unten zog. Er keuchte auf, als ich ihn in die Hand nahm und zu reiben begann. Ich konnte es kaum erwarten, dieses Prachtstück in mich aufzunehmen. Nachdem wir uns gegenseitig fast bis an den Rand des Wahnsinns getrieben hatten, ließ er schwer atmend von mir ab und bedachte mich mit einem glühenden Blick. Mit seinen großflächigen Tattoos und dem dichten Bart wirkte Tom wie ein Rockstar, verboten heiß, durchtrainiert und unfassbar sexy. Seine gierigen Augen verschlangen meinen halbnackten Körper. Ich konnte ihre Spur auf jedem Zentimeter meiner in Flammen stehenden Haut spüren. Ohne ein Wort zu verlieren, entledigten wir uns der restlichen Kleidungsstücke.

Jeder Moment, der verstrich, ohne von ihm berührt zu werden, war Zeitverschwendung. Ich gierte nach Toms Zunge, seinen Händen, seiner Erektion. Er trat im selben Moment auf mich zu, als ich mich vom Regal abstieß. Unsere erhitzten Körper prallten gegeneinander. Instinktiv schlang er mein rechtes Bein um seine Hüfte, dabei gruben sich seine Finger hart in meine Pobacken. Toms Penis drückte gegen meine Mitte. Ich brauchte mehr. Viel mehr. Er ergriff mein anderes Bein und hob mich hoch. Ich verschränkte die Füße hinter seinem Rücken, während er mich in den Nebenraum trug, als wöge ich kaum mehr als eine Feder. Auf dem kurzen Weg tauschten wir heiße, verspielte Küsse, die mich schier wahnsinnig machten. Dieser Mann war purer Sex.

Ich registrierte nur am Rande, wie er mich auf dem kühlen Laken ablegte. Toms Mund ließ keine Sekunde von mir ab. Noch während des Küssens kramte er ein Kondom aus der Schublade seines Nachttisches hervor. Widerwillig entließ ich ihn aus meiner Umarmung, damit er es sich überziehen konnte. Im nächsten Moment war er bereits zwischen meinen Beinen und schob sie auseinander. Ich hieß ihn mit all meiner Lust willkommen. Schnell und fest drang er in mich ein.

Ah, wie ich diesen Moment liebe! Dieses Gefühl war mit nichts auf der Welt vergleichbar. Tom stieß hart zu, zog sich zurück und begann von vorn. Für überflüssige Zärtlichkeiten war kein Platz. Genauso wollte ich es. Nachdem ich mich an seine Härte und das hohe Tempo gewöhnt hatte, legte ich meine Beine auf seine Schultern. Tom richtete sich etwas auf und drang noch tiefer ein. Dies war der Himmel auf Erden. Mit zurückgeworfenem Kopf gab ich mich ihm hin. Zuckende Blitze tanzten vor meinen geschlossenen Augen, bis ich mich am Rande des Wahnsinns wiederfand.

Nach einer Weile zog Tom sich aus mir heraus und sah mich herausfor-

dernd an. Anscheinend war er kein Mann vieler Worte. Ich richtete mich auf, stützte mich auf den Ellenbogen ab und empfing seinen atemlosen Kuss. Mit wildem Blick umfasste er meine Taille und drehte mich auf den Bauch. Es gefiel mir, ihm die Führung zu überlassen. Ich reckte Tom mein Hinterteil entgegen und wartete sehnsüchtig auf die Fortsetzung unseres Liebesspiels. Seine großen Hände strichen über meinen Rücken zu meinem Po. Er gab mir einen leichten Klaps auf die Backen, der mich lustvoll aufkeuchen ließ. Dann kniete er sich hinter mich, hob mein Becken an und presste sein bestes Stück zwischen meine Schenkel. Ich bewegte meinen Hintern in ausladenden Kreisen, die sein Glied pulsieren ließen. Endlich drang er erneut in mich ein. In dieser Position füllte er mich noch tiefer aus als zuvor. Seine Hände lagen links und rechts auf meiner Hüfte, zogen mich zu ihm, wann immer er zustieß, und schoben mich anschließend wieder ein Stück weg.

Tom steigerte seinen Rhythmus und atmete schwer. Ich fühlte die Erlösung mit jedem erneuten Stoß herannahen. Wie eine Welle, die mit jeder Sekunde höher emporwuchs. Lange würde ich es nicht mehr aushalten, bevor sie über mir zusammenbrechen würde. Ich senkte den Kopf zwischen seine Kissen und drängte Tom meinen Po entgegen. Er war nun ganz tief in mir und gab einen Laut von sich, der irgendwo zwischen Knurren, Keuchen und Stöhnen lag. Ich liebte es, wenn ein Mann geräuschvoll zeigte, wie sehr es ihm gefiel. Kaum etwas machte mich mehr an.

Die ersten Ausläufer der Orgasmus-Welle erreichten mich. Meine Muskeln begannen unkontrolliert zu zucken. Gleich war es soweit. Ich hielt mich nicht länger zurück und stieß ein Keuchen aus, das bestimmt noch bis auf die Straße zu hören war. Es war mir gleichgültig. War ich einmal in Fahrt, blendete ich die Welt um mich herum aus und gab mich ganz der Lust hin.

Tom quittierte das Geräusch mit einem tiefen Brummen. Noch einmal zog er sich zurück, um ein letztes Mal zuzustoßen. Mein gesamter Körper vibrierte unter der Wucht, mit der er mich nahm. Kraftvoll brach der Höhepunkt über mir herein, überspülte mich und pulsierte durch jede Vene meines Körpers. Meine zuckende Mitte hielt Tom fest umschlossen. Er sog die Luft ein, entließ sie mit dem nächsten Stoß und bäumte sich auf, bevor er buchstäblich über mir zusammenbrach. Sein Orgasmus verschmolz mit meinem zu einem funkensprühenden Feuerwerk. Unsere Körper vereinigten sich auf die perfekteste aller Arten.

Tom verharrte in mir, bis wir beide wieder zu Atem kamen, dann platzierte er einen Kuss auf meinem Rücken und zog sich langsam zurück. Als ich wieder klar denken konnte, drehte ich mich um und sah meinen Kollegen unter halbgeschlossenen Lidern schwer atmend an. Mit verklärtem Blick kniete er vor mir. Auf seiner Stirn bildete sich eine nachdenkliche Falte. Ein unbehagliches Gefühl wuchs in meiner Brust heran und verdrängte den Endorphinrausch des gerade Erlebten. Die Erkenntnis brannte sich gewaltsam in mein Gehirn: Er war mein Arbeitskollege, verflucht noch mal! Egal, wie gut der Sex mit ihm war, es hätte niemals soweit kommen dürfen.

Ich wusste es und er wusste es auch.

Langsam erhob er sich vom Bett und streifte das Kondom ab und entsorgte es. Mit einer ungeheuren Lässigkeit suchte er eine neue Shorts aus dem Schrank und zog sie an. Dann setzte er sich auf die Bettkannte, rang die Hände und sah mich ernst an. »Hör zu ...«, begann er, doch der Satz blieb unvollendet.

»Ich weiß«, sagte ich schnell. »Es war ein Fehler.«

Zu meiner Überraschung verzog Tom den Mund zu einem belustigten Grinsen. »Bereust du es?«

Spielerisch boxte ich gegen seine Schulter. Wie könnte ich etwas derart Aufregendes bereuen? »Nein«, antwortete ich wahrheitsgemäß.

»Ich auch nicht.«

Wir einigten uns darauf, dass der Sex, so wahnsinnig toll er auch gewesen war, eine einmalige Sache bleiben sollte. Das war es für mich immer, aber Tom konnte das nicht wissen.

Wie ich ihm fortan jeden Tag auf Arbeit begegnen sollte, ohne an seine besonderen Qualitäten zu denken, wusste ich nicht. Doch darüber würde ich mir erst nach dem Wochenende Gedanken machen müssen. Für den Moment beließ ich es dabei, das Hochgefühl noch ein wenig auszukosten, auch wenn es sich im Nachgeschmack schal anfühlte. Nichtsdestotrotz hatte ich Nummer zweiundsiebzig auf ganzer Linie genossen – obwohl sich dieser Mann nie in meine Liste hätte einreihen dürfen.

8. Kapitel

»Ich kann es nicht fassen, dass du mit einem Lehrer aus deiner Schule geschlafen hast!« Eine Mischung aus Faszination und Entrüstung schwingt in Zeldas Stimme mit. Sie hat es sich im Schneidersitz auf unserem Wohnzimmerteppich gemütlich gemacht und schiebt sich genüsslich eine French Frie nach der anderen in den Mund. Der Geruch nach Frittierfett, Ketchup und Majo verursacht mir Übelkeit. Vom bloßen Anblick des Junkfoods bekomme ich Bauchschmerzen. Zelda bemerkt nichts davon. Das hellblonde Haar trägt sie heute zu einem hohen Dutt zusammengezwirbelt. Ihre pink gefärbten Spitzen lugen unter dem Haargummi hervor.

Ich spare es mir, sie darüber aufzuklären, dass Anthony alias Tom kein Lehrer, sondern der Schulbibliothekar ist. Da sie meine Kollegen ohnehin nicht kennt, spielt es keine Rolle.

»Und ich kann nicht glauben, dass ich meine Prinzipien über den Haufen geworfen habe, nur weil zum ersten Mal seit Jahren ein gutaussehender Kerl mein Sekretariat betreten hat.« Stöhnend vergrabe ich das Gesicht zwischen den Händen und schüttele den Kopf.

Meine Mitbewohnerin gibt einen Laut von sich, der halb zustimmendes Grunzen, halb Schmatzen ist. »Ach komm. Wie groß ist die Wahrscheinlichkeit, dass ausgerechnet er *One Hundred Lovers* kennt?«

Ich lasse die Hände sinken und sehe zaghaft auf den Bildschirm meines Laptops, den ich auf meinem Schoß abgestellt habe. »Verschwindend gering, hoffe ich.« Nicht auszudenken, wenn er sich in meinem Post wiedererkennen würde.

»Was sagen die Leser?«, fragt Zelda, zwei Pommes im Mundwinkel wippend.

Es ist mir ein Rätsel, wie sie das fettige Zeug schon am Vormittag runterkriegt. Außer dem obligatorischen Smoothie und zwei großen Tassen Kaffee hat sich heute noch nichts in meinen Magen verirrt.

Mit klopfendem Herzen scrolle ich zu den Kommentaren. Den Blogeintrag selbst habe ich gestern Nacht geschrieben. Dabei habe ich den Sex mit Anthony in Gedanken wieder und wieder durchlebt. Es hat sich merkwürdig angefühlt, über einen Mann zu schreiben, den ich täglich sehe und der außerdem nur wenige Meter entfernt wohnt, wenngleich es wahnsinnig aufregend war.

»Rob? Die Leser!«, erinnert mich Zelda ungeduldig.

»Ach ja. Entschuldige.« Ich hole tief Luft. »Also gut. Schauen wir mal ...« Da springt mir die Blogstatistik ins Auge. »Neunhundert Seitenaufrufe seit letzter Nacht!«, lese ich ungläubig vor.

Zelda pfeift anerkennend, bevor sie sich fünf Fritten auf einmal zwischen die Zähne schiebt. »Becky schreibt: *Der Kerl klingt wirklich heiß. Dem hätte ich auch nicht widerstehen wollen.*« Ihr Kommentar bringt mich zum Schmunzeln. »Nicky wünscht sich eine Fortsetzung unserer Nacht und ein Happy End für uns? Die verwechselt den Blog wohl mit ihrer Lieblingssoap.«

Zelda lacht. Wir tauschen einen So-läuft-das-nicht-Blick.

»Catherine schreibt: *Alles richtig gemacht, Sam! Das Leben ist zu kurz, um niemals Regeln zu brechen. Sogar die eigenen.*«

»Recht hat sie«, stimmt ihr Zelda zu.

Aber natürlich lassen auch die negativen Stimmen nicht auf sich warten. Bilde ich es mir nur ein, oder sind es diesmal besonders viele?

»Von Anonym: *Diese Aktion war selbst für deine Verhältnisse erbärmlich. Ich hoffe, der Kerl hat dich mit einer fiesen Geschlechtskrankheit angesteckt!*«

Zelda prustet.

Ich scrolle weiter. »Ebenfalls anonym verfasst: *Abscheulich. Sich anzubiedern wie das letzte Flittchen, um einen Arbeitskollegen zu verführen. Was ist nur aus Moral und Anstand geworden?*«

»Ich wette, das sind alles gelangweilte Hausfrauen, die sich wünschen, ihr eigener Kerl würde sie mal wieder ordentlich durchvögeln«, wirft Zelda kauend ein.

»Vielleicht.«

»Lies weiter«, fordert sie mich mit einer Handbewegung auf.

»*Haben Sie meinen letzten Brief erhalten? Ich bin noch immer an einer Zusammenarbeit mit unserer Zeitung interessiert. Bitte melden Sie sich bei mir. Thomas Harper.*«

»Der Zeitungstyp?« Die Augenbrauen meiner Freundin wandern nach oben. »Der lässt echt nicht locker.«

Meine Finger verharren über der Tastatur. »Den hatte ich völlig vergessen.«

»Antwortest du ihm?«

Ich bleibe im ersten Moment stumm.

Zeldas Augen weiten sich. »Heißt das ja?«

»Ach, Scheiß drauf! Ich schreibe diesem Thomas Harper jetzt.«

Meiner Mitbewohnerin entfährt ein schrilles »Woohoo!«. Sie reißt beide Arme in die Luft und grinst von einem Ohr zum anderen. »Ich bin gespannt, was er sagt.«

»Ich auch«, gebe ich lachend zu, öffne mein Mailprogramm und wähle meine Samantha-Bane-Adresse aus. Wenn ich es jetzt nicht tue, verlässt mich vielleicht der Mut. Also tippe ich einfach drauf los.

»Lies vor!«, fordert mich Zelda nach ein paar Minuten auf.

Ich räuspere mich umständlich, bevor ich ihrer Bitte nachkomme. »Sehr geehrter Mister Harper, Ihre Hartnäckigkeit beeindruckt mich. Obwohl ich eine Veröffentlichung meiner Texte außerhalb des Blogs bisher strikt ablehnte, muss ich zugeben, dass mich die Idee mittlerweile reizt. Ich könnte mir also vorstellen, mit Ihnen zusammenzuarbeiten. Zu meinen Konditionen, versteht sich. Für ein telefonisches Gespräch oder ein Treffen in Los Angeles stehe ich gerne zur Verfügung. Mit freundlichen Grüßen, Samantha Bane.« Ich werfe Zelda einen unsicheren Blick zu. »Und, was meinst du?«

Sie reckt beide Daumen in die Höhe. »Schick es ab.«

Und genau das tue ich.

Bis zum Nachmittag lümmeln Zelda und ich auf unserem übergroßen Sofa herum und schauen ein paar Folgen *All the Beautiful Girls*. Wenn ich meine kleine Schwester im Fernsehen sehe, fühlt sich das noch immer surreal an. Natürlich bin ich mächtig stolz auf Francis. Nicht nur auf ihren schauspielerischen Erfolg, sondern auch auf ihr ehrenamtliches Engagement. Fran bringt beträchtliche Summen ihres Vermögens in eine eigens gegründete Stiftung ein, die es sich zum Ziel gesetzt hat, benachteiligten Kindern zu helfen.

Meine Schwester ist nicht nur eine talentierte Schauspielerin und ein durch und durch guter Mensch, sondern lebt, im Gegensatz zu einigen ihrer Co-Stars, auch absolut skandalfrei. Während die anderen drei Damen, die ebenfalls Hauptrollen verkörpern, öfter mit einem neuen Lebensabschnittsgefährten oder beim Verlassen einer wilden Party in den Klatschmagazinen und TV-Sendungen auftauchen, hört und sieht man von Francis nichts dergleichen. In dieser Serie spielt sie eine alleinerziehende angehende Rechtsanwältin, die sich in ihrem von Männern dominierten Beruf durchkämpfen muss. Nebenbei plagt sie sich mit ihrem Exfreund herum, versucht Job und Kind unter einen Hut zu bekommen und sucht die große Liebe. Ihren drei Freundinnen, von Berufs wegen Bankerin, Vorstandsvorsitzende eines Automobilkonzerns und Herzchirurgin, ergeht es ähnlich. Was von den Kritikern nach Ausstrahlung der ersten Folge noch als Emanzenkram belächelt wurde, hat sich mittlerweile zu einer der beliebtesten US-Serien der letzten Jahre entwickelt. Die Freundschaft der vier Karrierefrauen, gewürzt mit einer Prise Romantik, viel schwarzem Humor und etwas Drama, fesselt Woche für Woche Millionen Amerikaner vor den Bildschirmen. Der Titel der Serie spielt darauf an, wie schwer es die Freundinnen haben, sich beruflich und privat zu beweisen, während sie ständig unterschätzt werden. Das Thema ist nicht neu, trifft aber anscheinend den Nerv der Zuschauer. Auf alle erdenklichen Arten werden veraltete Moralvorstellungen und noch immer herrschende Vorurteile gegenüber erfolgreichen Frauen aufgegriffen und mit Schlagfertigkeit, Charme und Durchsetzungsvermögen abgebügelt.

Nachdem Zelda und ich die vierte Folge am Stück geschaut haben, sinkt sie verzückt seufzend zwischen die Kissen. »Francis spielt so toll. Manchmal kann ich es immer noch nicht fassen, dass ich mit der Schwester einer berühmten Schauspielerin zusammenwohne.«

»Na hör mal! Vielleicht wohnst du bald mit einer berühmten Zeitungskolumnistin zusammen, die davon berichtet, wie sie einen Kerl nach dem anderen flachlegt.«

Sofort prustet Zelda los. »Stimmt, hatte ich ganz vergessen. Aber deine Identität soll ja weiterhin geheim bleiben, oder?«

»Auf jeden Fall.«

»Also wird niemand je erfahren, welch prominenten Umgang ich pflege.« In einer theatralischen Geste presst sie die rechte Hand auf ihre Brust und setzt einen Ach-wie-schade-Blick auf.

»*Du* weißt es«, erinnere ich sie sanft.

Zelda nimmt meine Hand und drückt sie kurz. Dann springt sie plötzlich wie von der Tarantel gestochen auf. »Scheiße, so spät schon! Ich muss los. Meine Schicht beginnt gleich.« Zelda arbeitet unter der Woche in einem Plattenladen im fünfzehn Meilen entfernten Groves Hill. An den Wochenenden schiebt sie zusätzlich Thekendienst in einer Kneipe hier im Ort. Für die Bar ist es noch zu früh, also tippe ich auf die Spätschicht im Record Store. Zwar verdient sie dort nicht genug, um davon leben zu können, und ist deshalb auf den Zweitjob angewiesen, doch dafür liebt sie den Laden heiß und innig.

In Windeseile tauscht meine Mitbewohnerin ihren bequemen Schlabberlook gegen pinke Chucks, einen schwarzen Minirock und ein Oberteil, auf dem ein weißer Totenkopf prangt. Der tiefe Ausschnitt des Tops setzt ihr Zelda-und-Link-Tattoo gekonnt in Szene.

»Bis später!«, ruft sie mir vom Flur aus zu. Dann fällt die Tür hinter ihr ins Schloss.

Nachdem Zelda gegangen ist, schaue ich noch ein wenig Trash TV, bis ich so müde werde, dass ich mich für ein kleines Nickerchen hinlege. Meine Glieder sind ebenso schwer wie mein Kopf. Eine Erinnerung zupft an den Enden meines Verstandes. Ich will sie verscheuchen, doch sie hat sich hartnäckig dort festgesetzt und nimmt immer mehr Raum ein. Als meine Augen zufallen, breitet sich ein beklemmendes Gefühl in meiner Brust aus.

Ich blinzele und finde mich plötzlich im Büro von Jeffrey Clark wieder. Er ist neu am College und unterrichtet History of Education. Das Semester ist erst drei Wochen alt und ich bin schon restlos in den jungen Dozenten verknallt. Die Art, wie er mich ansieht, macht mich schier wahnsinnig. Zuerst wollte ich nicht glauben, dass sich dieser umwerfende Mann tatsächlich für mich interessieren könnte, aber nachdem er mich letzte Woche auf dem Nachhauseweg abfing und mich in ein Gespräch verwickelte, das nichts mit dem Studium zu tun hat, begreife ich langsam, dass ich der größte Glückspilz auf Erden bin. Er wollte sogar meine Nummer haben. Seit Tagen tauschen wir witzige, flirty Nachrichten aus.

Jeffrey gibt mir das Gefühl, etwas ganz Besonderes zu sein. Er behandelt mich nicht wie eine Studentin, sondern wie eine erwachsene Frau auf Augenhöhe. Mit jedem Lächeln, das er mir schenkt, gewinnt er ein größeres Stück meines Herzens für sich. Ich habe noch nie jemanden getroffen, der so attraktiv, intelligent und freundlich ist. Die Zeiten zwischen den Kursen können nicht schnell genug vergehen. Ich bin süchtig nach seinen SMS, bin süchtig nach Jeff! Und obwohl ich weiß, dass eine Verbindung dieser Art uns beide in Teufels Küche bringen kann, fühle ich mich so sehr zu ihm hingezogen, dass es fast körperlich schmerzt. Und nun stehe ich hier, vor seinem Büro, nervös bis in die Fingerspitzen und absolut planlos, was der Abend bringen wird.

»Robyn«, begrüßt mich Jeffrey mit sanfter Stimme und warmem Lächeln. Ich erwidere es zaghaft. »Komm her.« Auf wackeligen Beinen betrete ich

den Raum, der kaum größer als eine Abstellkammer ist. Es ist spät, das Rollo vor dem Fenster hat er zugezogen.

Langsam steht Jeff auf und schließt mich in die Arme. »Ich habe es keine Sekunde länger ohne dich ausgehalten«, flüstert er an meinem Ohr, bevor er einen sanften Kuss auf meiner Stirn platziert.

Dieses kurze Aufeinandertreffen seiner Lippen auf meiner Haut reicht aus, um meinen gesamten Körper in Flammen zu setzen. Ich will mehr, so viel mehr. Schüchtern presse ich den Mund auf seinen und küsse ihn zaghaft. Jeffrey ist nicht einmal überrascht, sondern scheint genau das erwartet zu haben, obwohl bis auf ein paar zufällige Berührungen noch nie etwas zwischen uns geschehen ist. Anscheinend soll sich das heute Abend ändern. Mein Dozent stöhnt in meinen Mund und presst seinen schlanken Körper an mich. Gemeinsam taumeln wir zurück, bis ich die Tür im Rücken spüre. Seine Hände wandern ungeschickt unter mein Shirt und beginnen, meine Brüste zu kneten. Sollte mir sein Tempo unangenehm sein? Vielleicht. Aber das ist es nicht. Seit Tagen kann ich an nichts anderes denken, als an Jeffreys Lippen auf meinen. Seine Küsse nun tatsächlich zu spüren, ist wie ein wundervoller Traum, der wahr wird. Mein Herz rast wie verrückt, ist voll von Zuneigung und Wärme. Dieser Mann bedeutet mir so viel.

Ich biege mich Jeff entgegen und nestele gleichzeitig an seinem Gürtel. Es ist der richtige Zeitpunkt. Er muss es sein. Warum warten, wenn man sich sicher ist, dem Richtigen begegnet zu sein? Wir stolpern zu seinem Schreibtisch, gegen den er sich lehnt, bevor er mich an sich zieht. Mit verklärtem Blick fegt Jeffrey einen Stapel Papiere runter. Ich dränge mich zwischen seine Beine und lasse mich langsam in die Hocke sinken. Ein wenig unsicher knie ich mich vor ihn, nehme sein erigiertes Glied in die Hand und reibe es zaghaft, bevor ich meine Lippen darum schließe. Ich habe sowas noch nie zuvor getan, doch ich weiß instinktiv, wie es funktioniert. Also tue ich es. Und ich muss mir eingestehen, dass es mir gefällt. Jeffreys Atem beschleunigt sich, immer wieder keucht er meinen Namen. Dann zieht er mich wieder nach oben und küsst mich tief. Seine Hände fahren unter meinen Rock und zerren meinen Slip zur Seite. Es ist vermutlich der falsche Moment, um das Tempo zu drosseln und ihm zu sagen, dass ich noch Jungfrau bin. Ich möchte das hier nicht kaputt machen und ihm das Gefühl geben, mich anders behandeln zu müssen, als die Frau, die er zwei-

felsohne in mir sieht. Also versuche ich mir nichts von meiner plötzlich aufwallenden Unsicherheit anmerken zu lassen und dränge alle Ängste beiseite, um mich auf das Hier und Jetzt zu konzentrieren.

Jeffrey umfasst meine Taille, dreht mich um und drückt meinen Rücken sanft nach unten. Ich spreize die Beine und halte erwartungsvoll den Atem an.

»Du bist so schön«, raunt er heiser, während er in mich eindringt.

Ein stechender Schmerz fährt durch meine Mitte und breitet sich bis in meinen Bauch aus. Ich presse die Zähne zusammen und unterdrücke den gequälten Laut, der sich aus meiner Kehle befreien will. Während ich die Augen geschlossen halte und darauf warte, dass sich das gute Gefühl einstellt, von dem alle immer sprechen, schiebt sich ein anderes Gesicht vor mein geistiges Auge.

»Du bist so schön«, flüstert Ethan.

Mein Herz wiegt schwer in meiner Brust. Mit aller Macht versuche ich die Erinnerung an seine meerblauen Augen aus meinem Kopf zu verbannen. Endlich flaut der Schmerz in meinem Unterleib ab und macht einer angenehmen Wärme Platz. Jeffrey gräbt seine Finger in meinen Po und beschleunigt das Tempo. Mit jeder Minute fühlt es sich besser an.

Ich hätte nie gedacht, dass mein erstes Mal im Stehen in einem düsteren Büro stattfinden würde, aber was spielt das Wie schon für eine Rolle? Ich genieße jede Sekunde, in der ich Jeffrey nahe sein kann.

»Gefällt dir das?«

Ich nicke, denn mittlerweile glaube ich zu verstehen, warum so viele meiner Kommilitoninnen versessen darauf sind, es ständig zu tun. Diese neuen, überwältigenden Gefühle sind mit nichts auf der Welt vergleichbar. Der Gedanke, dass mich Jeffrey gerade zur Frau macht, jagt einen Adrenalinstoß durch meinen Körper.

Unvermittelt zieht sich Jeffrey aus mir zurück. Er dreht mich wieder um und hebt mich hoch, bis ich auf der Kante seines Tisches sitze. Mit einem schiefen Grinsen schiebt er sich zwischen meine Beine, die ich instinktiv um seine Hüfte schlinge. Jeffreys Augen blicken hungrig auf meinen halb entblößten Körper.

Langsam zieht er mir das Shirt über den Kopf. Seine Fingerspitzen haken sich unter die Träger meines BHs. Dann schiebt er die Cups nach unten. Als er meine Brüste frei gelegt hat, vergräbt er den Kopf zwischen ihnen und liebkost sie mit Zunge und Lippen.

Schon jetzt weiß ich, dass dies der Beginn von etwas ist, das mich mein Leben lang begleiten wird. Jeffrey Clark hat ein Feuer in mir entfacht, das sich nie wieder bändigen lassen wird. Als wäre mein Körper aus einem zwanzigjährigen Schlaf erwacht und würde sich nun all der Möglichkeiten bewusst, die tief verborgen unter seiner Oberfläche schlummern. Worte können nicht beschreiben, was der Sex mit mir macht. Wie schön, wie vollkommen ich mich fühle.

Unvermittelt richtet sich Jeffrey wieder auf und küsst mich. Seine Pobacken spannen sich an, während er sich in qualvoll langsamem Tempo zurück in mich schiebt. Ich fühle seine ganze Härte in mir, die von meiner pulsierenden Mitte umschlossen wird.

»Du bist so wahnsinnig eng ...«, presst er hervor. Seine Finger graben sich in meine Hüfte. Er verliert keine Zeit, stößt wieder und wieder zu, bis der Schreibtisch unter uns ächzt. Das Tempo ist so hoch, dass ich die Luft anhalten muss. Jeff atmet so heftig, als würde ihm der Sex alles abverlangen. Plötzlich bäumt er sich auf, schließt die Augen und verkrampft. Fasziniert beobachte ich das Spiel seiner Mimik, während er zum Höhepunkt kommt. Nie war er schöner als in diesem Moment. Es erfüllt mich mit Stolz, ihn zum Höhepunkt verholfen zu haben.

Ein tiefes Grollen dringt aus seiner Kehle, dann öffnet er die Augen und sieht mich lächelnd an. »Darauf habe ich so lange gewartet«, gesteht er.

»Ich auch«, sage ich lächelnd und male mir all die nächsten Nächte aus, die wir miteinander teilen werden.

Sein Büro verschwimmt vor meinen Augen und weicht dem Flur des Fakultätsgebäudes, in dem meine Vorlesungen stattfinden. Es ist spät am Nachmittag, die meisten Kurse sind vorbei.

Hinter mir ertönen schnelle Schritte. Eine Hand legt sich auf meine Schulter und wirbelt mich herum. »Robyn!« Atemlos kommt Jeffrey zum Stehen. Der Klang meines Namens aus seinem Mund erinnert mich an die etlichen Male, als wir es heimlich in seinem kleinen Büro getrieben haben und er ihn leise in mein Ohr säuselte.

»Was willst du?«, frage ich mit bebender Stimme. Mein Magen sackt in meine Kniekehlen. Ich weiß genau, was er gleich sagen wird, und würde mir

lieber die Ohren zuhalten, als die Worte aus seinem Mund zu hören.

Den mitleidigen Blick, mit dem mich der Mann, den ich so sehr liebe, bedenkt, halte ich kaum aus. »Du weißt, dass es so nicht weitergeht.«

»Ich dachte, es hätte etwas zu bedeuten, wenn ein Mann mit einer Frau schläft, aber offenbar hatte ich keinen Schimmer.«

»Es tut mir leid«, murmelt er und wirft einen gehetzten Blick über seine Schulter. Die Mühe kann er sich sparen, wir sind allein. »Ich wusste nicht, dass du ...«

»In mich verliebt bist?«, beende ich seinen Satz flüsternd. Tränen brennen hinter meinen Lidern.

Jeffrey gibt eine ungelenke Mischung aus Nicken und Kopfschütteln von sich.

Ich zittere am ganzen Leib. Die erste Träne rinnt über meine Wange. Ich will nicht, dass es so endet. Ich will nicht, dass es überhaupt endet. Allein der Gedanke, ihn zu verlieren, zerreißt mich beinahe. Der Drang, mich an ihn zu klammern und ihn zu küssen, als wäre nichts geschehen, wird schier übermächtig. Zuerst kämpfe ich dagegen an, doch dann überbrücke ich die Distanz zwischen uns und schlinge meine Arme um seine Taille. Verzweifelt schluchze ich an seiner Schulter auf.

Jeffrey erstarrt.

»Verlass mich nicht.«

»Robyn ...«

Seit ich ihn heute Morgen aus dem Auto dieser Frau habe aussteigen sehen, kann ich an nichts anderes mehr denken. Seine Hand auf ihrem Rücken, ihr leises Lachen. Der sanfte Kuss, den er ihr zum Abschied gab. Ihre Blicke. Sechs Monate lang habe ich mir nichts sehnlicher gewünscht, als dass er mich *auf diese Weise ansehen würde. Bis heute hat er das nicht getan, egal wie sehr ich mich auch bemüht habe.*

»Robyn, bitte. Sieh mich an.« Unwillig hebe ich den Kopf. »Du weißt doch, dass das mit uns nicht funktioniert.«

Ich muss schwer schlucken. Wer sagt das?

»Ich habe nie ein Geheimnis daraus gemacht, dass ich nichts Festes will. Verdammt, selbst wenn ich es wollte, dürfte ich es nicht. Ich bin dein Dozent!«

Das fällt ihm verdammt früh ein. All seine Berührungen, die Küsse und Nachrichten haben eine ganz andere Sprache gesprochen. Oder?

»Ich hatte nicht geplant, mich zu verlieben«, sagt er mit gesenktem Blick.

Also liebt er mich doch? Mein Herz dreht einen kleinen Looping. Doch als ich die Scham in seinen Augen erkenne, kapiere ich, dass er nicht von mir redet. Es ist diese Frau! Gedemütigt trete ich zurück und lege all meine Enttäuschung in meinen Blick. »Ich war Jungfrau, wusstest du das?« Die Worte verlassen meinen Mund so leise, dass ich mir im ersten Moment nicht sicher bin, ob er sie verstanden hat. Ich hatte mir geschworen, ihm das nie zu erzählen, aber jetzt will ich, dass er weiß, was er mir angetan hat.

Jeffreys Augen weiten sich. Mit leicht geöffnetem Mund starrt er mich an. Sieht dabei zu, wie mein Herz direkt vor seinen Augen in tausend Teile zerbricht. »Das ... das war mir nicht klar.«

»Du ... bist das Allerletzte«, presse ich unter Tränen hervor. Es ist mir egal, dass wir uns noch im Fakultätsgebäude befinden. Es ist mir egal, wer uns vielleicht hören könnte. Mit einem verzweifelten Lachen schüttle ich den Kopf. »Ich liebe dich! Liebe, Jeffrey! Weißt du überhaupt, was das ist?«

»Robyn, bitte sei leise.«

Doch ich denke gar nicht daran. »Vom ersten Augenblick an, als du meinen Kurs betreten und mich angelächelt hast, habe ich etwas zwischen uns gespürt. Und du auch. Das weiß ich, denn du hast mir Hoffnungen gemacht. Deine Nachrichten, dein Lächeln ... die vielen heimlichen Treffen, unsere stundenlangen Gespräche. All der Aufwand, bloß, um mich ins Bett zu kriegen? Und jetzt kannst du mich gar nicht schnell genug loswerden?«

In diesem Moment fliegt eine Tür auf. Schritte nähern sich. Um die Ecke des Flures biegt ein hochgewachsener Mann im Anzug.

»Was soll das Geschrei?« Als der Dekan uns erblickt, bleibt er abrupt stehen und verschränkt die Arme vor der Brust. »Nachrichten, Blicke, ins Bett kriegen, soso. Auf die Geschichte bin ich sehr gespannt, Mister Clark.«

Jeffrey schluckt hart. Sein angsterfüllter Blick zuckt zu mir. An seiner Schläfe pulsiert eine Ader. Dann wird er plötzlich ganz ruhig. Jegliche Anspannung scheint aus seinem Körper zu weichen. Noch bevor er den Mund aufmacht, weiß ich, dass, was auch immer er gleich sagen wird, nichts Gutes für mich bedeutet. Eine halbe Unendlichkeit lang ist es totenstill. Dann spricht er die Worte aus, die das Ende meines Pädagogikstudiums bedeuten.

»Miss Ward verfolgt mich seit geraumer Zeit. Eigentlich wollte ich sie *nicht melden, Sir, aber ich fürchte, nun bleibt mir keine andere Wahl.«*

Mein Mund klappt auf, doch mein Gehirn ist unfähig, seine Arbeit zu verrichten. Selbstsicher und unverwandt sieht Jeffrey den Dekan an. Sein ausgestreckter Zeigefinger deutet anklagend auf meine Brust, dorthin, wo früher mein Herz geschlagen hat. »Diese Frau ist krankhaft in mich verliebt. Robyn Ward hat versucht, mich gegen meinen Willen zu verführen.«

Das ist der Moment, in dem ich endgültig den Glauben an die Liebe verliere.

9. Kapitel

Am Sonntagabend beschließe ich spontan, Zelda zu ihrer Schicht in die Bar zu begleiten. Etwas Ablenkung wird mir gut tun. Ich habe ohnehin nichts Besseres vor und muss dringend unter Leute.

Meine Freundin hüpft wie ein blond-pinker Flummi zwischen ihrem Zimmer, der Küche und dem Bad hin und her, während sie sich fertig macht.

»Willst du auch was?«, ruft sie mir vom Waschbecken aus zu, vor dem sie gerade steht und sich mit kritischem Blick in den Spiegel die Haare glättet. Durch die angelehnte Tür hindurch hält sie eine Tüte von *Taco Bell's*. Wie kann sie nur so viel Junkfood in sich hineinstopfen und dennoch so eine Wahnsinnsfigur haben? Beim bloßen Geruch des Zeugs bildet sich ein Knoten in meinem Magen.

»Danke. Ich habe schon gegessen.«

»Ach ja? Was denn?«

Ich zögere eine Sekunde. »Einen kleinen Salat und ein paar Möhren.«

»Das ist doch kein ordentliches Abendessen!«, ruft Zelda empört.

»Taco Bell auch nicht«, gebe ich zurück.

Daraufhin erwidert sie nichts mehr.

Nachdem Zelda das Bad freigegeben hat, mache ich mich ebenfalls zurecht. Heute Abend gebe ich mir keine besondere Mühe beim Styling. Eine blickdichte Leggins und ein Longtop mit tiefem Ausschnitt, der die Spitze meines schwarzen BHs entblößt, müssen reichen. Die Haare trage ich offen, schon bin ich halbwegs vorzeigbar.

Die Bar befindet sich nur drei Meilen entfernt, im überschaubaren Zentrum von Silver Springs. Zelda fährt uns in ihrem alten Ford Ranger.

Wie fast jeden Sonntagabend ist die Kneipe gut besucht, vorwiegend von Männern. Die Einrichtung ist rustikal, um nicht zu sagen altbacken, und erinnert mich an das alte Farmerhaus meiner verstorbenen Tante, bei der ich lebte, als ich meinen Highschoolabschluss nachholte.

Aus den Lautsprechern dröhnt Countrymusik. Die Flipperautomaten und Tischkicker sind allesamt belegt. Zelda begrüßt die Stammgäste und zieht mich mit sich an die Bar. Als erste Amtshandlung serviert sie mir ein Bier, noch bevor ihre Schicht offiziell begonnen hat. Gute Frau. Während sie ihre Kollegin ablöst, nippe ich an meinem Glas und lasse meinen Blick durch die Kneipe schweifen.

»Scheint ein arbeitsreicher Abend zu werden«, meint Zelda, nachdem sie die ersten Gäste bedient hat.

»Zum Glück habe ich mir den besten Platz gesichert«, erwidere ich grinsend und klopfe auf die Theke. Als sich zwei Frauen neben mich drängen und Zeldas Aufmerksamkeit beanspruchen, ziehe ich mein Smartphone aus der Tasche und scrolle durch meinen Maileingang. Neben verschiedenen Werbeangeboten und Sale-Erinnerungen springt mir ein Name ins Auge, der meinen Puls in die Höhe schießen lässt. Nervös hebe ich den Blick.

»Was ist?«, fragt Zelda. »Gute oder schlechte Neuigkeiten?«

»Thomas Harper von *Good Morning USA* hat mir geantwortet.«

»Was? So schnell? Was schreibt er?« Neugierig beugt sie sich über den Tresen. Ihr großflächiges Tattoo über der Brust breitet sich in meinem Sichtfeld aus.

»Er schlägt ein Treffen nächste Woche Freitag in L.A. vor.«

Zelda grinst. »Was noch?«

»Er will die Kooperation noch größer aufziehen, als ich dachte.« Ungläubig wiederhole ich, was ich soeben gelesen habe. »Harper möchte mit mir darüber sprechen, ob ich mir vorstellen könnte, eine Biographie zu schreiben.«

»Was? Das ist ja verrückt.«

»Er will das Buch rausbringen, nachdem das Ziel meines Blogs erreicht ist«, sage ich mit gesenkter Stimme. In diesem Moment wird mir bewusst, was für eine horrende Summe einhundert Beischlafpartner eigentlich sind. Einhundert Männer, mit denen ich geschlafen haben werde. Einhundert Mal die Bestätigung, dass ich nicht hässlich bin, nicht dick, nicht unscheinbar, sondern eine attraktive Frau. Niemand, für den man sich schämen muss. Einhundert Männer, die mich begehrt haben werden. Auf meinen Armen breitet sich eine Gänsehaut aus, die binnen Sekunden meinen gesamten Körper überzieht.

»Robyn, du wirst reich, ich sag's dir.« Zelda hält ihre Hand hoch und ich schlage zu einem High Five ein. »Soll ich dich begleiten? Ich könnte mir frei nehmen.«

Ich denke einen Moment über ihr Angebot nach. »Warum nicht? Lass uns zusammen fahren. Wir können bei Francis übernachten, wenn du magst.«

Als ich meine Schwester ins Spiel bringe, beginnen ihre Augen zu leuchten. »Sind ihre Dreharbeiten in New York schon beendet?«

»Erst Ende des Monats. Aber sie hat sicher nichts dagegen. Ich rufe sie morgen gleich an. Jetzt antworte ich erstmal Mister Harper.«

Mir war gar nicht klar, wie schnell ich eine Mail auf dem iPhone tippen kann, aber heute Abend fliegen die Worte nur so über die Tastatur.

»Ladys«, unterbricht uns eine rauchige Stimme in der Sekunde, in der ich meine Antwort abgeschickt habe. Ein etwa dreißigjähriger Mann mit blonden, kurzgeschorenen Haaren steht neben mir. In den Händen hält er vier leere Bierkrüge. »Dürfte ich die Damen kurz unterbrechen, um Nachschub zu ordern?« Als er lächelt, entblößt er seine strahlend weißen Zähne. Ein Hauch Aftershave steigt in meine Nase.

»Ausnahmsweise«, antwortet Zelda zwinkernd und schenkt ihm ein zuckersüßes Servicelächeln. Mit geübtem Griff nimmt sie ihm die schweren Gläser ab und macht sich sofort daran, neue aufzufüllen. Der Kerl deutet auf den Barhocker neben mir.

»Darf ich?«

»Nur zu.«

Lässig lässt er sich darauf nieder und streckt mir seine rechte Hand entgegen.

»Ich bin Robin.«

Fast hätte ich geantwortet: »Ich auch.« Doch als sich unsere Hände berühren, überlege ich es mir anders. »Samantha.«

Zeldas Blick huscht zu mir. Ihre Augen weiten sich warnend. Ich habe selbst keine Ahnung, was plötzlich in mich gefahren ist, doch ich ignoriere sie.

Robin hält meine Hand länger fest, als nötig, aber das stört mich nicht. Seine fühlt sich warm und stark an. Hitze schießt in meinen Schoß. Mein Interesse ist geweckt.

»Bist du öfter hier?«

»Manchmal, wenn meine Mitbewohnerin Dienst hat«, antworte ich wahrheitsgemäß und nicke zu Zelda.

Robin folgt meinem Blick. »Ist mein erster Besuch in Silver Springs. Wir sind auf der Durchreise. Meine Jungs und ich fahren die Westküste ab.«

»Wo kommt ihr denn her?«

»Kansas. Wir nehmen uns jedes Jahr zwei Wochen Urlaub, um durch die Staaten zu fahren.«

»Und heute übernachtet ihr hier?«

»Ja, drüben im Motel.« Er deutet über seine Schulter.

»So«, unterbricht uns Zelda und stellt die ersten zwei Gläser geräuschvoll auf der Theke ab. »Die anderen kommen sofort.«

»Willst du dich nicht zu uns setzen?«, fragt mich Robin lächelnd. Er hat eindeutig Gefallen an mir gefunden. Und ich würde lügen, wenn ich behauptete, dass er mich kalt ließe. Aber da ich es vermeide, in Silver Springs zu daten, schüttle ich bedauernd den Kopf. »Sorry, ich habe versprochen, Zelda heute Abend Gesellschaft zu leisten.«

Seine Mundwinkel verziehen sich enttäuscht. »Wie schade.« Dann huscht sein Blick von den Bierkrügen zum Tisch, an dem sich seine Kumpels lautstark unterhalten. »Moment, bin gleich wieder da.« Er wartet kurz, bis Zelda die anderen zwei Gläser vor ihm abgestellt hat, dann trägt er alle vier zurück zum Tisch. Unter den hochgekrempelten Ärmeln seines Karohemds kann ich das Spiel seiner Muskeln beobachten. Und auch der Anblick seines Hinterns in der ausgewaschenen Jeans fesselt meinen Blick.

»*Samantha?*«, zischt Zelda mir zu. »Ernsthaft? Was soll das werden?«

Gleichgültig hebe ich die Schultern. »Er ist süß.«

»Er ist in meiner Bar! In Silver Springs.« Ihr Blick wird eindringlich.

Ich schließe kurz die Augen. Sie hat recht. Es war blöd, mich mit meinem Pseudonym vorzustellen. Doch plötzlich flackert ein Gesicht vor mir auf: *Sarah*. Innerhalb eines Wimpernschlags verwandelt sie sich in Ethan, dann in Bobby und schließlich in Jeffrey. Mein Herz beginnt zu rasen.

Du hässliche fette Kuh.

Hast du wirklich geglaubt, dass dich Ethan mag? Schau dich doch mal an.

Robyn Ward hat versucht, mich gegen meinen Willen zu verführen.

Schnell schlage ich die Augen wieder auf und nehme einen großen Schluck von meinem Bier. So sehr ich auch versuche, sie zu verdrängen, die Erinnerungen lassen mich nicht los.

»Alles okay?« Zelda mustert mich mit schief gelegtem Kopf. »Du sahst heute Nachmittag schon so blass aus. Du hättest doch etwas Richtiges essen sollen.«

»Alles in Ordnung.«

»Habe ich da was von Essen gehört? Ich habe einen Bärenhunger.« Robin ist wieder da und trägt ein strahlendes Lächeln auf den Lippen. »Meine Jungs sind zu faul, um nochmal wegzugehen, aber ich könnte etwas vertragen.« Erwartungsvoll sieht er mich an. »Hättest du Lust, mich zu begleiten?«

Zelda räuspert sich. »*Deine* Regeln«, formen ihre Lippen lautlos.

Robin verfolgt unseren Blickwechsel mit gerunzelter Stirn. »Du bist natürlich eingeladen. Und ich verspreche, dass ich dich vor dem Schichtende deiner Freundin wieder zurückbringe.« Er setzt einen Blick auf, der mich an einen niedlichen Hundewelpen erinnert. Gegen meinen Willen muss ich grinsen. Er ist wirklich verdammt süß. Sein Lächeln entfacht eine Wärme in meiner Brust, die mich die Schatten meiner Vergangenheit kurzzeitig vergessen lässt. Und das ist schließlich der Grund, warum ich heute Abend ausgehen wollte.

»Klar«, sage ich und lasse mir von ihm beim Absteigen des Hockers helfen. »Hier vorne, gleich die Straße runter, gibt's ein kleines Diner. Die machen tolle Pancakes.«

Sein Gesicht hellt sich noch weiter auf. »Perfekt! Ich liebe Pancakes.«

Zelda verdreht die Augen, unternimmt jedoch keinen weiteren Versuch, um mich von meinem Vorhaben abzubringen. Es hätte sowieso keinen Zweck. Ich habe meine Entscheidung getroffen. Nur zwei Tage, nachdem ich mit Anthony Sex hatte, soll Robin aus Kansas meine Nummer dreiundsiebzig werden.

10. Kapitel

#73

Ich hatte nicht geplant, an diesem Abend Sex zu haben. Im Gegenteil. Meine Gedanken waren in Gefilden verhaftet, die ich am liebsten aus meinem Leben gestrichen hätte, doch so funktionierte das leider nicht. Wieder einmal musste ich einsehen, dass die meisten Dinge genau dann passieren, wenn man am wenigsten mit ihnen rechnet. So war es auch mit Robert. Ich begleitete meine Freundin in die Bar, in der sie arbeitete, um mir den Abend zu vertreiben. Ein paar Bier, nette Gespräche, mal rauskommen. Mehr hatte ich nicht im Sinn. Doch dann stand dieser niedliche Kerl mit den blonden Haaren vor mir. Er trug ein kariertes Hemd, darunter ein enges weißes Shirt. Sein Hintern sah verboten gut aus in der ausgewaschenen Jeans. Mein Körper reagierte prompt auf ihn. Der einzige Haken: Wir befanden uns in meinem Territorium – in meinem Wohnort. Mir war bewusst, dass ich gegen eine meiner Regeln verstieß, wenn ich mit ihm mitging – schon wieder. Aber es war mir egal. Ich wollte mich ablenken. Da kam Robert mit dem süßen Lächeln gerade recht. Er war nett, sah gut aus und lud mich zum Essen ein. Ich wusste, dass ich ihn nie wiedersehen würde, weil er nicht aus der Nähe kam. Die Voraussetzungen waren perfekt.

Wir gingen in ein nahe gelegenes Diner. Er aß eine Kleinigkeit, erzählte von seinen Reisen und brachte mich zum Lachen. Robert schien es nicht direkt darauf anzulegen, mich ins Bett zu kriegen, und das gefiel mir. Unsere Hände berührten sich zufällig, als wir uns unterhielten. Ebenso unsere Knie. Sein Blick war warm und intensiv. Mit jeder Minute, die verging, entspannte ich mich mehr. Als die Kellnerin unsere Teller abräumte, frage er mich, ob ich zurück in die Bar wollte.

»Lass uns irgendwo hingehen, wo wir ungestört sind.« Der verheißungsvolle Augenaufschlag, mit dem ich meine Worte begleitete, ließ keine Zweifel offen.

Er schenkte mir ein verschmitztes Lächeln. »Du sagst, was du denkst. Das gefällt mir.«

Ich erwiderte seinen Blick fest. »Ich gehöre nicht zu der Sorte Frau, die die große Liebe sucht. Mit dem Thema habe ich vor Jahren abgeschlossen. Ich will Spaß. Ohne Reue, ohne Verpflichtungen.« Ich zog ihn nach draußen. Wir gingen um die Ecke des Gebäudes und weiter auf den Parkplatz. Mittlerweile war es dunkel geworden. Der Schein zweier Laternen tauchte die Umgebung in spärliches Licht. Wortlos umfasste Robert meine Taille und zog mich an sich. Ich drängte mich ihm entgegen und legte meine Arme um seinen Hals. Er gab ein wohliges Geräusch von sich. Seine linke Hand wanderte an meinem Arm hinauf und strich über meine Wange. Ich schloss die Augen und neigte ihm mein Gesicht entgegen.

»Deine Philosophie gefällt mir.« Seine Worte waren nur ein Flüstern an meinem Ohr, doch sie ließen mich auf angenehme Weise erschauern. Roberts Mund fand meinen und kostete ihn genüsslich.

All die negativen Empfindungen, die mich an diesem Tag begleitet hatten, rückten mit seinem Kuss Stück für Stück in den Hintergrund. Roberts rechte Hand umschloss meine Pobacke und packte fest zu. Ich stöhnte erstickt. Als ich mich noch dichter an ihn presste, konnte ich seine Erregung fühlen. Am liebsten hätte ich sofort an Ort und Stelle mit Robert Sex gehabt, aber mir war klar, dass das nicht ging. Nicht nur, weil ich schon wieder im Begriff war, eine meiner Regeln zu brechen, es war auch zu gefährlich. Jeden Moment hätte jemand vom Parkplatz oder aus dem Diner kommen und uns entdecken können. Zwar musste ich zugeben, dass der Gedanke, beim Sex in der Öffentlichkeit erwischt zu werden, mir einen gewissen Kick verschaffte, doch natürlich wusste ich, welche Konsequenzen das nach sich ziehen konnte. In diesem spießigen Kaff hätte der Vorfall in Nullkommanichts die Runde gemacht und das konnte ich mir in meinem Job nicht erlauben. Schwer atmend und unter Aufbietung all meiner Selbstbeherrschung trat ich einen Schritt zurück. Roberts Brust hob und senkte sich ebenso hastig wie meine eigene. Die Beule in seiner Jeans schrie danach, von mir geritten zu werden.

»Wollen wir ... ins Motel?«, fragte er.

Ich dachte einen Moment darüber nach, entschied mich dann aber dagegen. Das Risiko, erkannt zu werden, war zu groß. Ich konnte es mir nicht erlauben, Stadtgespräch Nummer eins zu werden. Es war eine Sache, mit einem jungen Mann in einem Diner zu sitzen, aber mit ihm auf sein Zimmer zu verschwinden, war etwas völlig anderes. Zu mir wollte ich ihn ebenfalls nicht mitnehmen. Dieser Ort war tabu. Mal ganz abgesehen davon, dass dort allerhand persönliche Dinge herumstanden, die ihn nichts angingen.

»Wo steht dein Auto?«, fragte ich.

Robert deutete die Straße hinauf. »Auf dem Parkplatz hinter der Bar. Willst du etwa ...?«

»Hast du die Schlüssel?«

Er griff in seine Hosentasche und holte den Schlüsselbund heraus. Als ich diebisch grinste, griff er nach meiner Hand. Wir rannten beinahe zurück zum Parkplatz.

Er und seine Jungs fuhren einen alten VW Bus, der über und über mit Stickern amerikanischer Sehenswürdigkeiten beklebt war.

»Wo soll's hingehen?« Grinsend klapperte er mit den Autoschlüsseln.

»Darf ich?«

Robert schloss die Beifahrertür auf und gab sie mir. »Nur zu.«

Als wir beide Platz genommen hatten, schaltete er das Radio ein und beobachtete mich dabei, wie ich den Wagen aus der Stadt hinauslenkte. Alle paar Meter beugte er sich zu mir und küsste meine Schulter, meinen Hals oder meine Wange. Ich ließ meine rechte Hand über die Ausbuchtung seiner Hose gleiten und gab ihm einen Vorgeschmack auf das, was gleich folgen würde. Nach etwa zehn Minuten Fahrt bog ich von der Straße ab und fuhr auf einen Schotterweg, der eine halbe Meile später in einen Parkplatz mündete. Um diese späte Uhrzeit war kein anderes Auto in Sicht. Ich stellte den Motor ab und drehte mich langsam zu Robert um. Gespannt verfolgte er jede meiner Bewegungen.

»Meinst du, deine Jungs haben etwas dagegen, wenn wir uns ein bisschen in eurem Bus vergnügen?«

Seine Antwort bestand darin, mich an sich zu ziehen und gierig zu küssen. Ohne mich von ihm zu lösen, kletterte ich hinüber und setzte mich rittlings auf seinen Schoß. Robert zog den tiefen Ausschnitt meines Tops nach unten und vergrub sein Gesicht zwischen meinen Brüsten. Ich schloss die Augen und presste meine Schenkel eng um seine Beine. Seine Erregung drückte vielversprechend gegen meine Mitte.

»Sollen wir ...?«, fragte er, gedämpft durch den Stoff meines Oberteils

und deutete mit dem Daumen nach hinten.

Natürlich wäre es einfacher und sicherlich bequemer gewesen, auf eine Sitzbank zu wechseln. Aber das dauerte mir zu lang. Ich brauchte ihn jetzt, sofort.

»Ich will dich genau hier.« Hastig zerrte ich mein Top über den Kopf, dann öffnete ich Roberts Gürtel und den Reißverschluss seiner Jeans. So gut es in dem beengten Fahrerraum ging, zog ich seine Hose samt Boxershorts nach unten, bis sein bestes Stück endlich frei lag. Robert nestelte am Verschluss meines BHs herum, doch als er ihn nicht sofort öffnen konnte, half ich ihm dabei und warf das Kleidungsstück in den Fußraum. Während seine Finger mit meiner linken Brustwarze spielten, sog und leckte er an der anderen. In meinem Schoß begann es heftig zu pochen. Ich konnte es kaum erwarten, ihn zu reiten. Robert musste es ähnlich ergehen, denn er wand sich lustvoll unter mir. Seine Finger fanden ihren Weg in mein Höschen. Als er spürte, wie feucht ich war, gab er einen Laut von sich, der halb Lachen, halb Stöhnen war. Offenbar gefiel ihm, wie bereit ich war. Ich setzte mich ein wenig auf, damit er seine Finger in mir versenken konnte. Unerträglich langsam zog er sie zurück, bevor er sie wieder in mich gleiten ließ. Es fühlte sich wahnsinnig gut an. Ich keuchte auf und er wurde schneller. Robert presste seinen Mund auf meinen. Unsere Zähne stießen aneinander, bevor seine Zunge meine Lippen teilte. Meine rechte Hand umschloss seinen Penis, strich langsam an ihm entlang, erkundete jeden harten Zentimeter. Er erzitterte unter der Berührung. Als ich begann, seine Vorhaut vor- und zurückzubewegen, drückte er sich meiner Hand entgegen. Wir wurden gemeinsam schneller. Im Gleichklang unserer Bewegungen brachten wir uns fast gegenseitig bis an die Grenze. In nicht allzu weiter Ferne konnte ich die ersten Ausläufer meines Höhepunktes bereits erahnen. Doch das war nicht, was ich wollte. Es war nicht das, was ich brauchte. Nicht auf diese Art. Ich musste ihn in mir spüren, in seiner ganzen wunderbaren Härte. Robert stöhnte, keuchte und brummte mit geschlossenen Augen. Gott, wie mich das anmachte! Ich hätte ihm stundenlang dabei zuhören können, wie er meinen Namen seufzte. Als ich von ihm kletterte, um mich der restlichen störenden Kleidungsstücke zu entledigen, stieß ich mit dem Rücken gegen die Armaturen. »Hast du ein Kondom?«, fragte ich heiser.

Robert tastete an mir vorbei und durchwühlte blind die Fächer hinter mir. Dann holte er ein Päckchen hervor. Ich nahm es ihm aus der Hand, öffnete es und streifte ihm das Kondom über. Robert rutschte ein Stück in seinem Sitz nach unten und bot sich mir in seiner gesamten Männlichkeit dar. Gleich würde es soweit sein. Ich kletterte zurück auf seinen Schoß, hielt wenige Zentimeter über ihm inne und küsste ihn.

»Komm her«, raunte er und packte mich fest an der Taille.

Das ließ ich mir nicht zweimal sagen und sank auf ihn hinab. Als er in mich eindrang, wurde ich halb wahnsinnig vor Lust. Ich kostete jeden Millimeter aus, den er von mir in Besitz nahm. Robert gab einen langen, tiefen Laut von sich und verstummte erst, als ich ihn vollständig aufgenommen hatte. Ich wartete zwei Herzschläge lang, dann begann ich mich kreisend zu bewegen. Seine Hände hielten meine Taille fest umklammert. Er verharrte genussvoll unter mir, während ich mein Becken kreisen ließ. Fasziniert beobachtete ich, wie er sich auf die Unterlippe biss und die Augen schloss. Dann übernahm er wieder das Ruder. In mir zuckte und pulsierte es heftig. Wir waren beide zu erregt, um dieses Spiel ewig durchzuhalten. Meine Atemzüge wurden kürzer, hektischer. Die erlösende Welle rollte erneut heran, diesmal mit voller Wucht. Meine Finger krallten sich in die Kopfstützen an Roberts Sitz. Ich spürte seine Zunge an meiner Halsbeuge. Nichts und niemand konnte mich jetzt noch aufhalten. Kurz bevor ich kam, spannte ich meinen Unterkörper an. Robert sog scharf die Luft ein, überwältigt von meiner Enge. Sein Penis pulsierte noch heftiger. Ich fühlte, wie seine Fingerspitzen sich schmerzhaft in meine Haut bohrten. Dann brach der Orgasmus mit ganzer Kraft über mich herein. Hinter meinen geschlossenen Lidern tanzten helle Farbsprenkel. Robert kam nur wenige Sekunden danach. Der Ausklang meines Höhepunktes vereinigte sich mit seinem. Ein letztes Mal richtete er sich keuchend auf und verkrampfte, dann sackte er in sich zusammen. Sein Kopf fiel auf meine Schulter. Heftig atmend drückte er einen Kuss auf meine Haut.

»Sowas habe ich noch nie erlebt«, stammelte er. Die Wangen, sein Hals und seine Brust schimmerten rotfleckig. Seine Augen glänzten. Er lächelte selig. »Der Wahnsinn.«

Ich erwiderte sein Lächeln zufrieden und bedeckte seine Stirn mit kleinen Küssen. Mit geschlossenen Augen gab er sich meiner Zärtlichkeit hin.

»Bitte sag mir, dass ich dich wiedersehen darf.«

Was? Abrupt ließ ich von ihm ab. Er öffnete die Augen und blickte mich verwirrt an.

»Habe ich etwas Falsches gesagt?«

Ich rutschte ein Stück zurück, entließ ihn aus mir, und kletterte wieder auf den Fahrersitz.

»Samantha?«

Seine Worte ignorierend, öffnete ich die Tür und stieg aus, um mich wieder anzuziehen. Dann ging ich zurück zur Fahrertür und startete den Motor. Robert saß noch immer halb nackt neben mir.

»So läuft das nicht«, erklärte ich.

Er schluckte. »Ich dachte bloß ...«

Mit erhobenem Zeigefinger brachte ich ihn zum Schweigen. »Ich hatte dir gesagt, dass ich nur Spaß will.«

Endlich rollte er das Kondom ab und zog seine Boxershorts und die Hose hoch. »Ja, hast du. Und Spaß hattest du offensichtlich.« Sein schiefes Grinsen ließ meine Mauern bröckeln. »Oder etwa nicht?«

»Doch«, bestätigte ich knapp.

»Na also. Was spricht dagegen, das zu wiederholen? Meine Jungs und ich fahren in zehn Tagen wieder zurück. Wir könnten einen Abstecher über ...«

»Nein!«, fuhr ich ihn an. Ich wollte ihn nicht anschreien und im selben Moment tat mir mein Ausbruch schon wieder leid. Die nächsten Worte stieß ich sanfter aus. »Eine Wiederholung kommt nicht infrage. Sorry.«

Enttäuscht zog Robert die Mundwinkel nach unten. Er sagte nichts dazu, hob nur die Schultern und ließ sie wieder sinken. »Wie du meinst.«

Ich nickte, den Blick demonstrativ auf den Weg gerichtet. Schweigend fuhren wir zurück in die Stadt. Fünfzehn Minuten später bogen wir auf den Parkplatz der Kneipe ein. Er war bis auf wenige Autos leer. Ich öffnete die Tür, stieg aus und drückte ihm, nachdem er ebenfalls ausgestiegen war, die Schlüssel in die Hand.

»War trotzdem schön«, murmelte er. Unsicher trat er einen Schritt auf mich zu und machte Anstalten, mich an sich zu ziehen. Ich hob die Hände zu einer abwehrenden Geste. Seine Arme fielen schlaff an den Seiten runter. Ich konnte in seinem Gesicht lesen, dass er keine Ahnung hatte, wie er mit mir umgehen sollte, also entschied ich mich dazu, es ihm zu sagen.

»Wir gehen jetzt wieder da rein. Ich setze mich zu meiner Freundin an die Bar und du gehst zu deinen Jungs. Ende der Geschichte. Keine schmachtenden Blicke, kein verräterisches Lächeln, nichts.«

Auf Roberts Stirn bildete sich eine tiefe Falte. Nun war er es, der Abstand zwischen uns brachte. »Du bist echt komisch, weißt du das?«

Seine Worte hätten mich kalt lassen sollen, doch aus irgendeinem Grund trafen sie einen wunden Punkt. Ein kühler Schauer jagte mein Rückgrat hinunter.

»Scheint so, als würdest du das hier nicht zum ersten Mal tun.« Er funkelte mich herausfordernd an.

»Und wenn schon. Das geht dich nichts an.« Ohne ihn eines weiteren Blickes zu würdigen, lief ich in Richtung Bar.

»Was bist du? Die Dorfschlampe?«

Abrupt hielt ich inne. Hatte er das gerade wirklich gesagt? Dürfen nur Männer Spaß haben, und Frauen nicht? Was für ein verdammtes Klischee! Wütend fuhr ich herum, bereit, Robert eine Standpauke zu halten, doch als ich seinen entschuldigenden Blick sah, schloss sich mein Mund wieder.

»Es tut mir leid. Das war blöd. Ich weiß nicht, was mit dir los ist, aber mir kommt es so vor, als hättest du ein Problem mit Männern.«

»Blödsinn!«

»Oder mit dir selbst.«

Ich schluckte. Er hatte ins Schwarze getroffen. Meine Hände ballten sich zu Fäusten, während ich mit aller Macht versuchte, seine Worte nicht so nah an mich herankommen zu lassen. Doch dafür war es schon zu spät. Die Wunde in meinem Herzen, die seit meinem siebzehnten Lebensjahr immer wieder aufklaffte, begann heftig zu schmerzen. An Tagen wie diesem reichte eine simple Bemerkung aus, um das notdürftig angebrachte Pflaster herunterzureißen und sie offenzulegen. Die Folge war Schmerz. Schmerz, den ich gerade erfolglos versucht hatte, durch Sex zu betäuben.

»Ist es das? Suchst du eine schnelle Nummer, um eine Art Bestätigung zu erhalten? Und danach schickst du die Kerle wieder weg, damit dir bloß niemand zu nahe kommt? Emotional, meine ich.«

»Bullshit!«, erwiderte ich, doch meine Stimme brach. Genau das war es, was ich tat. Und genau das sollte niemand erfahren.

»Deine heftige Reaktion ist der Beweis dafür. Willst du meine Theorie hören?«

»Nein«, erwiderte ich kühl. Doch davon ließ sich Robert nicht beeindrucken.

»Irgendjemand muss dir verdammt weh getan haben. Was auch immer

passiert ist, hat dein Selbstwertgefühl ruiniert. Du versuchst es zu überspielen, aber in deinem Inneren bist du tief verletzt.«

Ich wich seinem Blick aus und atmete tief durch, um die aufwallenden Tränen hinter meinen Lidern zurückzudrängen. Ich wollte das nicht hören. »Fertig mit dem Psychogelaber?«

Er hob die Schultern. »Vielleicht solltest du dir einen richtigen Therapeuten suchen.«

»Vielleicht solltest du dich nicht in fremde Angelegenheiten einmischen!« Mein Tonfall zeigte Wirkung. Robert atmete tief durch. Nun würde er mich hoffentlich in Ruhe lassen.

»Schon okay. Du hast recht, es geht mich nichts an. Ich werde jetzt da reingehen und so tun, als wärst du Luft. Das ist es doch, was du willst. Richtig?«

Ich nickte. Das war ganz genau, was ich wollte.

Zumindest redete ich mir das ein.

Er erwiderte mein Nicken und ging vor mir zurück in den Gastraum. Ich vertrat mir noch einige Minuten die Beine auf dem Parkplatz, bevor ich ihm folgte.

Robert und seine Jungs blieben nicht mehr lange. Er hielt Wort und drehte sich nicht ein einziges Mal nach mir um. Meine Freundin warf mir hin und wieder einen Blick zu, doch sie sagte nichts. Erst später, als ihre Schicht vorbei war, sprach sie mich auf meinen kleinen Ausflug an. Bis dahin hatte ich an der Bar gesessen, zwei weitere Bier gekippt und meinen Blick stoisch auf die verklebte Theke geheftet.

Roberts Worte wollten mir nicht aus dem Kopf gehen. Ich wünschte, er läge falsch und mit mir wäre alles okay. Doch mittlerweile fühlte es sich so an, als hätten seine Worte einen wunden Punkt in mir berührt, der sich nicht mehr so einfach ignorieren ließ.

11. Kapitel

Auch in der kommenden Woche muss ich an Robins Worte zurückdenken. *Irgendjemand muss dir verdammt weh getan haben. Was auch immer passiert ist, hat dein Selbstwertgefühl ruiniert. Du versuchst es zu überspielen, aber in deinem Inneren bist du tief verletzt.* Ich dachte, ich hätte meine Vergangenheit im Griff, doch allmählich wird mir klar, dass ich mich getäuscht habe. Dass mich die Erinnerung an Jeffrey immer noch beschäftigt, ist Beweis genug. Ich will nicht im Gestern leben, doch die Schatten lassen mich nicht los. Auf der Arbeit kann ich mich kaum konzentrieren.

Als es am Freitagmittag endlich zur Mittagspause läutet, atme ich erleichtert auf. Ich muss dieses stickige Sekretariat dringend für ein paar Minuten verlassen und frische Luft schnappen. Auf dem Flur treffe ich auf eine Gruppe jüngerer Lehrerinnen, die hinter vorgehaltener Hand miteinander tuscheln. Als ich an ihnen vorbeischlendere, schnappe ich ein paar Wortfetzen auf, aus denen ich deutlich den Namen Anthony heraushören kann. Offenbar zählen sie gerade seine zahlreichen optischen Vorzüge auf. Dabei kichern sie wie eine Horde hormongesteuerter Teenager. In diesem Moment kommt der Bibliothekar die Treppe herunter und das Kichern schwillt an. Eine jüngere Lehrerin wünscht Anthony mit hoher Mädchenstimme ein schönes Wochenende. Er erwidert ihren Gruß mit einem freundlichen Nicken. Als er an mir vorbeiläuft, zwinkert er mir kurz zu. Augenblicklich breitet sich Hitze auf meinen Wangen aus. Die Erinnerungen an Anthonys nackten Körper lassen mich die Luft anhalten. Plötzlich zischt Robins Stimme in meinem Kopf. *Was bist du? Die Dorfschlampe?*

Zwar habe ich unsere Nacht ab der Rückkehr zum Parkplatz für die Blogversion erheblich eingekürzt, doch das unschöne Ende des Abends hallt dennoch in meinem Gedankenecho wider.

Und dann schickst du die Kerle wieder weg, damit dir bloß niemand zu nahe kommt? Emotional, meine ich.

Erst als mich Mister Jones nach dem Ende meiner Pause mal wieder zu einem Date überreden will, bin ich in der Lage, an etwas anderes zu denken.

»Ach, kommen Sie schon! Ein Gläschen Wein können Sie einem alten Charmeur wie mir doch nicht abschlagen?«

Auch heute könnte ich mich dafür verfluchen, dass ich als Sekretärin freitags die Letzte bin, die es hier noch mit ihm aushalten muss.

Als mich mein Boss mit einem gewinnenden Lächeln ansieht, beschließe ich spontan, ihm eine kleine Notlüge aufzutischen. »Mister Jones«, unterbreche ich ihn, als er gerade meine tolle Figur in den höchsten und, angesichts seiner Position, absolut unangebrachtesten Tönen lobt, »es tut mir leid, Sie enttäuschen zu müssen.« Ich mache eine dramatische Pause, die ihren Effekt nicht verfehlt. »Aber ich habe jemanden kennengelernt.«

»Robyn!« Theatralisch greift er sich an die Brust. Ich hasse es, wenn er dazu übergeht, mich mit meinem Vornamen anzusprechen. »Tun Sie mir das nicht an. Das verkraftet mein armes Herz nicht.«

Es kostet mich einiges an Überwindung, um das entschuldigende Lächeln auf meinen Lippen aufrecht zu erhalten. Meine Schwester Francis wäre sicher stolz auf meine schauspielerische Leistung. »Es ist etwas Ernstes. Wir gehen schon eine Weile miteinander aus.«

Als hätte ich ihm einen Dolch in die Brust gestoßen, taumelt Mister Jones einen Schritt zurück und knickt buchstäblich ein. Ein schmerzerfülltes Stöhnen rundet die übertriebene Vorstellung ab. »Sie brechen mir wahrlich das Herz, meine Schöne.« Er hält kurz inne. »Kenne ich ihn?«

Ich schüttle den Kopf und gebe ihm damit zu verstehen, dass ich keine näheren Auskünfte zu meinem imaginären Freund geben werde.

Ehrliche Enttäuschung liegt in seinem Blick, als der Rektor

seine Aktentasche unter den Arm klemmt und die Tür zu seinem Büro abschließt. »Nun ja, eigentlich ist das keine allzu große Überraschung. Mir war klar, dass eine so bildhübsche Frau wie Sie nicht für immer alleine bleiben würde.« Mit seiner linken Hand tätschelt er meine Schulter und seufzt ergeben. »Dann bleibt mir wohl nichts anderes übrig, als Ihnen viel Glück zu wünschen.«

»Danke.«

Im Hinausgehen wirft er mir noch einen letzten, bedauernden Blick zu. Als er das Sekretariat endlich hinter sich gelassen hat, kann ich ein erleichtertes Seufzen nicht unterdrücken. Hoffentlich haben sich seine Anmachen damit ein für alle Mal erledigt.

Zwei Stunden später tänzelt Zelda gut gelaunt zur Tür unseres Apartments herein. Heute ist der große Tag: Wir werden nach L.A. fahren, damit ich Mister Harper von der *Good Morning USA* treffen kann.

Ich habe mich für ein seriöses Outfit entschieden, was bedeutet, dass ich mein Sekretärinnenkostüm einfach anbehalte. Zelda trägt noch ihre Klamotten von der Schicht im Plattenladen: ein lockeres Tanktop mit AC/DC-Print, dazu schwarze Hotpants. Sie hat sich zwei Zöpfe geflochten, die ihr bis knapp über die Schultern reichen. Die Spitzen hat sie vor ein paar Tagen von Pink auf Türkis umgefärbt. Denselben Ton tragen ihre ausgelatschten Chucks. Wenn ich mich später mit Harper zum Essen treffe, will sie ein paar Plattenläden auschecken.

Nachdem sie sich frisch gemacht hat, brechen wir auf.

»Da wird der Typ aber Augen machen. Seine sexgeile Bloggerin sieht aus wie eine Bankerin.« Zeldas Augenbrauen wackeln anzüglich.

Ich erwidere ihr Grinsen und lasse mich auf dem Beifahrersitz ihres Wagens nieder. Um selbst zu fahren, bin ich viel zu nervös. Zu meinem Glück liebt meine Freundin lange Autofahrten in ihrem Pick-up. Zelda steigt auf der Fahrerseite ein und startet den Motor. Doch der gibt bloß ein ungesund klingendes Stottern von sich.

»Alles okay?«, frage ich beunruhigt.

Zur Antwort verpasst sie ihrem Lenkrad einen heftigen Schlag. »Verdammte Dreckskarre! Jetzt spring schon an.« Sie versucht es nochmal, doch wieder passiert dasselbe. Erst beim dritten Versuch erwacht der Motor röhrend zum Leben. Zufrieden rutscht Zelda in ihrem Sitz nach unten. »Na also, geht doch.« Sie streichelt einmal liebevoll über das Leder, das sie eben noch malträtiert hat, und biegt anschließend vom Parkplatz.

Nach wenigen Minuten haben wir Silver Springs hinter uns gelassen und fahren auf der Interstate 15 Richtung Los Angeles. Das kalifornische Wetter zeigt sich heute Nachmittag von seiner besten Seite. Bei angenehm sommerlichen Temperaturen und leicht bewölktem Himmel rollen wir unserem Ziel entgegen. Zelda stellt das Radio an und dreht die Musik laut auf. Als ein bekannter Song ihrer Lieblingsband *The Broken Teacups* aus den Boxen dröhnt, wechseln wir einen verschwörerischen Blick. Dann steigen wir gemeinsam in den Refrain ein und singen lauthals mit.

Thomas Harper ist jünger, als ich erwartet hatte. Ich schätze ihn auf Anfang dreißig. Er hat rotblonde Locken, trägt eine eckige Brille mit schwarzem Rahmen und einen sauber getrimmten Dreitagebart. Sein Auftritt ist ebenso seriös wie meiner: schlichter Anzug, weißes Hemd, nichtssagende Krawatte. Er begrüßt mich mit einem offenen Lächeln vor dem Restaurant, das wir als Treffpunkt auserkoren haben.

»Samantha Bane?«

»Die bin ich. Aber nur online.« Ich mache eine kurze Pause, bevor ich seine Hand ergreife. »Mein richtiger Name ist Robyn

Ward.«

»Sehr erfreut. Nennen Sie mich Thomas.« Mit leichtem Druck schüttelt er meine Hand, dann lässt er mir den Vortritt.

Eine Kellnerin weist uns einen Tisch zu. Sie stellt sich vor und wartet, bis wir Platz genommen haben. Dann reicht sie uns die Karten und zückt ihr iPad. »Möchten Sie schon etwas zu trinken bestellen?«

Thomas ordert eine Coke light, ich belasse es bei einem Wasser. Sie tippt unsere Bestellung ein und geht davon.

Mein Gegenüber wirft einen Blick auf die Karte, die ausgebreitet vor ihm liegt, dann sieht er mich an. »Ich muss gestehen, dass ich nach all der Zeit gar nicht mehr mit Ihrer Antwort gerechnet habe.«

»Dafür waren Sie aber sehr hartnäckig.« Ich falte die Hände auf der Tischplatte und erwidere seinen interessierten Blick.

Er lächelt leicht. »Meine Frau liebt Ihren Blog. Genauso wie meine Kolleginnen in der Redaktion. Sie haben mich quasi gezwungen, dranzubleiben.«

Ich ignoriere seine Schmeichelei und studiere stattdessen das Angebot auf der Karte. »Zuerst sollten wir die Konditionen klären.«

»Selbstverständlich. Deshalb sind wir hier. Normalerweise würde ich eine Kollegin schicken, aber meine Frau hat die Angelegenheit zur Chefsache erklärt.« Aus seiner am Boden stehenden Aktentasche holt er eine durchsichtige Mappe heraus. Mit unbeteiligter Miene beobachte ich, wie er einige Papiere daraus entnimmt. »Wenn Sie gestatten. Das wäre unser Vertragsentwurf. Änderungen sind natürlich jederzeit möglich.« Er überreicht mir die eng bedruckten Seiten mit einem gewinnenden Lächeln.

Vertrag über die Veröffentlichung der Beiträge des Weblogs One Hundred Lovers *in den Online- und Printmedien der Unternehmensgruppe Harper Media Businesses* lautet die fett gedruckte Überschrift. Mein Blick fällt auf die Unternehmensbezeichnung im Briefkopf. »Harper Media?« Ich hebe den Blick.

»Mein Großvater hat das Unternehmen gegründet«, erklärt

Thomas schulterzuckend. »Harper Media U.S. umfasst zwei überregionale Tageszeitungen, darunter die auflagenstärkste: *Good Morning USA*. Außerdem gehören zwei TV- und ein Radiosender, das Magazin *Starwatch* und ein Sachbuchverlag zu uns.«

Mir war nicht klar, welcher Megakonzern sich hinter dem unscheinbaren Mann mit dem roten Haar verbirgt.

In diesem Moment kehrt die Kellnerin mit unseren Getränken zurück. Schnell drehe ich die bedruckten Seiten nach unten.

»Haben Sie schon gewählt?«

»Sie sind natürlich eingeladen«, sagt Thomas schnell, bevor ich meine Bestellung aufgebe.

»Den geräucherten Lachs. Halbe Portion, bitte.«

»Ich nehme die Kalbs-Saltimbocca«, antwortet Thomas, ohne den Blick von mir abzuwenden.

Als die Kellnerin verschwunden ist, drehe ich den Vertrag wieder um und überfliege die erste Seite.

»Wenn Sie erlauben, fasse ich wichtigsten Punkte kurz für Sie zusammen.«

»Gerne.«

Thomas räuspert sich umständlich, bevor er beginnt. »Wie ich bereits per Mail angedeutet habe, soll Ihre Kolumne unter Ihrem Pseudonym veröffentlicht werden. Ihre wahre Identität wird geheim gehalten, solange Sie es wünschen.«

Ich will ihn gerade darüber aufklären, dass *solange Sie es wünschen für immer* bedeutet, als er die Hand hebt, um mich zu bremsen.

»Dazu komme ich gleich noch einmal. Lassen Sie mich bitte fortfahren. Sie erklären sich dazu bereit, die bereits existierenden Texte zu kürzen und über ein spezielles Onlinetool auf unserer Seite als Volltext zur Verfügung zu stellen.« Als er mein Stirnrunzeln bemerkt, fährt er schnell fort. »Das ist keine große Sache und bedeutet für Sie keinerlei Arbeit. Unsere IT-Experten kümmern sich darum. Es funktioniert ganz simpel: Ihre Fans gelangen zu Ihrem Blog, auf dem sich die ersten Absätze Ihrer Posts befinden, und werden dann zu unserer Website weitergeleitet, damit sie den Volltext lesen können. Reaktionen, Likes,

Kommentare und die Statistikdaten werden auf Ihrem Blog gespiegelt. Ihre Texte werden nach wie vor kostenfrei für die Leser zugänglich sein, nur eben nicht mehr auf Ihrer, sondern auf unserer Webseite. Alle zukünftig erscheinenden Beiträge gehen zeitgleich auf dem Blog und unserem Webauftritt online. Auch hier gilt: Originallänge bei uns, Appetizer auf dem Blog.«

Als ich langsam nicke, fährt er fort. »Die Printkolumne soll zweimal wöchentlich, montags und donnerstags, erscheinen. Wir sprechen also über einen Gesamtzeitraum von fünfzig Wochen, beginnend nach Vertragsunterzeichnung mit Liebhaber Nummer eins.« Mister Harper sieht mich erwartungsvoll an.

Ich lasse mir seine Ausführungen in Ruhe durch den Kopf gehen, bis mir plötzlich ein Gedanke kommt. »Haben Sie keine Bedenken vor den Reaktionen Ihrer Leser? Ich meine: Eine Sexkolumne in einer Tageszeitung?«

Thomas' Gesicht hellt sich so schlagartig auf, als hätte er nur auf dieses Stichwort gewartet. »Unsere Zeitung ist für kontroverse Artikel bekannt.« Er hält kurz inne, nimmt einen Schluck von seiner Cola, dann spricht er weiter. »Sicher haben Sie von dem kleinen Eklat gehört, den wir im letzten Jahr zu verkraften hatten.«

»Sie meinen die gefakte Interviewreihe, in der Politikern und anderen Prominenten Sätze in den Mund gelegt wurden, die sie nie gesagt hatten?« Ich erinnere mich gut an die nicht abreißen wollende Berichterstattung, die damit einherging.

Harper ist das Thema sichtlich unangenehm. Er lockert den Sitz seiner Krawatte, dann ringt er sich zu einem Nicken durch. »Diese unschöne Sache hätte uns damals fast das Genick gebrochen. Sie hat uns eine Stange Geld gekostet und für beträchtliche Umsatzeinbußen gesorgt, vom Imageverlust ganz zu schweigen.« Er sieht mich ernst an. »Der verantwortliche Journalist wird seines Lebens nicht mehr froh, dafür haben unsere Anwälte gesorgt. Wir prüfen jetzt sehr genau, welche Inhalte in die *Good Morning USA* einfließen und wie vertrauenswürdig ihre Quellen sind.« Er räuspert sich vernehmlich. »Jedenfalls entschieden wir uns nach dem Vorfall, die inhaltliche Richtung zu überdenken und von den schweren Themen etwas Abstand zu nehmen. Wir legen unseren Fokus nun auf leichtere Kost, die schönen Dinge des Lebens – wenn Sie verstehen.«

Ich nicke, obwohl ich mich nicht daran erinnern kann, wann ich das letzte Mal ein Exemplar seiner Zeitung in der Hand hatte. Doch beiläufig kommen mir die großen Headlines in den Sinn, die mir am Zeitungskiosk manchmal ins Auge springen.

»Ihre Kolumne ist genau das, was wir suchen. Die Leser lieben Ihre offenen, ehrlichen Texte. Sie spüren, dass Sie es nicht nötig haben, ausschweifende Abenteuer zu erfinden oder sich über Werbung an große Firmen zu verkaufen. Sie lieben Ihre heißen Abenteuer, weil sie aus dem Leben gegriffen sind. Sie könnten Susi aus Minnesota oder Jenna auf Florida genauso passieren – wenn sie es darauf anlegen würden. Und genau das wollen wir! Nach der Interviewgeschichte legen wir größten Wert auf Authentizität.« Harper lächelt zufrieden. »Sicher möchten Sie auch wissen, was für Sie dabei herausspringt? Ihr Honorar finden Sie auf Seite dreizehn, Absatz fünf.« Mit einer auffordernden Geste gibt er mir zu verstehen, dass ich mir besagte Seite sofort ansehen soll.

Als mir die fünfstellige Summe ins Auge springt, entfährt mir ein leiser Pfiff.

Thomas Harper verschränkt die Hände auf der Tischplatte und grinst zufrieden. »Die Hälfte erhalten Sie mit der Vertragsunterzeichnung, den Rest nach der Veröffentlichung von Kolumne einhundert. Aber das ist noch nicht alles. Der Clou kommt erst noch.« Er nimmt einen weiteren Schluck von seiner Coke. Ich habe keine Ahnung, was mich nach der Aussicht auf vierzigtausend Dollar Honorar noch überraschen soll.

Thomas Harper zieht die dramatische Pause künstlich in die Länge, indem er seine Brille abnimmt und mit einem Tuch putzt. »Wie ich bereits kurz in meiner Mail angesprochen hatte, möchten wir Sie bitten, ein Buch über Ihre Erfahrungen zu schreiben.« In vertraulichem Tonfall fährt er fort. »Wie kamen Sie auf die Idee, mit einhundert fremden Männern zu schlafen? Gab es einen Auslöser? Gibt es Dinge, die Sie auf Ihrem Blog verschwiegen haben? Zum Beispiel einen Mann, der mehr war, als nur ein One-Night-Stand? Was machen Sie nach Nummer einhundert? Werden Sie die große Liebe suchen? Das ist es, was die Leserinnen interessiert.«

»Ist das so?« Ich bin ein bisschen baff.

Er nickt. »Genau diese Fragen sind es, die meine Frau jedes Mal beschäftigen, nachdem sie einen neuen Post von Ihnen gelesen hat.«

Ich verschränke die Arme vor der Brust und lehne mich zurück.

»Ich glaube, dass viele Frauen Ihren Blog nicht bloß aus reiner Faszination an Ihren sexuellen Abenteuern verfolgen. Insgeheim beneiden Sie sie darum, dass Sie sich nehmen, was Sie wollen. Sie leben ein emanzipiertes Leben.«

»Ich lebe in einer stinklangweiligen Kleinstadt und gehe einem normalen Job nach«, widerspreche ich.

Er nickt heftig. »Genau! So wie viele Ihrer Leserinnen auch. Aber *Sie*, Miss Ward, brechen aus, suchen den Kick, schlafen mit wem es Ihnen gefällt. Das in unserer Gesellschaft vorherrschende monogame Leitbild interessiert Sie nicht.«

Ich löse meine abwehrende Haltung und lege die Arme auf der Tischplatte ab. »Meine Beweggründe sind privater Natur.« Wieder kommen mir Robins Worte ungewollt in den Sinn.

»Sie entscheiden, was Sie über die Hintergründe preisgeben. Aber überlegen Sie nur, wie viele Menschen Sie mit einem Buch erreichen könnten. Mal ganz abgesehen von dem sehr gut dotierten Verlagsvertrag, den wir Ihnen im zweiten Vertragsentwurf in Aussicht stellen.« Er entnimmt einen weiteren Papierstoß aus seiner Aktentasche und legt ihn vor mir ab. »Seite sieben.«

Ich blättere zu besagter Stelle und muss für einen kurzen Moment den Atem anhalten. Dort ist die Rede von einem fünfstelligen Vorschuss und einer zweistelligen Prozentzahl, mit der ich an den Buchverkäufen beteiligt werden soll.

»Stellen Sie sich Folgendes vor:« Seine rechte Hand malt eine imaginäre Headline in die Luft. »Robyn Ward: *One Hundred*

Lovers – die Autobiographie. Und darunter: Bestseller.«

»Samantha Bane«, korrigiere ich ihn mit wild klopfendem Herzen. Was er soeben beschrieben hat, klingt verlockend.

Thomas Harper sieht mich aufmerksam an. Offenbar hat er nur darauf gewartet, auf mein Pseudonym zu sprechen zu kommen. »Sagen Sie mir eins, Robyn: Machen Sie Ihren Job gerne?«

Ich lege den Kopf schief. Die schmierigen Anmachversuche meines Bosses kommen mir in den Sinn. Dazu gesellt sich der trostlose Anblick des gepflasterten Schulhofes. Ich kann nicht verhindern, dass mir ein Seufzen entschlüpft.

Harper wirkt zufrieden. »Wenn es darum geht, dass Sie Ihren Job verlieren könnten, sobald Ihre Identität offenbart wird, dann denken Sie nur an all die Möglichkeiten, die Ihnen durch die Auszahlung des Geldes offenstehen.«

»Es geht nicht nur um den Job.«

»Worum dann?«

Ich zögere kurz. »Um meine Familie. Ich möchte sie nicht in Schwierigkeiten bringen.«

»Das verstehe ich.« Obwohl ich nicht glaube, dass er das tut, versucht er mich vom Gegenteil zu überzeugen. »Sie wissen nichts von Ihrem Blog.«

»Nicht alle«, gebe ich zu. Meine Eltern würden vom Glauben abfallen. Mal ganz abgesehen davon, dass sie meinetwegen weiß Gott schon genug durchgemacht haben.

»In diesem Punkt ist nichts zu machen. Mein echter Name muss aus allen Veröffentlichungen herausgehalten werden. Ich bin durchaus an einer Zusammenarbeit interessiert, aber das ist meine Bedingung.«

Thomas schweigt eine Weile. Ich kann es beinahe in seinem Kopf rattern hören. Zum Glück wird in diesem Moment das Essen serviert. Schnell verstaue ich die Verträge in meiner Tasche. Doch ich habe nicht vor, die Mahlzeit anzurühren, bis er sich zu diesem Punkt geäußert hat.

Sein Gesichtsausdruck wirkt gequält. »Mein Boss wird nicht begeistert sein.«

»Ihr Vater?«, vermute ich, angesichts der Tatsache, dass es sich um ein Familienunternehmen handelt.

»Meine Frau«, verrät er mit einem verrutschten Lächeln. »Sie hat sich bereits Ihre Besuche bei den großen Talkmastern ausgemalt. Alle glauben an den Erfolg des Buches. Es wird einschlagen wie eine Bombe, das verspreche ich Ihnen.« Sein verträumter Blick ist in die Ferne gerichtet. Ob seine Seifenblasen gerade zerplatzen?

»John, Jimmy, Ellen ...«, stößt er geistesabwesend aus, bevor er nach seinem Besteck greift.

»Richten Sie Ihrer Frau bitte aus, dass ich für schriftliche Interviewanfragen jederzeit zur Verfügung stehe, sofern meine Anonymität gewahrt wird.«

Thomas' Mundwinkel sinken herab. Das war ganz eindeutig nicht die Antwort, die er sich erhofft hatte. »Und Sie sind wirklich nicht dazu bereit ...?«

»Nein. Meine Identität bleibt geheim. Da ist nichts zu machen.«

Der Geruch meines Essens steigt mir in die Nase. Augenblicklich meldet sich mein Magen, der heute außer Kaffee und einem Smoothie noch nichts bekommen hat.

Vielleicht fordere ich mein Glück gerade etwas zu sehr heraus und verspiele die Chance auf ein halbes Vermögen, das ich mir als Sekretärin nie und nimmer erarbeiten könnte. Aber ich habe meine Prinzipien. Also setze ich mein bestes Pokerface auf und halte Thomas die ausgestreckte Hand entgegen. »Kommen wir ins Geschäft?«

Er lässt sein Besteck sinken und starrt gequält auf meine Hand. Dann geht ein merklicher Ruck durch seinen Körper und er schlägt ein.

12. Kapitel

12 Monate später …

Das Handy zwischen Ohr und Schulter geklemmt, manövriere ich meinen Wagen auf den Parkplatz vor unserem Apartmentkomplex. Es klingelt dreimal, bevor meine Schwester abnimmt. Ich lasse sie gar nicht erst zu Wort kommen. »Wann wolltest du mir erzählen, dass du für den *Golden Feather Award* nominiert wurdest?« Eigentlich hatte ich mir vorgenommen, verärgert zu sein, doch stattdessen lache ich herzhaft. »Im Ernst, Franny. Das ist der Wahnsinn!«

»Du musst mich nicht gleich anbrüllen, Robyn. Ich habe es ja selbst erst gestern erfahren«, sagt sie mit einem Lächeln in der Stimme.

»Ich habe es durch Zufall online gelesen und vor Freude laut losgeschrien. Fand Mister Jones nicht so lustig.« Bei der Erinnerung an seinen hochroten Kopf und den tadelnden Blick muss ich schlucken. Zum Glück hat er mir meine kleine Notlüge abgekauft und nur kopfschüttelnd etwas von *typisch Frauen* vor sich hingemault. Ich hatte ihm erzählt, eine Spinne wäre über meinen Schreibtisch gekrabbelt.

»Ich musste die Neuigkeit erstmal verdauen. Ich meine: Der *Golden Feather Award*! Wie krass ist das denn bitte?« Francis' Stimme überschlägt sich fast. Im Hintergrund kann ich den Verkehr hören, der durch die überfüllten Straßen von L.A. rollt.

»Hast du es schon Mom und Dad erzählt? Oh, ich wette, sie werden ausrasten!«

»Ich wollte sie nachher anrufen. Mom fällt bestimmt in Ohnmacht.« Sie kichert leise. Gedanklich sehe ich sie vor mir, mit einer Sonnenbrille auf der Nase, das blonde Haar hochgebunden, mit dem für sie so typischen Lächeln im Gesicht. Ich habe meine Schwester schon viel zu lange nicht mehr gesehen und wünschte, ich könnte sie in diesem Moment umarmen und ihr persönlich zur Nominierung gratulieren. Sie hat es so sehr verdient. Ich stelle den Motor aus und ziehe den Schlüssel ab. Im selben Moment biegt Anthonys Motorrad auf den Parkplatz ein. Er parkt seine Maschine auf der gegenüberliegenden Seite, direkt vor seiner Wohnungstür. Ich sehe zu, wie er den Helm absetzt und sich mit einem Lederhandschuh über die stoppeligen Haare fährt. Als er mich bemerkt, nickt er mir zu. Ich erwidere den Gruß. Mit einer grün-weißen Plastiktüte, die mir irgendwoher bekannt vorkommt, verschwindet er in seinem Apartment. Im letzten Jahr haben wir uns auf freundschaftlicher Ebene angenähert. Alle sexuelle Anziehungskraft ist mittlerweile verschwunden. Ich genieße die Mittagspausen, die wir oft kaffeetrinkend gemeinsam in der Bibliothek verbringen und über Gott und die Welt quatschen. Anthony ist ein guter Kerl und ich bin froh darüber, dass ich ihn mittlerweile zu meinen Freunden zählen darf.

»Robyn?«

»Was hast du gesagt?«, frage ich meine Schwester, die ich beinahe vergessen hätte. Schnell schnappe ich mir meine Tasche vom Beifahrersitz und steige aus.

»Ich hatte dich gefragt, ob du nächstes Wochenende schon was vorhast.«

Einen Moment lang denke ich über Francis' Frage nach. Das einzige Datum, das ich nicht mehr aus dem Kopf kriege, weil es wie ein Damoklesschwert über mir schwebt, ist die Deadline für mein Buch. Nur noch mickrige vier Wochen bleiben mir, um die restlichen Kapitel abzugeben. Dann endlich ist das Manuskript in seiner Rohfassung fertig. *One Hundred Lovers – Confessions Of A Sex Addict* soll das Buch heißen. Diese beknackte Idee stammt nicht von mir, aber da sowieso niemand erfahren wird, wer hinter Samantha Bane steckt, kann es mir genauso gut egal sein. Neben den fehlenden Kapiteln muss ich aber auch noch die letzten beiden Männer, Nummer neunundneunzig und einhundert, abliefern. Wie merkwürdig das klingt: *Die letzten beiden Män-*

ner. Dabei liegt mir momentan kaum etwas ferner, als der Gedanke an Sex. In meinem Kopf dreht sich alles um den Abgabetermin für das Manuskript und die nächste Tasse Kaffee. Die zahlreichen Dosen Koffein ersetzen mittlerweile meinen halben Nachtschlaf. Während ich meine Schreibziele in den Sommerferien gut einhalten konnte, habe ich seit Beginn des neuen Schuljahres erhebliche Probleme, voranzukommen. Leider wirkt sich die Doppelbelastung auch auf meinen Job aus, sodass ich oft unkonzentriert und erschöpft bin. Mein Boss findet das gar nicht witzig und behandelt mich noch ruppiger als sonst. Doch der Gedanke an das viele Geld, das ich mit der Veröffentlichung der Biographie und dem zweiten Teil meiner Blogbeiträge scheffeln werde, hilft mir durchzuhalten. Meine erste Amtshandlung, nachdem ich die Schecks erhalten habe, wird definitiv meine Kündigung sein. Doch bis dahin ist noch einiges zu tun. Mister Harper sitzt mir im Nacken und erinnert mich beinahe täglich daran, was erledigt werden muss. Zusätzlich warten meine Leser sehnsüchtig auf einen neuen Post. Der letzte ging im Juni, Anfang der Sommerferien online – eine halbe Ewigkeit für meine Verhältnisse. Und auch Mister Jones nervt mehr denn je. Wie sollte ich in all dem Chaos Lust auf Sex bekommen?

»Robyn?« Francis' Stimme holt mich zurück auf den Parkplatz.

»Sorry. Nein, ich denke, ich habe nichts vor«, antworte ich endlich auf ihre Frage. »Warum?«

»Am einundzwanzigsten September findet die Preisverleihung in San Francisco statt. Ich wollte dich fragen, ob du Lust hast, mich zu begleiten?«

»Natürlich komme ich mit. Meine kleine Schwester wird mit dem wichtigsten Charity-Award des Landes geehrt.«

»Ganz ruhig«, wehrt sie lachend ab, »noch habe ich nicht gewonnen.«

»Aber das wirst du!«, sage ich voller Überzeugung. »Du bewirkst so viel Gutes mit deiner Stiftung. Du *musst* einfach gewinnen.«

»Die anderen Organisationen hätten die Goldene Feder, die Aufmerksamkeit und das Preisgeld ebenso verdient. Aber ich würde mich natürlich sehr freuen, wenn die Wahl auf uns fiele.« Typisch Francis, sie ist einfach zu bescheiden für diese Welt. Im Hintergrund kann ich es rascheln hören. Es klingt, als ob sie einen Stapel Papiere durchblättert. »Hier steht es. Tate von der Stiftung wird mich zur Gala begleiten. Fünf Gästelistenplätze kann ich noch vergeben. Mom, Dad, du ... bleiben noch zwei. Was meinst du: ob Zelda auch Lust hätte, zu kommen?«

»Machst du Witze? Sie wird ausflippen!«

Francis lacht ihr wunderschönes, glockenhelles Lachen. »Das wollte ich hören.«

»Ich sage ihr später Bescheid, wenn sie aus dem Plattenladen kommt. Sie wird Luftsprünge machen, das schwöre ich dir.«

»Prima, das freut mich. Aber jetzt muss ich los. Mein Personal Trainer wartet. Ach – und falls dir noch jemand einfällt, der Lust auf ein üppiges Fünf-Gänge-Menü, langweilige Tischgespräche und ein Treffen mit der Präsidentin hat, dann gib mir Bescheid.«

Es dauert einen Moment, bis ich begreife, was meine Schwester gerade gesagt hat. »Moment mal – die *Präsidentin*? Ist das dein Ernst?«

Ihre Antwort besteht aus einem herzhaften Lachen. »Jepp, die Präsidentin. Holly Benton persönlich wird den *Golden Feather Award* überreichen. Ist das nicht der Wahnsinn?«

»Auf jeden Fall.« Ich muss mich gegen die Tür meines Wagens lehnen, um nicht den Boden unter den Füßen zu verlieren.

»Okay, also wie gesagt: Eine Karte ist noch übrig. Wäre doch schade, wenn sie verfällt.« Im Hintergrund kann ich eine Tür zuschlagen hören. Francis' nächste Worte hallen aus dem Inneren eines Gebäudes wider. »Ich muss jetzt los! Hab dich lieb!«

»Ich dich auch!« Wir hauchen zwei Küsschen in den Hörer, dann lege ich auf.

Die Präsidentin. Ich fasse es nicht! Meine kleine Schwester ist nicht nur eine gefeierte Schauspielerin, die all ihr Herzblut und Engagement in eine gemeinnützige Stiftung steckt, sondern lernt nun auch die Präsidentin der USA kennen. Wow. Meine Brust wird von einer Wärme geflutet, die mit nichts auf der Welt vergleichbar ist.

Mit einem dicken Grinsen im Gesicht schließe ich die Tür zu unserem Apartment auf. Mein erster Weg führt direkt zur Kaffeemaschine. Im Kühlschrank finde ich noch einen halben Obstsalat, den ich – eiskalt wie er ist – hinunterschlinge. Die erste feste Mahlzeit an diesem Donnerstag. Während ich esse, merke ich, wie meine Augen langsam schwer werden. Die durchgearbeiteten Nächte fordern ihren Tribut. Eigentlich hatte ich mir vorgenommen, heute noch zwei Interviews abzuarbeiten, die Mister Harper mir gestern Abend gemailt hat, aber ich schaffe es kaum mehr, aufrecht am Tisch zu sitzen. Nachdem der letzte Löffel in meinem Mund verschwunden ist, erfüllt das vorwurfsvolle Grummeln meines Magens die Küche. Er will mehr, doch im Kühlschrank herrscht gähnende Leere. Ich bin diese Woche an der Reihe, ihn wieder aufzufüllen. Doch als ich über dem Einkaufszettel sitze, ist es bereits zu spät – mein Kopf sackt auf meinen angewinkelten Arm. Bevor ich auch nur einen Smoothie notiert habe, hat mich der Schlaf bereits übermannt.

Das Zuknallen der Wohnungstür lässt mich hochschrecken. Dabei stoße ich die leere Obstschüssel vom Tisch.

»Robyn! Bist du da? Du wirst nicht glauben, was mir passiert ist!« Da Zelda heute Schicht im Record Store in Groves Hill hatte, muss ihre gute Laune etwas mit Musik zu tun haben.

»Bin hier«, murmle ich schlaftrunken und reibe über meine Augen. Ächzend hebe ich die Schüssel vom Boden auf, die zum Glück nicht zerbrochen ist. Mein Blick huscht zur Uhr über der Küchentür. Ich habe gerade mal eine halbe Stunde geschlafen. Viel zu wenig und doch viel zu viel, angesichts der tausend Dinge, die ich noch erledigen muss.

Mit einem Grinsen, das ich nur als völlig verstrahlt bezeichnen kann, tapst meine Mitbewohnerin in die Küche und lässt sich mir gegenüber auf einen Stuhl sinken.

»Mann, siehst du scheiße aus.«

»Vielen Dank.« Mit einem herzhaften Gähnen wische ich ein wenig Mascara unter meinen Augen weg. »Erzähl schon, was ist passiert? Haben die *Broken Teacups* ein neues Album rausgebracht?«

»Ha! Das wär's!« Zelda beugt sich zu mir und grinst verschwörerisch. »Leider nicht. Aber mindestens genauso gut.«

Genauso gut wie neue Songs ihrer absoluten Lieblingsband? Na da bin ich ja mal gespannt.

»Ich habe heute meinen Seelenverwandten getroffen.« Zeldas Gesichtsausdruck ist vollkommen ernst. Ich warte darauf, dass sie laut loslacht und »Verarscht!« ruft, doch das tut sie nicht.

»Deinen ... was?« Irritiert blinzele ich sie an.

»Hätte selbst nie gedacht, dass ich mal sowas sagen würde, aber dieser Mann, Robyn ...« Sie seufzt tief. »Der kam in den Laden und hat mich sofort umgehauen.«

»Wow.« Ich sehe Zelda an, schüttle leicht den Kopf und versuche mir dieses sagenumwobene Prachtexemplar vorzustellen, das es geschafft hat, Zelda LeRoy, die von Liebe, Beziehungen und dem ganzen Mist genauso wenig hält wie ich, um den Finger zu wickeln.

Zelda lässt ihren Kopf auf die gefalteten Hände sinken. Die Ellenbogen hat sie auf der Tischplatte aufgestützt. Zwei Strähnen ihrer platinblonden Haare fallen ihr halb ins Gesicht. Sie trägt heute eine Frisur, die ich liebevoll den Sailor-Moon-Look nenne: Zwei Dutts links und rechts am Oberkopf zusammengezwirbelt, aus denen lange glatte Strähnen auf ihre Schultern fallen.

»Er kannte alle B-Seiten der Teacups. *Alle.* Er hat über vierzig Konzerte von ihnen besucht, die Festivalauftritte nicht miteingerechnet.« Zeldas Augen schimmern. »Ich kenne nur eine einzige Person, die auf so vielen Teacup-Gigs war.« Ihre Daumen zeigen auf sie selbst.

»Und das macht ihn gleich zu deinem Seelenverwandten?« Ich versuche, mein nachsichtiges Lächeln mit einem Gähnen zu tarnen.

Zelda durchschaut den lahmen Versuch und straft mich mit einem düsteren Blick aus ihren katzenhaft geschminkten Augen. »Natürlich nicht. Aber die Tatsache, dass er dasselbe Songzitat an derselben Stelle seines Körpers tätowiert hat, kann kein Zufall sein.« Sie zieht den tiefen Ausschnitt ihres grauen Oversize-Shirts über die linke Schulter. Ich lege den Kopf schief, um die Worte lesen zu können. *Every second of this life is worth living to the fullest.*

Beeindruckt ziehe ich die Augenbrauen nach oben. »Und das hat er auch? Das ist wirklich krass.«

Zelda nickt. »Von allen Songs, die die *Teacups* in ihren sechsundzwanzig Jahren Bandgeschichte veröffentlicht haben, hat er sich ausgerechnet den Text von *My Life, my Rules* für sein Tattoo ausgesucht. Keine fancy Single mit fettem Bass und harten Drums, die bis zum Erbrechen auf allen Radiostationen gespielt wird. Nein! Eine kleine, feine Demoversion, die nur auf der B-Seite einer Singleauskopplung aus den späten Neunzigern zu finden ist. Das Stück wurde *nie* live gespielt und trotzdem ist es mein Lieblingssong. Und jetzt halt dich fest: seiner auch! Ist das nicht total irre?« Zeldas blaue Augen strahlen mit ihrem breiten Lächeln um die Wette.

»Das ist wirklich außergewöhnlich«, räume ich ein. »Und wie heißt Mister Soulmate?«

Innerhalb einer Sekunde fallen ihre Mundwinkel herab. »Ich weiß es nicht.«

»Du weißt es nicht?«

Sie schüttelt resigniert den Kopf. »Wir haben uns so lange über die *Teacups* unterhalten, dass wir völlig die Zeit vergessen haben. Ich habe ihm erzählt, zu welchem Song ich meinen ersten Kuss bekommen habe. Himmel, er weiß sogar, welches Album in meinem Zimmer lief, als ich entjungfert wurde.« Stöhnend schlägt sie die Hand vors Gesicht. »Wir redeten so lange darüber, welche Bedeutung die Band und ihre Songs für uns haben, dass ich eine Gänsehaut bekam. Er sagte genau die Dinge, die ich in der Sekunde davor gedacht hatte. Es hat sich angefühlt, als könnte er direkt in meinen Kopf schauen. Da war eine Verbundenheit zwischen uns, die ich fast mit den Fingern greifen konnte. Der Kerl ist der Wahnsinn. Wie eine große, breitschultrige Version von mir selbst – eine extrem heiße Version von mir selbst.«

»Und dann hast du ihn einfach so gehen lassen?«, frage ich ungläubig.

Ihre Schultern sacken nach unten. »Jenna kam, um mich abzulösen. Sie drückte mir einen Stapel Kataloge in die Hand und wollte ihm ein Gespräch über die neue Platte von *Paperchair* aufs Auge drücken. Ich bitte dich. *Paperchair*!« Ein angewiderter Pfff-Laut verlässt ihren Mund.

Ich habe keine Ahnung, wer *Paperchair* sind oder welche Musik sie machen, aber ich nicke, als wüsste ich bestens Bescheid und stünde auf Zeldas Seite.

»Als ob diese Möchtegern-Rocker mit den *Teacups* mithalten könnten.«

»Und dein sexy Rocker hat sich von Jenna bequatschen lassen?«

»Nee, hat er nicht. Er hat gesagt, dass er einen ganz dringenden familiären Termin hat, und ist abgerauscht. Zum Abschied hat er mir zugelächelt und sich für das beste Musikgespräch seines Lebens bedankt. Leider ohne mir zu verraten, wie er heißt oder ob er wiederkommt.«

Mitfühlend tätschele ich Zeldas Arm. »Er wird wiederkommen, ganz bestimmt.«

»Das hoffe ich.«

»Er müsste ja taub, blind und gefühllos sein, wenn er dich nach diesem Tag nicht wiedersehen wollte.«

Hoffnungsvoll sieht mich Zelda an. Ein klitzekleines Lächeln stiehlt sich zurück auf ihre dunkelrot geschminkten Lippen. »Der Typ war der Wahnsinn, Robyn.«

Langsam richte ich mich auf, strecke mich ausgiebig und atme tief durch. Allmählich verschwindet die Müdigkeit aus meinen steifen Gliedern. Dann fällt mir ein, dass ich ihr ja auch etwas erzählen wollte. »Ich habe mit Francis telefoniert.«

»Was hat sie erzählt?«

»Halt dich fest: Francis' Stiftung wurde für einen Charity-Award nominiert. Die Preisverleihung findet nächsten Samstag in San Francisco statt. Und rate mal, wer den Award verleihen wird?«

»Keine Ahnung. Wer?«

»Holly Benton.«

»Fuck.« Sie stößt das Wort ehrfürchtig aus. »Ist nicht dein Ernst.«

»Es kommt noch besser.« Betont langsam streiche ich eine Strähne hinter mein Ohr. »Du und ich werden Francis auf diese Gala begleiten.«

»Nein!« Zelda schlägt die Hände vor den Mund, dann springt sie auf und deutet mit anklagend ausgestrecktem Zeigefinger auf mich. »Verarsch mich nicht!«

»Würde ich nie tun. Meine Schwester hat explizit darum gebeten, dass wir sie begleiten. Zusammen mit Mom und Dad.«

Einen Moment lang sieht mich meine Freundin so ungläubig an, als hätte ich gerade verkündet, dass die *Broken Teacups* ein exklusives Wohnzimmerkonzert bei uns geben, dann führt sie einen wilden Freudentanz auf. Kreischend und jauchzend umrundet sie den Tisch und zieht mich dabei mit auf die Beine. »Gott, ich liebe dich und deine Schwester. Sie ist meine Göttin, Robyn, meine Göttin. Ich liebe sie! Fast so sehr wie die *Teacups.*«

Grinsend stimme ich in ihr Lachen ein. Wenn das mal kein Kompliment ist.

13. Kapitel

Das Wochenende zieht wie dicker, grauer Nebel an mir vorüber. Ich verschanze mich in meinem Zimmer und tippe lustlos Wort für Wort in mein Manuskript. Mehrmals täglich erreichen mich neue Instruktionen und Änderungswünsche von Mister Harper. Der Kerl kennt scheinbar auch keine Freizeit. Als er damals sagte, dass er meine Biographie zur Chefsache erklärt, ahnte ich nicht, wie wörtlich er das meinte. Hätte ich vor einem Jahr gewusst, wie anstrengend die Arbeit am Buch werden würde, hätte ich mir sicher zweimal überlegt, ob ich den Vertrag unterschreibe. Aber nun stecke ich mittendrin und kann den Tag kaum erwarten, an dem ich das fertige Dokument rausschicken kann.

Gestern schrieb mir Mister Harper, dass ich mich langsam mal sputen soll, um die letzten beiden Männer *nachzureichen*.

Um die Kapitel über meine Teenagerzeit und mein erstes Mal habe ich mich bisher erfolgreich gedrückt. All das liegt lange zurück und ist nichts, was in die Öffentlichkeit gehört. Reicht es nicht, dass ich noch immer von Albträumen geplagt werde, in denen mich Ethan, Bobby und Sarah hintergehen und schikanieren? Ich kann nicht darüber schreiben. Weder über Ethan, der der erste Junge war, in den ich mich verliebte, noch über Jeffrey, der mich entjungferte und dafür sorgte, dass ich vom College flog. Also beschließe ich, etwas zu tun, was normalerweise gegen meine Prinzipien verstößt: ich lüge. Obwohl es mir im ersten Moment schwerfällt, gehen mir die erfundenen Details bald erstaunlich leicht von der Hand. Es überrascht mich nicht einmal, wie natürlich es sich anfühlt, Namen, Jungen und Partys zu kreieren, von denen ich mit sechzehn nur träumen konnte. Die junge Samantha, die ich mir ausdenke, ist das exakte Gegenteil meines früheren Ichs. In der alternativen Version meines

Lebens reißen sich die heißesten Jungs und die beliebtesten Mädchen der Schule darum, mit mir befreundet zu sein. Der Gedanke an die Wahrheit, die nicht weiter davon entfernt sein könnte, jagt einen Stich in meine Brust. Ab und an überrollt mich das schlechte Gewissen, aber dann denke ich an das aschfahle Gesicht meiner Mom und die rot geweinten Augen meines Dads nach dem Fotoskandal, die mich ebenfalls bis heute verfolgen, und weiß, dass es keine andere Möglichkeit gibt. Jedes Detail meines Lebens – meines wahren Lebens –, das dazu beitragen würde, meine Identität zu lüften, muss geheim bleiben. Ich kann und will meine Eltern nicht mit meinem Doppelleben belasten.

Stunde um Stunde tippe ich, bis die Kaffeekanne leer ist und meine Augen schwer werden. Irgendwann schlafe ich schließlich neben dem Laptop ein.

Zum Glück hält Zelda momentan den größten Teil der Hausarbeit von mir fern.

Auch die kommende Woche verfliegt zwischen meinem Job und den nächtlichen Schreibeinlagen. All die erfundenen Geschichten für das Buch, die am Ende zusammenpassen müssen, und die Details, die ich kräftig ausgeschmückt habe, rotieren von morgens bis abends wild in meinem Kopf. Einzig die Aussicht auf die Gala am Samstag lässt mich nicht völlig die Nerven verlieren. Es ist die einzige Pause, die ich mir selbst gönne, auch wenn es bedeutet, dass ich bis dahin doppelt so viel schreiben muss, um sie mir zu verdienen. Meine Vorfreude auf das Wiedersehen mit Franny, Mom und Dad mobilisiert ungeahnte Kraftreserven. Ich habe meine Eltern schon ewig nicht mehr besucht. Wir telefonieren zwar regelmäßig miteinander, aber das ist nicht dasselbe, wie sie in die Arme zu schließen und den Duft nach zu Hause einzuatmen.

Als ich Freitagmittag die letzten Akten zurück in den Schrank sortiere und den Computer herunterfahre, bin ich selbst überrascht, wie schnell die Woche vergangen ist. In diesem Moment verlässt Rektor Jones sein Büro und schließt es hinter sich ab.

»Ich wünsche Ihnen ein schönes Wochenende, Miss Ward.«

»Danke, ebenfalls.«

»Und ... ich wollte mich erkundigen, wie es Ihnen geht.«

»Mir geht es gut«, sage ich langsam. »Danke.«

Mister Jones nickt verständnisvoll. »Auch wenn Sie sich Mühe geben, es vor mir zu verbergen, entgeht mir nicht, wie müde Sie sind.«

Mist. Ich hatte gehofft, dass mein extrastarker Concealer ihm ein anderes Bild vermittelt hätte. »Es ist alles in Ordnung«, sage ich mit fester Stimme und schultere meine Tasche. »Schönes Wochenende.«

»Robyn?« Dem Ruf meines Namens folgt ein verhaltenes Klopfen. Mister Jones und ich wenden gleichzeitig die Köpfe um.

Anthony steckt den Kopf durch die Tür des Sekretariats. »Hier bist du. Könntest du mich mit nach Hause nehmen? Meine Maschine ist in der Werkstatt.«

»Klar. Ich wollte gerade los.«

»Perfekt.«

Rektor Jones' Blick liegt einen Tick zu lange auf dem Bibliothekar.

»Ich warte draußen. Schönes Wochenende, Mister Jones.«

Unser Boss nickt knapp.

Als Anthony außer Sichtweite ist, sieht mich der Rektor prüfend an. »So so.«

Fragend hebe ich eine Braue.

»Verstehe.« Er grabscht sich einen Stapel Papiere von meinem Schreibtisch und legt ihn wahllos an einer anderen Stelle wieder ab. »Dann wünsche ich Ihnen beiden eine gute Zeit.«

Denkt er etwa ...?

Für einen kurzen Moment bin ich versucht, ihn darüber aufzuklären, dass unser Schulbibliothekar in meiner Nachbarschaft wohnt, doch dann entscheide ich mich dagegen. Soll der Kerl doch glauben, was er will. Mit einem zuckersüßen Lächeln nicke ich ihm zu. »Die werden wir haben.«

Die auffällige Röte, die Jones' Wangen daraufhin überzieht, erfüllt mich mit einem Hauch Genugtuung. Gut gelaunt verlasse ich sein Büro.

»Hat er dich etwa angemacht?«, fragt Anthony, als wir kurz darauf in meinem Wagen sitzen.

»Er denkt, ich hätte Probleme mit meinem Freund.«

»Deinem Freund?«, wiederholt er überrascht.

»Dem Freund, den ich erfunden habe, damit mich Jones in Ruhe lässt.«

»Und wie kommt er darauf, dass du Probleme mit ihm hättest?«

Ich hebe kurz die Schultern. »In letzter Zeit bin ich ein wenig unkonzentriert. Und müde. Vielleicht hat sich auch der ein oder andere Fehler in meine Schriftstücke hineingeschummelt.«

Anthony schweigt. Ich spüre seinen Blick auf mir. »Was?«

»Du siehst tatsächlich erschöpft aus.«

»Danke«, brumme ich. Natürlich weiß ich, dass er recht hat, aber welche Frau hört das schon gerne?

»Was ist mit deiner Maschine passiert?«, wechsele ich das Thema.

»Motorschaden. Wird eine teure Angelegenheit. Echt ein beschissener Zeitpunkt. Ich wollte übers Wochenende nach San Francisco fahren und mir die Stadt ansehen. Kann ich jetzt vergessen. Hab mein Airbnb schon storniert.«

»Das ist mies. Wolltest du alleine fahren?«

»Klar. Ich bin gerne allein unterwegs. Diese Trips helfen mir, meine Gedanken zu sortieren.« Er fährt sich mit der Hand über den Nacken. »Dann wird es wohl auf ein langweiliges Wochenende auf dem Sofa hinauslaufen.«

Als wir zu Hause angekommen sind, bedankt sich Anthony für die Mitfahrgelegenheit. Ich wünsche ihm viel Spaß mit seinem Sofa, woraufhin er mir ein schiefes Grinsen schenkt.

Kaum habe ich den Schlüssel in unser Schloss gesteckt, wird die Tür von der anderen Seite aufgerissen. Vollkommen entgeistert starrt mich Zelda an.

»Zel? Ist was passiert?«

Mal abgesehen davon, dass Zelda ungeschminkt ist, was um diese Tageszeit eher selten vorkommt, und einen unordentlichen platinblonden Knoten auf dem Kopf trägt, wirkt ihr porzellanfarbener Teint noch blasser als sonst. Selbst ihre farbenfrohen Tattoos scheinen an Leuchtkraft verloren zu haben. »Das ... das ...«, stottert sie und deutet hinter mich.

Ich drehe mich um, aber da ist niemand. Nur der leere Parkplatz.

»Das war er«, sagt sie schließlich.

»Wer?«

»Der Kerl aus dem Plattenladen.«

»Anthony? Anthony Miller ist dein Seelenverwandter?«

»Anthony.« Andächtig lässt sie sich seinen Namen auf der Zunge zergehen. »Woher kennst du ihn? Warum fährt er in deinem Auto mit und wieso zum Teufel hat er gerade das Haus gegenüber betreten?«

Ich packe Zelda an den Schultern, schiebe sie in unsere Küche und drücke sie auf einen Stuhl. »Anthony arbeitet an meiner Schule. Sein Motorrad ist in der Werkstatt, deshalb ist er bei mir mitgefahren. Er wohnt nebenan. Seit fast einem Jahr.«

Ungläubig schüttelt sie den Kopf. »Ich glaub's nicht. Die ganze Woche habe ich darauf gewartet, dass er zurückkommt. Und jetzt sagst du mir, dass er direkt vor meiner Nase wohnt. Warum habe ich ihn hier noch nie gesehen?«

Ich kann nicht anders, als zu lachen. »Keine Ahnung. Schlechtes Timing, schätze ich. Wahrscheinlich habt ihr euch immer verpasst.«

Sie reibt sich über das Gesicht. »Du musst uns einander vorstellen. So richtig offiziell.«

»Okay.«

»Im Ernst, Robyn. Ich muss ihn kennenlernen. Seit Tagen denke ich an nichts anderes mehr. Dieser Mann macht mich völlig verrückt.«

Ich lächle nachsichtig. In den letzten Tagen kannte sie tatsächlich kein anderes Thema, als den ominösen Fremden aus dem Record Store.

»Ich lasse mir was einfallen.« Kaum habe ich die Worte ausgesprochen, fällt es mir auch schon wie Schuppen von den Augen. »Moment. Bin gleich wieder da.«

Mit untertellergroßen Augen sieht Zelda mir hinterher. »Was hast du vor?«

Noch im Hinausgehen schicke ich eine Nachricht an Francis, die sie zum Glück prompt beantwortet. *Perfekt.* Grinsend stecke ich das Handy zurück in meine Tasche. Mit langen, entschlossenen Schritten überquere ich den Parkplatz und hämmere fest gegen Anthonys Tür. Seinen seriösen Bibliothekslook, der unter den Lederklamotten versteckt war, hat er in den letzten Minuten gegen ein ärmelloses Muskelshirt und Shorts getauscht. Ich muss mich zusammenreißen, um seine rechte Schulter nicht nach dem Songzitat der *Teacups* abzuscannen. Es würde sowieso viel zu lange dauern, angesichts der vielen anderen Tattoos auf seinem Arm.

»Habe ich was vergessen?«

»Ich wollte deine Couch fragen, ob sie etwas dagegen hätte, wenn ich dich morgen entführe.«

Seine Mundwinkel zucken belustigt nach oben. »Wohin?«

»San Francisco. Meine kleine Schwester wurde für einen Charity Award nominiert und hat eine Karte für die Gala übrig.«

Anthony sieht mich an, als hätte ich gerade verkündet, dass ein neonpinker Elefant in seinem Wohnzimmer Samba tanzt. »Wovon redest du da?«

»Von einem kleinen Roadtrip. Du, ich und meine Mitbewohnerin. Du wolltest doch sowieso in die Stadt. Das wird lustig.«

Er denkt genau zwei Sekunden darüber nach, dann schenkt er mir ein schiefes Grinsen. »Klar, warum nicht?«

Ich boxe ihm gegen den Oberarm und strahle von einem Ohr zum anderen. »Super, wir holen dich gegen zehn Uhr ab. Pack den schicksten Anzug ein, den du besitzt.«

Lachend schüttelt er den Kopf. »Alles klar.«

Ich wusste, dass er nicht Nein sagen würde. Zum Glück ist

Anthony so unkompliziert und spontan. Mit einem zufriedenen Lächeln auf den Lippen trete ich den kurzen Heimweg an. Zelda lauert, wie nicht anders zu erwarten war, direkt hinter der Tür.

»Anthony wird uns morgen zu Francis' Gala begleiten«, platze ich heraus.

Sie schlägt die Hände vor den Mund und starrt mich ungläubig an. »Du machst Witze.«

»Nope.«

Mit einem Juchzen fällt sie mir um den Hals und lacht so laut, dass es garantiert bis in Anthonys Apartment zu hören ist.

14. Kapitel

Ich habe Zelda noch nie so aufgewühlt erlebt wie am darauffolgenden Morgen. Seit einer halben Ewigkeit steht sie vor ihrem Schrank und zerrt ein Kleidungsstück nach dem anderen heraus. Die meisten Teile sind schwarz, hin und wieder verirrt sich auch ein farbenfrohes Grau auf den Haufen am Boden.

»Ich glaube nicht, dass ich etwas Passendes für die Gala besitze«, jammert sie.

»Black is beautiful«, trällere ich und entnehme ein knielanges Kleid ebenjener Farbe mit tiefem Rückenausschnitt von seinem Bügel. »Das ist doch ganz hübsch.«

»Da baumeln Totenköpfe am Saum«, sagt sie düster und zeigt auf die winzigen silberfarbenen Applikationen.

Ich wende das Kleid hin und her und werfe danach einen Blick zurück in den Schrank. Neben ihren zahlreichen Bandshirts, ungefähr zwanzig Paar Chucks in allen möglichen Farben und Musterungen sowie einem Stapel zerrissener Hosen in den Längen *Short, Hotpants* und *arschbackenfrei* kann ich tatsächlich nichts Galataugliches entdecken.

Seufzend nehme ich das Kleid genauer unter die Lupe. »Ich könnte die Totenköpfe abtrennen und den Saum neu vernähen«, biete ich an.

Zelda verzieht den Mund, brummt etwas Unverständliches und nickt schließlich. »Und du meinst, das ist schick genug?«

»Auf jeden Fall.« Ich selbst habe mir auf den letzten Drücker ein roséfarbenes Seidenkleid gegönnt, das bis zum Boden reicht und züchtiger ist als alle anderen Kleidungsstücke, die ich fernab der Schule trage. Dazu weiße Heels – et voilà! High-Society-Robyn ist geboren. Wäre doch gelacht, wenn wir das mit Zelda nicht auch hinbekämen.

Knapp sechzig Minuten später trauert meine Freundin zwar

den dreißig daumennagelgroßen Totenköpfen hinterher, aber dafür habe ich es geschafft, aus dem schlichten schwarzen Dress einen wahren Hingucker zu zaubern. Neben dem neu vernähten Saum habe ich auch einige rosa Strasssteine entlang des hochgeschlossenen Halsausschnittes angebracht. Zusammen mit Zeldas frisch gefärbten pinken Spitzen werden die Steinchen heute Abend um die Wette leuchten. Es ist das erste Mal, dass ich meine Mitbewohnerin in einem Kleidungsstück sehe, das ihr großflächiges Tattoo auf der Brust verdeckt. Nur wenn sie sich nach vorn beugt, sind ein paar feine Linien zu erkennen. Obwohl sie atemberaubend aussieht, blickt Zelda ihr Spiegelbild alles andere als glücklich an.

»Ich fühle mich total verkleidet.«

»Es ist doch bloß ein Abend.«

Mit der rechten Hand streicht sie über ihren fast vollständig tätowierten linken Arm. »Soll ich was drüberziehen? Und die Piercings rausnehmen?«

»Jetzt mach aber mal halblang. Francis hätte dich nicht eingeladen, wenn sie gewollt hätte, dass eine völlig andere Person zu dieser Gala erscheint.«

Endlich breitet sich ein Grinsen auf ihren Lippen aus. »Fuck, du hast absolut recht.« Im nächsten Moment wird ihre Stirn von einer Falte gefurcht.

»Was ist?«, frage ich.

»Lass mich fahren.«

Ihre Bitte überrascht mich, doch ich widerspreche nicht.

»Wenn wir Anthony gleich abholen, werde ich ein nervöses Wrack sein. Beim Autofahren komme ich runter. Die routinierten Handgriffe beruhigen mich und mein Gehirn ist beschäftigt.« Mit einem kleinen Lächeln sieht sie zu mir auf. »Okay?«

»Wie du möchtest.« Wie könnte ich ihr bei diesem Blick auch etwas anderes sagen?

Kurze Zeit später verstauen wir unsere Taschen auf der Ladefläche von Zeldas Pickup, schließen die Klappen und gehen danach gemeinsam zu Anthonys Apartment. Ich will gerade an seine Tür klopfen, als mich Zelda zurückhält. Ihr Gesicht ist kreidebleich vor Anspannung.

»Eine Sekunde noch«, bittet sie und atmet tief ein und aus.

»Alles wird gut, okay?« Ich schenke ihr ein breites Lächeln, das sie zaghaft erwidert.

»Okay, kann losgehen.«

Zwar sieht sie noch immer aus, als würde sie sich jeden Moment vor Aufregung übergeben, aber ich klopfe trotzdem kräftig gegen die Tür, die nur wenige Sekunden später weit aufgerissen wird. Anthony will gerade etwas zu mir sagen, als er Zelda erblickt und den Mund abrupt schließt. »Du?«

»Hi. Schön dich wiederzusehen.« Selbstbewusst und ohne auch nur einen Hauch Unsicherheit auszustrahlen, hält sie Anthony die Hand entgegen. »Zelda LeRoy.«

Anthony ergreift sie sofort, doch anstatt sie zu schütteln, hält er sie bloß fest, während er meiner Freundin unverwandt in die Augen sieht. »Ich wollte wiederkommen. Aber mein Motorrad ist in der Werkstatt.«

Ein befreites Lächeln breitet sich auf Zeldas Gesichtszügen aus.

»Ich bin übrigens Anthony. Anthony Miller«, schiebt er schnell hinterher. Sein Blick zuckt kurz zu mir und dann zurück zu Zelda. »Ich arbeite an Robyns Schule. Aber das hat sie dir sicher erzählt.«

Zum Glück nimmt er mir den kleinen Überfall samt Verkupplungsversuch nicht krumm. Im Gegenteil, er scheint sich ehrlich über das unverhoffte Wiedersehen mit Zelda zu freuen.

»Ich kann nicht glauben ...«

»... dass ich dich hier noch nie gesehen habe«, beendet Anthony Zeldas Satz. »Dabei wohnst du direkt gegenüber.«

Ein Funkenregen prasselt auf die beiden hinab und ich trete einen Schritt zurück, damit sie den Moment auskosten können. Okay, vielleicht funkelt es auch nur in meiner rosaroten Fantasie, aber da liegt eindeutig etwas in der Luft.

»Wie wäre es, wenn ihr im Auto weiterquatscht?«, schlage ich vor, drehe mich um und zeige auf Zeldas Wagen. »Wir müssen nämlich leider los. Vor uns liegen fast sieben Stunden Fahrt.«

»Oh, klar. Natürlich.« Anthony lässt Zeldas Hand los, die sie sogleich mit ihrer anderen Hand bedeckt. Ein leicht verstrahltes Lächeln liegt auf ihren Zügen.

Gemeinsam gehen wir zum Wagen, schweigend, aber die intensiven Blicke, die die beiden austauschen, sprechen ihre eigene Sprache. Anthony legt seinen kleinen Rollkoffer zu unseren Reisetaschen und schließt die Ladefläche. Den Anzug hat er in einem Kleidersack verstaut, den er im Wageninneren aufhängt.

»Ich sitze hinten«, biete ich an, noch bevor eine Diskussion über die Sitzordnung aufkommen kann.

»Bist du sicher?«, fragt Anthony. »Ich kann auch ...«

»Nein, nein. Ich habe mir was zu lesen eingepackt.« Zu Demonstrationszwecken hole ich meinen E-Reader aus der Tasche.

Zelda hebt eine Augenbraue, als ich auch noch ein Set Kopfhörer hervorzaubere, an mein Handy stöpsele und in die Ohren stecke.

»Musik und Lesen? Passt das zusammen?«, fragt Zelda.

»Klar«, antworte ich fröhlich. »Dabei kann ich so richtig entspannen.«

»Na dann.« Ganz gentlemanlike öffnet Anthony die hintere Tür und lässt mich einsteigen. Dann nimmt er auf dem Beifahrersitz Platz, während sich Zelda hinters Steuer setzt.

»Bereit?«, fragt sie und wirft einen Blick in den Rückspiegel, bevor sie Anthony ansieht, der seine Augen keine Sekunde von ihr abgewendet hat.

Ich streife meine Sneakers ab und winkele die Beine an, bevor ich mich hinter dem Reader verschanze.

»Kann losgehen«, murmle ich.

»Jepp«, raunt Anthony und erwidert Zeldas Lächeln. Sie gibt die Adresse des Hotels in ihr Navi ein, dann startet sie den

Motor. Zumindest ist es das, was sie tun wollte. Doch der Pick-up säuft sofort wieder ab. Mit einem leise geknurrten »Komm schon«, versucht sie es erneut – vergeblich. Erst beim dritten Versuch springt das Auto stotternd an. Zelda schlägt einmal kräftig auf das Lenkrad, gibt ein triumphierendes »Ha!« von sich und wendet den Wagen vom Parkplatz.

»Der alte Herr will manchmal nicht so, wie ich will«, erklärt sie entschuldigend.

»Typisch Männer«, sage ich amüsiert, bevor ich die Musik aufdrehte und die beiden ausblende. Nur Anthonys schiefes Grinsen bekomme ich noch mit. Er erwidert etwas, das Zelda zum Lachen bringt und binnen kürzester Zeit verstricken sich die beiden in eine angeregte Unterhaltung. Na also, klappt doch. Mit dem Start unserer Fahrt bin ich mehr als zufrieden. Den Rest müssen die zwei selbst hinkriegen.

15. Kapitel

Nachdem wir gerade einmal drei Stunden Fahrt hinter uns gebracht haben, beginnt Zeldas Wagen ungesund klingende Geräusche von sich zu geben. Aus dem Motorraum röhrt und brummt es so laut, dass wir uns dazu entscheiden, auf einem kleinen Parkplatz Halt zu machen.

»Bitte, bitte, lass mich jetzt nicht im Stich«, fleht Zelda und streicht liebevoll über das Lenkrad ihres Pick-ups, während sich Anthony über der geöffneten Motorhaube zu schaffen macht. Er werkelt ewig herum, so lange, bis mir der Schweiß ausbricht und ich nicht anders kann, als ununterbrochen auf die Uhr zu schauen, um auszurechnen, ob wir es noch rechtzeitig nach San Francisco schaffen werden.

Als er uns schließlich einen Ich-habe-keine-Ahnung-was-los-ist-Blick zuwirft, wird mir klar, dass wir am Arsch sind.

»Sag nicht ...«, beginnt Zelda.

»Tut mir leid, Ladys, aber ich fürchte, das ist ein größeres Problem.«

In einer verzweifelten Geste raufe ich meine Haare und stöhne auf. »Was meinst du, wenn ich einen Abschleppdienst rufe und wir unsere Kohle zusammenwerfen, um ein Taxi zu bestellen?«

»Das ist eine nette Idee«, unterbricht mich Anthony, doch der resignierte Klang seiner Stimme verrät mir, dass sie aussichtlos ist. Den Grund dafür liefert er mir auch umgehend. »Nur leider gibt's hier draußen keinen Empfang.«

Ungläubig wühle ich mein Handy aus der Tasche und schlucke hart, als ich sehe, dass er recht hat. Auch Zelda wirft einen Blick auf ihr Smartphone und stößt danach ein wütendes Knurren aus. Abgesehen vom fehlenden Netz läuft uns wohl oder übel die Zeit davon.

»Fuck! Fuck! Fuck! Warum muss die Karre ausgerechnet heute mitten in der Pampa verrecken?« Sie bettet die Stirn auf ihre verschränkten Arme über dem Lenkrad und flucht weiter vor sich hin.

»Wenn ich mich richtig erinnere, habe ich vor etwa einer Meile ein Hinweisschild auf eine Werkstatt gesehen«, sagt Anthony, der sich neben die geöffnete Fahrertür gestellt hat, und Zelda mitfühlend über den Rücken streicht. »Tut mir leid, ich weiß, wie sehr ihr euch auf die Gala gefreut habt.« Sein Blick gleitet zu mir. »Aber ich würde lieber kein weiteres Risiko eingehen und den Wagen schnellstmöglich in die Werkstatt bringen.«

Zelda hebt den Kopf und blickt mich entschuldigend an. »Ich hätte mich früher um den Wagen kümmern müssen. Er spinnt schon länger rum.«

»Schon okay«, gebe ich leise zurück und schenke ihr ein aufmunterndes Lächeln. »Anthony hat recht. Lass uns zusehen, dass wir es zur Werkstatt schaffen.«

Sie nickt ergeben und startet den Motor erneut. Nach mehreren Versuchen springt er an und röhrt mit der dreifachen Lautstärke vor sich hin. Wortlos lenkt sie den Wagen zurück auf die Straße und atmet erleichtert auf, als der nächste Hinweis auf *Jim's Car Service* auftaucht. Auf einmal beginnt der Boden unter uns bedrohlich zu wackeln. Wir erreichen die Werkstatt keine Minute zu früh.

Laute Countrymusik dröhnt uns entgegen, als wir die Einfahrt hinaufruckeln. Plötzlich ist ein lauter Knall zu hören. Zelda und ich schreien gleichzeitig auf. Anthony zuckt in seinem Sitz zusammen. Mitten auf dem Weg bleibt der Wagen stehen. Zeldas Mund steht offen, doch diesmal kommt nicht einmal mehr ein Schimpfwort heraus.

»Das klang gar nicht gut.« Anthony zieht sich die Basecap vom Kopf und reibt über seine raspelkurzen Haare.

»Das klang scheiße teuer«, flüstert Zelda.

Die Musik wird leiser. Aus der Werkstatt kommt ein älterer, braun gebrannter Mann um die sechzig mit kräftigen Oberarmen und schütterem grauen Haar auf uns zu. Er trägt einen

Blaumann und reibt sich die Hände an einem Tuch sauber.

Wir steigen aus und begrüßen den Inhaber, der sich als Jim vorstellt.

»Na, da seid ihr ja gerade rechtzeitig angekommen«, stellt er lachend fest.

»Bitte sagen Sie mir, dass es nicht so schlimm ist.« Nervös wippt Zelda von einem Fuß auf den anderen.

»Das kann ich leider nicht versprechen.« Mit einem Glucksen öffnet Jim die Motorhabe. Eine Rauchfahne steigt daraus hervor. »Wohnt ihr in der Nähe?«, fragt er mit einem Blick auf unser kalifornisches Kennzeichen.

»Silver Springs. Wir waren auf dem Weg nach San Francisco«, erklärt Zelda. »Können Sie uns helfen?«

Jim sieht uns über die Motorhaube hinweg an. Mit verbissener Miene schüttelt er den Kopf, dann nickt er. »Ich werde sehen, was ich tun kann.«

»Wie lange wird das dauern? Können Sie uns vielleicht einen Leihwagen überlassen? Wir müssen zu einer Gala, es ist wirklich wichtig.« Die Frage nach den Kosten für die Reparatur liegt Zelda ebenfalls auf der Zunge, das kann ich an ihrem Blick erkennen, aber sie stellt sie nicht. Noch nicht zumindest.

Jim setzt eine entschuldigende Miene auf. »Leihwagen gibt's bei mir nicht. Mein Neffe soll sich das Schätzchen mal ansehen. Wollt ihr euch kurz die Beine vertreten? In einer Stunde wissen wir mehr.«

Das war's dann wohl mit dem *Golden Feather Award*. Ein Blick auf mein Handy verrät, dass es hier noch immer kein Netz gibt. Ohnehin wäre es mittlerweile zu knapp, rechtzeitig nach San Francisco zu kommen, selbst wenn uns ein Leihwagen zur Verfügung stünde. »Entschuldigen Sie, dürfte ich kurz Ihr Festnetztelefon benutzen?«, frage ich Jim. »Ich muss unseren Termin absagen.«

Seine rechte Hand weist in Richtung Werkstatt, der Rest von ihm wird von Zeldas Wagen verdeckt. »Am Empfang steht ein Telefon, das können Sie gerne benutzen.«

So hatte ich mir unseren Ausflug nicht vorgestellt. Francis

wird furchtbar enttäuscht sein, wenn sie erfährt, dass wir es nicht schaffen. Meine Beine fühlen sich schwer an, als ich die wenigen Schritte zurücklege.

»Robyn?«, ruft mich Anthony zurück. Ich wende mich um. »Zelda und ich wollen uns ein wenig die Füße vertreten, bis sich Jim und sein Neffe das Auto angesehen haben. Kommst du mit?«

Ich schüttle den Kopf. Ein Spaziergang ist gerade das Letzte, wonach mir zumute ist. Träge winke ich ab. »Nein, ich muss Francis anrufen. Ich warte so lange hier.«

»Sicher?«, fragt Zelda mit gerunzelter Stirn.

Als ich nicke und sie mit einer Nun-geh-schon-Geste verabschiede, machen sie sich auf den Weg in die Stadt. Die Glastür zur Werkstatt steht offen, im Inneren riecht es nach frischem Kaffee und Motoröl. Langsam umrunde ich den Schreibtisch, der als Empfangstheke dient und mit säuberlich sortierten Papierstößen bedeckt ist. Ich suche Frans Nummer aus meinem Handy heraus und wähle sie auf dem alten Festnetzapparat. Es klingelt fünf Mal, bevor die Mailbox anspringt. Fluchend lege ich auf und versuche es erneut. Wieder erreiche ich nur die Mailbox. Seufzend warte ich den Piepton ab und erkläre meiner Schwester, was los ist. Ich bitte sie tausend Mal um Entschuldigung und verspreche ihr hoch und heilig, dass ich sie bald besuchen komme. Und natürlich drücke ich ihr fest die Daumen für heute Abend.

Als ich den Hörer auflege und meinem dumpf klopfenden Herzen lausche, vernehme ich schwere Schritte, die sich aus der angrenzenden Werkstatt nähern. Das muss Jims Neffe sein. Seine Präsenz erreicht den Empfangsbereich, bevor er es tut. Mein Körper reagiert ungewöhnlich empfindlich auf den sich nähernden Mann. Die feinen Härchen in meinem Nacken stellen sich auf und ohne zu wissen warum, spüre ich, wie mein Herzschlag ins Stolpern gerät und sich anschließend beschleunigt. Ich hebe genau in dem Moment den Kopf, als er meinen Namen ausspricht.

»Robyn?«

Ungläubig sehe ich den großen Mann mit den breiten Schultern an, dessen blondes Haar ihm leicht gewellt in die Stirn fällt. Was zum ...? Meine gesamte Welt gerät ins Wanken, als ich meinen Blick über ihn gleiten lasse. Er hat sich verändert, ist älter geworden, reifer. Alles an ihm strahlt Selbstbewusstsein aus. Nur der überraschte Blick aus seinen meerblauen Augen verrät, dass er ebenso überrumpelt ist wie ich.

»Ethan?«, bringe ich schließlich heraus.

Ich glaube, ich halluziniere. Vor mir steht tatsächlich Ethan Cole. Seine Mundwinkel schieben sich nach oben, als ich seinen Namen ausspreche. Das Lächeln geht mir durch und durch, fährt in meine Brust und in meinen Magen und entfacht dort ein aufgeregtes Flattern. Ethan ist größer, als ich ihn in Erinnerung hatte. Er treibt noch immer Sport, das ist deutlich erkennbar. Um seine Brust spannt sich ein enganliegendes braunes T-Shirt. Auf seinen Hüften sitzt eine schwarze Arbeitshose, die an den Knien leicht abgewetzt ist. Schwere Schuhe komplettieren den Mechanikerlook. Ethan James Cole hat nichts von seiner Anziehungskraft eingebüßt – ganz im Gegenteil. Die erwachsene Version, die nun vor mir steht und mich in einer Mischung aus Verblüffung und Wiedersehensfreude ansieht, ist noch attraktiver als der Teenager, dem ich so sehr verfallen war. Ich hätte niemals damit gerechnet, ihn nach all den Jahren wiederzusehen. Doch vor allem habe ich nicht mit dem Gefühlscocktail gerechnet, der in diesem Moment wie ein Wirbelsturm durch meine Eingeweide fegt. Ich schaffe es nicht, mich zu bewegen, starre ihn einfach nur wortlos an.

»Was machst du hier?«, eröffnet er schließlich das Gespräch. Langsam, mit den Händen in den Taschen, schlendert er auf mich zu. Je näher er kommt, desto heftiger klopft mein Herz. Seine Nähe legt meine Gedanken lahm. Meine Kehle fühlt sich mit einem Mal staubtrocken an. Ich räuspere mich, bevor ich in der Lage bin, zu sprechen. »Ich bin mit Freunden unterwegs. Wir hatten eine Autopanne.«

»War das deine Schwester, der du gerade eine Nachricht hinterlassen hast?« Er deutet auf das Telefon. »Tut mir leid, ich wollte dich nicht belauschen, aber es ließ sich nicht vermeiden, das Gespräch mitanzuhören.«

Ich nicke verhalten. »Wir waren auf dem Weg zu ihr.«

»Zur Preisverleihung nach San Francisco?« Er legt den Kopf ein wenig schief und mustert mich eingehend.

»Du ... du weißt davon?«, stottere ich.

Ein kleines Lachen befreit sich aus seiner Kehle. Das Geräusch verursacht eine Gänsehaut auf meinen Armen. »Ich habe von der Nominierung in der Zeitung gelesen.« Kurz huscht sein Blick zur Uhr über der Tür. Seine Züge nehmen einen bedauernden Ausdruck an. »Dann schafft ihr es jetzt nicht mehr rechtzeitig.«

Ich schüttele den Kopf, während ich immer noch versuche zu begreifen, dass ich Ethan Cole nach all den Jahren mitten im Nirgendwo wiedergetroffen habe.

»Wo sind deine Freunde?«, will er wissen.

»Sie vertreten sich ein wenig die Füße.«

»Hast du Lust, einen Kaffee mit mir zu trinken?« Er deutet auf die Maschine hinter dem Empfangsbereich, von der ein verführerischer Duft ausgeht.

Ich schenke ihm ein Lächeln und nicke erleichtert. Kaffee klingt einfach himmlisch, obwohl ich nicht ganz sicher bin, wie ich die Situation bewerten soll.

Ethan kocht zwei Tassen und bedeutet mir, neben ihm auf dem einzigen Sofa im Raum Platz zu nehmen. Ich versuche so viel Abstand wie möglich zwischen uns zu bringen, um all die verwirrenden Gefühle, die unser Aufeinandertreffen in mir auslösen, nicht noch weiter zu befeuern, doch der begrenzte Raum lässt mir keine Wahl. Unsere Knie berühren sich fast, als er mir meine Tasse reicht. Unter den Geruch von Motoröl mischt sich ein Hauch Minze. Mein Herz galoppiert davon. Er riecht noch genau so gut wie damals. Den Blick halte ich demonstrativ auf die dampfende Oberfläche der Tasse gerichtet, während ich seinen auf mir spüre. Hitze schießt in meine Wangen, ein leichtes Kribbeln überzieht meine Haut. Wie ist das möglich? Nach all der Zeit schafft Ethan es immer noch, mich derart durcheinanderzubringen, einfach nur indem er mich ansieht.

»Du hast dich verändert«, stellt er leise fest.

Ich hebe den Blick und begegne seinem. »Du nicht.« Meine Stimme zittert leicht, als ich die Worte ausspreche. In diesem Moment sehe ich den siebzehnjährigen Ethan vor mir, der nervös lächelnd auf seinem Bett sitzt und nicht weiß, wie er mit mir umgehen soll. Genau wie damals ist meine Brust von einer Wärme erfüllt, die sich langsam bis in meine Fingerspitzen ausbreitet. Die Welt um mich herum verblasst, als ich den Mann ansehe, der mich so eingehend betrachtet, als wollte er sich mein Gesicht für alle Zeit einprägen. Ich selbst verharre an seinen vollen Lippen, die mich beinahe magisch anziehen. Was würde ich dafür geben, zu erfahren, ob sie sich noch immer so gut auf meinen anfühlen wie damals. Zehn Jahre mögen zwischen unserem letzten Treffen und dem heutigen Tag liegen, aber jetzt und hier fühlt es sich an, als wären kaum mehr als ein paar Tage verstrichen. Doch es ist unverkennbar: Die Zeit hat aus dem Jungen, den ich einst liebte, einen Mann geformt. Kleine Lachfältchen umrahmen seine Augen und seinen Mund, ein leichter Dreitagebart überzieht Ethans Kinn. Seine Züge sind härter geworden, männlicher. Doch der freundliche Blick ist derselbe. Es fällt mir schwer, den Mann neben mir mit dem Skandal, der mein Leben ruiniert hat, in Verbindung zu bringen. Es ist so lange her, gleichzeitig spüre ich die Demütigung, die Verletzung und die Enttäuschung noch genauso intensiv wie damals.

»Ich hätte nicht gedacht, dass ich dich jemals wiedersehe«, gesteht Ethan. Sein Adamsapfel hüpft leicht. Die Hände hält er in seinem Schoß verschränkt.

»Ich auch nicht«, hauche ich und muss mir eingestehen, wie gut es sich anfühlt, in seiner Nähe zu sein. Auch wenn mir mein verwundetes Herz zuflüstert, dass es nicht so sein sollte. Dass Ethan nicht gut für mich ist.

»Robyn, ich ...«, beginnt er, doch dann verliert er sich in Schweigen und scheint eine Weile nicht zu wissen, was er sagen soll. »Wie geht es dir?«, fragt er schließlich.

Ein Blick in seine Augen genügt, um mir zu bestätigen, dass er keine hohle Floskel hören will, sondern an der Wahrheit interessiert ist. »Mir ... geht es gut.« Der Satz klingt hölzern.

Ethans Körper neben mir spannt sich merklich an. Sein eindringlicher Blick hält meinen fest. »Ich finde es schön, dich zu sehen.«

Wirklich? Nervosität durchflutet meinen Körper und ich reagiere auf seine Worte mit einer Gänsehaut. »Ich auch«, gestehe ich leise, denn es ist die Wahrheit.

»Endlich bekomme ich die Gelegenheit, mit dir über die Fotos zu sprechen.«

Oh Gott, die Fotos. Ist er deshalb froh, mich wiederzusehen? Damit er sein Gewissen erleichtern kann? Ich muss hart schlucken. Über unsere gemeinsame Vergangenheit zu reden ist das Letzte, was ich jetzt tun will.

»Robyn.« Vorsichtig streckt er seine Hände nach meinen aus. Als er sie mit seiner Wärme bedeckt, setzt mein Herz einen Schlag aus. Ich sollte ihm diese Berührung verweigern, doch ich kann nicht. »Ich wollte das alles nicht. Bobby hat mich ...«

Bevor er weiterreden kann, ziehe ich die Hände unter seinen weg und schneide ihm das Wort ab. »Ich möchte nicht darüber reden, Ethan.« In meiner Brust breitet sich ein Schmerz aus, der sich sekündlich ausdehnt, bis sich mein Körper taub anfühlt. Der Name Bobby aus seinem Mund genügt, um mich mit voller Wucht zurück in die schlimmste Zeit meines Lebens zu katapultieren. Bevor ich weiterspreche, atme ich tief durch und ringe um Fassung. »In den letzten Jahren habe ich hart daran gearbeitet, mich so weit wie möglich von dem Mädchen zu distanzieren, das ich damals war. Wenn ich könnte, würde ich meine Vergangenheit auslöschen und neu erfinden.« Was ich, genau genommen, auch tue, doch davon weiß er natürlich nichts. Meine Gedanken schweifen zu dem Buch, das ich mit Geschichten füttere, die falscher nicht sein könnten.

»Robyn ...«

»Bitte, hör auf«, flehe ich ihn an. Hinter meinen Schläfen pocht es schmerzhaft. Ich will nicht über unser erstes und einziges Date sprechen, will nicht mal daran denken. Es tut einfach zu weh.

Ethan öffnet den Mund, doch seine Antwort bleibt aus. Schließlich ringt er sich zu einem halbherzigen Nicken durch. »In Ordnung. Wie du möchtest.«

»Gut.« Meine Stimme zittert so heftig, dass das Wort fast untergeht. Meine Schultern beginnen zu beben. Ich will nicht an den Tag denken, der mein Leben ruiniert hat. Ich will die Enttäuschung und die Scham nicht noch einmal spüren, doch ich kann nichts dagegen tun. Mit voller Kraft werde ich in der Zeit zurückgeworfen und fühle alles so deutlich, als hätte es sich erst vor wenigen Minuten abgespielt. Ich schaffe es nicht, stark zu sein und meine Emotionen vor Ethan zu verbergen, deshalb wende ich mein Gesicht ab, damit er sie mir nicht ansieht.

»Es tut mir leid«, wispert er.

Vier Worte. Vier Worte, die kaum mehr sind als ein Flüstern und doch übernatürlich laut von den Wänden widerzuhallen scheinen. Vor zehn Jahren hätte ich sie hören müssen. Damals habe ich nach einer Entschuldigung oder einer Erklärung gelechzt – nach irgendetwas, das diesen ganzen Mist, zu dem mein Leben geworden war, ein winziges Bisschen besser gemacht hätte. Doch an dem Abend, der mir den Boden unter den Füßen wegriss, blieb Ethan stumm. Und brach mir damit noch einmal das Herz. Und jetzt? Ertrage ich es nicht, über diesen Abend nachzudenken, geschweige denn darüber zu sprechen. Ich will nichts hören, gar nichts. Es ist zu schmerzhaft.

Obwohl er meinen Wunsch respektiert und schweigt, spüre ich, wie gern er mir alles erklären würde. Aber keine Erklärung, keine Entschuldigung und keine Worte dieser Welt reichen aus, um zu ändern, wie kaputt ich seit damals bin. Genau das will ich ihm gerade sagen, als es laut am Türrahmen klopft und wir erschrocken zusammenzucken.

Zelda und Anthony sind zurück. Der Satz, der Zelda auf der Zunge lag, erstirbt, als sie uns erblickt. »Hier bist du. Wir haben dir ein paar Müsliriegel von der Tankstelle mitgebracht.« Neugierig wandert ihr Blick von mir zu Ethan. »Bist du Jims Neffe?«

»Genau der bin ich.« Lächelnd erhebt sich Ethan vom Sofa, um die anderen zu begrüßen. Die Stelle, an der er mein Knie berührt hat, fühlt sich auf einmal kühl an. Überrascht stelle ich fest, dass sich mein Herzschlag fast augenblicklich normalisiert, als sich der Abstand zu Ethan vergrößert. Er schüttelt Zeldas und Anthonys Hand, die sich nun ebenfalls vorstellen.

»Jim hat uns gerade gesagt, dass er das Problem gefunden hat. Der Kühlwasserschlauch ist gerissen. Dadurch hat sich der Motor überhitzt. Wir brauchen ein Ersatzteil, um das reparieren zu können. Leider kann dein Onkel es erst morgen von seinem Händler beschaffen.«

»Tut mir leid, dass ihr nicht weiterfahren könnt«, entschuldigt sich Ethan. »Ich hatte noch gar keine Gelegenheit, mir deinen Wagen anzusehen. Wir haben uns unterhalten.« Als er sich mir halb zuwendet und ein schiefes Lächeln schenkt, fährt mein Magen Achterbahn.

»Ihr kennt euch?«, vermutet Zelda goldrichtig.

»Wir waren zusammen auf der Highschool und haben uns seit zehn Jahren nicht mehr gesehen«, erklärt Ethan.

Ihre Brauen heben sich ungläubig. »Wow, was für ein Zufall.«

Mit leicht zur Seite geneigtem Kopf sieht Ethan zu mir, als sein Onkel Jim in den Empfangsbereich tritt. »Hier steckt ihr alle. Ich habe gerade nochmal mit einem anderen Händler telefoniert, aber der kann leider auch nichts machen. Ich kriege das Teil erst morgen rein. Sieht so aus, als müsstet ihr die Nacht wohl oder übel hier verbringen. Tut mir leid, Mädel.« Er sieht nur Zelda dabei an.

Im ersten Moment wirkt sie zerknirscht, doch dann winkt sie lässig ab. »Was soll's, machen wir das Beste draus. Gibt's hier irgendwo eine gute Bar, in der man was trinken gehen kann?« Sie geht einen Schritt auf Ethan zu und stupst ihn leicht gegen den Oberarm. »Begleitest du uns?«

»Ich glaube nicht, dass Ethan den Abend mit uns verbringen will«, sage ich schnell, doch Zelda stößt bloß die Luft zwischen den Zähnen aus. Ihr Radar fürs Feingefühl scheint heute defekt zu sein – oder Anthonys Anwesenheit hat ihm einen rosaroten

Dämpfer verpasst.

»Ach, warum denn nicht? Wir suchen uns in aller Ruhe ein Motelzimmer und danach zeigt Ethan uns Georgetowns Kneipenmeile.«

Jims Nicken deutet darauf hin, dass zumindest ihm der Vorschlag gefällt. Und dann, als wäre ihm plötzlich ein genialer Einfall gekommen, klatscht er einmal in die Hände und beginnt zu strahlen. »Ihr braucht kein Zimmer, ihr könnt bei meinem Neffen übernachten.«

Ethan sieht seinen Onkel ebenso entgeistert an wie ich. Doch entweder bemerkt er unsere Blicke nicht oder ignoriert sie absichtlich. »In deiner Einliegerwohnung über der Garage ist doch genug Platz für alle. Und weit ist es auch nicht.« Jim tritt zurück zur Eingangstür und deutet auf das gegenüberliegende Haus, direkt an der Straße.

»Echt? Das wäre ja fantastisch!«, juchzt Zelda und fällt Ethan kurzerhand um den Hals. Falls er überrascht ist, überspielt er es gut, indem er meiner Freundin unbeholfen über den Rücken tätschelt und sie leicht von sich schiebt.

Als Anthony meinen wenig begeisterten Blick bemerkt, will er gerade etwas gegen Jims Vorschlag einwenden, doch wieder kommt ihm Zelda zuvor. »Das ist echt super nett von dir, Ethan, vielen Dank! Ich schlage vor, dass wir zum Dank eine Pizza springen lassen, oder was meint ihr?« Ihr hoffnungsvoller und zugleich strahlender Blick gleitet zu Anthony, dessen Mund sich abrupt schließt, bevor er ein Lächeln aufsetzt.

»Das ... ist wohl das Mindeste«, erwidert er.

»Na also! Prima, dann haben wir das ja geklärt.« Zufrieden tätschelt Jim Ethans Schulter, unbeeindruckt davon, dass sich dieser noch gar nicht geäußert hat. Nachdem alle außer mir ihr Einverständnis gegeben haben, ringt er sich schließlich zu einem Nicken durch.

»Kein Problem. Ich freue mich, wenn ihr heute meine Gäste seid.« Er wirft mir einen langen Blick zu, auf den ich nichts zu erwidern weiß.

»Danke.« Habe ich das gerade wirklich gesagt?

Ethan atmet auf, doch außer mir scheint es niemand zu bemerken. »Ich habe gelesen, dass die Gala live im Fernsehen übertragen wird. Ihr könnt sie gerne bei mir ansehen.«

Mein Mund klappt auf. Ein zarter Hoffnungsschimmer erblüht in meiner Brust. Dann werde ich Francis' großen Auftritt nicht völlig verpassen! Das klingt fast zu gut, um wahr zu sein, selbst wenn es bedeutet, dass ich den Abend in Ethans Nähe verbringen muss. Zum Glück handelt es sich nur um eine einzige Nacht, und es ist ja nicht so, als ob ich mit ihm alleine wäre. Zwischen damals und heute ist viel Zeit vergangen und ich bin erwachsen genug, um seine Gastfreundschaft in Anspruch zu nehmen, mich morgen Früh zu verabschieden und Ethan wieder zu vergessen.

16. Kapitel

Unseretwegen macht Ethan extra früher Feierabend. Sein Onkel Jim hat Zelda versprochen, alle Hebel in Bewegung zu setzen, um den Pick-up so schnell wie möglich wieder zum Laufen zu bringen. Doch für heute kann er nichts weiter tun, als uns einen schönen Abend und eine ruhige Nacht zu wünschen. Ich bin mir ziemlich sicher, dass ich kein Auge zukriegen werde, wenn Ethan in meiner Nähe ist, doch nach außen versuche ich mir nichts anmerken zu lassen.

In einvernehmlichem Schweigen tragen wir unser Gepäck über die Straße. Ethans Haus erstreckt sich über zwei Etagen. Das Grundstück ist mehr als doppelt so groß als das meiner Eltern. Unwillkürlich frage ich mich, ob er allein lebt oder ob er eine Freundin hat. Auf dem selbst geschnitzten Klingelschild steht nur *Cole*. Vielleicht ist er sogar verheiratet? Es scheint mir unvorstellbar, dass ein so attraktiver Mann wie er Single sein könnte.

Nachdem Ethan aufgeschlossen hat, lasse ich den schlichten, aber geschmackvollen Einrichtungsstil auf mich wirken. Alles ist sauber und aufgeräumt. Ein langer, heller Flur liegt vor mir. Links geht die Küche ab, auf der rechten Seite ist die Tür zum Wohnzimmer angelehnt. Schon nach den ersten paar Schritten spüre ich, wie wohl ich mich hier fühle.

Ethan führt uns ins Obergeschoss und von dort aus weiter in die Gästewohnung, die direkt vom Flur abgeht und wirkt, als wäre sie länger nicht genutzt worden. Über dem Doppelbett liegt eine Tagesdecke, der massive Holzschrank ist mit einer Folie abgedeckt. Helle Stellen an der Wand lassen darauf schließen, dass dort früher einmal Bilder gehangen haben müssen.

»Ich war nicht auf Besuch eingestellt«, entschuldigt er sich und befreit den Schrank von der Folie, bevor er einen Stapel

Bettwäsche daraus entnimmt.

»Kein Problem«, erwidert Zelda fröhlich und nimmt ihm die Sachen kurzerhand ab. »Zum Schlafen ist es perfekt. Ich mache das schon.« Mit routinierten Handgriffen beginnt sie die Betten zu beziehen. Anthony packt mit an und so bleibt mir nichts anderes übrig, als unsere Gepäckstücke an die freie Wand zu räumen, um nicht dumm herumzustehen, während Ethan das Fenster öffnet, um frische Luft hereinzulassen.

»Macht es euch gemütlich und fühlt euch wie zu Hause. Ich gehe schnell duschen. Kommt ins Wohnzimmer, wenn ihr soweit seid.«

»Alles klar«, sagt Zelda und strahlt Ethan hinterher.

Ich bin mir sicher, dass ihre gute Laune mit dem Umstand zusammenhängt, dass sie Anthony heute Nacht unverhofft sehr nahe sein kann, und gönne ihr den Endorphinrausch. Deshalb schlucke ich das unwohle Gefühl in meiner Magengegend herunter und lächle tapfer.

Nachdem wir das Bett fertig bezogen haben und in etwas bequemere Sachen geschlüpft sind, gehen wir ins Wohnzimmer.

Der Raum wird von einem cremefarbenen Sofa dominiert, auf dem drei Leute bequem liegen können. Davor steht ein ebenfalls großer Sofatisch, auf dem einige Autozeitschriften gestapelt sind. Ein gut gefülltes Bücherregal sowie ein wuchtiger Ohrensessel und ein schlichter weißer Schreibtisch komplettieren die Möblierung. An der Wand gegenüber dem Sofa hängt ein XXL-Fernseher, unter dem mehrere Spielekonsolen auf dem Boden stehen. Große Fenster und eine Terrassentür, die den Blick auf den Garten freigibt, gewähren der Sonne Einlass.

Der Boden ist mit einem weichen, beigefarbenen Teppich ausgelegt. Das gesamte Zimmer strahlt Gemütlichkeit und Ruhe aus. Hinweise auf eine Frau oder Freundin finde ich nicht und aus irgendeinem Grund hebt das meine Stimmung.

Während sich Zelda ungeniert auf das Sofa plumpsen lässt und in einer Tuningzeitschrift blättert, sieht sich Anthony in aller Ruhe um. »Meinst du, er hat was dagegen, wenn ich mir mal den Garten ansehe?«, fragt er an mich gewandt.

Als ich die Schultern zucke, öffnet Anthony die Terrassentür und geht nach draußen.

»Warte, ich komme mit.« Sofort springt Zelda vom Sofa auf und eilt ihm hinterher. In der Hand hält sie ihr Handy, aus dem irgendein Song ihrer Lieblingsband schallt. Ich kann nicht verstehen, worüber sie sich unterhalten, doch binnen weniger Sekunden haben die beiden sich draußen in eine angeregte Diskussion verstrickt.

Mit dumpf klopfendem Herzen lausche ich dem Wasserstrahl aus dem Obergeschoss. Meine Gedanken verselbstständigen sich und driften in eine Richtung ab, die ich nicht aufhalten kann. Als ich mir vorstelle, wie das Wasser an Ethans Körper hinabrinnt, wird mir gleichzeitig heiß und kalt. Ich sollte mir so etwas nicht ausmalen, doch gegen die Anziehungskraft, die offenbar noch immer zwischen uns besteht, bin ich machtlos.

Wenig später betritt Ethan das Wohnzimmer. Eine schwarze Trainingshose sitzt locker auf seinen Hüften, darüber trägt er ein blaues Shirt, das seine Augen betont. Das Haar steht leicht feucht vom Kopf ab. Er verströmt einen frischen und unfassbar leckeren Duft, gemischt mit einem Hauch Minze. Mein Magen zieht sich wohlig zusammen.

»Wo hast du Anthony und Zelda gelassen?«, fragt er mit einem schiefen Lächeln.

Ich deute auf den Garten, aus dem gedämpfte Stimmen zu vernehmen sind. Langsam, fast zögerlich nimmt Ethan neben mir Platz. Obwohl das Sofa geräumig ist, setzt er sich so dicht zu mir, dass ich seinen frischen Atem riechen kann. Anscheinend hat er sich die Zähne geputzt.

Im ersten Moment wissen wir beide nicht, was wir sagen sollen, und so schweigen wir einen unbehaglichen Moment lang. Als ich Ethans Knie an meinem spüre, halte ich den Atem an. Zwar macht mein Herz einen verräterischen Satz, doch tief in mir spüre ich die altvertraute Angst davor, Nähe zuzulassen – egal in welcher Form.

»Sorry, dass euch mein Onkel Jim mit seiner Einladung in mein Haus so überrumpelt hat. Wäre es dir lieber gewesen, wenn ihr ein Motelzimmer genommen hättet?« Ethans Frage kommt unerwartet.

Ich denke kurz darüber nach, dann schüttle ich den Kopf. »Schon okay«, sage ich leise und meine es auch so.

Ethan sieht mich unverwandt an, als wäre er sich nicht sicher, ob ich lüge, doch als ich ihm ein kleines Lächeln schenke, lächelt auch er. »Es ist ja nur für eine Nacht.«

Genau, stimme ich ihm in Gedanken zu. *Nur eine Nacht.*

Der Abend vergeht rasend schnell. Wir bestellen Pizza sowie Eiscreme und verfolgen die Übertragung der Preisverleihung vor dem Fernseher. Ich sitze an der Außenseite des Sofas, links von mir Ethan, und daneben Zelda und Anthony. Wann immer sich Ethan nach vorn beugt, um einen Schluck von seiner Coke zu nehmen oder nach einem Stück Pizza zu greifen, und dabei meinen Arm oder mein Bein berührt, halte ich unwillkürlich den Atem an. Immer, wenn er denkt, dass ich es nicht sehe, bedenkt er mich mit einem langen nachdenklichen Blick, der meinen Magen einen Looping drehen lässt. Seine Nähe macht mich so nervös, dass ich kaum einen Bissen runterkriege.

Als sich die Preisverleihung ihrem Höhepunkt nähert, hüpft Zelda aufgeregt auf ihrem Platz auf und ab. »Mach lauter!«, bittet sie Ethan, der ihrem Wunsch umgehend nachkommt.

Holly Benton, die Präsidentin der Vereinigten Staaten von Amerika, hat soeben die Bühne betreten. »Meine Damen und Herren, sehr geehrte Stiftungsgründer, liebe Gäste. Vielen Dank, dass Sie am heutigen Abend den Weg in die San Francisco City Hall gefunden haben, um gemeinsam mit mir den *Golden Feather Award* für das herausragendste Stiftungsprojekt des Jahres zu verleihen.« Sie macht eine Pause, in der höflicher Beifall aufbrandet.

»Erfahren Sie nun etwas über die Arbeiten der einzelnen Organisationen.« Die Präsidentin tritt zur Seite und gibt den

Blick auf eine riesige Leinwand frei. Im Saal wird es dunkel, dann folgt der erste Einspieler. In bewegenden Bildern, die mit emotionaler Musik unterlegt sind, wird nacheinander die Arbeit der einzelnen Stiftungen vorgestellt und um Spendengelder geworben.

Als sich die Leinwand wieder verdunkelt, tritt die Präsidentin zurück ans Pult. »Es ist mir eine große Ehre, diesen besonderen Preis heute Abend überreichen zu dürfen. Jedes der nominierten Projekte leistet einen wichtigen Beitrag für das Miteinander in Kalifornien. Jede der drei Organisationen hätte den Preis verdient. Deshalb wird es heute Abend auch keine Verlierer geben. Das Awardkomitee hat sich dazu entschieden, auch die beiden Stiftungen, die nicht mit dem *Golden Feather Award* ausgezeichnet werden, mit einem Preisgeld in Höhe von jeweils zehntausend Dollar zu honorieren, um ihre Arbeit zu würdigen und die finanziellen Weichen für die Zukunft zu stellen.«

Ein ehrfürchtiges Raunen geht durch das Publikum, gefolgt von begeistertem Klatschen. Nachdem es wieder still geworden ist, nimmt Holly Benton einen Umschlag von einem Mann entgegen und öffnet ihn. »Der diesjährige *Golden Feather Award* geht an ... *Fight Your Fear*!« Sie hat den Namen noch nicht ganz ausgesprochen, als die Kamera zu Francis schwenkt, die einen kleinen Freudenschrei ausstößt. Zelda und ich stimmen mit ein und verfolgen gebannt, wie es weitergeht.

»Ich darf nun die Stiftungsgründerin, Miss Francis Meghan Ward, zu mir auf die Bühne bitten.«

Voller Stolz sehe ich dabei zu, wie Francis den Preis mit zitternden Händen entgegennimmt und eine bewegende Dankesrede hält. Als sie am Ende angelangt ist, pausiert sie kurz und sieht direkt in die Kamera. Es fühlt sich an, als würde ihr Blick meinen suchen. »Ich widme diesen Preis meiner Schwester Robyn, die heute Abend leider nicht hier sein kann, um mit uns zu feiern. Aber ich möchte, dass du eins weißt: Ich liebe dich.«

Tränen treten in meine Augen. Zelda beugt sich nach vorn und lächelt mich über Ethan hinweg liebevoll an. Ich schlage mir die Hand vor den Mund und senke den Blick. Das nächste, was ich spüre, ist Ethans Arm um meine Schultern. Als er mich unvermittelt an sich zieht, bin ich zunächst überrumpelt, doch dann schaffe ich es, mich zu entspannen. Ein feines Lächeln legt sich auf meine Lippen und mein Herz stolpert in meiner Brust. Obwohl der Abend ganz anders hätte verlaufen sollen, bin ich in diesem Augenblick nicht unglücklich über die unvorhergesehene Wendung.

17. Kapitel

In der folgenden Nacht bekomme ich kein Auge zu. Während Zelda und Anthony neben mir tief und fest schlafen, winde ich mich hin und her. Zum Glück ist das Bett so breit, dass wir bequem zu dritt darin liegen können. Ethans Schlafzimmer befindet sich nur ein paar Türen weiter, den Flur runter. Zu wissen, dass er nur wenige Meter von mir entfernt ist, wühlt mich auf. In Gedanken lasse ich den heutigen Tag Revue passieren, angefangen bei unserem Zusammentreffen, als ich telefoniert habe, bis hin zu seiner spontanen Umarmung während der Gala, die mein Herz noch Stunden später höherschlagen lässt. Ich muss mir eingestehen, dass Ethan es nach all der Zeit immer noch schafft, etwas in mir zu berühren, das ich lange verschüttet geglaubt hatte. Auch weit nach Mitternacht spüre ich die Wärme seiner Haut auf meiner und wünschte, ich könnte sie dort festhalten. Doch was übrig bleibt, ist nur mein rasendes Herz, das mich daran erinnert, welche Macht Ethan noch immer über es hat.

Mit der Erinnerung an seine Umarmung schlafe ich schließlich doch noch ein und träume davon, dass er mich nie wieder gehen lassen will.

Als Zelda die Tür leise hinter sich schließt, bin ich sofort hellwach.

»Zel?«, krächze ich.

Meine Augen brennen, meine Kehle fühlt sich trocken an und mein Rücken protestiert aufgrund der zu harten Matratze. Ich ahne, wie zerwühlt ich aussehen muss, dennoch versuche ich, so gut es geht, meine Haare mit den Fingern zu richten.

»Wie spät ist es?«, frage ich gähnend.

»Halb sechs.«

Stöhnend reibe ich mir den Schlaf aus den Augenwinkeln. Zelda beißt sich auf die Unterlippe. Erst jetzt nehme ich ihre geröteten Wangen und den seltsamen Glanz in ihren Augen wahr. Und bemerke, dass das Bett neben mir leer ist. »Wo kommst du denn her? Und wo ist Anthony?« Als sie nicht sofort antwortet und mir einen unschuldigen Augenaufschlag schenkt, macht es Klick.

»Moooment mal«, raune ich. »Habt ihr euch etwa heimlich davongeschlichen, um herumzumachen?« Ein Grinsen huscht über meine Lippen, als mir Zelda unvermittelt gegen den Oberarm schlägt.

»Nicht so laut, Robyn!«

Mit einem Glucksen ziehe ich die Bettdecke heran und sehe erwartungsvoll zu Zelda auf.

»Wir konnten nicht mehr schlafen und sind spazieren gegangen. Dann haben wir geknutscht«, rückt sie schließlich mit der Sprache raus. »Wie verknallte Teenager«.

Ohne mich zurückhalten zu können, quietsche ich auf, bereue meinen Ausbruch jedoch sofort wieder, als sie mich durch die Decke hindurch erneut mit leichten Schlägen malträtiert. »Ich hab's gewusst. Ihr seid füreinander geschaffen.«

Zelda sagt nichts dazu, fährt sich nur gedankenverloren mit dem Zeigefinger über die Unterlippe und sieht mich dann ernst an. »Aber darüber wollte ich eigentlich gar nicht reden.«

»Nein?«

Ihr Blick bleibt an der Wand haften, die die Einliegerwohnung mit Ethans Haus verbindet. »Ich hatte noch keine Gelegenheit, dich nach Ethan zu fragen.«

Sein Name jagt einen wohligen Schauer über meinen Rücken. Unwillkürlich entschlüpft mir ein kleines Seufzen.

Zeldas Interesse ist geweckt. Breit grinsend beugt sie sich mir entgegen. »Ihr wart also zusammen auf der Highschool, ja?«

Als ich verhalten nicke, fordert sie mich mit einer schnellen

Handbewegung auf, mehr zu erzählen. »Nun lass dir doch nicht jedes Detail aus der Nase ziehen. Was ist damals zwischen euch gelaufen?«

»Wie kommst du darauf, dass wir etwas miteinander hatten?«, frage ich verblüfft.

»Hallo? Bist du blind oder hast du die Blicke, die er dir den ganzen Abend über zugeworfen hat, nicht bemerkt?«

Hat er das? Ein Lächeln regt sich an meinen Mundwinkeln.

»Also?« Ungeduldig trommeln ihre Finger auf die Matratze. »Spuck's aus. Was ist aus eurer Highschoolromanze geworden?«

Verlegen senke ich den Blick. Mit leiser Stimme und einem beengten Gefühl in der Brust beginne ich ihr unsere Geschichte zu erzählen. »Ich war damals nicht besonders ansehnlich und habe mich auch nicht wohl in meiner Haut gefühlt.« Ganz bewusst halte ich die unschönen Details so vage wie möglich. Außer meiner Familie weiß niemand, wie schlimm es wirklich um mich stand, und ich habe nicht vor, den Kreis der Eingeweihten zu erweitern. Nicht mal für Zelda, obwohl sie meine beste Freundin ist. Was vergangen war, ist vergangen und soll tief begraben bleiben. »Ethan war neu an der Schule und wurde sofort bei den beliebten Kids aufgenommen. Ich hätte im Traum nicht damit gerechnet, dass er sich für mich interessiert. Aber dann hat er mich zu einem Date eingeladen.«

Mit einem verzückten Seufzen legt Zelda die rechte Hand auf ihre Brust.

»Aber der Abend verlief völlig anders als erhofft.« Ich weiche ihrem Blick aus und spiele mit den Enden der Bettdecke.

Als ich nicht sofort weiterspreche, legt Zelda ihre Hand auf meine. »Möchtest du mir sagen, was passiert ist?«, fragt sie sanft.

Ich hebe den Blick und bemerke ihre besorgte Miene. Sofort macht sich mein schlechtes Gewissen bemerkbar, weil ich sie über meine Teenagerjahre im Dunkeln gelassen habe. Doch die Scham ist größer. Dennoch erzähle ich ihr von dem Abend, angefangen von dem Videoclip, den Ethan und ich uns angesehen haben, bis zu unserer körperlichen Annäherung, die, so hoffte ich damals, in einem wunderschönen ersten Mal enden würde. Stattdessen entwickelte sich der Abend zum schlimmsten Albtraum meines Lebens.

Als ich geendet habe, schweigt Zelda lange. Irgendwann schüttelt sie den Kopf und stiert die Wand wütend an, hinter der Ethan einige Meter weiter vermutlich noch seelenruhig schlummert. »Kaum zu glauben«, murmelt sie. »Dabei kam er mir so nett vor.«

»Das ist er auch«, beeile ich mich zu sagen. »Jedenfalls glaube ich das. Als ihr gestern zur Tankstelle gelaufen seid, wollte er mit mir über damals sprechen, aber ich habe ihm gesagt, dass ich das nicht möchte. Dieses Kapitel ist für mich abgeschlossen.«

»Wollte er sich entschuldigen?«, fragt Zelda.

Ich nicke verhalten. »Er bekam nie die Gelegenheit, mit mir zu reden. Nach dem Vorfall wollte ich niemanden sehen. Kurze Zeit später bin ich aus meiner Heimatstadt weggezogen.«

Im nächsten Moment schlägt Zelda die Decke zur Seite und krabbelt neben mich ins Bett. Sie zieht mich in ihre Arme und hält mich eng umschlungen.

»Weißt du, was ich denke?«, reißt mich Zelda aus meinen Grübeleien. Ich schüttele den Kopf. »Dass eure Begegnung kein Zufall war.«

»Sondern?«

»Schicksal.«

Fast hätte ich losgeprustet, doch als Zelda ein Stück wegrückt und mich ernst ansieht, bleibt mir das Geräusch in der Kehle stecken. Auf meinen Armen breitet sich eine Gänsehaut aus.

»Ich kann mir nicht vorstellen, dass Ethan mit diesem Bobby unter einer Decke gesteckt hat. Ich kenne ihn zwar nicht, aber auf mich macht er einen aufrichtigen und ehrlichen Eindruck. Wenn ich mich auf eines verlassen kann, dann ist es meine Menschenkenntnis.«

Darauf weiß ich nichts zu sagen, doch ich wünschte, sie hätte recht.

»Das Leben hat einen Weg gefunden, damit ihr euch wiederseht. Vielleicht findest du doch irgendwann den Mut, Ethan zuzuhören, um seine Sicht der Dinge zu erfahren.«

»Zelda«, seufze ich.

»Was denn? Du kannst mir nicht erzählen, dass er dich kaltlässt. Du hast ihn mindestens ebenso oft angeschaut, wie er dich. Und versuch gar nicht erst, mir das Gegenteil weismachen zu wollen.« Tadelnd hebt sie den Zeigefinger in die Höhe. »Du findest ihn heiß, gib's zu!«

»Ja, schon ...«. Das lässt sich nicht leugnen. Es ist auch nicht nur die körperliche Anziehung, die mich durcheinanderbringt, sondern vor allem die Art, wie er mich ansieht. Seine freundlichen Augen, das liebevolle Lächeln. Doch das erzähle ich Zelda nicht. Es fällt mir ja schon schwer, es vor mir selbst einzugestehen.

»Ich finde, ihr solltet euch aussprechen.«

»Ich denke nicht, dass das eine gute Idee ist.« Ich will abschließen und die Vergangenheit hinter mir lassen. Daran ändert auch das Wiedersehen mit Ethan nichts. Egal, was es mit mir angestellt hat, es hat nichts zu bedeuten.

»Schade, dass ihr schon fahren müsst.« Ethan sieht nur mich an, als er Zelda die Autoschlüssel in die Hand drückt. Obwohl heute Sonntag ist, haben er und sein Onkel Jim am Vormittag eine Extraschicht eingelegt, um den Pick-up wieder fahrtüchtig zu machen. Sein meerblauer Blick liegt warm auf mir und erzeugt ein Kribbeln auf meinen Armen, das ich mit aller Macht zu ignorieren versuche.

Zelda wirft mir einen Nun-frag-schon-nach-seiner-Nummer-Blick zu, dem ich mit einem leichten Kopfschütteln standhalte.

»Die Rechnung maile ich dir zu«, sagt Jim zu Zelda und verabschiedet sich mit einem leichten Klopfen auf die Motorhaube von uns, bevor er zurück in die Werkstatt geht.

»Wir steigen schon mal ein«, murmelt Zelda und zieht Anthony am Ärmel seines Shirts mit sich.

Nun gibt es nur noch Ethan und mich. Wir stehen uns so dicht gegenüber, dass sich unsere Schuhspitzen fast berühren. Sein warmer, nach Kaffee und Zahnpasta riechender Atem prallt auf meine Lippen. Unbewusst gleitet mein Blick von seinen Augen zu seinem Mund, der leicht geöffnet ist. Ich schwöre, dass mein Herz jeden Moment aus meiner Brust springt.

»Sehen wir uns wieder?«, fragt er unvermittelt.

Mein Mund klappt auf. Mir wird heiß und kalt zugleich. Was soll ich darauf antworten? Mein Herz schreit *Ja*, doch in meinem Kopf blinkt ein übergroßes Warnschild auf. Als ich nichts zu erwidern weiß, berührt er meine Arme. Warm und sacht streichen seine Finger über meine Haut, die sich wie elektrisiert anfühlt. »Ich kann dich nicht einfach so davonfahren lassen«.

»Ethan ...«, bringe ich heiser hervor. »Ich kann das nicht.«

»Warum nicht?« Eindringlich sieht er mich an. Mittlerweile ist er mir so nah, dass ich mich ihm nur ein kleines Stück entgegenbeugen müsste, um ihn zu ... *Nein!*, schelte ich mich in Gedanken. Das führt zu nichts.

»Bitte«, flehe ich und weiche seinem Blick aus. »Akzeptiere meine Entscheidung.« Noch nie ist es mir so schwergefallen, einen Mann von mir zu stoßen. Noch nie hat sich mein Herz dabei auf solch schmerzhafte Weise zusammengezogen. Und dennoch – ein Date mit Ethan Cole ist keine Option für mich.

»Robyn«, flüstert er, doch ich trete zurück und ersetze die Wärme seiner Hände durch die kühle Luft des bewölkten Nachmittags.

»Es hat mich gefreut, dich wiederzusehen.« Meine Stimme klingt belegt, als ich ihm zum Abschied förmlich die Hand reiche.

Ethan wirkt irritiert, eine tiefe Furche hat sich auf seiner Stirn gebildet. »Bist du dir sicher?«

Ja. Es geht einfach nicht. Also nicke ich zaghaft, weil mir das *Ja* im Halse stecken bleibt.

Mit einem langen, unergründlichen Blick sieht mich Ethan an. Er wird nicht noch einmal fragen, das weiß ich. Es ist auch besser so. Langsam drehe ich mich um, zwinge meine Beine, sich vorwärts zu bewegen und steige mit dem festen Vorsatz in Zeldas Wagen, so zu tun, als hätte ich Ethan Cole nicht wiedergetroffen.

18. Kapitel

Während der gesamten Rückfahrt wandern meine Gedanken unentwegt zu Ethan. Abwesend sehe ich aus dem Fenster, während mich die Erinnerung an seine meerblauen Augen auch viele Meilen, nachdem wir Georgetown verlassen haben, nicht loslässt. Egal wie sehr ich mich auch bemühe, es scheint, als ob unser Wiedersehen mich stärker durcheinandergebracht hat, als ich mir eingestehen will.

Der Verkehr auf der Interstate 5 hält sich in Grenzen. Am frühen Nachmittag kehren wir zurück nach Silver Springs. Kaum hat Zelda geparkt, springt Anthony aus dem Truck, um sein Gepäck zu holen.

»Du musst schon los?« Die Enttäuschung in Zeldas Stimme ist nicht zu überhören.

»Ich muss in einer Stunde in Groves Hill sein. Wenn ich den Bus erwischen will, muss ich mich sputen.«

Klingt nach einem wichtigen Termin. Anthony will sich gerade in Bewegung setzen, als er doch noch einmal innehält und meine Freundin schief anlächelt. »Sehen wir uns morgen?«

»Morgen?«

»Ich hätte Lust auf eine kleine Einführung in *Every beautiful girl*.« Uns beiden ist klar, dass er den Namen der Serie absichtlich verhunzt hat, trotzdem kichert Zelda.

»*All the Beautiful Girls*!«, verbessert sie ihn und strahlt dabei wie ein Honigkuchenpferd.

»Meine ich doch. Also?«

Das ist mein Stichwort, um mich zurückzuziehen und den beiden ein wenig Privatsphäre zu gönnen. Ohne dass es jemand bemerkt, schleiche ich mich mit meiner Tasche davon. Zeldas überschwängliches »Okay!«, hallt über den Parkplatz. Etwas länger als nötig hantiere ich mit dem Schlüssel vor unserer Tür herum, bis sie mich schließlich einholt.

»Alles klar?«, frage ich mit einem amüsierten Glucksen.

»Hm-hm.« Das Lächeln auf ihren Lippen wird breiter. »Wir treffen uns morgen.«

»Hab ich mitbekommen.«

»Oh. Echt?«

Da hatte wohl jemand kurzzeitig vergessen, dass ich existiere. »Freut mich für dich.« Ich tätschele Zeldas Schulter, dann öffne ich die Tür. »Das wird sicher ein tolles Date.«

Bei der Erwähnung des D-Wortes werden ihre Augen so groß, als hätte sie jetzt erst realisiert, dass sie und Anthony sich für morgen verabredet haben und dabei allein sein werden. Mit leicht geöffnetem Mund schiebt sie sich an mir vorbei in den Flur. Dabei kann ich sie leise »Fuck« flüstern hören.

Als ich am Montagmorgen den Schulhof betrete, verstummen plötzlich drei Lehrerinnen, die in einem Grüppchen zusammenstehen, und Mister Jones, der sie bis gerade eben prächtig unterhalten hat. In den Mienen meiner Kollegen steht die blanke Abneigung geschrieben. Sie geben sich nicht einmal Mühe, das abfällige Zischen, mit dem sie mich im Vorbeigehen bedenken, zu unterdrücken. Das Geräusch beschwört einen Knoten herauf, der sich um meinen Magen schlingt und fest zudrückt. Sogar Mrs Priest, eine ältere Kollegin, die mich normalerweise stets freundlich behandelt, sieht mich böse an.

Was zum Teufel ist hier los? Habe ich irgendetwas verbrochen, von dem ich nichts weiß? Ich presse kurz die Augen zusammen und versuche bewusst ein- und auszuatmen, so wie ich es vor langer Zeit gelernt habe. Aber es nützt nichts. Die Verletzungen meiner Jugend mögen für Außenstehende verheilt und hinter einer präsentablen Fassade verborgen sein, aber die Narben auf meiner Seele sind immer noch da. In Momenten wie diesen attackiert mich ihr Ziehen und Pochen besonders stark.

Ich wünschte, ich könnte einfach so darüber hinwegsehen und so tun, als bilde ich mir das Getuschel bloß ein. Gegen meinen Willen spüre ich, wie meine Beine weich werden und ich fast in meinen Heels stolpere.

»Alles okay?« Anthonys Stimme scheint aus dem Nichts zu kommen, ebenso wie er selbst. Auf einmal ist er neben mir und stützt meinen Arm. Ein Seitenblick zu dem tuschelnden Haufen bestätigt meine Vermutung: ihre Blicke sind noch düsterer geworden, das Getuschel noch lauter. Das ist also der Grund für die Lästereien. Mister Jones muss den Frauen erzählt haben, dass unser Schulbibliothekar und ich ein Paar seien.

»Robyn?« Entweder ist Anthony taub oder er ignoriert die Kollegen.

»Ja ja, du kannst mich loslassen!« Hastig schüttle ich seine Hand von meinem Arm und bringe einen Schritt Sicherheitsabstand zwischen uns. Aus dem Augenwinkel nehme ich wahr, dass er eine Braue erhebt, doch einen Kommentar erspart er sich.

Augenblicklich tut mir meine schroffe Art leid. »Wie war dein Termin?«, frage ich etwas versöhnlicher.

»Welcher Termin?« Bevor wir das Schulgebäude betreten, nimmt er das Cap ab und verstaut es in seiner Ledertasche. Dann hält er mir die Tür auf. Hinter uns kann ich vereinzelte »Uuuhs« und leise Pfiffe vernehmen. Irritiert dreht sich Anthony um.

»Na dein super wichtiger Termin in Groves Hill gestern.«

»Ach so. Gut.«

Wir tauschen einen Blick, von dem ich nicht weiß, wie ich ihn einordnen soll. Anthony wirkt nicht so, als hätte er noch mehr zu sagen, also belasse ich es dabei. Ich will mich schon in Richtung Sekretariat umwenden, als ich seine Hand auf meiner Schulter spüre und innehalte. »Wegen Zelda ...«

»Ja?«

»Ich mag sie.« Sein Blick fixiert einen Punkt schräg über meinem Kopf. Leicht nervös nestelt er am Trageriemen seiner Tasche herum. »Also, was ich sagen wollte ...« Er räuspert sich umständlich, bevor er mich endlich ansieht. »Denkst du, ich habe eine Chance bei ihr? Oder ist sie ... na du weißt schon.«

»Was meinst du?«

»... nicht auf der Suche?«, beendet er seinen Satz, bevor er mich einen Schritt ins Innere des Gebäudes zieht und die Glastür hinter uns schließt. »Ich will das mit Zelda nicht vermasseln. In Georgetown hatte ich zwar das Gefühl, dass sie mich auch ganz gut findet, aber ich kann sie schlecht einschätzen. Ich würde gerne wissen, wie meine Chancen bei ihr stehen, bevor wir uns heute Abend treffen.« Er sieht aus, als wollte er noch mehr sagen, doch sein Mund schließt sich wieder.

Aus irgendeinem Grund werde ich das Gefühl nicht los, dass mir Anthony etwas verschweigt. Aber aus dem dunklen Braun seiner Augen kann ich nichts als Aufrichtigkeit herauslesen.

»Zelda ist meine beste Freundin. Sie ist eine tolle Frau, die weiß, was sie will. Eine feste Beziehung gehört, soweit ich weiß, nicht dazu.«

Anthonys Schultern sacken herab. Ihm entfährt ein leises Brummen.

»Bis du in den Plattenladen hereingeschneit bist, jedenfalls. Du hast bei ihr einen bleibenden Eindruck hinterlassen. Jetzt spricht sie über nichts anderes mehr«, füge ich schnell hinzu.

Auf Anthonys Gesicht erscheint ein Lächeln. »Danke«, stößt er nach einem kurzen, erleichterten Schnaufen aus.

»Ich muss los.« In Richtung Sekretariat nickend trete ich einen Schritt zurück. Keine Sekunde zu früh. Vom Schulhof her nähert sich Mister Jones mit seinem Anhang. Bevor sie sich weiter das Maul über die angebliche Liaison zwischen Anthony und mir zerreißen können, hebe ich die Hand zum Abschied und gehe davon.

Der Tag zieht sich wie Kaugummi in die Länge. Nicht genug damit, dass mir die Sticheleien meiner Kollegen wie Blei im Magen liegen, zusätzlich schleicht sich Ethan immer wieder zurück in meinen Kopf und macht es mir unmöglich, meiner Arbeit die nötige Konzentration entgegenzubringen. Gegen Mittag atme ich zum ersten Mal an diesem Tag erleichtert auf, als Rektor Jones, ohne einen Blick an mich zu verschwenden, seiner Mittagspause entgegeneilt. Kaum ist er außer Sichtweite, rolle ich von meinem Schreibtisch zurück, streife die Heels von meinen Füßen und koche mir einen Kaffee. Mit der dampfenden Tasse in der Hand rolle ich zurück an meinen Computer und öffne den Browser, um meine Mails zu checken. Gestern Nacht habe ich versucht, mich von den Ereignissen des Wochenendes abzulenken, indem ich das Kapitel über mein erfundenes erstes Mal beendet und direkt an Mister Harper gemailt habe. Seitdem warte ich begierig auf seine Antwort. Wie nicht anders zu erwarten war, ist sie bereits heute Morgen in meinen Posteingang geflattert:

Miss Ward, ich mache es kurz: Unsere Leserinnen werden es lieben! Bitte bedenken Sie, dass die Zeit bis zur Abgabe der restlichen Kapitel drängt. Und vergessen Sie nicht die Kolumnen für Nummer 99 und 100. Wir brauchen Nachschub! Das große Finale wartet. Wer wird Nummer 100 sein?

Als ich die Worte lese, beschleunigt sich mein Herzschlag. Kleine Adrenalinstöße zucken durch meinen Körper. Mit einem Mal bin ich hellwach und weiß genau, was ich zu tun habe, um mich von meinem verkorksten Job und den gehässigen Kolleginnen abzulenken. Nicht zu vergessen die verwirrenden Gefühle, die Ethan in mir entfacht hat und die ich überhaupt nicht gebrauchen kann. Mein Ziel ist mittlerweile zum Greifen nah. Nur noch ein paar Kapitel und zwei Männer, bevor ich Mister Jones meine Kündigung auf den Tisch knallen und hier verschwinden kann. Ich bin so nah dran! Nichts und niemand wird mich jetzt noch davon abhalten können – erst recht nicht mein dämliches Herz, das sich seit Samstag immer dann flatternd in meiner Brust regt, wenn sich ein gewisses Paar meerblauer Augen in meinen Kopf stiehlt.

19. Kapitel

Der Rest der Woche vergeht wie im Flug. Zwar zischeln die Kolleginnen noch immer hinter vorgehaltener Hand, wenn ich an ihnen vorbeigehe, doch ich gebe mein Bestes, um ihre Missgunst nicht zu nah an mich herankommen zu lassen. Auch wenn es mir schwerfällt. Wenigstens Mister Jones' Laune wird von Tag zu Tag besser und sein Tonfall weniger herrisch. Am Freitag bequemt er sich sogar aus seinem Büro, um mir seine Anweisungen persönlich mitzuteilen. Ich belohne seine Bemühungen mit einem freundlichen Gesichtsausdruck und wohlwollendem Nicken.

Den Freitagabend verbringe ich in aller Ruhe auf meinem Sofa. Nach der anstrengenden Woche habe ich mir ein wenig Freizeit verdient. Mister Harper habe ich vorhin in einer kurzen Mail mitgeteilt, dass er spätestens am Montag mit der neuen Kolumne rechnen kann. Zumindest wird er jetzt übers Wochenende die Füße stillhalten.

Während ich mir meinen heißgeliebten Kaffee schmecken und mich dabei von einer sinnfreien Reality TV-Show berieseln lasse, höre ich leises Kichern vor der Tür. Ich stelle den Ton aus und lausche Zeldas glockenheller Stimme. Sie hat den Abend bei Anthony verbracht, zum dritten Mal in dieser Woche, und so wie es sich anhört, hatten die beiden eine Menge Spaß. Um nicht wie eine verrückte Stalkerin zu wirken, stelle ich den Ton wieder an und versuche mich auf die Geschehnisse auf dem Bildschirm zu konzentrieren. Die beiden Frauen, um die sich die Sendung dreht, ziehen mich derart in ihren Bann, dass ich erst mitbekomme, dass sich Zelda zu mir gesetzt hat, als sie auflacht. »Was für ein Mist.« Kopfschüttelnd angelt sie sich ein paar Chips aus der Tüte in ihrem Schoß. Als eine weitere Folge Blödsinns-TV beginnt, machen aber weder sie noch ich Anstalten umzuschalten.

»Wie war's bei Anthony?«

In ihren Augen liegt ein Leuchten und ihre Wangen glühen rosarot.

»So toll?« Grinsend warte ich auf Details.

»Ich glaube, er ist es«, murmelt sie, bevor sie sich eine weitere Handvoll Paprikachips in den Mund schiebt. Mein Magen meldet ebenfalls Besitzansprüche auf den Snack an, doch ich ignoriere ihn.

»Er ist *was*?«

»Der Mann, auf den ich immer gewartet habe.« Die Röte breitet sich auch auf dem Rest ihres Gesichts aus. Zwar ist mir neu, dass meine freiheitsliebende Freundin insgeheim auf einen Mann gewartet hat, aber wenn ich mir ihren glücklichen Gesichtsausdruck ansehe, ist Anthony scheinbar wirklich der Richtige für sie.

»Er ist bis über beide Ohren verknallt in dich«, platzt es aus mir heraus.

Ihr Blick zuckt zu mir und hält meinen fest. »Das hoffe ich.«

»Anthony hat mich am Montag gefragt, wie seine Chancen bei dir stehen.«

Zelda versucht ihre Freude hinter dem Knuspern der Chips zu verstecken, aber sie entgeht mir nicht. Doch dann verblasst ihr Lächeln und ein trauriger Ausdruck flackert über ihr Gesicht. »Irgendetwas hält er vor mir geheim.«

Mein erster Impuls ist es, sie zu fragen, wie sie darauf kommt. Doch noch bevor ich das erste Wort ausspreche, schließe ich den Mund wieder und schlucke die Erwiderung runter. Auch ich habe manchmal das Gefühl, dass es etwas gibt, das ihn belastet. Und dann trifft mich die Erkenntnis mit voller Wucht: *Ich* bin das Geheimnis. Natürlich! Immerhin scheint er sich ernsthaft in Zelda verliebt zu haben. Ebenso wie sie in ihn verliebt ist. Es könnte alles perfekt sein, wenn er letztes Jahr nicht ausgerechnet mit der besten Freundin seiner Angebeteten im Bett gelandet wäre.

Oh, fuck.

Zelda weiß nicht, dass Anthony meine Nummer zweiundsiebzig war. Sie denkt, ich hatte was mit einem Lehrer aus der Schule. Weder das Wort Bibliothekar noch sein Name sind mir jemals in Zusammenhang mit dem One-Night-Stand von damals über die Lippen gekommen. Ich muss es ihr sagen. *Bevor* es unsere Freundschaft belastet oder die Anfänge ihrer zarten Beziehung im Keim erstickt.

»Zel ...«, beginne ich zaghaft. »Ich glaube, ich weiß, was Anthony bedrückt.«

Überrascht wendet sie ihren Blick vom Bildschirm ab und mir zu.

Gott, wie erkläre ich ihr das bloß? »Erinnerst du dich an den Mann, für den ich zum ersten Mal eine meiner Regeln gebrochen habe? Der neue Kollege an der Schule?« Mit jedem Wort werde ich leiser.

Zelda nickt, dann hält sie abrupt inne. »Moment mal. Willst du mir gerade erzählen, dass das *Anthony* war?« Ihre Augen weiten sich ungläubig.

Ich schaffe es nicht, ihrem Blick standzuhalten und senke den Kopf. »Ich hätte dir viel früher davon erzählen müssen.«

Das Schweigen meiner Freundin ist schlimmer als jede Beleidigung, die sie mir an den Kopf werfen könnte. Ihre Hand verharrt reglos in der Chipspackung. Nur die Stimmen im Fernsehen erfüllen das Wohnzimmer. Mein Herzschlag dröhnt übernatürlich laut in meinen Ohren.

»Zelda?«, frage ich schließlich mit dünner Stimme und hebe den Kopf. »Bitte sag was.«

»Ich ...« Sie schüttelt resigniert den Kopf, atmet tief ein und aus, dann sieht sie mich endlich an. »Ich weiß nicht, was ich dazu sagen soll.«

»Hätte ich damals geahnt, dass ihr euch ineinander verlieben würdet, dann wäre ich doch niemals ...«

Sie blinzelt, bevor sie die nächste Handvoll Chips wie in Zeitlupe zu ihrem Mund führt. Während sie kaut, mustert sie mich nachdenklich. »Das würde erklären, warum er sich manchmal so komisch verhält. Bestimmt denkt er, dass euer ... euer One-

Night-Stand zwischen uns steht.«

Ich weiß nicht, ob sie damit sich und Anthony oder sich und mich meint. Beide Möglichkeiten verursachen ein unangenehmes Ziehen in meiner Magengegend. »Stimmt es denn?«, frage ich zaghaft.

Zelda legt den Kopf schief und bedenkt mich mit einem langen Blick. Dann schüttelt sie seufzend den Kopf. »Ich kannte Anthony damals noch gar nicht.«

Erleichterung vertreibt das Unwohlsein in meiner Bauchgegend. »Also ist alles gut zwischen uns?«

»Alles ist gut«, bestätigt sie leise. »Mach dir keinen Kopf, Robyn. Ich werde mit ihm darüber sprechen.« Sie schenkt mir ein kleines Lächeln, das ich schwach erwidere. Ich könnte es nicht ertragen, wenn etwas unsere Freundschaft gefährden würde. Dafür ist mir Zelda viel zu wichtig.

»Noch mehr Ärger kann ich auch nicht gebrauchen.« Ich versuche, den Satz wie einen lahmen Scherz klingen zu lassen und lache schief, doch Zelda durchschaut mich.

»Das Wiedersehen mit Ethan hat dich ganz schön aus der Bahn geworfen, nicht wahr?«

Mein dumpfer Herzschlag dröhnt in meinen Ohren.

»Ich habe gemerkt, dass etwas nicht stimmt. Du warst so schweigsam, bevor du zur Schule gefahren bist, und nach der Arbeit hast du dich sofort in deinem Zimmer verschanzt. Ich kann die Sätze, die wir in den letzten Tagen miteinander gewechselt haben, an zwei Händen abzählen.« Zur Untermalung hält sie mir ihre erhobenen Handflächen entgegen.

Mir war nicht klar, wie sehr ich mich in den letzten Tagen zurückgezogen hatte. Ethan hat sich hartnäckig in meine Gedanken verirrt und mich beinahe ununterbrochen an das vergangene Wochenende zurückdenken lassen. Wann werde ich es bloß schaffen, ihn wieder zu vergessen?

Eine eingehende Nachricht auf ihrem Handy zaubert Zelda ein Lächeln auf die Lippen. Sie springt auf, streicht sich das offene Haar aus dem Gesicht und lacht nervös. »Anthony hat gerade das Essen aus dem Ofen geholt«, erklärt sie. »Ich spreche nachher mit ihm.« Dann flitzt sie in ihr Zimmer und huscht kurz darauf mit einer kleinen Reisetasche in den Flur. »Schlaf gut, Robyn. Und grüble nicht mehr so viel über Mister Motoröl nach, okay?«

Wenn es nur so einfach wäre ...

20. Kapitel

Als mein Wecker am späten Samstagvormittag klingelt, bin ich sofort hellwach. Los Angeles und Francis warten auf mich – und hoffentlich auch Nummer neunundneunzig. So wie ich meine Schwester kenne, wird sie spätestens um kurz nach elf den Weg nach Hause antreten, um sich auszuschlafen, und dann werde ich mich allein ins Nachtleben stürzen. Francis kennt das schon von mir und hat zum Glück nichts dagegen. Ein paar Drinks, coole Beats und ein heißer Flirt, der in einem One-Night-Stand endet, sind genau das, was ich heute brauche. Endlich kann ich meine Gedanken in eine andere Richtung lenken und mich von all dem Gefühlschaos ablenken. Ich lechze danach, Silver Springs den Rücken zu kehren und mich, nach dem Abendessen mit meiner Schwester, in das nächste Abenteuer zu stürzen. Allein schon der Gedanke an feste warme Haut unter meinen Fingernägeln lässt mein Blut in Wallung geraten. Gott, wie ich diese Vorfreude vermisst habe! Zwar fragt eine flüsternde Stimme in meinem Kopf, ob ich das Richtige tue, doch ich gebe mein Bestes, um sie zu ignorieren. Ich habe mir fest vorgenommen, die Sache durchzuziehen. Mit diesem Gedanken stehe ich auf und mache mich fertig für den Tag.

Nach einem extrastarken Kaffee räume ich das Geschirr auf die Ablage neben der Spüle und verharre eine Weile vor der Küchenzeile. Meine Fingerspitzen kribbeln. Ein verrückter Gedanke kommt mir in den Sinn, den ich im ersten Moment sofort wieder verwerfe. Aber dann frage ich mich: Wieso eigentlich nicht? Hat nicht Mister Harper selbst gesagt, ich soll meine Leser bei der Stange halten?

Also suche ich mein Smartphone unter dem Berg von Klamotten in meinem Zimmer heraus und öffne die App meines Bloganbieters. Sofort werde ich mit hunderten Kommentaren und Privatnachrichten bombardiert, die alle denselben Inhalt haben: *Wann kommt #99?*

Bald, denke ich grinsend und tippe genau das in das Textfeld. Zum ersten Mal, seitdem ich den Blog betreibe, verfasse ich eine Ankündigung, die besagt, dass der nächste Mann auf meiner Liste in Kürze online gehen wird. Dann lasse ich das Handy auf die Küchentheke sinken und warte gespannt auf die ersten Reaktionen. Wie erwartet, trudeln sie nur Sekunden später ein.

»Waaah! Ich werde die ganze Nacht nicht schlafen können!«

»Spann uns nicht so lange auf die Folter!«

»Go, girl! Endlich. Ich kann es kaum erwarten.«

Und so geht es munter weiter. Grinsend sehe ich dabei zu, wie eine Nachricht nach der anderen hinzukommt.

Nach einigen Minuten poppt eine Mail von Mister Harper auf meinem Bildschirm auf: »Sehr gut, Miss Ward! Sie haben die Neugier Ihrer Leserinnen geweckt. Ich wette, morgen gehen die Klicks durch die Decke. Genau das brauchen wir!« Er beendet die kurze Mail mit einem zwinkernden Smiley, der mich in meinem Vorhaben bestärkt.

Der restliche Tag verfliegt im Trubel meiner Vorbereitungen. Ausnahmsweise gönne ich mir eine große Schüssel Obstsalat zu Mittag, bevor ich mich einem ausgiebigen Verwöhnprogramm für Haut und Haare unterziehe. Ich genieße es, das Apartment für mich zu haben und fiebere gespannt dem Abend entgegen.

Mittlerweile ist es Nachmittag. Ich verstaue meine Pinsel und Tuben in der Schminktasche und begutachte das Ergebnis der letzten Stunde vor dem Spiegel. *Perfekt.* Meine Haare schimmern seidig, meine Haut ist makellos, die falschen Wimpern lassen meinen Augenaufschlag noch verführerischer wirken. Ich drehe mich vor dem Spiegel, prüfe mit Argusaugen, ob es irgendeine Problemzone gibt, die es zu kaschieren gilt. Doch ich finde keine. Was ich sehe, zaubert ein Lächeln auf meine Lippen. Die ausgiebige Prozedur hat sich gelohnt. Doch als die Uhr über der Badezimmertür in mein Sichtfeld gerät, stockt mir der Atem. So spät schon?

Hastig sammele ich meine Schminkutensilien ein und stopfe sie in den Kulturbeutel, den ich umgehend in meine kleine Reisetasche packe. Die Suche nach den passenden Schuhen für den heutigen Abend kostet weitere wertvolle Minuten. Als ich schließlich im Wagen sitze, wird mir klar, dass ich es unmöglich bis zu unserem verabredeten Zeitpunkt in das Restaurant in L.A. schaffen werde. Kurzerhand ziehe ich mein Handy aus der Tasche, während ich mich mit der anderen Hand anschnalle. Mit fliegenden Fingern tippe ich einen Text an Francis.

Ich: *Sorry, ich habe die Zeit vergessen! Es wird etwas später. Ich melde mich, wenn ich in L.A. angekommen bin. Kuss, Robyn.*

Mit den Gedanken schon halb auf dem Highway drücke ich auf *Senden* und starte den Motor.

Wie nicht anders zu erwarten war, wirft mich der niemals zu enden scheinende Feierabendverkehr in Los Angeles noch weiter in meinem Zeitplan zurück. Mit nervösen Blicken zur Uhr am Armaturenbrett kämpfe ich mich Meter um Meter vorwärts, bis ich Beverly Hills endlich erreiche. Hoffentlich nimmt mir Francis die Verspätung nicht allzu übel. Andererseits haben wir den ganzen Abend Zeit, um endlich einmal wieder ausgiebig miteinander zu quatschen. Blöderweise reißt die Verkehrslawine auch direkt vor dem Restaurant nicht ab und macht es mir unmöglich, einen Parkplatz in der Nähe zu finden. Erst nachdem ich drei Runden um den Block gedreht habe, finde ich endlich eine Lücke am Straßenrand. Erleichtert atme ich durch, steige aus und füttere die Parkuhr. Ich bin gerade im Begriff, mein Handy hervorzukramen, um Francis mitzuteilen, dass ich jetzt da bin, als mich plötzlich jemand rüde anrempelt. Dabei rutscht mir das Smartphone aus der Hand und landet mit einem dumpfen Ton auf dem Asphalt.

»Entschuldigung, ich habe Sie nicht gesehen. Ist alles in Ordnung?«

Bevor ich mich nach dem Handy bücken kann, hat der Mann, der für den Sturz verantwortlich ist, es bereits aufgehoben. Als er es mir in die Hand legt, leuchtet der Sperrbildschirm kurz auf und offenbart einen langen Riss, der sich über das Foto meiner Schwester und mir gelegt hat.

»Das tut mir leid. Selbstverständlich werde ich für die Reparatur aufkommen.«

Als ich den Kopf hebe, begegne ich einem Paar tiefdunkler Augen, das mich entschuldigend ansieht.

»Schon okay«, wehre ich halbherzig ab, mit den Gedanken bereits beim Treffen mit meiner Schwester.

»Nein, nein. Ich bestehe darauf. Einen Moment.« Der Mann zieht einen Block aus seiner Umhängtasche hervor, reißt ein Blatt ab und schreibt eine Nummer auf, bevor er es mir überreicht. *Leonhard Montgomery* hat er hinter der Telefonnummer notiert.

»Na schön, wie Sie meinen.« Hastig verstaue ich das Blatt in meiner Clutch und will mich bereits umwenden, als er mich flüchtig am Arm berührt.

»Haben Sie es sehr eilig, Miss?« Ein leichter britischer Akzent schwingt in seinen Worten mit. Neugierig hebe ich den Kopf und betrachte Leonhard Montgomery etwas genauer. Er ist gute zehn Zentimeter größer als ich, hat pechschwarzes Haar, das er nach hinten gestylt trägt. Sein dichter unterer Wimpernkranz wirkt, als hätte er Kajal aufgelegt. Ein gepflegter Dreitagebart umrahmt seine geschwungenen Lippen.

»Ich bin mit meiner Schwester verabredet«, erkläre ich und deute vage in die Richtung, in der das Restaurant liegt.

»Wie schade. Ich wollte Sie auf einen Drink einladen. Als Wiedergutmachung sozusagen.«

Ich bin gerade im Begriff, dankend abzulehnen, als sich mein Mund wieder schließt. Leonhards dunkler Blick gleitet an meinem Kleid hinab, bevor er meinen fest erwidert. Was ich daraus entnehmen kann, geht definitiv über ein Getränk in einer Bar hinaus. Mein Körper reagiert prompt mit einem feinen Kribbeln, das sich von meinen Fingerspitzen über meine Arme ausbreitet, bevor es schließlich meinen Rücken erreicht, und sich in Form eines kühlen Schauers entlädt.

»Ich ...«, beginne ich zögerlich, weiß aber nicht so recht, was ich darauf erwidern soll. Ich kann Franny jetzt nicht versetzen. Nicht nachdem ich sowieso schon spät dran bin. Andererseits bietet sich mir hier gerade eine äußerst vielversprechende Aussicht auf Nummer neunundneunzig. Mister Harpers Mail und die begeisterten Kommentare der Leser kommen mir in den Sinn und lassen mein Herz schneller schlagen. Das ist *die* Gelegenheit, den nächsten Artikel abzuhaken, und ich wäre dumm, sie verstreichen zu lassen.

»Wissen Sie«, erwidere ich langsam und werfe dabei einen flüchtigen Blick auf meine Uhr, »ein Drink oder zwei sollten drin sein.«

Als Leonhard lächelt, entblößt er zwei Reihen strahlend weißer Zähne. »Das freut mich. Verraten Sie mir noch, wie meine zauberhafte Begleitung heißt?«

»Samantha«, antworte ich mit fester Stimme.

Sein Lächeln wird breiter. »Ein wunderschöner Name. Übrigens sehen Sie absolut bezaubernd aus, wenn ich das sagen darf.«

»Vielen Dank.« Ich versuche mich über sein Kompliment zu freuen, als plötzlich Ethans Gesicht vor meinem inneren Auge auftaucht. Schnell schließe ich die Augen und öffne sie sogleich wieder. Als ich Leonhards erwartungsvollem Blick begegne, versuche ich mein aufgewühltes Inneres mit einem tiefen Atemzug zu beruhigen. Ich werde jetzt mit diesem Mann mitgehen und schauen, was der Abend bringt. Je schneller ich den fehlenden Content liefere, umso besser. »Ich schreibe meiner Schwester nur kurz, dass es ein wenig später wird«, murmle ich und tippe einen kurzen Text an Francis. Als ich das Handy wieder eingesteckt habe, bietet mir Leonhard seinen Arm an, den ich ohne zu zögern ergreife.

»Ich kenne eine tolle, exklusive Bar in Hollywood. Mein Wagen steht gleich dort drüben.«

21. Kapitel

Während Leonhard unter der Dusche steht, schleiche ich mich heimlich aus seinem Loft. Drei Stunden sind vergangen, seit er mich auf der Straße angesprochen hat. Es ist mittlerweile fast zehn und ich bezweifele, dass Francis noch mit mir zu Abend essen will.

Mit einem ausgewachsenen schlechten Gewissen betrete ich den Fahrstuhl und verabschiede mich grußlos aus Leonhard Montgomerys Leben. Nachdem ich meine zerwühlte Frisur notdürftig gerichtet und die verwischte Mascara unter meinen Augen entfernt habe, atme ich tief durch und nehme mein Handy aus der Clutch. Vier verpasste Anrufe und doppelt so viele Nachrichten von Francis werden mir auf dem von Rissen durchzogenen Display angezeigt. Mein Magen sackt in meine Kniekehlen. Das kann nichts Gutes bedeuten. Beim Versuch, das Display zu entsperren, wird es zuerst schwarz, flackert dann kurz auf und erstirbt dann vollends. Das darf doch wohl nicht wahr sein! Anscheinend hat das Gerät durch den Sturz doch größeren Schaden genommen, als ich befürchtet hatte. Hektisch blicke ich mich auf dem Hollywood Boulevard um, auf dem es vor Menschen nur so wimmelt. Ein Blick in meine Geldbörse verrät mir, dass ich mit zwanzig Dollar nicht weit kommen werde. Dennoch winke ich mir ein Taxi heran. Ich schäme mich dafür, dass diese Fahrt auf Francis gehen wird. Doch ich will auf dem schnellsten Weg zu ihr und deshalb bleibt mir keine andere Wahl.

Eine knappe halbe Stunde später bitte ich den Fahrer, kurz zu warten und eile die Stufen zum Loft meiner Schwester hinauf. Mein Herz klopft mir bis zum Hals, als ich gegen die Tür hämmere, die nach wenigen Sekunden aufschwingt. Francis steht vor mir, in einen Bademantel gewickelt und mit einem Handtuchturban auf dem Kopf.

»Mit dir hätte ich nicht mehr gerechnet.«

»Es tut mir leid«, japse ich, von meinem Sprint die Treppe hinauf außer Atem. »Ich dachte nicht, dass es so spät wird.« Mit zerknirschter Miene blicke ich Francis an. »Kannst du mir vielleicht Geld für das Taxi leihen? Ich habe leider nicht genug Bargeld dabei.«

Verständnislosigkeit zeichnet sich auf ihren Zügen ab. »Bist du etwa den ganzen Weg von Silver Springs mit dem Taxi gefahren? Was ist mit deinem Wagen?«

»Was? Nein. Ich ... komme gerade aus Hollywood«, erkläre ich. »Ich hatte dir doch vorhin geschrieben, dass es etwas später wird.«

»Hollywood?«, wiederholt Francis langsam, während sie den Kopf schüttelt. »Ich habe keine Nachricht bekommen. Dein letzter Text hat mich heute Nachmittag erreicht, als du von einer *kleinen* Verspätung gesprochen hast.«

Als ein dumpfes Hupen ertönt, zucke ich schuldbewusst zusammen. »Hör zu, da war dieser Typ, der mein Handy geschrottet hat. Er wollte mich unbedingt als Entschuldigung auf einen Drink einladen und ich hatte doch den neuen Post angekündigt ...«

Francis hebt die Hand und lässt mich verstummen. »Lass mich raten: Nummer neunundneunzig?« Enttäuscht mustert sie mich.

Dann hat sie also die Ankündigung gelesen. »Ich ... na ja ...« Egal, was ich jetzt sage, es kann die verlorenen Stunden nicht wieder zurückholen.

»Ich hoffe, der Kerl war es wert, mich zu enttäuschen.« Mit verletztem Gesichtsausdruck und einem tiefen Seufzen wendet sich Francis zur Kommode neben der Tür um und holt ihr Portemonnaie, das darauf liegt. Wortlos drückt sie mir einen Bündel Geldscheine in die Hand und ist bereits im Begriff, die Tür vor meiner Nase zu schließen, als ich sie daran hindere.

»Francis«, wispere ich mit brüchiger Stimme. »Ich dachte, du hättest die Nachricht bekommen.«

Langsam tritt Francis einen Schritt zurück. »Darum geht's doch gar nicht. Ich hatte mich auf unseren Abend gefreut. Wir haben uns ewig nicht mehr gesehen und ich wollte dir so viel erzählen.« Sie wirkt am Boden zerstört, als sie die Lippen zu einem traurigen Lächeln verzieht. Mein schlechtes Gewissen wird größer und größer.

»Bitte geh jetzt. Ich möchte lieber allein sein.« Als Francis die Tür zuzieht, fährt ein Stich in meine Brust.

»Bitte, Franny. Es tut mir wirklich leid.«

Sie stößt ein tiefes Seufzen aus, öffnet die Tür einen Spaltbreit und sieht mich lange an. »Seit der Preisverleihung ist so viel geschehen. Mit der Stiftung läuft es fantastisch. Ich habe jemanden kennengelernt und die Serie bekommt eine neue Staffel. Meine Rolle soll sogar ausgebaut werden.«

»Das ... das ist fantastisch«, stammele ich und fühle mich noch furchtbarer. All diese Dinge hätten wir heute Abend gemeinsam feiern sollen.

»Ist jetzt auch egal«, flüstert sie.

»Nein, ist es nicht!«, widerspreche ich heftig. »Ich wollte doch bloß den Artikel vom Tisch haben, deshalb bin ich der Einladung dieses Typen gefolgt. Mister Harper von der Zeitung und die Fans sitzen mir im Nacken und ich habe seit Wochen keinen Content mehr geliefert. Ich stehe momentan ziemlich unter Druck. Das war die Chance, ich musste sie nutzen, verstehst du das?«

Doch Francis blickt mich nur verständnislos an. In ihrem Leben gibt es keine One-Night-Stands und schon gar keine, zu denen sie sich freiwillig verpflichten lassen würde. Die nächste Entschuldigung bleibt mir im Halse stecken, als Francis die Augen niederschlägt und die Tür zuzieht. »Komm gut nach Hause, Robyn«, ist das Letzte, was ich sie durch das Holz hindurch sagen höre, bevor sich ihre Schritte entfernen.

Mein Herz scheint in der letzten halben Stunde eine Etage tiefer gerutscht zu sein und schlägt nun irgendwo dumpf in meiner Magengegend. Wenn ich könnte, würde ich die Zeit zurückdrehen und Leonhard abweisen – Blogartikel hin oder her. Diese ganze Sache läuft immer weiter aus dem Ruder und bringt mich in Situationen, in die ich gar nicht hineingeraten möchte. Es tut mir weh, dass nun ausgerechnet Franny unter meiner Entscheidung leiden muss. Ich kann nur hoffen, dass sie mir verzeihen wird.

Als ich um kurz nach elf in meinem Wagen sitze und Los Angeles hinter mir lasse, beginnen Tränen hinter meinen Lidern zu brennen. Von mir selbst verärgert schlage ich auf das Lenkrad, bevor ich es mir erlaube zu weinen. Die karge Landschaft zieht dunkel an mir vorbei, während ich mir fest vornehme, so bald wie möglich das Gespräch mit Francis zu suchen. Der Verlauf des Abends wühlt mich so sehr auf, dass ich eine Pause brauche. Und ich will das Kapitel Leonhard so schnell wie möglich abhaken. Mit einem resignierten Seufzen setze ich den Blinker und wende meinen Honda auf einen Parkplatz, auf dem sich etliche Imbissbuden und Coffeeshops aneinanderreihen.

Als ich den Wagen abgestellt habe, lasse ich den Abend gedanklich noch einmal Revue passieren. Das Aufeinandertreffen mit Leonhard, die Fahrt in seinem Wagen, die folgenden Stunden in seinem Apartment. Seine Berührungen, die sich so falsch anfühlten, und die leise gesäuselten Worte, die ihre Wirkung um Welten verfehlten. Ich hatte so sehr gehofft, das durchziehen zu können, aber ich bin kläglich gescheitert. Ein unangenehmes Gefühl breitet sich in mir aus, als ich mir die Details vor Augen rufe. Diese demütigenden, frustrierenden Ereignisse kann ich nie und nimmer posten. Aber meine Fans erwarten Content. Immerhin habe ich den neuen Post angepriesen und alle Welt darauf heiß gemacht. Und nochmal loszuziehen und es erneut zu versuchen, ist unvorstellbar für mich. Dafür habe ich keinen Kopf. Anstatt mich durch zwanglosen Sex frei zu fühlen und Spaß zu haben, ist das genaue Gegenteil passiert. So schlecht habe ich mich schon lange nicht mehr gefühlt. Aus einem Höhepunkt ist ein Tiefflug geworden, der sich anfühlt, als wäre der Boden noch lange nicht erreicht. Wann ist mein Leben so sehr im Chaos versunken?

Ich hebe den Blick und er bleibt an der Eingangstür des

Starbucks hängen, vor dem ich geparkt habe. Seufzend reibe ich meine Hände über das Gesicht und höre tief in mich hinein. Was soll ich jetzt tun?

»Alter, du lügst doch wie gedruckt!«, ruft ein junger Kerl seinem Kumpel zu, während beide aus der Tür treten und sich spielerisch gegen die Oberarme boxen.

Lügen. Das ist es. Ich werde einfach lügen. Was spielt es jetzt noch für eine Rolle, ob ich einen Post fälsche oder nicht? Das gesamte erste Drittel des Buches ist frei erfunden. Meine Fans erwarten atemlose Erotik, sehnsüchtige Küsse und ekstatischen Sex. Nichts davon ist heute Nacht geschehen, doch außer mir wird nie jemand davon erfahren. Ich halte kurz inne, bevor ich meinen Laptop aus der Reisetasche auf der Rückbank nehme, ihn aufklappe, hochfahre und mit dem WLAN des Starbucks verbinde. Einen kurzen Moment hadere ich mit mir selbst und frage mich, ob es wirklich keinen anderen Weg gibt. Doch es gibt keinen. Also öffne ich die Bearbeitungsansicht des Blogs und beginne Lüge um Lüge aneinanderzureihen.

22. Kapitel

#99

Ich hob den Kopf und begegnete dem Blick des Mannes, der soeben das Display meines Handys zu Bruch hatte gehen lassen. Entschuldigend lächelte er mich an, bevor er mir versprach, für die Reparatur aufzukommen. Doch das allein schien ihm nicht zu genügen. Der attraktive Brite, der sich als Liam vorstellte, lud mich als kleine Wiedergutmachung zu einem Drink ein, den ich ihm unmöglich verwehren konnte. Uns war klar, dass es nicht bei einem Drink bleiben würde. Wir fühlten uns vom ersten Augenblick an zueinander hingezogen und ahnten beide, wie der Abend enden würde. Während ich in seinem Sportwagen Platz nahm, prickelte jeder Zentimeter meiner Haut. Ihn beim Fahren zu beobachten, war unglaublich sexy. Ich musste ihn haben. Dieses umwerfende Prachtexemplar eines Mannes musste meine Nummer neunundneunzig werden. Etwas anderes kam gar nicht infrage. Während der Fahrt, die uns ins Herz Hollywoods führte, warf Liam mir immer wieder kurze glühende Blicke zu. In seinen Augen flackerte das Feuer der Begierde. Ich liebte es, so angesehen zu werden.

Liam war anders als die Männer, mit denen ich bisher zusammen gewesen war, das spürte ich im ersten Moment. Sein höfliches Lächeln, gepaart mit seinem stilsicheren Auftreten und dem britischen Akzent reichte aus, um mich binnen Sekunden um den Finger zu wickeln. Er verriet mir nicht, wo wir unsere Drinks einnehmen würden, sondern bat mich, mich überraschen zu lassen. Während der Fahrtwind mein Haar durcheinanderwirbelte, lenkte er das Cabrio geschmeidig durch die belebten Straßen. Die hell erleuchteten Schaufenster der Bars und Geschäfte vermischten sich mit dem aufgeregten Summen der Fußgänger und dem Verkehr um uns herum. Die Nacht verhieß lang und heiß zu werden, genauso wie ich es liebte.

Wenig später fuhren wir über den Hollywood Boulevard, der zu jeder Tageszeit mit Touristen bevölkert war. Liam bog in eine Seitenstraße und parkte in der Tiefgarage eines luxuriösen Geschäftshauses. Ganz der perfekte Gentleman, hielt er mir die Wagentür auf und half mir beim Aussteigen. Er nahm meine Hand und ließ sie auf dem gesamten Weg zum Fahrstuhl nicht wieder los. Als die auf Hochglanz polierten Türen sich hinter uns schlossen und wir uns allein in der Kabine befanden, sah er mir tief in die Augen.

»Nun, Samantha. Worauf hast du Lust? Cocktails? Einen Happen Essen oder …?« Ein vorfreudiges Blitzen durchzog seinen Blick.

»Oder?«, hakte ich mit rauer Stimme nach.

Er trat einen Schritt auf mich zu und überbrückte den Abstand zwischen unseren Körpern. Langsam legte ich meine Hände auf seine Brust und fuhr mit den Fingern über den edlen Stoff seines Sakkos. Liams Atem beschleunigte sich. Er schien voller Geheimnisse zu stecken und das entfachte meine Neugier. Am dringendsten wollte ich herausfinden, wie er unter seinem schicken Anzug aussah und was dieser umwerfende Körper in der Lage war, mit mir anzustellen. Ein Hauch seines Aftershaves umfing mich, als er seine Lippen an meinen Hals legte. »Wollen wir die Drinks in meiner Wohnung zu uns nehmen?«

Ich konnte gar nicht anders, als zu nicken. Meine Augen schlossen sich, mein Puls schoss in die Höhe. Unterbewusst nahm ich wahr, dass meine Finger sich verselbstständigten und den Weg unter sein Sakko fanden.

Mit einem zufriedenen Grinsen beugte er sich zurück und steckte eine Karte in den Schlitz unterhalb der Etagenbeschilderung. Sofort setzte sich der Aufzug in Bewegung. Die Zahlen auf dem Display sprangen höher und höher und blieben schließlich im siebzehnten Stockwerk stehen. Mit einem leisen Pling glitten die Türen auseinander. Liam breitete einladend die Arme aus und ließ mir den Vortritt.

Als Erstes fiel mir die riesige Bar zu meiner Linken ins Auge. Ich kannte keinen Menschen, der eine eigene Bar in dieser Größenordnung besaß. Vor der meterlangen Spiegelwand reihten sich säuberlich die teuersten Tropfen aneinander. Mein Blick wanderte weiter über dunkle Ledermöbel und aufwändig herausgearbeitete Steinwände und -säulen, die der Wohnung einen antiken Touch verliehen. Hinter mir betätigte Liam einen Schalter. Die spärliche Beleuchtung, die uns begrüßt hatte, hellte sich um einige Nuancen auf. Nun konnte ich die gegenüberliegende Fensterfront erkennen, die sich direkt oberhalb des Hollywood Boulevard befand. Mit *sanftem Druck legte er seine Hand auf meinen unteren Rücken und führte mich tiefer in den Raum.*

Ich drehte mich einmal um die eigene Achse und sog den Anblick, der sich mir bot, auf. Genüsslich schlenderte Liam zur Bar. Er suchte offenbar nach einer bestimmten Flasche, drehte mehrere herum und lächelte schließlich, als er sie fand. Mit dem geschulten Blick eines Bartenders mischte er zwei Drinks an und beugte sich über die Theke. Sein Blick suchte meinen. Im Gegensatz zu mir schien ihn die atemberaubende Aussicht nicht im Geringsten zu beeindrucken. Er hatte nur Augen für mich. Auffordernd schob er ein Glas in meine Richtung. Ich trat zu ihm, nahm auf einem Barhocker Platz und stieß mein Glas gegen seines. Er hielt meinen Blick fest, als sie aneinander klirrten, und nahm einen großen Schluck, bevor ich es ihm gleichtat. Das kühle Getränk rann herb und absolut köstlich meine Kehle hinab. Ich honorierte den Geschmack mit einem genussvollen »Mhm«, und leckte mir anschließend über die Lippen.

Liam verfolgte jede meiner Regungen mit seinem tiefdunklen Blick. Er setzte sein Glas erneut an und trank es in einem Zug aus. Nachdem er es abgestellt hatte, umrundete er die Theke und zog mich auf die Füße. Ich ließ mich von ihm zur Fensterfront führen. Er stellte sich hinter mich, während ich auf das bunte Treiben auf der Straße blickte und an meinem Drink nippte.

Liam strich mein Haar nach hinten und platzierte zarte Küsse unterhalb meines rechten Ohres. Seine Lippen prickelten auf meiner Haut, während der Alkohol sich mit der Hitze in meinem Inneren vermischte, die sich tiefer und tiefer ausbreitete, bis sie meinen Schoß erreichte. Als ich das Glas geleert hatte, nahm er es mir ab und stellte es auf dem Boden ab. Kaum hatte ich beide Hände frei, legte ich sie an die Scheibe, die sich kühl unter meinen Handflächen anfühlte. Liam verstand die Einladung und trat noch näher an mich heran. Ich fühlte seinen Schritt an meinem Po und atmete tief aus. Er war ebenso erregt wie ich. Mit jeder Sekunde wurde mir heißer. Seine Hände strichen an meinen Seiten entlang und arbeiteten sich weiter vor zu meinem Bauch. Wie gut sich die Berührungen anfühlten. Seine großen schlanken Finger hinterließen eine kribbelnde Spur auf meiner Haut. Der dünne Stoff des Kleides raschelte leicht. Mit etwas Druck drängte sein Körper mich gegen die Scheibe. Ich spürte seine Finger unter dem Ansatz meiner Brüste. Heißer Atem prallte gegen meinen Hals. Ob die Menschen uns sehen konnten? Der Gedanke ließ mich verzückt aufkeuchen. Wenn es nach mir ginge, konnte er mich auf der Stelle haben, direkt hier am Fenster. Ich vergrub eine Hand in seinem Haar und strich mit der anderen über die vielversprechende Wölbung in seiner Hose. Liam gab einen brummenden Laut von sich. Sein bestes Stück wuchs weiter, während ich es ausgiebig rieb. Dann packte er meine Arme und drehte mich in einer geschmeidigen Bewegung herum. Heftig atmend stand er vor mir und sah mit gierigem Blick auf mich herab. Meine Brust hob und senkte sich schnell. Verrückt, dachte ich. Wir haben uns noch nicht einmal geküsst. Als hätte er meine Gedanken gelesen, legte er eine Hand in meinen Nacken und zog mich zu sich. Als unsere Lippen aufeinandertrafen und einen heißen Kuss anstimmten, schoss ein Blitz in meinen Schoß. Ich spürte die Hitze, die er entfachte, überall.

Liam küsste mich mit der Leidenschaft eines Mannes, der wusste, welche Wirkung er auf mich ausübte. Ich liebte es, zu spüren, wie sehr er mich wollte, denn mir ging es nicht anders. Unsere Zungen tanzten miteinander, sie neckten sich, zogen sich zurück und stießen wieder zusammen. Er küsste mich wild und ungestüm, dann wieder romantisch verspielt. Der Wechsel zwischen Gier und Genuss katapultierte mein Verlangen in ungeahnte Sphären. Meine Ungeduld wuchs sekündlich. Ich konnte mich nicht länger zurückhalten. Und ich wollte es auch nicht. Mit schnellen Handgriffen löste ich die Schnalle seines Gürtels und öffnete den Knopf seiner Hose.

Keuchend ließ er von mir ab. Obwohl er noch immer schwer atmete und sein dunkler Blick verschleiert wirkte, zog er es vor, genau zu beobachten, was ich tat. Also nahm ich mir Zeit. Ich streifte die Hose über seinen wohlgeformten Hintern, strich mit den Fingern über seine Pobacken und die Vorderseite seiner Shorts. Sein Lächeln ließ mich wissen, dass ihm das gemächliche Tempo gefiel. Ich stellte mich auf die Zehenspitzen, hauchte einen Kuss auf seinen Mundwinkel und knabberte kurz an seiner Unterlippe. Er stieß ein leises Brummen aus, das in meinem gesamten Körper vibrierte. In mir brannte der Wunsch, ihn nach allen Regeln der Kunst zu verwöhnen. Also sah ich ihm tief in die Augen, bevor ich mich vor ihn hinkniete und seine Shorts nach unten zog. Aus dem Augenwinkel nahm ich wahr, wie er den Kopf in den Nacken legte. Seine Hände wanderten in mein Haar und spielten mit meinen blonden Strähnen, während meine

Lippen und meine Zunge ihn liebkosten. Ich genoss den Blowjob ebenso sehr, wie er es tat.

Sein Stöhnen wurde lauter und intensiver, je mehr ich ihm gab, wonach er verlangte.

»Okay«, sagte er atemlos und zog mich zurück auf die Füße. »Das genügt. Nun bin ich an der Reihe.« Er führte mich zu einem Ledersessel nahe dem Fenster und drängte mich sanft hinein. Als der kühle Bezug auf meine Haut traf, hielt ich die Luft an. Liam kniete sich vor mich und spreizte meine Beine. Ich legte den Kopf zurück, bis er auf der Lehne zum Liegen kam. Meine Augen schlossen sich in dem Moment, als er meinen seidenen String zur Seite schob und zwei Finger in mich drängte. Ich hieß sie voller Hingabe willkommen und entlockte Liam ein raues Lachen. Mit routinierten Bewegungen steigerte er meine Lust, bis ich mich keuchend auf dem Sessel wand. Dann streifte er den Slip über meine Beine und spreizte sie noch etwas weiter. Den Saum meines Kleides schob er nach oben, auf meine Hüften. Mein ganzer Körper erzitterte vor Lust. Ich genoss das Vorspiel so sehr, dass ich wünschte, es würde nie enden. Gleichzeitig hätte ich ihn am liebsten sofort in mir gespürt. Seine Zunge leckte über die Haut unter meinem Bauchnabel und arbeite sich weiter abwärts. Meine inneren Muskeln begannen zu zucken. Quälend langsam küsste er die Innenseiten meiner Schenkel. Eine Gänsehaut überzog meine Arme.

Als seine Zunge in mich glitt, fühlte es sich an, als hätte ich soeben das Paradies betreten. Ein tiefes sehnsuchtsvolles Stöhnen befreite sich aus meiner Kehle. Ich krallte meine Fingerkuppen in die Armlehnen des Sessels und wünschte, dieser Moment würde nie enden. Ich spürte, dass es nicht mehr lange dauerte, bis ich kommen würde. So sehr ich es auch liebte, auf diese Art befriedigt zu werden, brauchte ich so viel mehr als das. Ich musste ihn in seiner gesamten harten Männlichkeit in mir spüren.

Liam zog sich zurück, leckte sich genüsslich über die Lippen und sah dunkel zu mir auf. Ich erwiderte seinen Blick voller Verlangen. Nun war ich diejenige, die ihn auf die Beine zog. Zu seiner vollen Größe aufgerichtet stand er vor mir, mit hartem Glied zwischen meinen bereitwillig geöffneten Beinen. Ohne mich aus den Augen zu lassen, entledigte er sich seiner restlichen Kleidung. Allein die Art, wie er seine Krawatte löste und achtlos zu Boden warf, war wahnsinnig sexy.

»Ich kann es kaum erwarten, in dir zu sein.« Die Worte gaben mir bei-

nahe den Rest. Bevor ich ihn jedoch dort hatte, wo ich ihn am dringendsten brauchte, entfernte sich Liam kurz und kehrte wenige Sekunden später mit einem Kondom zurück.

Er rollte es über, ohne den Blick von meinem halb entblößten Körper abzuwenden. »Darf ich bitten?« Als hätte er alle Zeit der Welt und wäre nicht mindestens genauso ungeduldig wie ich, streckte er mir seine Hand entgegen und zog mich an sich. Im nächsten Moment standen wir uns so nah gegenüber, dass sein Glied an meinen Bauch stieß. Leonard packte mich an der Taille und drehte mich herum. Ich stützte ein Bein auf der Sitzfläche des Sessels ab, während er mein Kleid nach oben schob und über meine Pobacken streichelte. Ich war mehr als bereit, als er endlich tief in mich glitt. Einen Augenblick verharrte er und ließ mir Zeit, ihn in seiner vollen Größe aufzunehmen. Dann zog er sich gemächlich zurück und stieß ebenso langsam wieder zu. Ich spürte jeden Millimeter seiner Härte in mir pulsieren. Dies war der Himmel!

»Gut so?«, fragte er heiser.

Ich biss auf meine Unterlippe und nickte. Hinter mir hörte ich sein zufriedenes Lachen. Dann spürte ich, wie er näher an mich rückte und seine Hände um meine Taille legte. Liam ließ sich Zeit, bevor er das Tempo steigerte. Endlich! Ich kniff die Augen zusammen und seufzte. Das nahm er zum Anlass, um den Rhythmus abermals zu beschleunigen.

Ich liebte es, von hinten genommen zu werden. Wie sehr hatte ich dieses Gefühl, die Welle der Lust, vermisst! Als ich spürte, dass sich sein Höhepunkt näherte, zog er sich wieder zurück. Leichte Küsse bedeckten meinen Rücken. Ich drehte mich schwer atmend um.

Liam grinste teuflisch.

Nun nahm er auf dem Sessel Platz, die Beine leicht gespreizt. Er lehnte sich entspannt zurück und beobachtete jede meiner Regungen ganz genau. Ich kletterte auf ihn und ließ mich langsam herabsinken. In seinem Blick funkelte dunkle Gier, als ich ihn Stück für Stück in mich aufnahm. Kaum hatten sich unsere Körper wieder vereinigt, senkte er die Lider und atmete tief aus.

Gott, die Gelassenheit und Selbstverständlichkeit, mit der dieser Mann den Sex genoss, war unfassbar sexy. Als ich mich zu bewegen begann, öffnete er die Augen und betrachtete mich. Fasziniert sah ich zu, wie er bei jeder Bewegung den Mund leicht verzog und die Augenbrauen zusammen-

schob. Er versteckte seine Lust nicht, sondern ließ mich wissen, wie sehr ihm gefiel, was ich tat. Es gab nichts Erotischeres. Er strich die dünnen Träger meines Kleides über meine Schultern, bis der Stoff gänzlich auf meinen Hüften saß. Seine Zunge spielte mit meinen harten Brustwarzen, dann liebkoste sie meinen Hals. Währenddessen gruben sich seine Finger fest in meine Pobacken. Lange hielt ich es nicht mehr aus. Alles in mir schrie nach Erlösung, doch noch war es nicht soweit. Ich musste den Moment voll auskosten, jede Sekunde bis zum Maximum genießen.

Liam streichelte über meine Wange und zog meinen Mund auf seinen. Er küsste mich zuerst federleicht und dann, als wäre der Teufel hinter ihm her. Angestachelt durch das Spiel unserer Zungen, erhöhte ich das Tempo und ritt ihn fast bis an den Rand der Besinnungslosigkeit. Meine Oberschenkel zitterten unter der Anstrengung, aber das war es wert. Liam gab mir einen spielerischen Klaps auf den Hintern, bevor er meine Taille fest umfasste. Seine Finger würden Spuren auf meiner Haut hinterlassen, doch das war mir egal. Genüsslich ließ er den Kopf in den Nacken fallen, gleichzeitig spannte sich sein Prachtkörper unter mir an.

»Schneller«, keuchte er und ich befolgte seine Anweisung nur allzu gern, während seine Hände und sein Becken meinen Rhythmus unterstützten. In mir pulsierte und zuckte seine atemberaubende Härte. Ein letztes Mal erhob ich mich, bis er fast aus mir herausglitt.

Liam stieß einen gequälten Laut aus.

Das war mein Zeichen. Langsam und genussvoll ließ ich mich nieder, nahm ihn abermals in mich auf und verharrte kurz. Dann erhob ich mich blitzschnell und ließ mein Becken ebenso schnell wieder sinken. Leonard biss sich auf die Unterlippe, auf seinem Hals zeichneten sich rötliche Flecken ab. Mit dem nächsten Stoß spannte sich mein Körper an, ebenso wie Liams unter mir. Er kam mit einem tiefen Grollen, ich folgte ihm nur Sekunden später. Der Orgasmus übermannte mich mit der Wucht eines Orkans und war absolut göttlich.

Schwer atmend sackte ich auf seiner Brust zusammen. Starke Arme umfingen mich. Wir brauchten einige Augenblicke, um wieder zu Atem zu kommen. Dann vergrub er sein Gesicht an meinem Hals. Ich spürte sein Lächeln an meiner Halsbeuge. Als ich mich zurücklehnte und mir das Haar aus dem Gesicht strich, nutzte er den Moment, um mich zu küssen. Alle Gier war nun verflogen. Liams Kuss war verspielt, entspannt und sanft.

Die letzten Nachbeben des Orgasmus zuckten durch meinen Unterleib und ich ruhte vollkommen in mir selbst. Nichts und niemand vermochte es in diesem Moment, dieses wundervolle Hoch zu zerstören. Am liebsten hätte ich den Augenblick festgehalten. Doch leider wusste ich, dass er nicht ewig währen würde.

23. Kapitel

Als ich am Sonntag aufwache, gilt mein erster Blick dem Laptop, der neben mir im Bett liegt. Schlagartig bin ich hellwach, obwohl ich nach der Heimfahrt nur wenige Stunden geschlafen habe. Aufregung pulsiert durch meine Adern, während ich die Seite des Blogs öffne. Meine Fingerspitzen kribbeln, als lebten Tausende winzige Ameisen unter meiner Haut. *Tausendvierhundertfünfzig neue Kommentare* lese ich. Mein Herz macht einen Satz. Ein Gedanke formt sich in meinem Kopf, setzt sich hartnäckig dort fest und lässt mich nicht mehr los: Egal wie beschissen der Abend gestern gelaufen ist, da draußen gibt es Tausende Fans, die meinen Blog lieben und sich sehnlichst auf Nummer neunundneunzig gefreut haben. Sie haben eine gute Story verdient. Dennoch meldet sich die nervige kleine Stimme in meinem Kopf und zischt mir zu, dass es nicht richtig ist, zu lügen. *Es war eine Ausnahme*, rechtfertige ich mich vor mir selbst.

Ich wechsele von der Bearbeitungs- in die Leseansicht, um mir die eingegangenen Kommentare anzusehen, als es an meiner Zimmertür klopft.

»Robyn? Bist du wach?«, erklingt Zeldas gedämpfte Stimme.

»Komm rein!«

Mit einem Lächeln auf den Lippen hebe ich den Kopf, doch als ich sehe, wer da im Türrahmen steht, fällt es augenblicklich in sich zusammen. Heiße und kalte Schauer überlaufen abwechselnd meinen Rücken, während mein Herz einen Salto nach dem anderen schlägt. Im ersten Moment frage ich mich, ob ich noch schlafe und das hier bloß ein Traum ist, doch die Gänsehaut auf meinen Armen fühlt sich verdammt real an.

»Ethan?« Meine Stimme klingt unnatürlich hoch. Ich blinzele zweimal. Er steht immer noch da.

»Hallo Robyn«, antwortet er ernst.

»Ich lasse euch dann mal alleine.« Bevor ich irgendetwas erwidern kann, tritt Ethan in mein Zimmer und Zelda schließt die Tür hinter ihm.

Ich habe keine Ahnung, was das zu bedeuten hat, doch die Achterbahn in meinem Bauch nimmt gerade erst an Fahrt auf. Mit einer fahrigen Handbewegung streiche ich mir das Haar hinter die Ohren und wische unbeholfen unter meinen Augen herum, um etwaige Make-up-Reste von gestern zu entfernen. Ich trage nichts außer einem dünnen Top und Schlafshorts. Nicht gerade das präsentabelste Outfit für einen Sonntagmittag, doch Ethans Blick gibt mir zu verstehen, dass ihm gefällt, was er sieht. Also entspanne ich mich allmählich, schlage die Bettdecke zurück und stehe auf. Fast schon bedächtig tritt er auf mich zu. War mein Zimmer schon immer so klein oder ist es seine Präsenz, die den Raum bis auf den letzten Millimeter auszufüllen scheint?

»Was ... was machst du hier?« Tausend Szenarien wirbeln durch meinen Kopf. Zum Beispiel die absurde Vorstellung, dass er mich vielleicht vermisst haben könnte.

Ethan schenkt mir ein halbes Lächeln, das mich augenblicklich mit Wärme erfüllt. Auf meinen Armen tanzt ein leichtes Prickeln, als ich mir seine Umarmung zurück ins Gedächtnis rufe.

Er steht mir so dicht gegenüber, dass mich sein Geruch gefangen nimmt. Ein Hauch Minze gepaart mit Aftershave, die meine Welt durcheinanderwirbeln. Ich kann nicht mehr klar denken, bin nur noch dazu in der Lage, ihn verblüfft anzustarren. Außer dem kurzen Gruß hat er bisher noch kein Wort gesagt, doch er mustert mich mit einer Intensität, die mir durch und durch geht. Wieso haben seine tiefblauen Augen nur eine derart intensive Wirkung auf mich?

»Ich musste dich wiedersehen«, sagt er schließlich.

Ich ziehe scharf die Luft ein. Mir wird unfassbar heiß, während mein Herz beinahe davongaloppiert. »Warum?«

»Weil ich nicht aufhören kann, an dich zu denken. Und weil ich mit dir sprechen muss. Deshalb habe ich Zelda angerufen.

Ihre Kontaktdaten standen auf der Rechnung«, erklärt er und reibt sich mit der flachen Hand über seinen Nacken. Ethan deutet mein Schweigen als Aufforderung, weiterzusprechen. »Ich kann nicht zulassen, dass du einfach wieder aus meinem Leben verschwindest. Nicht nachdem ich so lange nach dir gesucht und dich jetzt endlich wiedergefunden habe.«

»Du hast nach mir gesucht?«, entgegne ich ungläubig.

Er tritt einen Schritt auf mich zu, was mich instinktiv zurückweichen lässt. Dieses Spiel wiederholen wir zweimal, bis ich die Wand im Rücken spüre. Als er mir so nahe ist, dass ich seinen Atem auf meinen Lippen spüre, gestehe ich mir ein, dass ich gar keinen Abstand zwischen uns bringen möchte.

»Nach dem Vorfall mit Bobby habe ich wochenlang Tag für Tag vor eurer Tür gestanden, aber deine Eltern und deine Schwester haben mich jedes Mal fortgeschickt. Sie wollten mir nicht sagen, wo du bist. Ich wollte mit dir sprechen – um jeden Preis. Du solltest erfahren, wie der Abend wirklich abgelaufen ist. Ich habe mir geschworen, nicht aufzuhören, nach dir zu suchen, bis du die ganze Wahrheit kennst. Doch auch Jahre später konnte ich keine Spur von dir finden. Ich habe nach dir gegoogelt, die sozialen Netzwerke durchforstet, meine alten Kontakte in Mayfield aktiviert – keine Chance. Du warst wie vom Erdboden verschluckt.«

Das wusste ich nicht. Facebook und Co. meide ich absichtlich, aus zweierlei Gründen. Erstens will ich nicht mit Leuten aus der Highschool konfrontiert werden und zweitens erscheint mir das Risiko, vielleicht doch von einem meiner One-Night-Stands als Samantha Bane erkannt zu werden, zu hoch. Von den bedeutsamen Ereignissen der wenigen Menschen, die eine wichtige Rolle in meinem Leben spielen, erfahre ich auch ohne das Internet. »Ich wollte nicht gefunden werden«, flüstere ich erstickt.

»Das verstehe ich.« Tiefes Mitgefühl liegt in seinen Augen, als er mir ein trauriges Lächeln schenkt. »Ich muss dir so viel sagen. Mich entschuldigen. Dir alles erklären.« Sein Brustkorb hebt und senkt sich mit jedem Atemzug schneller. »Du hast gesagt, dass du nicht über den Abend reden willst«, sagt Ethan. »Und ich habe versucht, das zu akzeptieren. Aber ich kann es nicht. Wenn es das ist, was zwischen uns steht, musst du wissen, was wirklich passiert ist.«

Ein Stich fährt in meine Brust. Dennoch nicke ich langsam, denn ein Teil von mir, der mit jeder Sekunde größer wird, ist bereit, die Wahrheit zu erfahren. Ich will wissen, was Ethan zu sagen hat.

Ein schmerzhaftes Flackern huscht durch seinen Blick. »Ich kann die Zeit nicht zurückdrehen, Robyn. Ich kann nicht mehr ändern, dass mir vor Bobby herausgerutscht ist, dass du am Abend zu mir nach Hause kommen würdest. Wenn ich es könnte, würde ich es sofort tun. Das musst du mir glauben.« Er schüttelt den Kopf, seinen Blick fest auf mein Gesicht gerichtet. Ethans Körper hält meinen gefangen, in seinen Augen finde ich nichts als Ehrlichkeit. Ich fühle seine Wärme auf meiner Haut. Sie weckt eine tiefe Sehnsucht, die es mir fast unmöglich macht, aufrecht stehen zu bleiben. Ich spüre, wie wichtig es für Ethan ist, mir endlich, nach so vielen Jahren, all das sagen zu können, was auf seiner Seele lastet. Er hatte nie die Chance dazu.

»Ich hatte mich so sehr auf diesen Abend gefreut. Auf dich. Als du vor meiner Tür standest, war ich so aufgeregt wie noch nie zuvor in meinem Leben. Ich habe mir gewünscht, dass unser erstes Date perfekt wird. Ich wollte unbedingt alles richtig machen.« Ethans rechter Mundwinkel zuckt leicht. In seinem Blick liegt so viel Zärtlichkeit, dass es mir unmöglich ist, ihm nicht zu glauben. Sein Geständnis raubt mir den Atem und bringt mein Herz zum Rasen.

»Du sahst toll aus. Ich konnte nicht aufhören, dich anzustarren. Und du hast so gut gerochen.« Er schließt die Augen, als könnte er den Geruch von damals dadurch heraufbeschwören. »Immer, wenn ich Vanille rieche, denke ich an dich. Selbst nach all den Jahren noch«, sagt er. »Als wir in meinem Zimmer waren, wollte ich dich tausend Sachen fragen. Ich wollte alles über dich wissen. Womit ich nicht gerechnet hatte, war die unbeschreibliche Anziehungskraft zwischen uns. Ich konnte mich nicht dagegen wehren und ich wollte es auch nicht. Ich musste dich einfach küssen.« Sein Blick fällt auf meinen Mund und verharrt dort so eisern, als könnte er sich auch jetzt nur schwer zurückhalten, um genau das nicht zu tun. Meine Lippen beginnen zu prickeln, denn sie sehnen seine herbei. »Und als ich einmal damit angefangen hatte, konnte ich nicht mehr aufhören.«

Nun muss auch ich lächeln. Unwillkürlich nähert sich mein Mund seinem. Unser Atem vermischt sich. Ich erinnere mich an jedes Detail, als wäre es erst gestern gewesen. Ethans Küsse waren die schönsten, die ich je schmecken durfte. Er war der erste Junge, der mir etwas bedeutet hat, er war meine erste Liebe. Ihm habe ich meinen ersten Kuss geschenkt. Durch ihn habe ich erfahren, was es bedeutet, sich schön, geborgen und frei zu fühlen. Auch wenn es nur ein kurzer, flüchtiger Moment war, hat er mein Leben geprägt.

»Ich glaube dir«, wispere ich dicht an seinem Mund. Wie sollte ich es auch nicht tun, nach allem, was ich gerade erfahren habe?

Ein kleines Lächeln breitet sich auf seinen Lippen aus, die unfassbar weich und einladend wirken.

»Mir ist erst später klargeworden, wie feige ich mich verhalten hatte. Doch da war es schon zu spät und du warst weg. Ich hätte Bobby die Kamera wegnehmen sollen oder ihn zumindest daran hindern müssen, diese ...« Er atmet scharf ein. »... Fotos zu verschicken. Notfalls hätte ich ihn mit Gewalt dazu bringen müssen, die Bilder rauszurücken. Aber ich habe bis zum Schluss nicht geglaubt, dass er das wirklich durchziehen würde. Er war mein Kumpel und wusste, dass ich Gefühle für dich hatte. Doch offenbar hatte ich mich in ihm getäuscht. Schlussendlich hat er mich genauso benutzt wie dich. Und ich habe es nicht mal bemerkt.«

»Ich mache dir keine Vorwürfe.« Meine Stimme ist kaum mehr als ein dünnes Flüstern. Die Erinnerung an die dunkelsten Stunden meines Lebens schmerzt unsäglich. Die Scham, die ohnmächtige Wut und die Demütigung brennen sich zurück in mein Herz. Instinktiv balle ich die Hände zu Fäusten und errichte eine imaginäre Schutzmauer, die mein verletztes Inneres vor weiterem Schmerz bewahren soll. Auch wenn ich bereits ahne, dass ihr Fundament diesem Gespräch nicht standhalten wird.

»*Ich* mache mir Vorwürfe«, sagt er rau. Sein Blick verdunkelt sich.

Vorsichtig strecke ich die Hand nach seinem Gesicht aus und streiche flüchtig über seine Wange. »Das musst du nicht. Es ist viel Zeit vergangen. Ich habe alles getan, um das Mädchen von damals hinter mir zu lassen. Ich habe mit Mayfield, der Highschool und meiner Vergangenheit abgeschlossen. Wenn ich könnte, würde ich sie ein für alle Mal aus meiner Erinnerung streichen.«

Ethan schüttelt den Kopf, während ich meine Hand zurückziehe. »Ich mochte das Mädchen von damals«. Seine Augen scheinen zu glühen, als er die nächsten Worte ausspricht. »Und die Frau, die du heute bist, mag ich auch.«

Verlegen senke ich den Blick. Ob er mein galoppierendes Herz hören kann? Ob er ahnt, dass es mir mit ihm nicht anders ergeht?

»Ich weiß, dass sich vieles geändert hat. Dein Leben ist weitergegangen, du hast dich weiterentwickelt, genauso wie ich. Wir sind keine Teenager mehr. Aber eines ist gleich geblieben.«

Wortlos verliere ich mich im Blau seiner Augen und sehne seine nächsten Worte herbei.

»Die Gefühle, die du in mir auslöst, wenn du in meiner Nähe bist.« Als er die Worte ausspricht, möchte ich nichts lieber tun, als meine Arme um seinen Nacken zu schlingen, ihn an mich zu ziehen und nie wieder loszulassen. Gleichzeitig flößt mir dieser Wunsch höllische Angst ein. Und diese Angst flüstert mir zu, dass ich gehen soll, so weit und so schnell wie möglich, um den Gefühlen, die Ethan in mir entfacht, zu entkommen. Ich habe keine Ahnung, wie ich die widerstreitenden Emotionen zuordnen soll, die in meinem Inneren toben. Ich möchte meiner Sehnsucht so gerne nachgeben, doch die Furcht ist stärker.

Mit ernster Miene mustert Ethan jede noch so kleine Regung in meinem Gesicht. »Du hast es auch gespürt, nicht wahr?«

Ich will »Ja«, sagen, doch das Wort bleibt in meiner Kehle stecken. Doch es zu leugnen, ist zwecklos. Seine Nähe hat jeden Widerstand in mir aufgebrochen. Die Schutzmauer, die mein Herz umgibt, wird von ersten Rissen durchzogen. Also halte ich seinem Blick stand und nicke leicht.

Als wäre das alles, was er wissen muss, stößt er einen angehaltenen Atemzug aus und zieht mich an sich. Mein Körper schmiegt sich an seine breite Brust, als wäre er dafür gemacht, dort zu verweilen. Ich schließe die Augen und lehne mich ihm entgegen. Ethans Herz pocht ebenso wild wie meines. In meinen Fingerspitzen wächst der Wunsch, ihn zu berühren. Ich will über seine Arme streichen, unter sein Shirt gleiten und jeden Zentimeter seiner Haut erkunden.

»Bis heute frage ich mich, was passiert wäre, wenn der Abend anders verlaufen wäre«, sagt Ethan, während er mich fest umschlungen hält. »Wie es gewesen wäre, dich jeden Tag sehen zu können und küssen zu dürfen.«

In diesem Moment bin ich mir sicher, dass mein Herz stehen bleibt. Was hätte ich dafür gegeben, das Mädchen an Ethans Seite sein zu dürfen. Seine Worte ziehen ihre Schleifen in meinem Kopf. Für einen kurzen Augenblick erlaube ich mir, mich in einer wundervollen Parallelwelt zu verlieren. Ich sehe es genau vor mir: *der große, schlaksige Junge mit den breiten Schultern und den schönsten Augen, die mich je angesehen haben. Er wartet vor dem Eingang der Schule auf mich. Als er mich sieht, breitet sich ein Lächeln auf seinem Gesicht aus. Er streckt seinen Arm aus und hält mir seine Hand entgegen. Ich lege meine hinein. Ein warmes Gefühl durchströmt meine Brust, als sich unsere Finger ineinander verflechten. Händchenhaltend betreten wir das Schulgebäude. Die ungläubigen Blicke der anderen folgen mir bei jedem Schritt. Sarahs Mund steht offen. Ihre Augen fallen beinahe aus ihrem Kopf. Ich drücke den Rücken durch, hebe das Kinn an und schwebe an ihr vorbei. Ethan drückt meine Hand, gibt mir zu verstehen, dass er da ist. Dass er immer da sein wird. Die Gespräche in den Fluren verstummen. Hinter unseren Rücken brandet leises Gemurmel auf. Doch anders als sonst verletzt es mich nicht – im Gegenteil. Es erfüllt mich mit Stärke und mit Stolz. Ich habe den wundervollsten Jungen der Welt an meiner Seite und nichts und niemand kann mir je wieder etwas anhaben.*

Als wir die Spinde erreichen, trennen sich unsere Wege – vorerst. Bevor ich mich auf den Weg zu meinem Kurs mache, kuschele ich mich in Ethans Arme. Seine Hände liegen groß und stark auf meinem Rücken. Dann beugt er sich zu mir hinab und küsst mich sanft zum Abschied.

Mein Herz macht einen Satz. Nicht nur in meiner perfekten Fantasiewelt, sondern genau hier und jetzt. Ethan schlingt die Arme um meine Mitte. Er beugt sich ein Stück zurück, um mich besser ansehen zu können. Mit der rechten Hand schiebt er mein Haar hinter das Ohr. Sein Mund ist meinem ganz nah, viel näher als zuvor. Seine Hände liegen an meinen Wangen, während sich seine Brust an meiner hebt und senkt. Einen Moment lang sieht er mich einfach nur an, dann küsst er mich mit einer Intensität, als hätte er zehn Jahre auf diesen Moment gewartet. Meine Augen schließen sich automatisch, die Kontrolle über meinen Körper habe ich verloren. Bereitwillig öffnen sich meine Lippen, um seiner Zunge Einlass zu gewähren. Und obwohl so viel Zeit vergangen ist und unzählige Küsse zwischen damals und heute liegen, erkennen sie Ethan wieder. Die Küsse keines anderen Mannes haben sich je so gut angefühlt. Ethans Hände begeben sich auf Wanderschaft. Sie streichen über meinen Nacken hinab und weiter über meine Wirbelsäule. Durch den dünnen Stoff meines Shirts spüre ich seine Finger so deutlich, als wäre ich nackt. Er hält mich so fest, als wollte er mich nie wieder gehen lassen. In diesem Moment, während des innigsten und tiefsten Kusses, den ich je erlebt habe, spüre ich sie ganz deutlich: diese ganz besondere Verbindung zwischen ihm und mir. Es ist unmöglich, ihre Existenz zu leugnen. Ich habe sie bereits letzte Woche gespürt und nun fühle ich sie um ein Tausendfaches verstärkt. Zehn Jahre Funkstille haben nicht ausgereicht, um die Kraft, die unsere Herzen verbindet, zu lösen.

Doch ich sage es ihm nicht.

Weil es mir Angst macht.

Riesige, alles verschlingende Angst, um genau zu sein. *Du weißt, was passiert, wenn du dich verliebst,* zischt die Stimme in meinem Kopf. Die Wärme und das Glücksgefühl weichen Zweifeln und Panik.

Dieser Kuss war ein Fehler.

Ein wunderschöner, trügerischer Fehler. Ich habe am eigenen Leib erfahren, was passiert, wenn man seinen Gefühlen nachgibt und sich einem anderen Menschen öffnet. Ich habe mit Jeffrey erlebt, was passiert, wenn ich mein Herz verschenke. Es geht nicht gut aus. Nicht für mich. Liebe ist nicht real. Sie führt zwangsläufig zu Verletzung und Schmerz. Es ist nur eine Frage der Zeit, bis auch Ethan mich verletzen und verlassen würde und diesen Gedanken ertrage ich nicht. Ich kann das nicht noch einmal durchmachen. Ein Beben durchläuft meinen Körper, als ich die Augen öffne und einen Schritt zurücktrete. Verwirrung steht in Ethans Blick geschrieben. Mein Magen dreht einen Looping und mir wird schlecht. Mein Puls rast.

»Robyn?« Ethan will die Lücke zwischen uns abermals schließen, doch ich hebe abwehrend die Hände.

»Ich ... ich kann das nicht.«

»Wenn du Zeit brauchst ...«

»Nein«, unterbreche ich ihn hastig. »Das ist es nicht.«

»Was ist es dann?«

Er darf mir nicht noch einmal so nahe kommen. Ich kann Ethan nicht in mein Leben lassen, es geht einfach nicht.

Fieberhaft suche ich nach einer Erklärung, um ihm begreiflich zu machen, wie falsch es war, mich zu küssen. »Ich ... ich bin nicht mehr die Robyn, die du zu kennen glaubst. Mein Leben ist heute ein völlig anderes.« Automatisch wandert mein Blick zu dem aufgeklappten Laptop auf meinem Bett. Ethan sieht ebenfalls hin. Als er das Logo von *One Hundred Lovers* erkennt, bildet sich eine Furche auf seiner Stirn.

»Hast du etwa Angst, ich könnte dich verurteilen, weil du so etwas liest?«, fragt er irritiert. Ein Stich fährt in meine Brust. Ihm ist der Blog also nicht fremd.

»Ich weiß nicht. Vielleicht.« Meine Stimme klingt jämmerlich. »Das ist noch nicht alles. Du hast keine Ahnung, wer ich wirklich bin«

»Dann lass es mich herausfinden.« Fest entschlossen legt Ethan die Hände zurück an meine Wangen. Doch ich ertrage seine Nähe nicht länger. Wir dürfen das nicht tun.

»Stell dir vor, ich wäre wie diese Samantha.« Mit zitternden Fingern deute ich auf meinen Laptop.

Er lacht rau auf. »Hör auf. Du bist keine armselige, sexsüchtige Irre, die sich durch halb Amerika schläft.«

Da ist er, der Ausweg, nach dem ich gesucht habe. Die Bestätigung, dass es mit ihm und mir niemals funktionieren würde. Selbst wenn ich es schaffen würde, meine Angst zu überwinden, würde mein Doppelleben zwischen uns stehen. Ohne es zu wissen, hat mir Ethan soeben offenbart, was er von mir denkt, und mir damit den Grund dafür geliefert, mich ein für alle Mal von ihm zu distanzieren.

Beschämt senke ich den Kopf. »Ethan, ich ... ich möchte, dass du jetzt gehst.«

Er sieht mich an, als hätte ich ihn geschlagen. Meine Bitte scheint ihn unvorbereitet getroffen zu haben. »Wovor hast du solche Angst?« Sein Blick wird weich, als er meine Wange streichelt. Meine Beine reagieren mit einem Zittern, das sich binnen Sekunden in meinem gesamten Körper ausbreitet. Wenn ich nicht schleunigst Abstand zwischen uns bringe, knicke ich wortwörtlich ein.

Armselig, sexsüchtig, Irre hallen seine Worte in meinen Ohren nach. Ihr Echo verleiht mir die Kraft, stark zu bleiben. »Ich bin nicht die Richtige für dich. Ich kann dir nicht geben, wonach du suchst.« Es tut weh, die Wahrheit auszusprechen. Nichts wünsche ich mir mehr, als die Frau an seiner Seite sein zu können. Aber das kann ich nicht. Er würde mich nicht mehr wollen, wenn er wüsste, wer ich wirklich bin: die Frau, die mit neunundneunzig fremden Männern Sex hatte, um ihr Selbstwertgefühl zu steigern. Eine armselige, sexsüchtige Irre. Seine Verachtung dem Blog gegenüber war unübersehbar. Mein Inneres schmerzt unsäglich bei der Vorstellung, er würde mir denselben Blick zuteilwerden lassen, wenn er es erführe.

Ethan sagt kein Wort, bewegt sich nicht einmal, doch die Enttäuschung steht im tiefen Blau seiner Augen geschrieben. Ich werde keine zweite Chance erhalten, das weiß ich. Wenn ich ihn jetzt fortschicke, dann wird er für immer aus meinem Leben verschwinden. Und das ist es doch, was ich will. Oder? Die Vorstellung erfüllt mich gleichermaßen mit Schmerz und Erleichterung. In mir bahnt sich erneut ein Zittern an. Von meiner Körpermitte ausgehend erobert es meine Gliedmaßen. Bevor es sich in Form von Tränen, die ich nicht länger aufzuhalten vermag, entlädt, deute ich mit abgewandtem Blick zur Tür. »Bitte geh jetzt.«

Als er seine Hände zurückzieht und nichts als Kälte auf meiner Haut hinterlässt, würde ich die Worte am liebsten zurücknehmen. Doch ich zwinge mich, es nicht zu tun. Ich kann nicht mit Ethan zusammen sein. Wir hatten nie eine Chance, damals nicht und heute auch nicht.

24. Kapitel

Seit Ethan gegangen ist, habe ich kaum einen Bissen runterbekommen und nichts von dem geschafft, was ich mir vorgenommen hatte. Die fehlenden Kapitel des Buches warten noch immer darauf, von mir geschrieben zu werden. Doch ich kann mich zu nichts aufraffen. Immer wieder gleiten meine Gedanken zurück zu Ethan und der Frage, ob ich wirklich das Richtige getan habe.

Die neue Arbeitswoche begrüßt mich mit stechenden Kopfschmerzen. Zelda ist nicht zu Hause, sondern seit Sonntagnachmittag bei Anthony, wie sie mir über eine Nachricht am Küchentisch mitteilte. Ich habe sie nicht mehr gesehen, seit sie mit Ethan vor meiner Tür stand. *Ethan.* Allein an seinen Namen zu denken, weckt eine tiefe, schmerzende Sehnsucht in meiner Brust. Ein müdes Lächeln schiebt sich auf meine Lippen. Es bringt nichts, Trübsal zu blasen. Die Arbeit wartet, und noch ist es mir nicht vergönnt, Mister Jones meine Kündigung zu überreichen. Also atme ich tief durch und mache mich am Montagmorgen auf den Weg zur Schule.

Von den Kollegen, die mir im Laufe des Vormittags begegnen, ernte ich weiterhin missbilligende Blicke. Kurz vor der Mittagspause habe ich bereits die dritte Aspirin eingeworfen und sie mit dem vierten Kaffee runtergespült. Es dauert noch zehn unendlich lange Minuten, bis mich die Klingel erlöst. Mister Jones telefoniert schon seit geraumer Zeit lautstark in seinem Büro. Hin und wieder dringt sein tiefes, bellendes Lachen an mein Ohr. Mit einem Blick auf meine To-do-Liste vergewissere ich mich, dass ich keine wichtigen Arbeiten mehr zu erledigen habe, öffne den Internetbrowser und tippe die URL des Blogs ein. Unter den ersten Sätzen befindet sich ein Link, der den kostenfreien Volltext auf der Seite der *Good Morning USA* anpreist. Doch mich interessieren die Kommentare, die auf beiden Internetseiten erscheinen und mich von meinen Grübeleien ablenken sollen. Seitdem ich den Post über Nummer neunundneunzig veröffentlicht habe, ist eine wahre Flut an Reaktionen über mich hereingebrochen. Noch nie hat ein Artikel die Zehntausend-Klickgrenze am ersten Tag gebrochen. Neugierig scrolle ich mich durch die Texte, die seit gestern eingetrudelt sind. Natürlich sind darunter auch die üblichen *Wie-kannst-du-nur-*, *Schämst-du-dich-nicht-* und *Ich-bete-für-dein-Seelenheil-*Kommentare zu finden, aber die meisten Leserinnen zeigen sich hellauf begeistert von meinem kleinen Abenteuer mit dem charmanten Briten. Ab und an meldet sich mein schlechtes Gewissen zu Wort, doch ich gebe mein Bestes, um es im Keim zu ersticken. Niemand wird die Wahrheit erfahren. Zufrieden scrolle ich mich weiter durch die Reaktionen – bis mir ein Text die Freude aus dem Gesicht wischt:

IKnowWhoUR, September 30th, 08:14 am:
Ich weiß, wer du bist. Und bald werden es alle wissen.

Für einen kurzen Moment scheint mein Herz in meine Kehle zu springen, um gleich darauf wieder abzustürzen.

Das ist ein schlechter Scherz.

Augenblicklich wird mir schlecht. Ich schließe die Augen, massiere meine Schläfen und warte darauf, dass die Übelkeit verschwindet. Doch als ich den Bildschirm wieder ansehe, ist sie immer noch da – ebenso wie der Kommentar. Meine Hände beginnen zu zittern. *Nur jemand, der sich wichtigmachen will,* versuche ich mich selbst zu beruhigen. *Nichts als Fake.*

In der Vergangenheit gab es schon einmal eine solche Ankündigung, die sich jedoch als falsch erwies. Irgendein gestörter Kerl beschuldigte seine Freundin, die ihn mit mehreren Männern betrogen hatte, hinter *One Hundred Lovers* zu stecken. Eine Klatschzeitschrift berichtete darüber, doch nachdem die Frau einen Anwalt einschaltete und das Gerücht widerlegte, mussten sie eine Richtigstellung veröffentlichen und der Kerl wurde angezeigt. Seitdem ist so etwas nicht noch einmal vorgekommen.

Bis jetzt.

Was, wenn es kein Witz ist? Was, wenn tatsächlich jemand meine geheime Identität aufdeckt? Das wäre eine Katastrophe. Der Gedanke schnürt alles in mir ab. Nur Zelda, Francis und Mister Harper wissen, dass ich mich hinter dem Pseudonym Samantha Bane verberge. Sie können nicht hinter dieser Ankündigung stecken, das ist schlichtweg unmöglich, sagt mir mein Verstand. Und doch lähmt mich die Ungewissheit. Eine Weile sitze ich wie paralysiert vor dem Bildschirm. Mein Körper fühlt sich taub an und mein Gehirn scheint nur noch in Zeitlupe zu arbeiten.

»Robyn? Hast du Lust auf einen Burger?« Jasmine Lorde, eine neue Lehrerin, die seit Schuljahresbeginn bei uns arbeitet und mit der ich mich gut verstehe, steckt ihren wilden Wuschelkopf zur Tür herein. Ihr breites Lächeln fällt in sich zusammen, als sie mich auf den Bildschirm starren sieht. Schnell schließe ich den Browser und springe von meinem Stuhl auf.

»Alles okay mit dir?«

In diesem Moment reißt Mister Jones seine Bürotür auf und betritt das Sekretariat. Er bedenkt Jasmine mit einem langen Blick, dann sieht er mich an. »Geht's Ihnen nicht gut?«

Mehr als ein Kopfschütteln bringe ich nicht zustande.

»Dann gehen Sie heim!« Sein Kopf ruckt in Richtung Tür, in der noch immer Jasmine steht. »Ich brauche Sie fit und gesund.«

»Ich ...«, krächze ich. Eigentlich will ich verneinen und ihm sagen, dass es schon irgendwie geht, aber meine Füße gehorchen mir nicht und setzen sich in Bewegung.

»Komm, ich bringe dich raus.« Jasmines warme Hand schiebt sich auf meinen Rücken.

Ich werfe ihr einen dankbaren Blick zu, dann drehe ich mich noch einmal zu unserem Boss um. »Nun gehen Sie schon«, knurrt dieser und wedelt mit der rechten Hand. »Sehen Sie zu, dass Sie morgen wieder auf dem Damm sind.«

Ich nicke reflexartig. Aus dem Augenwinkel nehme ich wahr,

wie er sich an der Kaffeemaschine zu schaffen macht, während mir Jasmine in die Jacke hilft.

Als wir den Haupteingang passieren, stelle ich überrascht fest, dass der Schulhof voller Kinder ist. Wann hat es denn geklingelt? Gegenüber vom Eingang lehnt Anthony am Zaun und sieht mich nachdenklich an. Als ich die Hand zum Gruß hebe, reagiert er nicht. Er starrt mich einfach nur an. Was ist denn los mit ihm? Ein kühler Schauer rieselt meinen Rücken hinab, als ich seinen Blick irritiert erwidere. Bilde ich es mir nur ein oder sieht er wütend aus?

»Soll ich dich fahren?«, fragt Jasmine sanft, doch ich schüttle vehement den Kopf.

»Es geht schon«, versichere ich ihr.

Auf dem gesamten Weg über den Parkplatz halte ich Blickkontakt zu Anthony. Sein Blick folgt mir unter dicht zusammengeschobenen Brauen. Ein beklemmendes Gefühl breitet sich in meiner Brust aus und erschwert mir das Atmen. Ist er etwa sauer auf mich oder werde ich langsam paranoid?

Ich verabschiede mich von Jasmine und steige in meinen Wagen. Die Fahrt nach Hause nehme ich wie durch einen Schleier wahr. Währenddessen versuche ich immer noch zu begreifen, was hier gerade passiert. *Deine Identität wurde aufgedeckt*, erinnert mich die Stimme in meinem Kopf. *Das ist bloß ein schlechter Scherz*, widerspricht sie sich kurz darauf selbst.

»Robyn? Was tust du denn hier?« Irgendwann in den letzten Sekunden muss Zelda die Tür geöffnet haben. Sie trägt noch ihren Pyjama. Ihre Augen sind gerötet, ebenso die Nase. Meine beste Freundin legt den Kopf schief und sieht mich ebenso entgeistert an, wie ich sie.

»Robyn?«, wiederholt sie unsicher.

»Ja?«, krächze ich. Das Wort ist kaum zu verstehen.

Zelda tritt einen Schritt zurück und mustert mich von oben bis unten. »Bist du krank?«

»Hast du geweint?«, stelle ich die Gegenfrage.

Sie streicht ihr Haar zurück und senkt den Kopf. »Komm rein.«

Auf wackeligen Beinen folge ich ihr in den Flur und weiter ins Wohnzimmer. Zelda lässt sich wie ein nasser Sack aufs Sofa fallen und sinkt dort in sich zusammen.

Ich dränge meine eigenen Sorgen zurück und nehme neben ihr Platz. »Ist alles okay mit dir und Anthony?«

Als ich seinen Namen ausspreche, hebt sie den Kopf. Also hatte ich recht mit meiner Vermutung, dass irgendetwas nicht stimmt. Auf meiner Stirn bilden sich Schweißperlen. Warum ist es auf einmal so unerträglich heiß in unserer Wohnung? Ich greife nach Zeldas Hand und drücke sie sanft. »Möchtest du mir sagen, was passiert ist?«

Sie stößt einen Laut aus, der halb Lachen, halb Weinen ist. »Er ist verheiratet.«

Mein Gehirn benötigt einige Sekunden, bevor es die Information verarbeitet hat. »Wie bitte?«

»Und er hat Kinder.«

»Was?« Ungläubig blicke ich sie an.

»Er hat's mir vorhin gesagt.« Schniefend reibt sie über ihre geschwollenen Augen. Die nächsten Tränen rinnen über ihre Wangen.

Ich ziehe Zelda in meine Arme und lasse sie weinen. Eine gefühlte Unendlichkeit halte ich meine beste Freundin ganz fest und höre zu, wie ihr Herz zerbricht.

»Die beiden haben sich vor zwei Jahren getrennt. Seine Frau ist mit den Kindern von San Diego nach Groves Hill gezogen. Eine Zeitlang hat er die Jungs nur an den Wochenenden und in den Ferien gesehen. Aber das reichte ihm nicht mehr. Er wollte es nochmal mit seiner Ex versuchen, deshalb ist er nach Silver Springs gezogen und hat die Stelle an deiner Schule angenommen. Er dachte, sie könnten wieder eine richtige Familie sein.« Sie muss sich immer wieder unterbrechen, weil heftiges Schluchzen ihren Körper erschüttert.

»Fuck.« Mehr fällt mir dazu nicht ein. Nie im Leben hätte ich damit gerechnet, dass Anthony Vater und zudem verheiratet ist.

»Du sagst es.« Mit einem humorlosen Lachen wischt sich Zelda die Tränen von den Wangen.

»Warum hat er dich dann gedatet? Das verstehe ich nicht.«

Ihre traurigen Augen sehen mich gequält an. »Er sagt, dass es nicht funktioniert hat. Angeblich haben seine Ex und er keine Chance mehr.«

Ich rücke ein Stück von ihr ab, um sie genauer ansehen zu können. »Aber das ist doch ein gutes Zeichen, Zel.«

Sie ringt sich zu einem halben Nicken durch. »Ja. Vielleicht. Ich weiß es nicht.«

»Ich glaube nicht, dass Anthony nur mit dir gespielt hat. So schätze ich ihn nicht ein.« Mittlerweile bilde ich mir ein, ihn ganz gut zu kennen – wenn man mal von der verheimlichten Familie im Nachbarort absieht. Aber so wie er über Zelda spricht, wie er sie ansieht und die Art, wie seine Augen leuchten, wenn sie in der Nähe ist – das hat etwas zu bedeuten.

»Das denke ich auch nicht«, gibt sie leise zu. »Aber ich weiß nicht, ob ich das kann. Eine Beziehung mit einem Mann führen, der Kinder hat und eine Exfrau. Das habe ich ihm vorhin gesagt, bevor ich Hals über Kopf aus seinem Apartment gestürmt bin.«

Das erklärt Anthonys verbissene Miene.

Zelda holt tief Luft. »Ich meine: wie soll das funktionieren?«

»Das musst du wohl selbst herausfinden.« Ich versuche mir Zelda dabei vorzustellen, wie sie für Anthonys Kinder kocht und mit ihnen spielt. Zugegebenermaßen ein skurriler Gedanke – im ersten Moment jedenfalls. Aber dann breitet sich ein Lächeln auf meinen Lippen aus. »Manchmal muss man seine Komfortzone verlassen und sich auf eine Situation einlassen, von der man nie gedacht hätte, dass sie funktionieren könnte. Wenn Anthony wirklich der Richtige ist, dann ist er alle Mühen wert.«

Zelda lacht leise auf. Ich werte das als Zustimmung. »Seit wann glaubst ausgerechnet du, dass es so etwas wie *den Richtigen* überhaupt gibt? Miss Ich-brauche-keinen-Kerl-in-meinem-Leben-der-länger-als-eine-Nacht-bleibt.«

»Ich rede ja auch von dir«, stelle ich klar. »Was du und Anthony hattet – was ihr *habt* – ist etwas ganz Besonderes. Ihr beide gehört zusammen.« Um meine Worte zu unterstreichen, ziehe ich den Halsausschnitt ihres Oversize-Shirts zur Seite und streiche über das Tattoo, das sie von ihrer Seelenverwandtschaft überzeugt hat.

»Er hat gesagt, dass es mit seiner Ex nicht mehr funktioniert und dass er sich in dich verliebt hat. Das ist doch ein Anfang.«

»Du hast recht«, stimmt sie mir zögerlich zu. Dann löst sie sich aus meinen Armen. In ihren Augen glaube ich einen winzigen Hoffnungsschimmer zu erkennen. »Ich will Anthony nicht verlieren.«

Ich zwinge mich zu einem aufmunternden Lächeln, das Zelda zaghaft erwidert. Dann wechselt sie plötzlich das Thema und reißt mich gewaltsam zurück auf den harten Boden der Realität.

»Warum bist du eigentlich schon zu Hause? Solltest du nicht erst in zwei Stunden Feierabend haben?« Mit schief gelegtem Kopf sieht sie mich an. »Hat dich Mister Jones heimgeschickt?«

Ich nicke halbherzig.

Ihr Blick durchbohrt mich wie ein Röntgengerät. »Was ist los?« Sie kennt mich einfach zu gut.

»Auf meinem Blog ... Jemand hat gepostet, dass er meine Identität kennt und sie öffentlich machen will.«

»Was? Wer?«

»Ich weiß es nicht. Der Kommentar wurde anonym verfasst.«

»Bestimmt bloß irgendein Spinner, der sich wichtigmachen will.«

»Und wenn nicht?«

Darauf weiß sie nichts zu sagen.

»Es gibt nicht viele Menschen, die wissen, dass ich die Seite betreibe ...«

»Mister Harper, ich und ... Francis? Das würde sie nicht tun.« Zelda scheint fest von der Loyalität meiner Schwester überzeugt zu sein, doch nach dem furchtbaren Reinfall am Samstag weiß ich nicht mehr, was ich denken soll.

»Da wäre ich mir nicht so sicher. Ich habe sie am Samstagabend ziemlich gekränkt.«

»Na und? Das ist doch kein Grund, um so etwas zu posten.

Geschwister zoffen sich nun mal. Das renkt sich schon wieder ein.« Nun ist sie diejenige, die mir Mut zuspricht.

»Ich weiß nicht.« In meiner Brust breitet sich ein beklemmendes Gefühl aus. »Ich habe sie seitdem nicht mehr erreicht.«

»Aber glaubst du wirklich, dass sie dich wegen eines Streits outen würde?«

Ich hebe die Schultern. »Keine Ahnung.« Bis vor wenigen Tagen hätte ich geschworen, dass das unmöglich ist. Aber jetzt?

»Ruf sie an!«

»Das bringt doch nichts. Sie will sicher nicht mit mir reden.«

Doch das lässt Zelda nicht gelten. Sie schnappt sich meine Tasche und wühlt mein neues Handy daraus hervor. Dann legt sie es in meine Hände. »Ruf sie an. Jetzt.«

Von meinem Startbildschirm leuchtet mir das Foto von uns beiden entgegen, das ich bereits auf meinem kaputten Handy gespeichert hatte. Meine Finger fühlen sich an, als wären sie eingeschlafen. Die Angst, von meiner eigenen Schwester verraten worden zu sein, frisst sich durch meine Eingeweide. Zelda sieht sich noch eine Weile mit an, wie ich mit mir selbst ringe, dann entreißt sie mir das Handy und wählt selbst die Nummer meiner Schwester. Es klingelt so oft, bis die Verbindung einfach unterbrochen wird.« Zelda stößt ein »*Pff*«, aus und wählt erneut ihre Nummer. Diesmal klingelt es gar nicht erst.

»Sie hat mich weggedrückt«, sage ich matt.

»Ich versuche es nochmal.«

Doch ich lege die Hand über ihre und drücke sie nach unten. »Das bringt doch nichts. Sie will nicht mit mir sprechen.«

»Und jetzt?«

Gute Frage. Was soll ich tun? Meine Schwester mit Telefonterror belegen? Hoffen, dass dieser Kommentar nichts als heiße Luft ist?

Zelda stößt ein frustriertes Knurren aus. »Du kannst doch nicht einfach rumsitzen und darauf warten, was passiert.«

»Was bleibt mir anderes übrig?«

Sie sieht mich lange an. Wir beide kennen die Antwort: nichts. Mir bleibt nichts anderes übrig.

25. Kapitel

Nachdem ich am Abend noch lange mit Zelda über Anthony, Ethan, Francis und den wahren Ablauf meiner Nacht mit Nummer neunundneunzig gesprochen habe, fühle ich mich ein kleines Bisschen besser. Es tut gut, jemanden zu haben, mit dem ich meine intimsten Gedanken und Gefühle teilen kann. Zelda kennt mich so gut wie kaum jemand anders auf der Welt. Sie hat versucht, mich zu beruhigen und davon zu überzeugen, dass die Ankündigung auf dem Blog nichts zu bedeuten hat und ich mir keine Sorgen machen muss. Trotzdem liege ich die halbe Nacht wach, bevor ich gegen vier Uhr endlich einschlafe. Doch von erholsamer Ruhe kann keine Rede sein. Unruhig wälze ich mich hin und her, bis mich nur zwei Stunden später das Klingeln meines Handys aufschrecken lässt.

Mit halb geschlossenen Augen gehe ich ran. »Ja?« Meine Stimme klingt, als hätte ich Sandpapier gegessen.

»Haben Sie heute schon ins Internet geschaut?«

Im ersten Moment kann ich die aufgebrachte männliche Stimme nicht zuordnen. Ich zwinge meine Augen auf und sehe auf das Display, auf dem Mister Harpers Kontakt angezeigt wird.

»Es ist sechs Uhr morgens«, stöhne ich. »Ich schlafe noch.«

»Schön für Sie. Ich nicht. Und auch sonst keiner in meiner Redaktion.«

Umständlich setze ich mich auf. Mein Kopf dröhnt, doch meine Gedanken sind auf einmal völlig klar. »Was ist passiert?«

»Unser Deal ist geplatzt! Das ist passiert!« Im Hintergrund kann ich hektisches Stimmgewirr ausmachen, unter das sich das Klingeln mehrerer Telefone mischt.

»Wie meinen Sie das?« Meine Stimme zittert.

Mister Harper brüllt eine Anweisung in das Großraumbüro, in dem er sich offenbar gerade befindet. Ich hätte nicht gedacht, dass dieser Mann so wütend werden kann. Er nimmt einen tiefen Atemzug, dann endlich rückt er mit der Sprache raus. »Sehen Sie es sich selbst an. *VIP-Watch*, *Radar-Online*, *Celebrity Secrets*«, zählt er die drei größten Klatschseiten Amerikas auf. »Völlig egal. Das gesamte Web ist voll davon. Ich rufe nur an, um Ihnen mitzuteilen, dass unsere Zusammenarbeit hiermit beendet ist.«

Was?

»Ich dachte, ich hätte mich klar ausgedrückt, was passiert, wenn wir an Ihrer Vertrauenswürdigkeit zweifeln müssen. Scheinbar habe ich mich in Ihnen getäuscht, Miss Ward. Wir müssen uns auf Paragraph dreiundzwanzig berufen. Sie werden sicher verstehen, dass ich angesichts der neuesten Entwicklungen keine andere Wahl habe.«

Ich habe keinen Schimmer, was das zu bedeuten hat. Während ich noch immer versuche zu verstehen, was hier gerade passiert, wird meine Zimmertür langsam aufgeschoben. Im Lichtkegel der Flurbeleuchtung kann ich Zeldas blasses Gesicht erkennen. Sie trägt ihren Pyjama, in der Hand hält sie ihr iPad.

»Aber ...«, bringe ich endlich heraus, als ich meine Sprache wiedergefunden habe.

»Unser Anwalt wird sich bei Ihnen melden.« Damit legt er auf.

Fassungslos starre ich auf das Handydisplay. Die Anrufansicht schließt sich zwei Sekunden, nachdem das Gespräch beendet wurde, danach leuchtet der Sperrbildschirm auf. 7546 neue Kommentare in der Blog-App werden mir angezeigt. *What the fuck*? Außerdem hat Mister Jones mitten in der Nacht versucht, mich zu erreichen. Ich lasse die Hand, die mein Smartphone hält, aufs Bett sinken. Bittere Galle steigt in meiner Speiseröhre empor. Ich habe keine Ahnung, warum Mister Harper derart ausgerastet ist, doch ich ahne, dass es mit dem Kommentar zusammenhängen muss, der damit gedroht hat, meine Identität offenzulegen.

»Robyn«, sagt Zelda leise. »Das solltest du dir ansehen.« Behutsam schiebt sie ihre übergroßen Einhornplüschhausschuhe über den Boden und setzt sich zu mir aufs Bett. Zögerlich hält sie mir das iPad hin. Obwohl ich mir bereits das Schlimmste ausmale, begreife ich es erst, als ich die Schlagzeile in fetten schwarzen Lettern auf der Startseite eines Klatschportals vor mir sehe:

Enthüllt: Ungeliebte Schwester von U.S.-Serienstar Francis Ward führt Skandalblog One Hundred Lovers

Darunter befinden sich zwei Fotos. Eines von Francis, das auf der Gala zur Verleihung des *Golden Feather Award* aufgenommen wurde, und mein Bewerbungsfoto, das ich damals an die Schule geschickt habe. Wo zum Teufel haben die das her? Mit eisigen Fingern umklammere ich das Tablet.

»Dann war es doch kein schlechter Scherz«, stellt Zelda leise fest.

Es ist mir unmöglich, sie anzusehen. Die Buchstaben auf dem Display verschwimmen. Mein Herz hämmert so stark, als wollte es sich aus meinem Brustkorb befreien. Es ist tatsächlich wahr. Meine Identität wurde aufgedeckt. Nun weiß jeder, dass ich hinter dem Blog stecke. Mein Leben wird nie wieder dasselbe sein. Ich kann mir noch nicht einmal annähernd vorstellen, was das bedeutet.

»Lies vor«, bitte ich Zelda mit zitternder Stimme. Ich selbst bin nicht dazu in der Lage. Der Albtraum, der mich gefangen hält, macht es mir unmöglich, mich aufs Lesen zu konzentrieren.

Zelda sieht mich unsicher an, dann umklammert sie das Tablet und liest.

Wer ist die Frau, die angeblich mit neunundneunzig Männern geschlafen und online darüber berichtet hat? Diese Frage stellten sich in den letzten Jahren zahlreiche Fans des Internetphänomens One Hundred Lovers. *Mittlerweile werden Samantha Banes verruchte Texte in einer der größten*

Tageszeitungen Amerikas abgedruckt. Doch wer hinter dem Pseudonym steckt, blieb lange ein streng gehütetes Geheimnis. Bis jetzt.

One-Night-Stand Nummer neunundneunzig selbst war es, der den Kontakt zu unserer Redaktion herstellte und das bestgehütete Secret im Netz lüftete. Und siehe da: Niemand Geringeres als die drei Jahre ältere Schwester von US-Serienstar Francis Meghan Ward steckt hinter den heißen Sexstorys, die ganz Amerika in Atem halten.

Bis heute wusste niemand vom Doppelleben der siebenundzwanzigjährigen Robyn Ward. Unserer Redaktion ist es gelungen, exklusive Infos über die Bloggerin zu sammeln, die die Nation spaltet.

Robyn Samantha Ward stammt aus Mayfield, Arizona, und lebt seit einigen Jahren in Silver Springs, Kalifornien, wo sie einer Tätigkeit als Sekretärin an einer Grundschule nachgeht. Zuvor studierte sie Pädagogik in Los Angeles, brach das Studium jedoch ab.

Als wir den Rektor ihrer Schule, Mister Edward Jones, mit dem Hobby seiner Sekretärin konfrontierten, zeigte sich dieser nicht überrascht: »Ich wusste schon immer, dass mit Miss Ward etwas nicht stimmt. Ihr Privatleben hielt sie streng unter Verschluss, kleidete sich jedoch auffallend freizügig. Sie hatte Spaß daran, den männlichen Kollegen den Kopf zu verdrehen, und auch ich musste mich mehr als einmal gegen ihre Avancen zur Wehr setzen. Als wir vor einigen Monaten einen neuen Kollegen einstellten, wurden schnell Gerüchte laut, dass Miss Ward und er eine Affäre hätten. Trotzdem hätte ich niemals damit gerechnet, dass hinter meiner Sekretärin eine krankhaft sexsüchtige Frau steckt!«

Ward selbst bestätigt in ihrer Kolumne über Beischlafpartner Nummer zweiundsiebzig die Aussagen des Rektors. In besagtem Artikel beschreibt sie detailliert, wie sie versucht, ihre Begierde dem neuen Arbeitskollegen gegenüber zu unterdrücken – und daran scheitert. Wie fast alle ihre sexuellen Abenteuer entpuppt sich der neue Kollege als heißblütiger Lover, der nur darauf gewartet hat, von ihr verführt zu werden. Kommt ihnen das bekannt vor? Immerhin scheint die junge Frau ausschließlich beneidenswerten, geradezu fantastischen Sex zu haben. Doch wie realistisch ist das?

Auch im kürzlich veröffentlichten Blogbeitrag, Nummer neunundneunzig, ist die Rede von solch einer erfüllten Nacht. Hemmungslos, genussvoll, befreiend und absolut göttlich sind nur einige der blumigen Umschreibungen, die sie ihren Lesern liefert.

»Nichts als Lügen!«, enthüllt Nummer neunundneunzig nun exklusiv und berichtet, wie das Zusammentreffen wirklich ablief: »Ich traf die junge Frau zufällig auf der Straße, als sie gedankenverloren auf ihrem Handy herumtippte und mit mir zusammenstieß. Sie stellte sich mir unter dem Namen Samantha vor, flirtete ungeniert und machte kein Geheimnis aus ihren Absichten. Ich fand sie sexy, also fuhren wir zu mir. Im Auto hielt sie meine Hand und suchte meine Nähe. Ich freute mich auf eine heiße Nacht. Doch kaum hatten wir mein Apartment erreicht, spielte sie plötzlich die Unnahbare. Jede Berührung schien ihr zu viel zu sein. Küssen war tabu. Ich bot ihr einen Drink an, damit sie sich etwas entspannen konnte. Sie kippte das hochprozentige Zeug runter, als wäre es Wasser, und orderte sofort das nächste Glas. Zwar wurde Samantha – oder soll ich sie lieber Robyn nennen? – danach lockerer, doch der Abend verlief ganz anders, als ich erhofft hatte. Sie ging auf Abstand und ließ nur widerwillig zu, dass ich sie anfasste. Ihre Spielchen wurden mir irgendwann zu blöd. Meine Lust war gekillt. Also ließ ich sie allein und ging duschen, während sie still und heimlich aus meiner Wohnung verschwand. Als ich zurückkam, war ich erleichtert, dass sie weg war.«

Durch Zufall entdeckte Nummer neunundneunzig am Sonntag Banes Post über die angeblich bombastische Nacht mit Nummer neunundneunzig auf ihrem Blog.

»Ich war mit meiner Schwester zum Mittagessen verabredet, aber sie hatte nur Augen für ihr Handy. Als ich sie fragte, was sie sich da ansieht, zeigte sie mir den Artikel. Ich traute meinen Augen kaum, als ich davon las, wie diese Frau den Mann auf dem Parkplatz kennenlernte. Zwar waren die Ereignisse völlig verdreht und die Gespräche frei erfunden, aber als ich weiterlas, erkannte ich meine Wohnung wieder. Ich war angewidert von ihren Lügen und der Tatsache, dass diese offenbar kranke Frau die Männer wie Vieh durchnummeriert. Alles, was dort stand, war falsch. Ich hatte definitiv nicht mit der Frau, die sich Samantha Bane nennt, geschlafen. Die Wahrheit könnte nicht weiter von diesem Geschmiere entfernt sein.«

Neunundneunzig erinnerte sich daran, dass seinem Date am Vorabend der Führerschein aus der Handtasche gefallen war. »Ich konnte einen Blick darauf erhaschen und erkannte, dass sie sich unter falschem Namen vorgestellt hatte. Mir war's egal. Das tun Frauen wohl öfter, wenn sie auf der

Suche nach einem One-Night-Stand sind. Doch nachdem ich erfahren hatte, dass ich ausgerechnet Amerikas berühmteste Bloggerin getroffen hatte, wurde ich neugierig. Also googelte ich Robyn Ward und stieß dabei auf das Foto von Francis Ward bei der Preisverleihung. Ich recherchierte ein wenig und fand heraus, dass Robyn die Schwester der bekannten Schauspielerin ist.«

Gemeint ist der Golden Feather Award, *den US-Serienstar Francis Ward vor einigen Wochen für ihr soziales Engagement erhielt.*

Wurde die wahre Identität der Skandalbloggerin etwa geheim gehalten, um das Sauberfrau-Image der Schauspielerin nicht zu gefährden? Immerhin dürfte diese nicht besonders erfreut über das Outing ihrer offenbar sexsüchtigen Schwester sein.

One Hundred Lovers *zählt zu den beliebtesten Websites Amerikas. Kaum eine andere Bloggerin sorgt momentan für so viel Gesprächsstoff. Während die eine Hälfte die junge Frau und ihre sexuellen Erlebnisse verteufelt, wird sie von den hartgesottenen, zumeist weiblichen Leserinnen gefeiert wie ein Popstar. Doch was werden die Fans jetzt sagen, nachdem sie erfahren haben, dass Samantha alias Robyn eine Lügnerin ist, die ihre scheinbar perfekten Abenteuer nur erfindet, um mit ihren Veröffentlichungen in der* Good Morning USA *Geld zu machen?*

Ist die horrende Anzahl der Männer, mit denen sie geschlafen haben will, vielleicht auch bloß aus der Luft gegriffen? Davon ist jedenfalls auszugehen. Immerhin steht sie seit der Zusammenarbeit mit Harper Media U.S. *unter enormem Druck. War doch vor kurzem noch die Rede von der Veröffentlichung einer exklusiven Biographie durch den hauseigenen Verlag des Medienunternehmens, in dem die Zeitung erscheint. Doch wer sollte dieses Buch jetzt noch lesen wollen? Wer fantastische Lektüre sucht, ist in der Fantasyabteilung der örtlichen Stadtbibliothek besser aufgehoben.*

Ebenfalls unklar ist, welche Folgen das unfreiwillige Outing der Schulsekretärin für den Ruf ihrer Schwester hat. Nicht zu vergessen die Auswirkungen auf ihren Job und Reaktionen ihres privaten Umfelds: Familie, Freunde, Nachbarn und Arbeitskollegen. Egal, wie es mit den berühmten Ward-Schwestern weitergeht – wir werden darüber berichten!

Zeldas Stimme wird immer leiser. Die letzten Worte flüstert sie fast. Ich sitze wie angewurzelt neben ihr. Mein Kopf fühlt sich an, als hätte ihn jemand in Watte gepackt. Kein einziger klarer Gedanke will sich formen lassen. Nicht genug damit, dass meine Identität offenbart wurde, jetzt wissen alle, dass an dem Abend gar kein Sex stattgefunden hat und ich eine Lügnerin bin. Falls ich dachte, dass die Lästereien in der Schule im Zusammenhang mit Anthony schon schlimm waren, will ich mir gar nicht vorstellen, welchen Schikanen ich ab sofort ausgesetzt sein werde. Alle wissen es. Ich werde keinen Schritt mehr machen können, ohne angestarrt zu werden. Die Leute werden über mich reden, sie werden mich verurteilen und für krank halten. Es wird genau wie damals sein. *Die Hölle.*

Das Ticken der Wanduhr hallt unnatürlich laut in meinen Ohren wider. Dreiundfünfzig Sekunden zähle ich, dann endlich hebt Zelda den Kopf. Ihr Gesicht ist ausdruckslos, als sie das iPad neben sich aufs Bett legt. »Der Typ ist echt das Allerletzte. Deine Leserinnen werden merken, dass er sich bloß wichtigmachen will. Sie wissen, dass er derjenige ist, der lügt.«

Wenn es nur das wäre. Meine Augen brennen. Endlich schaffe ich es, meine Lippen zu teilen. »Er sagt die Wahrheit.«

Zeldas Augen weiten sich, doch sie schweigt. Ihre Hand legt sich mitfühlend auf meine, während sich immer weitere Szenarien in meinem Kopf zusammenbrauen: Mister Jones' missbilligende Blicke, wenn ich meine Sachen in der Schule abhole. Dass ich gefeuert bin, nachdem der Artikel erschienen ist, steht außer Frage. Wer würde sein Kind schon in eine Schule schicken wollen, in der die Sekretärin für solche Schlagzeilen sorgt? Mein Herz wird schwer. Was werden meine eigenen Eltern dazu sagen? Der Gedanke an ihre enttäuschten Gesichter und das Unverständnis in ihren Augen gibt mir beinahe den Rest. Sie sind die letzten Menschen auf der Welt, die ich enttäuschen wollte. Genau das getan zu haben, zerreißt mich innerlich. Mein Kopf sinkt auf meine Knie, ich umklammere ihn mit meinen Händen. Zwischen meinen Füßen fallen die ersten Tränen zu Boden. Mein gesamter Körper zittert.

Das hätte nie passieren dürfen.

Was soll ich jetzt bloß tun? Wie soll ich aus diesem Schlamassel jemals wieder herausfinden?

Als ich das Gefühl habe, dass mich meine Beine wieder tragen können, versuche ich aufzustehen. Doch dann kippt das Zimmer vor meinen Augen und ich falle. Plötzlich sind da Zeldas Hände, die mich halten. Unbeholfen tätschelt sie meinen Arm.

In diesem Moment klingelt mein Handy. Mister Jones ruft an.

Er wird der Erste sein, der mir seine Abscheu ins Gesicht schleudern wird. Der Erste in einer endlosen Folge von Menschen, die glauben, sie besäßen das Recht dazu, über mich zu urteilen. Es ist genau wie damals, als die Fotos durch ganz Mayfield gegangen sind. Noch einmal ertrage ich das alles nicht.

Mir wird schwarz vor Augen.

»Wo willst du hin?«

Ohne dass ich mich daran erinnern kann, aufgestanden zu sein, stehe ich plötzlich im Flur. Ich halte den Autoschlüssel in der einen und meine Handtasche in der anderen Hand. Wie in Trance lege ich den Weg zu meinem Wagen zurück. Schritte nähern sich. Zelda ruft meinen Namen. Verwirrt blicke ich auf das Lenkrad vor mir. Dann erinnere ich mich daran, dass ich den Schlüssel ins Zündschloss stecken muss. Beim ersten Versuch würge ich den Motor ab. Meine Füße schmerzen. Wieso trage ich keine Schuhe? *Egal.*

Ich habe keine Zeit, mir über solche Dinge Gedanken zu machen. Zelda hämmert gegen die Fahrertür, ich aktiviere die Zentralverriegelung.

Weg.

Ich muss weg von hier und von allem, was mich zerstört.

Also fahre ich. Viel zu schnell, mit tränenverschleiertem Blick, hämmerndem Herzen und bebenden Schultern. Ich weiß nicht wohin. Es spielt auch keine Rolle. Hauptsache fort.

26. Kapitel

Ich werde erst langsamer, als die Tankanzeige gefährlich rot zu leuchten beginnt. Ich bin seit über sieben Stunden unterwegs. Als ich mir dessen bewusst werde, spüre ich das Brennen meiner Augen. Mein Rücken meldet sich mit einem fiesen, durchdringenden Schmerz.

Verwirrt blicke ich mich um. Ich habe keine Ahnung, wo ich bin, geschweige denn, wohin ich eigentlich wollte. Mir kommt es so vor, als wäre der gesamte Vormittag in einem Nebelschleier an mir vorübergezogen. Ich kann mich nicht mal mehr an Details der Fahrt erinnern. In den letzten Stunden habe ich nur funktioniert. Bremse betätigen, Gas geben, Blinker setzen. Ich bin einfach gefahren, ohne Pause, ohne Ziel. Und nun bin ich hier, auf irgendeiner gottverlassenen Straße mit fast leerem Tank. Falls ich gehofft hatte, dass mich die Fahrt ablenken und es mir danach bessergehen würde, habe ich mich getäuscht. Der bittere Schmerz der Erkenntnis sitzt noch immer tief. Nichts wird mehr so sein wie zuvor.

Aus meiner Tasche ertönt das Klingeln meines Handys. Es ist mir egal. Im Moment habe ich nur ein Ziel vor Augen: die nächste Tankstelle. Doch es dauert noch über eine halbe Stunde, bis der ersehnte Hinweis am Straßenrand auftaucht. Erleichtert steuere ich darauf zu. Ein verlassenes Gebäude, das seine besten Zeiten hinter sich gelassen hat, taucht zu meiner Rechten auf. Ein uralter Mann mit grauem Schnauzbart sitzt in einem kleinen Kabuff und wartet zeitunglesend auf Kundschaft.

Als ich geparkt habe und aussteige, bemerke ich, dass ich noch immer meinen Pyjama trage und keine Schuhe anhabe. Wie ich barfuß mehrere Stunden fahren konnte, ohne dass mich meine Füße umgebracht haben, ist mir ein Rätsel.

Der Alte kommt heraus, mustert mich eingehend und streckt

die Hand aus. Ich halte ihm zwanzig Dollar entgegen und sehe dabei zu, wie er meinen Wagen betankt. Als er fertig ist, versuche ich mich an einem gewinnenden Lächeln, doch ich fürchte, es sieht genauso kläglich aus, wie es sich anfühlt. Mit einem kurzen Gruß verschwindet er zurück in sein Tankhäuschen und verschanzt sich wieder hinter der Zeitung.

Spitze Steine pieken in meine Fußsohlen. Da fällt mir ein, dass noch ein Paar alte Sneaker im Kofferraum liegt. Zwar bleibt mir nichts anderes übrig, als sie ohne Strümpfe überzuziehen, aber das ist allemal besser, als weiterhin barfuß unterwegs zu sein. Außerdem finde ich noch eine dünne Regenjacke, die ich über mein schlabberiges Schlafshirt ziehe. Wenigstens sehe ich jetzt weniger wie eine Verrückte aus. Mein Haar kämme ich mit den Fingern durch und vergewissere mich mit einem Blick in den Rückspiegel, dass sich keine unschönen Mascararänder unter meinen Augen befinden.

Wieder klingelt mein Handy. Diesmal nehme ich es aus der Tasche. Mister Harpers Name leuchtet auf dem Display auf.

»*Unser Deal ist geplatzt!*«, hallen seine Worte in meinen Ohren nach.

Ich warte ab, bis er aufgibt, dann überfliege ich die Mitteilungen auf meinem Sperrbildschirm. Eine ellenlange Liste an Nachrichten und verpassten Anrufen wird angezeigt. Zelda, Mister Jones, Jasmine aus der Schule, und nochmal Mister Harper sind darunter. Auch einige unbekannte Nummern und anonyme Anrufer kann ich ausmachen. Jedoch kein Lebenszeichen von Francis. Dafür haben meine Eltern mehrmals versucht, mich zu erreichen. Der Gedanke an sie und das bevorstehende Gespräch, dem ich nicht ewig aus dem Weg gehen kann, verursacht ein unangenehmes Ziehen in meiner Magengegend. Kurz bevor es sich verdunkelt, leuchtet das Display noch einmal auf. Diesmal meldet sich die Blog-App und zeigt hunderte neuer Kommentare an. Meine Handflächen werden feucht. Ich wische sie an meiner Hose ab, bevor ich die App öffne. Es ist wie ein Zwang, obwohl ich weiß, dass ich das besser lassen sollte. Was ich lese, jagt eine Gänsehaut über meine Arme.

Du elende Lügnerin! Jahrelang habe ich deinen Blog verfolgt und nun erfahre ich, dass alles erstunken und erlogen ist? Wie armselig muss man sein, um Sexgeschichten zu erfinden, damit man sie zu Geld machen kann?
Du solltest dich schämen!

Fantasiegeschichten einer psychisch Kranken. Vielen Dank für nichts.

Einhundert Männer, dass ich nicht lache! So wie du aussiehst, hast du nicht mal zehn davon ins Bett gekriegt.

Und das sind noch die harmlosesten. Unzählige Hasskommentare reihen sich aneinander. Fassungslos schüttele ich den Kopf. Warum schreiben die Leute so etwas? Denken Sie denn gar nicht nach? Wissen sie nicht, welche Macht Worte haben? Dass sie einen Menschen zerstören können?

Mir wird schlecht. Mein Magen gurgelt so laut, dass der Tankwart das Geräusch bis in sein Häuschen hören muss. Dann entdecke ich plötzlich einen Kommentar von einer Lehrerin aus der Schule, die den Text unter ihrem Klarnamen verfasst hat.

Ich wusste ja, dass Robyn Ward komisch ist, aber damit habe ich nicht gerechnet. Wir können von Glück reden, dass sie nicht auch noch unsere Ehemänner belästigt hat. Wenn sie schon vor dem Rektor, unserem Boss, keinen Halt macht ...

Ich schnappe nach Luft. Sie glaubt doch wohl nicht allen Ernstes den Mist, den Jones von sich gegeben hat? Ausgerechnet Mister Jones! Das ist lächerlich.

Direkt unter diesem Kommentar meldet sich ebenfalls ein bekannter Name, diesmal aus meiner Heimatstadt Mayfield, zu Wort:

Die ganze Familie Ward steht unter Schock, denn sie hat nichts davon gewusst. Vor dem Elternhaus tummeln sich die Reporter. Die Mutter steht völlig neben sich. Und die Töchter? Interessieren sich einen Dreck für sie!

*Die eine macht Karriere in Hollywood und die andere f*ckt sich durch halb Kalifornien. Die arme Frau.*

Bitte nicht. Ich muss mit meinen Eltern sprechen, muss wissen, ob es ihnen gut geht. Also wähle ich Moms Nummer, doch ihr Handy ist ausgeschaltet. Das Festnetztelefon gibt nur ein Besetztzeichen von sich. Hoffentlich werden sie meinetwegen nicht auch noch mit Telefonterror belegt. Dann erinnere ich mich daran, dass sich Dad vor Kurzem sein erstes Handy gekauft hat und versuche es auf seiner Nummer. Es klingelt. Zwei Mal, drei Mal. Beim vierten Mal geht er ran.

»Robyn? Bist du es?«

»Ja, Dad«, antworte ich erleichtert. »Was ist bei euch los? Warum geht Mom nicht an ihr Telefon? Ist alles okay?«

Einen Moment lang druckst er herum, dann atmet er tief aus. »Die Leitung steht nicht mehr still. Aber uns geht es gut, mach dir keine Sorgen. Viel wichtiger ist: Wie geht es *dir*? Wo bist du?«

»Ich ... ich bin weggefahren.« Meine Stimme bricht beinahe. Ich habe keinen Schimmer, wo ich bin. Hier draußen, mitten im Nirgendwo, fühle ich mich so einsam wie noch nie. »Dad, ich ...«, beginne ich, weiß jedoch nicht, wie ich das Gespräch fortführen soll. »Es tut mir alles so leid«, flüstere ich schließlich. »Ich wollte euch nicht mit in meine Angelegenheiten hineinziehen, und vor allem wollte ich euch nicht wehtun.«

»Mein kleines Mädchen ...«, antwortet er gepresst. »Du musst dir keine Vorwürfe machen. Wir sind deine Eltern und wir lieben dich aus tiefstem Herzen. Wir stehen hinter dir und werden dich immer unterstützen.«

Seine Worte dringen so tief und ehrlich in mein Herz, dass mir ganz warm wird. Es tut unendlich gut, zu hören, dass mir meine Eltern keine Vorwürfe machen oder – schlimmer noch – enttäuscht von mir sind. Dennoch fühle ich mich schrecklich, weil sie nun meinetwegen schon wieder zur Zielscheibe der Menschen in Mayfield geworden sind.

»Du kannst jederzeit nach Hause kommen. Unsere Tür steht dir immer offen, mein Schatz. Gemeinsam werden wir auch diese Sache durchstehen. Als Familie.«

Tief in mir drin beginnt sich etwas zu regen. In diesem Moment wünschte ich tatsächlich, ich könnte einfach umdrehen, nach Mayfield fahren und mich in die starken Arme meines Dads werfen. Aber gleichzeitig weiß ich, dass ich es nicht ertragen würde, an den Ort zurückzukehren, an dem ich so viel Kummer und Leid ertragen musste.

»Das ist lieb von dir, Dad. Aber im Moment möchte ich lieber allein sein.«

Er schweigt eine Weile. »Das ist in Ordnung, Liebling. Aber wenn du irgendetwas brauchst oder wir dir helfen können, dann lass es uns wissen.«

»Danke«, schluchze ich unter Tränen. »Ich ... ich wollte nur hören, wie es euch geht und wissen, ob ihr mir ... böse seid. Weil ... weil jetzt wieder Journalisten vor eurer Tür stehen und die Nachbarn lästern werden ... Genau wie damals.« Es fällt mir unendlich schwer, die Worte auszusprechen, doch sie müssen heraus.

»Aber nein«, erwidert er sanft. »Niemand ist dir böse. Wir kommen zurecht.« Sein Lachen klingt traurig, als er weiterspricht. »Du wirst immer unser kleines Mädchen bleiben, das wir von Herzen lieben. Bitte vergiss das nicht. Deine Mom und ich wissen, was du durchgemacht hast, und es bricht uns das Herz, dass wir dich damals nicht beschützen konnten. Du warst ein unschuldiges junges Mädchen, dem Furchtbares angetan wurde. Deine Seele wurde schrecklich verletzt. Wir machen uns Sorgen um dich.«

In meiner Brust breitet sich Schmerz aus. Ich habe mit vielem gerechnet. Mit der Frage nach dem Warum. Vielleicht sogar mit Vorwürfen. Aber nicht mit purem Verständnis für meine Situation, die ich nicht einmal erklären muss – dennoch tue ich es. Das bin ich meinem Dad schuldig. »Ich habe doch nur versucht, die Frau zu werden, die ich immer sein wollte«, sage ich und höre die Verzweiflung in meinen Worten. »Die Zeitung hat mir Geld geboten, Dad. Eine ganze Menge Geld. Ich habe mir so sehr gewünscht, meinen Job loszuwerden, und dachte, das wäre mein Ausweg. Aber dann ist mir alles über den Kopf gewachsen. Der Druck war zu groß und ich habe angefangen, mir Lügen auszudenken. Ich wollte nie, dass mein Name mit dem Blog in Verbindung gebracht wird. Der Blog ... er war anfangs bloß eine Zuflucht für mich. Eine kleine Welt, die ich mir erschaffen habe, um jemand zu sein.«

»Ich kann verstehen, dass du dich verändern wolltest. Abnehmen, Haare färben. Auch wenn du nichts davon nötig gehabt hättest, weil wahre Schönheit nichts mit dem Gewicht oder der Haarfarbe zu tun hat.« Er klingt unendlich traurig – nicht für sich, für mich. »Ich wünschte, du hättest dich durch unsere Augen sehen können, denn für deine Schwester, deine Mom und mich warst du immer perfekt. Alles, was wir jemals wollten, war, dass es Francis und dir gut geht. Ich kann verstehen, dass du diese ... diese Männer getroffen hast, um Bestätigung zu bekommen, aber ich glaube nicht, dass das der richtige Weg ist, Robyn. Deine Seele muss heilen und das funktioniert nicht durch Sex.« Er schluckt. »Du weißt, wie sehr wir dich lieben, oder?«

»Ja«, wispere ich, während ich versuche, das Gefühlschaos in mir zu ordnen.

»Wir wünschen uns so sehr, dass du dein Leben endlich frei und unbeschwert leben kannst.«

»Das wünsche ich mir auch«, sage ich mit einem lauten Schluchzen.

»Dafür musst du nach vorne blicken können und nicht zurück, Robyn.«

Ich versuche zu begreifen, worauf Dad hinauswill, als er sogleich mit der Sprache herausrückt. »Vielleicht solltest du wieder in Therapie gehen.«

Seine Worte sind wie ein Schlag ins Gesicht. Ist das sein Ernst? »Ich will nicht reden, sondern vergessen. Die Therapie hat mir damals nicht geholfen und das wird sie heute auch nicht.«

Ich höre meinen Dad seufzen. »Du musst deine Vergangenheit und deine Probleme aufarbeiten und mit jemandem darüber reden, was dir damals angetan wurde. Du brauchst jemanden, der dir helfen kann. Vielleicht wirst du dann eines Tages das finden, wonach du tief in deinem Herzen wirklich suchst.«

»Was sollte das sein?«, flüstere ich mit rasendem Herzen.

»*Liebe*, Robyn. Sie ist der Schlüssel. Du musst lernen, dich selbst zu lieben, dann erst wirst du in der Lage sein, dich einem anderen Menschen zu öffnen und zu erfahren, was wahres Glück bedeutet. Ich wünsche mir aus tiefstem Herzen, dass du dich eines Tages verliebst und erlebst, was es bedeutet, den einen Menschen zu finden, der dich vervollständigt. Doch das wird nur passieren, wenn du mit dir selbst im Reinen bist. Und soweit bist du noch nicht.«

Seine Worte schmerzen mehr, als ich für möglich gehalten hätte. Während ein Teil von mir sich dagegen sträubt und sie als Blödsinn abtun will, glimmt ein winziger Funke in mir auf, der die Wahrheit darin erkennt und bereit ist, sie zu akzeptieren. Ich muss an Ethan denken und daran, wie ich mich in seiner Nähe gefühlt habe. Ich wünschte, er könnte dieser eine Mensch sein, von dem mein Dad gerade gesprochen hat.

»Denk bitte darüber nach«, sagt mein Dad mit einem leichten Lächeln in der Stimme. »Okay?«

Einige Sekunden lange ringe ich mit mir selbst. Ich will ihn nicht belügen. »In Ordnung«, verspreche ich und meine es ernst.

»Du kannst uns jederzeit anrufen oder zu uns kommen. Wir sind immer für dich da. Wir lieben dich, Robyn. Vergiss das nie.«

Seine Worte fühlen sich an wie eine warme Umarmung, die ich gerade dringend nötig habe. Doch für den Moment genügt es zu wissen, dass meine Eltern hinter mir stehen und dass wir als Familie zusammenhalten.

»Ich liebe euch auch, Dad. Danke für alles«, flüstere ich, bevor ich auflege.

27. Kapitel

In den nächsten Stunden fahre ich ziellos umher. Als es dämmert, merke ich, wie ich hungrig ich bin. Das hell erleuchtete Schild eines Diners taucht am Straßenrand auf. Ich muss etwas essen, auch wenn sich mein Magen anfühlt, als würden zentnerschwere Steine darin liegen. Auf schmerzenden Füßen taumele ich der ersten und einzigen Mahlzeit des Tages entgegen. Zehn Dollar gehen für einen trockenen Burger mit labberigen French Fries und eine schal schmeckende Coke drauf. In meinem Kopf rotieren tausend Fragen, allen voran: Wie soll es jetzt weitergehen? Im Moment kann ich mir nicht vorstellen, wie mein Leben von nun an aussehen soll – ohne Job und ohne Geld. Mit meinen mickrigen Ersparnissen werde ich nicht weit kommen. Und den Vorschuss von der Zeitung habe ich für teure Klamotten und neue Möbel für unser Apartment ausgegeben. Außerdem haben Zelda und ich nach der Vertragsunterzeichnung einen kostspieligen Trip nach Vegas unternommen.

Das Gespräch mit meinem Dad spielt sich noch einmal in meinem Kopf ab. Mein Herz tut unendlich weh bei dem Gedanken daran, welche Sorgen sich meine Eltern um mich machen. Ich will nicht, dass es ihnen meinetwegen schlecht geht und sie nun wieder dem Spott anderer Menschen ausgesetzt sind. Ich wünschte, ich könnte den Deal mit der Zeitung rückgängig machen, dann wäre all das nicht passiert. Das öffentliche Interesse an meinem Blog wäre so gering geblieben, dass es niemanden interessiert hätte, wer dahintersteckt. Ich hätte in Ruhe leben können, ein wenig Geld ansparen und irgendwann kündigen, um mir etwas anderes zu suchen. Hin und wieder ein One-Night-Stand, dagegen ist doch nichts einzuwenden. Ich war glücklich damit. Oder zumindest zufrieden.

Oder?

Du weißt, dass das nicht stimmt, flüstert die Stimme in meinem Kopf. *Du warst nicht glücklich und auch nicht zufrieden. Weder mit deinem Leben, noch mit dir selbst.*

Aber was bedeutet Glück? Und wie finde ich es? *Liebe.* Sie ist der Schlüssel, hat Dad gesagt. Der Satz malt ein Lächeln auf meine Lippen. Als ich ihn mir wieder und wieder auf der Zunge zergehen lasse, taucht Ethans Gesicht vor meinem inneren Auge auf. Sein Duft, seine Präsenz und seine Wärme hüllen mich ein, als wäre er bei mir. Was gäbe ich dafür, wenn es wirklich so wäre.

Auf dem Weg zurück zum Auto werden meine Augen immer schwerer. Mein Körper benötigt eine Pause. Ich bin so erschöpft, dass ich augenblicklich über dem Lenkrad einschlafen könnte. Noch immer habe ich keine Ahnung, wo ich bin oder wohin ich will. Gähnend reibe ich über mein Gesicht, als ein Motel am Straßenrand auftaucht. Ohne lange zu überlegen, fahre ich auf den Parkplatz und betrete den Empfangsraum. Die Farbe blättert von den Wänden und der Teppich sieht aus, als stamme er aus den Achtzigern. Die Frau am Tresen akzeptiert die wenigen Dollar für eine Übernachtung, die ich noch bei mir habe. In der Hoffnung auf ein wenig Ruhe falle ich direkt in das weiche Bett.

Schlafen. Ich will nur noch schlafen.

Irgendwo in unserer Wohnung poltert es. Ich presse die Augen fester zusammen und versuche, zurück in den Schlaf zu finden. Doch anstatt mich zu entspannen, beginnt ein dumpfer Druck hinter meinen Schläfen zu hämmern. Ich will noch nicht aufstehen. Allein der Gedanke an den nächsten endlosen Schultag, der vor mir liegt, drückt meinen Körper tiefer in die Matratze. Plötzlich stutze ich. Moment mal.

In diesem Augenblick bricht die Realität mit voller Härte über mir herein. Es wird keinen neuen Schultag geben. Ich bin nicht in meiner Wohnung und es ist auch nicht Zelda, die den Lärm verursacht.

Bilder des gestrigen Tages, gepaart mit den Worten und gutgemeinten Ratschlägen meines Dads, fluten mein Gedächtnis.

»Lass uns verschwinden«, höre ich jemanden durch das Fenster des winzigen Motelzimmers sagen.

»Beeilt euch.«

Die Vibration meines Handys holt mich schließlich aus dem Bett. Mit schmerzenden Füßen, die das Barfußlaufen in den Sneakern nicht gut vertragen haben, tappe ich zum einzigen Stuhl im Zimmer und hole es aus meiner darauf stehenden Tasche.

»Francis!« Ein Gefühlsorkan bricht in mir los, als ich den Namen meiner Schwester ausspreche.

»Robyn. Wo bist du?« Sie klingt besorgt.

Ich sehe mich um, als könnte ich die Antwort an der hässlichen Blumentapete ablesen. »Ich weiß nicht. In irgendeinem Motel.«

»Zelda hat mich angerufen, weil sie dich gestern nicht erreichen konnte. Du sollst bleiben, wo du bist. Euer Apartment wird von Journalisten belagert.«

Es tut so gut, Francis' Stimme zu hören, auch wenn der Grund für ihren Anruf kein schöner ist.

»Wo bist du?«, stelle ich dieselbe Frage.

»Ich bin in Mayfield, bei Mom und Dad«, sagt Fran.

Mein Herz überspringt einen Schlag. Tränen sammeln sich in meinen Augen und wieder muss ich an meinen Dad denken. »Wie geht es ihnen?«

»Ich will dich nicht anlügen. Nicht gut.«

Ich schlage meine Hand vor den Mund und bemerke, dass sie zittert. »Es tut mir alles so leid.« Meine Stimme ist so brüchig und leise, dass ich mir nicht sicher bin, ob sie mich überhaupt verstanden hat.

»Das weiß ich. Aber wenn du ehrlich zu dir selbst bist, dann musst du dir eingestehen, dass es irgendwann so weit kommen musste.«

In einem kindischen Reflex schüttle ich den Kopf, auch wenn Fran das nicht sehen kann. Sie seufzt am anderen Ende der Leitung. »Mit dem Verkauf deiner Kolumnen an die Zeitung bist du bekannter als Oprah geworden. Und spätestens als der Verlag das Buch angekündigt hat, wollten alle nur noch eines wissen: Wer ist Samantha Bane?«

Ich will ihr widersprechen, aber ich kann nicht. Denn ich weiß, dass Francis recht hat. Ich weiß, dass alles allein meine Schuld ist und ich nun die Konsequenzen meines Handelns tragen muss. Auch wenn ich noch keinen blassen Schimmer habe, wie ich das schaffen soll.

»Am besten tauchst du unter, bis sich die Lage wieder beruhigt hat.« Nach einer kurzen Pause fügt Fran hinzu: »Mach dir keine Sorgen um uns. Wir packen das. Im Moment ist es das Wichtigste, dass du okay bist.«

Obwohl mir ihre Worte Hoffnung geben sollen, ist das Gegenteil der Fall. Die Last der Schuld drückt mich nieder. Ich wollte meiner Familie nie wieder Kummer bereiten und nun habe ich es doch getan. Wie gerne würde ich meine Mom in die Arme nehmen und ganz fest drücken. Wenigstens ist Francis für meine Eltern da.

»Du hast nicht abgehoben, als ich dich vorgestern angerufen habe«, sage ich.

Fran seufzt. »Ich war sauer auf dich, Robyn. Aber jetzt ... ich weiß, was du damals durchgemacht hast. Ich fand die Sache mit dem Blog nie gut, aber du hast es nicht verdient, dass man dich so durch den Dreck zieht.«

»Vielleicht habe ich das«, sage ich mehr zu mir selbst.

»Nein, Robyn, das hast du nicht. Niemand hat das verdient. Die Presse ist erbarmungslos, den Journalisten geht es nur um Auflagen, Klicks und Quoten. Lass dir von diesen Schmierfinken nichts einreden.«

Ich wünschte, das wäre so einfach. »Bist du noch sauer auf mich?«, frage ich mit zitternder Stimme. Mein Herz klopft schneller, als ich auf ihre Antwort warte.

»Nein«, antwortet sie nach einer kurzen Pause. »Wir müssen

jetzt als Familie zusammenhalten. Vergessen wir den Abend einfach, okay?«

Erleichterung breitet sich in meiner Brust aus. Ich hasse es, mich mit meiner Schwester zu streiten. »Ich werde dich nie wieder versetzen, das verspreche ich.«

»Das will ich auch hoffen.« Ich kann Francis' tadelndes Lächeln bildlich vor mir sehen.

»Pass auf dich auf, Robyn und melde dich ...« Das Gespräch erstirbt mitten im Satz. Mit einem langgezogenen *Piep* verkündet mein Handy den leeren Akku. Mist! Ich habe nicht mal ein Ladekabel eingesteckt. Mein blasses Ebenbild blickt mir auf dem sich spiegelnden Display entgegen. Ich sehe genauso verloren aus, wie ich mich fühle. Mal ganz abgesehen davon, dass ich seit über zweiunddreißig Stunden in meinen Schlafsachen stecke und dringend eine Dusche benötige. Leider ist sie mir nicht vergönnt. Auf dem Weg in die winzige Nasszelle, die zu meinem Zimmer gehört, vernehme ich plötzlich ein ohrenbetäubendes Hupen. Erschrocken fahre ich zusammen und realisiere im selben Moment, woher das Geräusch stammt. Mein Wagen! Ich mache mir nicht mal die Mühe, Schuhe anzuziehen oder die Jacke überzuwerfen. Zerzaust wie ich bin, reiße ich die Zimmertür auf und finde mich im nächsten Kapitel meines ganz persönlichen Albtraums wieder. Mein weißer Honda ist über und über mit schwarzer und roter Farbe beschmiert. *Elende Hure*, *Dreckige Schlampe*, *Verschwinde von hier!* und andere Beschimpfungen erstrecken sich von der Motorhaube bis zum Kofferraum.

Das darf doch nicht wahr sein.

Die Beleidigungen brennen sich wie Säure in meine Eingeweide. Siedend heiße Scham ergreift von meinem Körper Besitz und entlädt sich in einem Zittern. Schock und Wut kämpfen um die Oberhand in meinem Gefühlschaos. Ungläubig starre ich meinen Wagen an. Wer tut so etwas? »Haut ab!«, höre ich noch jemanden rufen, doch es ist niemand zu sehen. Es hat keinen Sinn, diesen Leuten hinterherzulaufen, außerdem fehlt mir die Kraft dazu. In diesem Moment fährt ein Streifenwagen vorbei, wird langsamer und hält neben meinem Wagen.

»Ist alles in Ordnung, Miss?« Eine korpulente Polizistin mit düsterer Miene steigt aus dem Wagen und blickt von meinem Honda zu mir und wieder zurück. »Ist das Ihr Wagen?«

»Ja«, antworte ich knapp, nachdem ich meine Kehle durch ein Räuspern geklärt habe.

»Haben Sie die Täter gesehen?«

Resigniert schüttle ich den Kopf. »Nein, sie sind weggelaufen.«

»Sind Sie verletzt?« Die Beamtin mustert mich mit leicht schief gelegtem Kopf. Sie sieht ehrlich besorgt aus.

Wieder verneine ich.

»Wollen Sie mich aufs Revier begleiten und Anzeige erstatten?«

Ich denke einen Moment lang darüber nach. »Ich denke nicht, dass das etwas bringt.« Und vielleicht habe ich das alles auch verdient. Ich weiß es nicht. Ich weiß gar nichts mehr.

»Miss, ich will Ihnen nicht zu nahetreten, aber geht es Ihnen wirklich gut?«

Mit einem kläglichen Lachen schüttle ich den Kopf. Nein, es geht mir nicht gut.

»Soll ich Ihnen vielleicht mit dem Reifen helfen?«

Verwirrt blicke ich von der Polizistin zu meinem Wagen, auf den sie zeigt. »Was meinen ...?« Doch dann sehe ich es. Mein rechter Hinterreifen ist platt. »Das darf doch nicht wahr sein!« Mit schnellen Schritten umrunde ich meinen Honda. Der Reifen ist vollkommen platt.

»Haben Sie ein Ersatzrad dabei?«

Als ich nicht sofort antworte, kommt sie zu mir. »Na lassen Sie mal sehen.« Auffordernd streckt die Polizistin die Hand aus.

Schnell hole ich den Autoschlüssel aus meinem Zimmer und hebe dann den Boden aus dem Kofferraum, um an das Ersatzrad sowie allerhand Werkzeug zu gelangen, das sich darunter befindet. Wortlos macht sich die Polizistin daran, meinen platten Reifen zu entfernen. Der Großteil der Arbeit bleibt an ihr hängen, nur hier und da kann ich ihr zur Hand gehen. Ich habe so etwas noch nie gemacht und komme mir ein wenig dumm dabei vor, mein Rad von einer fremden Person wechseln zu lassen, während ich direkt danebenstehe und nicht viel dazu beitragen kann. Schweigend montiert die Polizistin das Ersatzrad und wuchtet den platten Reifen anschließend in den Kofferraum. Nach kaum fünfzehn Minuten ist der Honda wieder fahrbereit.

Mit großen Augen sehe ich meine Retterin bewundernd an. »Haben Sie vielen Dank«, sage ich und meine es von Herzen. In all dem Chaos tut es gut, nicht wie eine Aussätzige behandelt zu werden, sondern Freundlichkeit und Hilfsbereitschaft zu erfahren.

Sie macht eine Halb-so-wild-Geste, bevor sie die schmutzig gewordenen Hände an ihrer Uniformhose abklopft. »Sie sollten den kaputten Reifen schnellstmöglich auswechseln lassen, denn mit dem Ersatzrad kommen Sie nicht weit. Ein paar Meilen stadtauswärts gibt es eine kleine Werkstatt. Fahren Sie am besten direkt dorthin.«

»Das mache ich. Vielen Dank noch einmal.«

Zum Abschied tippt sie sich an ihre Mütze und macht sich auf den Weg zu ihrem Dienstwagen.

Einen Moment lang stehe ich verloren auf dem Parkplatz und sehe zu, wie sie davonfährt. Dann erregt eine Bewegung meine Aufmerksamkeit. Die Eingangstür des Motels steht einen Spaltbreit offen. Als die Inhaberin meinen Blick auffängt, verdüstert sich ihr Gesichtsausdruck.

»Ich hab's verstanden«, brumme ich und stapfe zurück in mein Zimmer, um meine wenigen Habseligkeiten zu holen. Ich halte es ohnehin keine Minute länger hier aus. Am liebsten würde ich umkehren und zurück nach Hause fahren. Welche Wahl habe ich auch schon? Mein Handyakku ist leer, Ladekabel Fehlanzeige, das letzte Bargeld ist für mein Abendessen und das Motelzimmer draufgegangen, meine Kreditkarten liegen alle in Silver Springs und obendrein sehe ich aus wie eine Vogelscheuche. Mein eigenes Spiegelbild widert mich an und mein Körpergeruch ist in der letzten halben Stunde auch nicht besser geworden. Ich brauche dringend eine Dusche und frische Klamotten.

Von dem wilden Gefühlscocktail in meinem Inneren fange ich lieber gar nicht erst an.

Nachdem ich meine Sachen ins Auto gebracht und den Motor gestartet habe, um den Weg zurück auf den Highway zu suchen, leuchtet plötzlich ein Symbol neben dem Tacho auf, mit dem ich nichts anzufangen weiß, und der Motor beginnt zu stottern. Nicht das auch noch! Hat sich denn die gesamte Welt gegen mich verschworen? Voller Verzweiflung schlage ich auf das Lenkrad. So ein Mist aber auch! Leider bringt mich mein kleiner Ausbruch nicht weiter. Ich muss einen kühlen Kopf bewahren, so schwer es mir auch fällt.

Ich atme tief aus, schließe kurz die Augen, dann starte ich den Motor erneut. Sein Klang ist nicht gesund. Keine Ahnung, ob ich es mir bloß einbilde oder ob doch etwas beschädigt wurde. Das leicht ratternde Geräusch und die stetig blinkende Symbolanzeige lassen mir keine andere Wahl, als den direkten Weg zur Werkstatt einzuschlagen. Hoffentlich bleibe ich unterwegs nicht liegen. Wo auch immer ich bin, die Stadt ist genauso klein und unspektakulär wie Silver Springs. Um diese frühe Uhrzeit sind wenige Menschen auf den Straßen unterwegs. Mein besudeltes Auto zieht ihre Aufmerksamkeit auf sich und wird mit Fingerdeuten und Getuschel quittiert. Ich fühle mich wie ein exotisches Tier im Zoo. Am liebsten würde ich aussteigen, den Honda stehen lassen und mich im nächsten Erdloch verkriechen, bis jemand kommt und mich rettet. Was für ein lächerlicher Wunsch. *Niemand wird dich retten, Robyn. Du musst schon selbst sehen, wie du aus diesem Schlamassel wieder herauskommst.*

Eine halbe Stunde später sende ich ein Stoßgebet gen Himmel, als die Werkstatt in Sichtweite kommt. Fast hätte ich sie übersehen. Nur ein handbemaltes Schild am Straßenrand deutet darauf hin. Der unbefestigte Weg verstärkt das Rattern, das aus dem Motorraum zu kommen scheint. Im Schritttempo krieche ich auf den fast leeren Parkplatz und stelle das Auto ab. Mit bangem Blick betrachte ich die Fassade des Gebäudes. Diese ländlichen Werkstätten sehen alle gleich aus, denke ich, als ein seltsames Gefühl durch meinen Bauch huscht. Eines, das ich nicht sofort benennen kann, weil ich zu sehr mit meinem Wagen und der unangenehmen Situation beschäftigt bin.

Auf dem kurzen Weg zum Gebäude lege ich mir ein paar Sätze zurecht, die meine aussichtslose Lage möglichst würdevoll umreißen sollen – als wäre das angesichts der vielen Fäkalausdrücke auf meinem Lack möglich. Peinlicher geht es wohl kaum – abgesehen von meinem völlig zerzausten Aufzug.

Die Türglocke bimmelt schrill, als ich eintrete. Niemand ist zu sehen. Es vergehen einige Sekunden, bis ich es hinter der Tür, die vom Empfangsbereich in die Werkstatt führt, poltern höre. Schritte nähern sich. Ich öffne den Mund und will gerade zur Begrüßung ansetzen, als sämtliche Luft aus meiner Lunge entweicht.

Nun weiß ich, was das Gefühl auf dem Parkplatz zu bedeuten hatte.

Ich war schon mal hier.

Meerblaue Augen sehen mich mit derselben Verblüffung an, die zweifelsohne auch in meinem Blick zu finden ist.

28. Kapitel

Ich trete einen Schritt zurück, doch Ethan sieht mich unverwandt an.

»Robyn?« Er ist ebenso überrascht, wie ich es bin. Sein Blick fährt meinen Körper entlang, während er die Hände in die Hosentaschen gleiten lässt.

Mit allem hätte ich gerechnet, aber nicht damit, schon wieder in seiner Werkstatt zu landen. Ich muss mich zuerst räuspern, bevor ich imstande bin, ihm zu antworten. »Mein Wagen ...« Mehr bekomme ich nicht heraus. Mein Kopf ist zu sehr damit beschäftigt, zu begreifen, dass ich wohl unbewusst nach Georgetown gefahren sein muss. Mit ausgestrecktem Zeigefinger deute ich zur gläsernen Eingangstür hinaus und versuche zu verdrängen, wie derangiert ich aussehe. Ethan ist der mit Abstand letzte Mensch, der mich *so* sehen sollte.

Er kommt ein paar Schritte auf mich zu und sieht nach draußen. Die Nähe seines Körpers lässt Hitze in meine Brust schießen. In meinen Fingerspitzen kribbelt der Wunsch ihn zu berühren. Seine Augenbrauen heben sich. »Ich nehme an, die Leute, die das verbrochen haben, gehören nicht zu deinen Fans.«

Er weiß es also. Natürlich weiß er es. Offenbar hat es in den letzten vierundzwanzig Stunden ganz Amerika erfahren. Sein Blick wandert zurück zu mir. Ich kann eine Spur Mitleid darin erkennen, das mich unbehaglich frösteln lässt.

»Es geht eigentlich nicht um die Schmierereien«, erkläre ich und reibe mir unbehaglich über die Arme. »Mein Motor klingt nicht gut und mein Hinterreifen wurde zerstochen.«

»Hast du das Ersatzrad montiert?«, fragt er sachlich.

Ich nicke. »Eine Polizistin hat mir geholfen, aber sie meinte, ich kann damit nicht lange fahren.«

»Gib mir einen Moment.« Er will sich zur Werkstatt umwenden, als ich ihn zurückrufe.

»Ethan ... Da wäre noch etwas.«

Fragend sieht er mich an. Bilde ich es mir nur ein oder huscht gerade ein erwartungsvoller Ausdruck über sein Gesicht? Tief in mir spüre ich, wie sich etwas zu regen beginnt und von seinem Lächeln mit Wärme und Zuversicht erfüllt wird.

»Ich ... ich habe kein Geld«, gestehe ich beschämt. So fühlt es sich also an, wenn man ganz unten angelangt ist. Mein Blick gleitet an meinem Pyjama hinab. In einer verzweifelten Geste fahre ich mit den Fingern durch mein Haar – als ob das irgendetwas an meinem Erscheinungsbild verbessern könnte. Lächerlich. Ich wünschte, ich hätte wenigstens Zeit für eine kurze Dusche gehabt.

Ethan lässt sich den Satz durch den Kopf gehen, dann kommt er zurück zu mir. Als er mir dicht gegenübersteht und den Blick auf mein Gesicht heftet, wird mir heiß und kalt zugleich. Ich wünsche mir nichts sehnlicher, als ein paar nette Worte und ein aufmunterndes Lächeln. Etwas, das nichts mit all der Negativität der letzten Stunden zu tun hat. Jemand, der mich nicht verurteilt. Ich habe keine Ahnung, ob das vielleicht zu viel verlangt ist, aber ich sehne mich so sehr danach. Nur ein klein wenig Normalität ...

»Übereilter Aufbruch?«, fragt er und ich nicke.

»So ungefähr.«

»Verstehe.« Einen Moment lang wirkt es, als würde er mit sich ringen, ob er mir näherkommen soll, doch dann wendet er sich um und geht zurück in die Werkstatt.

Ich bleibe im Empfangsbereich zurück und frage mich, was er vorhat. Wenige Augenblicke später kehrt er mit einem Thermobecher in der einen und einem Schlüsselbund in der anderen Hand zurück. Ohne ein Wort der Erklärung überreicht er mir beides.

»Was ist das?« Als seine Finger meine berühren, jagt ein Stromstoß durch meinen Körper.

»Frischer Kaffee und die Hausschlüssel.« Er nickt in Richtung seines Zuhauses. »Nimm dir, was du brauchst und fühl dich wie zu Hause.«

Ungläubig starre ich ihn an. Meint er das ernst? Womit habe ich das verdient? Nach all dem Chaos, das hinter mir liegt, bin ich so überfordert von seiner Freundlichkeit, dass sich Tränen der Dankbarkeit in meinen Augen sammeln, die ich schnell wegblinzle. Mir wird klar, dass Ethan ein verdammt großes Herz haben muss, um mich so selbstlos bei sich aufzunehmen – schon wieder.

Er steht so dicht vor mir, dass ich den Kopf leicht in den Nacken legen muss. Als ich realisiere, dass seine Hand meine noch immer umklammert hält, obwohl der Schlüsselbund längst darin liegt, ziehe ich sie langsam zurück. In meiner Brust trommelt mein Herz einen wilden Rhythmus. Es sehnt sich nach erneuter Berührung, nach Ethans Wärme und seiner Nähe – ich bin mir allerdings noch immer nicht sicher, ob das gut ist. Ob ich das zulassen kann oder ob es noch mehr Durcheinander mit sich bringt. »Das ... das kann ich nicht annehmen«, stottere ich, weil es mir unangenehm ist, schon wieder bei ihm unterzukommen.

Er schiebt einen Mundwinkel zu einem leichten Grinsen nach oben. »Ich fürchte, du hast keine andere Wahl. Jim sagt, dass wir erst morgen den passenden Reifen für deinen Wagen reinkriegen.«

Morgen echot es in meinem Kopf. Das bedeutet, dass ich schon wieder hier übernachten muss. Und wenn nicht bei Ethan, wo dann? In diesem Aufzug und ohne Geld bekomme ich nirgendwo ein Zimmer. Beschämt senke ich den Blick, bevor ich es schaffe, ihn wieder anzusehen. »Ich wüsste nicht, was ich ohne dich tun soll.«

Ethans Mund nimmt einen traurigen Zug an. Ohne den Blick von meinem zu lösen, überbrückt er die Distanz zu mir und legt seine Hände an meine Oberarme. Die Berührung geht mir durch und durch. Es fühlt sich viel zu schön an, seine Hände auf meiner Haut zu spüren. Ich möchte mehr, so viel mehr, obwohl ich das nicht wollen sollte.

»Ich bin in drei Stunden hier fertig, dann erzählst du mir in aller Ruhe, was passiert ist.«

Mein Herz klopft schneller, je länger ich seinem Blick standhalte, aus dem nichts als ehrliche Hilfsbereitschaft spricht.

»Warum hilfst du mir?«, wispere ich.

Seine Finger streichen über meine Oberarme und entfachen einen Gefühlssturm in meinem Inneren. »Weil mir etwas an dir liegt, Robyn.«

Seine Worte ziehen den Boden unter meinen Füßen weg. Trotz allem, was ich getan habe, und trotz allem, was er nun über mich weiß, ist er dennoch für mich da. »Ethan, ich ...« *weiß nicht, wie ich mit all dem umgehen soll.*

»Lass uns nachher in Ruhe reden, okay?«

Langsam nicke ich. »Okay.« Mein Herz stolpert bei der Vorstellung, den restlichen Tag und die kommende Nacht mit ihm in seinem Haus zu verbringen. Ich kann seinen intensiven Blick in meinem Nacken spüren, als ich mich auf den Weg mache.

Kaum habe ich wenig später das Wohnzimmer betreten, scheint ein zentnerschweres Gewicht von meinen Schultern zu fallen. Augenblicklich werde ich ruhiger, als würde mich sein Zuhause von all den Problemen, die außerhalb dieser vier Wände existieren, abschotten. Langsam nähere ich mich dem Sofa, lasse mich darauf nieder und streiche über den weichen Bezug. Eine leichte Gänsehaut überzieht meine Arme, als ich an den Moment zurückdenke, als mich Ethan geküsst hat. Es ist erst drei Tage her und doch fühlt es sich an, als läge eine Ewigkeit zwischen unserem Kuss und dem Jetzt. *So viel ist inzwischen passiert.*

Die Erinnerung an den Kuss flutet jede Zelle meines Körpers. Ich beiße auf meine Unterlippe. Ethan löst noch immer eine Anziehung in mir aus, gegen die ich mich nicht wehren kann. Heute mehr denn je. Wenn es einen Menschen auf der Welt gibt, in den ich mich Hals über Kopf verlieben könnte, wäre er es. Doch so sehr ich mich danach sehne, mich auf ihn einzulassen, so habe ich auch große Angst davor. Solche Gefühle habe ich bereits zugelassen, und was war das Resultat? Nichts als Schmerz und Tränen.

Seufzend stehe ich wieder auf und streiche meine Hände an der Hose glatt. Vom Herumsitzen werde ich ganz kirre. Ich muss etwas machen. Da kommt mir eine Idee. Ich weiß, dass ich das nicht tun sollte, doch meine Neugier siegt über mein Gewissen. Ich will Ethan näher kennenlernen. Also nutze ich die nächste Stunde, um in Ruhe alle Räume des Hauses zu durchstreifen. Natürlich dringe ich nicht in seine Privatsphäre ein, das wäre unangemessen. Schränke und Schubladen bleiben verschlossen. Ich sehe mir bloß die Zimmer an und versuche dabei herauszufinden, welcher Mann der Junge geworden ist, in den ich einst unsterblich verliebt war. Bei meinem ersten Besuch hier hatte ich keine Gelegenheit dazu.

Ehrfürchtig streife ich durch das Haus. Jeder Raum ist tadellos aufgeräumt. Ich entdecke auch heute kein Staubkorn, keine Fussel und keinen einzigen Krümel – was man von unserer WG nicht gerade behaupten kann. Die stilvolle Einrichtung und mehrere gemütliche Rückzugsorte laden zum Verweilen und Wohlfühlen ein.

Neben Bier und Steak im Kühlschrank, einer gut ausgestatteten Werkbank im Keller und zahlreichen Auto- und Motorsportzeitschriften entdecke ich etliche Familienfotos und Abenteuerromane, die in den Regalen stehen. Sie alle bestätigen, was ich längst vermutet hatte: Ethan ist erwachsen geworden. Er steht auf eigenen Beinen, sorgt für sich selbst und scheint sich dabei treu geblieben zu sein.

Als ich die letzte Tür im Obergeschoss öffne, erkenne ich es sofort als Ethans Schlafzimmer. Über seinem Bett hängt das große, von den Schauspielern unterschriebene Filmplakat von *The Fast and the Furious: Tokyo Drift.*

Schmunzelnd trete ich näher. Schon damals war Ethan ein Autofreak. Ich lasse mich auf den Rand der Matratze sinken und fahre mit den Fingern über die zusammengelegte Decke. Die Bettwäsche riecht nach einem sommerlichen Waldspaziergang und einer holzigen Note, die von Ethans Aftershave stammt. Ich sauge ihren Duft tief ein, schließe die Augen und lasse mich auf den Rücken sinken. Es will noch immer nicht in meinen

Kopf, dass mich das Schicksal in meiner dunkelsten Stunde ausgerechnet zurück in Ethan Coles Haus geführt hat. Mein Atem verlangsamt sich, meine Augen werden schwer. Die Aufregung der letzten Tage fordert ihren Tribut. Mit angewinkelten Beinen rolle ich mich auf die Seite. Vor meinen geschlossenen Lidern taucht Ethans Gesicht auf. Nicht sein heutiges Gesicht, sondern das des siebzehnjährigen Teenagers, dem ich alles geben wollte, was ich hatte. Alles, was mich ausmachte. Das schüchterne Lächeln in seinem jungenhaften Gesicht, dem der Bartwuchs und die markanten Formen des Erwachsenseins noch fehlen, nimmt mich gefangen. Ebenso die meerblauen Augen, die mich bis heute so sehr faszinieren. Wie nervös er an diesem Abend war. Ethans Brust hob und senkte sich unnatürlich schnell, seine Hände waren die ganze Zeit in Bewegung. Sogar seine Stimme klang einen Tick höher als sonst. Erst als wir auf seinem Bett saßen und das Musikvideo anschauten, entspannte er sich. Ich erinnere mich an wildes Herzklopfen, an tausend Was-wäre-wenn-Szenarien, die mir durch den Kopf schossen, und an meinen ersten Kuss. Die Emotionen von damals wallen in mir auf und erfüllen mich mit tiefer Zuneigung. Als ich mir seine Blicke, die Komplimente und Berührungen zurück ins Gedächtnis rufe, fühlt sich das unbeschreiblich gut an. *War das Glück?*

Ich wünschte, ich könnte dieses Gefühl für immer festhalten.

»Robyn? Hast du Hunger?«

Als ich die Augen öffne, sehe ich in Ethans Gesicht, das meinem viel zu nahe ist. Sein Atem streift meine Lippen, er riecht nach Minze. Sein Mund ist verlockend nah. Erschrocken fahre ich hoch. Mit fahrigen Fingern kämme ich meine Haare aus dem Gesicht. »Wie spät ist es?«

Er wirft einen Blick auf seine Armbanduhr. »Halb zwei.«

Ich habe über vier Stunden geschlafen, unglaublich. Dabei

hätte ich schwören können, dass ich, nach allem, was geschehen ist, kein Auge zukriegen würde.

Mit einem kleinen Lächeln drückt er mir einen Stapel frischer Kleidung und ein zusammengelegtes Badetuch in die Arme. »Ich nehme an, du willst dich erstmal frisch machen.«

Peinlich berührt wende ich den Blick ab und nehme ihm die Sachen ab. Ich hätte zuerst duschen gehen sollen. Stattdessen habe ich einfach in seinem Bett geschlafen.

»Hey.« Seine sanfte Stimme lässt mich den Blick heben. »Alles wird gut, okay?«

Ich möchte ihm gerne glauben. Auch wenn ich noch nicht weiß, wie ich meine Probleme in den Griff kriegen soll, tut es gut, ihn bei mir zu wissen. Dass er für mich da ist, bedeutet mir mehr, als ich in Worte fassen kann. Mit einem kleinen »Danke«, verlasse ich das Schlafzimmer. Kurz bevor ich den Flur erreiche, drehe ich mich noch einmal um. Erst jetzt fällt mir auf, dass Ethan gar nicht mehr in seinen Arbeitsklamotten steckt, sondern bereits umgezogen ist. Ein enger schwarzer Pullover spannt sich über seine breite Brust. Das blonde Haar ist noch leicht feucht. Wann ist nach Hause gekommen? War er hier, in seinem Schlafzimmer, um frische Kleidung zu holen, und hat mich beim Schlafen beobachtet, bevor er duschen gegangen ist? Der Gedanke lässt mein Herz einen kleinen Salto vollführen. Völlig entspannt steht er neben dem Bett, die Hände in den Taschen seiner ausgewaschenen Jeans vergraben, und sieht mich durchdringend an. Auf seinen Lippen liegt noch immer der Hauch eines Lächelns. Ich wüsste zu gern, was ihm durch den Kopf geht, wenn er mich ansieht. »Danke«, sage ich noch einmal leise, bevor ich mich mit einer angenehmen Wärme in der Brust auf den Weg ins Badezimmer mache.

Nach einem ausgedehnten Bad fühle ich mich schon deutlich besser. Als ich die Küche betrete und die Zutaten für eine

Lasagne auf der Arbeitsplatte ausgebreitet vorfinde, meldet sich mein Magen mit einem hungrigen Grummeln zu Wort.

»Hast du Lust zu kochen?« Eine karierte Schürze sitzt tief auf Ethans Hüfte. Der Anblick ist so sexy, dass mir für einen kurzen Moment der Atem stockt.

»Ich sterbe vor Hunger«, gebe ich zu. Grinsend überreicht er mir eine zweite Schürze und sieht mir dabei zu, wie ich sie umbinde. Im Hintergrund läuft ein rockiger Radiosender. Ethans Lippen bewegen sich hin und wieder zu den Lyrics und entlocken mir ein Lächeln. Es ist schön, meine Hände und Gedanken mit etwas so Normalem wie Kochen beschäftigen und meine Probleme eine Weile vergessen zu können.

»Möchtest du ein Glas Wein?«, fragt Ethan, nachdem wir Teigblätter und Soße abwechselnd in die Backform gegeben und mit Käse bestreut haben.

»Ein Bier wäre mir lieber.«

Als er seine Flasche absetzt und einen Tropfen von seiner Unterlippe leckt, spüre ich ein Prickeln auf meiner eigenen.

»Wie du möchtest.« Mit einem rauen Lachen holt er ein zweites Bier aus dem Kühlschrank, öffnet dieses mit einem Handschlag an der Küchentheke und reicht es mir mit einem Blick, der mein Herz Purzelbäume schlagen lässt. Als unsere Flaschen beim Anstoßen gegeneinander klirren, überzieht eine Gänsehaut meine Arme. Plötzlich wird mir unfassbar heiß. Liegt das an Ethans Nähe oder dem Ofen, den er gerade öffnet, um die Auflaufform hineinzuschieben?

Sein Blick gleitet zu meiner Schürze. »Darf ich?«

Ich nicke, drehe mich um und verharre nervös, als er mein Haar nach vorn über meine Schulter legt und die Schnürung in meinem Nacken öffnet. Seine Finger kitzeln auf der empfindlichen Haut, die sich augenblicklich nach mehr sehnt. Nachdem der obere Teil geöffnet ist, streichen seine Hände meinen Rücken hinab und ziehen einen wohligen Schauer hinter sich her. Mit bedächtigen Handgriffen öffnet er die zweite Schleife an meinem unteren Rücken. Ich halte den Atem an. Viel zu schnell ist der Moment vorüber. Er faltet die beiden Schürzen ordentlich zusammen und legt sie an ihren Platz zurück in eines der unteren Regale.

»Lass uns ins Wohnzimmer gehen, bis das Essen soweit ist.«

Mit klopfendem Herzen folge ich ihm, den Blick auf seinen breiten Rücken gerichtet. Wir nehmen dicht nebeneinander auf dem Sofa Platz. Es fühlt sich vertraut an, hier zu sein. Als Ethan bemerkt, dass ich seine Spielekonsole betrachte, grinst er. »Willst du eine Runde zocken?«

Ich schüttele den Kopf und sehe ihn wieder an. »Erzähl mir von dir«, bitte ich ihn.

Er lehnt sich zurück, streckt die Beine aus und berührt mich dabei mit seiner Handfläche am Arm. »Was möchtest du wissen?«

»Was hast du nach der Highschool gemacht? Leben deine Eltern noch in Mayfield? Wie geht es deiner Schwester?«, sprudelt es aus mir heraus. »Wie bist du in der Werkstatt deines Onkels gelandet?«

»Moment, Moment!«, unterbricht er mich lachend. »Okay, also wo fange ich an?« Nachdenklich fährt er sich mit der Hand durch das Haar und bringt es auf eine ziemlich sexy Weise durcheinander. »Ich hatte überlegt, aufs College zu gehen, aber dann hat mir Jim angeboten, bei ihm einzusteigen. Die Aussicht, Geld zu verdienen und das machen zu können, was ich liebe – an Autos herumschrauben – war zu verlockend. Also bin ich zu ihm gezogen und er hat mir alles beigebracht, was ich wissen muss. Ich mag den Job. Es ist schön, jeden Morgen aufzuwachen und zu wissen, dass ich das tun kann, was mir Spaß macht, ohne dass es jemals langweilig wird.«

Seine Worte bringen mich zum Lächeln. Es muss schön sein, einer Arbeit nachzugehen, die so erfüllend ist. Ich hoffe, dass ich auch eines Tages einen Job finden werde, auf den das zutrifft.

»Meine Eltern«, fährt Ethan fort, »sind vor ein paar Jahren nach Phoenix gezogen, aber sie besitzen noch ein kleines Ferienhaus in Mayfield, in das sie sich gerne an den Wochenenden zurückziehen. Nachdem Hailey und ich ausgezogen sind, haben sie das Haus verkauft. Ihnen gefällt das Leben in der Stadt. Wir sehen uns alle paar Wochen, wenn sie mich besuchen oder ich zu ihnen fahre.«

»Was macht Hailey jetzt?«

»Sie schreibt für ein Kunstmagazin, reist durch die Welt, führt Interviews und besucht Ausstellungen. Nebenbei malt sie selbst. Sie hat großes Talent und ich bin sicher, dass sie es eines Tages schaffen kann, von ihrer Kunst zu leben. Leider sehen wir uns nicht mehr so oft, seitdem sie beruflich so viel unterwegs ist. Aber wir skypen oder mailen mindestens einmal pro Woche.« Als das Thema auf seine Schwester fällt, spricht Stolz aus seiner Stimme. Es ist unüberhörbar, wie sehr er seine Familie liebt und welch enges Verhältnis er zu ihnen hat.

»Was ist mit dir?« Sein Blick nimmt meinen gefangen, er wirkt ernst. »Du arbeitest als Sekretärin in einer Schule?«

Der Themenwechsel bereitet mir Unbehagen, aber es ist unausweichlich, dass die Sprache irgendwann auf mich fällt. »Ich wollte Lehrerin werden«, sage ich leise. »Aber dann musste ich das Studium abbrechen und habe den Job in Silver Springs angenommen. Ich habe die Arbeit nie gemocht.«

»Das tut mir leid«, sagt er aufrichtig. Einen Moment lang scheint es, als wollte er noch etwas hinzufügen. Vielleicht möchte er fragen, warum ich vom College abgegangen bin, doch er tut es nicht. Vielleicht spürt er, dass ich nicht darüber sprechen möchte, und dafür bin ich dankbar.

»Robyn ...«, fährt er zögerlich fort. »Was ich gesagt habe, als ich bei dir war ...« Er reibt sich über den Nacken und wendet den Blick kurz ab, bevor er ihn wieder auf mich heftet. »Über den Blog meine ich ...«

Dass ich eine sexsüchtige, armselige Irre bin, die sich durch halb Amerika schläft, echot seine Stimme in meinem Kopf. Die Worte verursachen ein beklemmendes Gefühl in meiner Magengegend.

»Das habe ich nicht so gemeint.« Seine linke Hand greift nach meiner rechten und streift sie kurz, bevor sie sie gänzlich bedeckt. »Wirklich. Das war bescheuert und es tut mir leid.«

»Du wusstest ja nicht, dass ich Samantha bin«, antworte ich

gepresst. Er hat nur gesagt, was er denkt. Wahrscheinlich denkt halb Amerika so über mich und vielleicht stimmt es sogar.

»Es war trotzdem gemein. Normalerweise rede ich nicht so über andere, keine Ahnung, warum ich es getan habe. Ich hätte kein vorschnelles Urteil über den Blog fällen sollen. Sicher hast du deine Gründe, warum du ihn führst.« Ich glaube ihm, dass er seine Worte ehrlich meint. »Ich möchte, dass du weißt, dass ich für dich da bin. Du kannst jederzeit zu mir kommen, wenn du Hilfe oder jemanden zum Reden brauchst. Ich bin da.«

Mein Herz macht einen kleinen Satz, als ich seinen entschlossenen Blick erwidere. Vielleicht würde es mir guttun, mit ihm zu sprechen. Mit einem Mal verspüre ich den Drang, mich ihm zu öffnen und zu erklären, warum ich den Blog gestartet habe. Ich wünsche mir, dass Ethan mich kennenlernt – *richtig* kennenlernt und meine Beweggründe versteht.

»Als ich aufs College ging«, beginne ich zaghaft, »verliebte ich mich in meinen Dozenten. Wir begannen eine Affäre und ich hoffte, dass mehr daraus wird. Aber dann traf er sich mit einer anderen. Ich war tief verletzt und machte ihm eine Szene. Leider hat der Dekan alles mitangehört und uns zur Rede gestellt. Mein Dozent beschuldigte mich, ihn zu stalken und verführen zu wollen. Niemand glaubte mir, dass diese Affäre unter beidseitigem Einverständnis begonnen hat. Ich musste das College verlassen und fand kein anderes, an dem ich mein Studium hätte fortsetzen können. Also ging ich nach Silver Springs, um dort den Job als Sekretärin anzunehmen. Mein Herz war gebrochen, ich fühlte mich miserabel und war am Boden zerstört. Durch den Liebeskummer wurde ich immer dünner. Die Männer warfen mir häufiger Blicke zu und flirteten mit mir. Es war schön. Ich schwor mir, mich nie wieder zu verlieben, um nicht verletzt zu werden, und ließ mich hin und wieder auf einen Mann ein. Es war toll, mich für ein paar Stunden gewollt und begehrt zu fühlen. Die Männer schmeichelten mir, sagten Worte, die ich dringend hören musste, und gaben mir Nähe und Aufmerksamkeit. Ich genoss es, mit ihnen zusammen zu sein, wenn auch nur kurz. Es erfüllte mich mit Genugtuung, und diese versuchte ich in Form eines Onlinetagebuches noch ein wenig länger aufrechtzuerhalten. Daraus entwickelte sich schließlich *One Hundred Lovers* und ... den Rest kennst du ja.« Ich versuche, die Schilderung meiner Vergangenheit beiläufig klingen zu lassen und nicht wie das Drama, das es für mich als junge Erwachsene darstellte.

Ethan hört mir konzentriert zu und zieht die Stirn in Falten. »Es tut mir leid, dass dich der Typ so behandelt hat. Er hat dir das Gefühl gegeben, nichts wert zu sein, und das ist nicht okay.«

Als ich an Jeffrey zurückdenke, fährt ein Stich in mein Herz. Ethan hat ins Schwarze getroffen, denn seit dem Vorfall ist mein Selbstwertgefühl am Boden.

»Aber hat es dich glücklich gemacht, mit diesen ... diesen Männern ins Bett zu gehen?« Es fällt ihm sichtlich schwer, die Frage auszusprechen. Ich kann nur erahnen, was dabei in ihm vorgeht. Was sieht er in mir? Ich versuche mir vorzustellen, was ich über Ethan denken würde, wenn unsere Rollen vertauscht wären.

»Nein.« Es ist das erste Mal, dass ich es laut ausspreche und mir diese Wahrheit vor einem anderen Menschen eingestehe. Und so schmerzhaft das auch ist, so gut tut es gleichermaßen. Die Erkenntnis mag spät kommen, aber sie ist der erste Schritt in die richtige Richtung. »Ich glaube, dass ich im Grunde meines Herzens noch immer die gleiche Robyn wie damals bin. Unsicher, verletzt und voller Angst vor einer erneuten Zurückweisung.«

Mein Dad hatte recht, als er am Telefon sagte, dass ich mein Leben lang auf der Suche nach Liebe war. Doch leider habe ich den falschen Weg gewählt, um sie zu finden. Oder war es der richtige, um mir immer wieder zu bestätigen, dass Liebe für mich nicht existiert? Egal wie viele Hochs ich mit fremden Männern erlebe, es wird immer eine Bodenlandung geben, die tiefer ist, als die vorhergehende.

Um wahres Glück und echte Liebe zu erleben, muss ich die Suche bei niemand anderem als mir selbst beginnen. Das verstehe ich jetzt.

Ethan legt seine Arme um mich und zieht mich an sich. Und

zum ersten Mal lasse ich es zu, ohne der Angst in mir zu erlauben, diesen Moment kaputt zu machen. Ich spüre, dass es an der Zeit ist, etwas zu verändern. Ich will mein Leben wieder in den Griff bekommen, es umkrempeln und ihm einen neuen Sinn verleihen. Und dafür muss ich den Rat meines Dads beherzigen und an mir selbst arbeiten.

»Alles okay?«, fragt Ethan nach einer Weile.

Ich nicke an seiner Brust und rücke ein Stück ab. »Ja, mir geht es schon etwas besser.«

»Gut. Wollen wir dann essen?«

»Gern.«

Während wir in einvernehmlichem Schweigen essen, lasse ich meinen Gedanken freien Lauf. Genieße die Stille, die Sicherheit und Geborgenheit, die mich in Ethans Zuhause umgeben. Nachdem wir abgewaschen und aufgeräumt haben, kündigt er an, dass er eine Runde joggen gehen will, was mir gelegen kommt, denn ich habe über einiges nachzudenken.

»Brauchst du noch irgendetwas?«, fragt er liebevoll, als er sich bereits die Schuhe zubindet.

»Du hast nicht zufällig ein iPhone-Ladekabel?«

Er deutet auf die obere Schublade an seinem Schreibtisch. »Nimm dir, was du brauchst.« Bevor er geht, wendet er sich noch einmal um. »An der Pinnwand in der Küche steht meine Nummer. Ich nehme das Handy mit in den Wald. Du kannst mich jederzeit anrufen.«

Dankbar lächle ich ihn an. Womit nur habe ich seine selbstlose Fürsorge verdient?

Nachdem Ethan die Haustür hinter sich ins Schloss gezogen hat, hole ich das Ladekabel. Ich will wirklich nicht neugierig sein, doch als ich besagte Schublade öffne, gleitet die darunterliegende ein Stück auf und gibt den Blick auf einen Stapel Dokumente frei. Ganz oben liegt ein mintgrüner Brief, dessen Betreffzeile mir sofort ins Auge springt: *Einladung zum Nachbarschaftsfest.* Das dahinterstehende Datum liegt acht Monate zurück. Die handschriftlich verfasste Anrede richtet sich an Ethan und eine weitere Person. Ich stutze. Einen Moment ringe ich mit mir selbst, doch dann siegt die Neugier und ich lese weiter.

Lieber Ethan, liebe Claire,
auch in diesem Jahr laden eure Nachbarn Rosie und James zum gemütlichen Barbecue in die Red Roses Lane 5724 ein ...

Im folgenden Absatz geht es um organisatorische Dinge, doch mein Fokus liegt einzig und allein auf dem Namen hinter Ethans. Wer ist Claire? War sie seine Freundin? Haben sie hier zusammen gewohnt? Ich habe im gesamten Haus kein Foto gesehen, auf dem Ethan mit einer Frau an seiner Seite abgebildet ist, dennoch jagt mir die Vorstellung einen Stich in die Brust. In mir flammt der völlig irrationale Wunsch auf, alles über diese Claire und ihre Verbindung zu Ethan erfahren zu wollen. Wie haben sie sich kennengelernt? Wie sieht sie aus? Und wo ist sie jetzt? Ich bemerke erst, dass ich seit geraumer Zeit auf den Zettel starre, als das Ladekabel runterfällt. Schnell hebe ich es auf und mache mich daran, mein Smartphone wieder zum Leben zu erwecken. Das Herz klopft dumpf in meiner Brust, als das Display aufleuchtet und ich aufgefordert werde, die PIN einzugeben. Im ersten Moment geschieht gar nichts und ich hoffe schon, dass sich der Shitstorm, vor dem ich geflohen bin, gelegt hat. Doch natürlich hat er das nicht. In der folgenden Minute geht eine wahre Flut an Mitteilungen ein. Sie folgen einander so schnell, dass ich sie kaum überblicken kann: Anrufe von Francis, Mister Jones, Mister Harper und sogar von Anthony sind darunter. Allein Zelda hat dreiundzwanzig Mal versucht, mich zu erreichen. Fast alle haben zudem Textnachrichten hinterlassen, ich könnte allerdings nicht behaupten, dass ich scharf drauf wäre, sie zu lesen. Doch die Mitteilungen der Blog-App übertreffen alles bisher Dagewesene. Fünftausend neue Kommentare und sechshundertfünfzig Privatnachrichten innerhalb von nur zwei Tagen. Das gab es noch nie. Dazu die schier unglaubliche Zahl der Website-Aufrufe, die astronomische Ausmaße erreicht hat. Kraftlos sinke ich auf den Boden und lausche dem Rauschen des Blutes in meinen Ohren.

In den Anfangstagen des Blogs hätte ich mich vermutlich über die riesige Resonanz gefreut, doch heute wünschte ich, ich hätte die Website nie ins Leben gerufen.

In diesem Moment poppt eine neue Textnachricht von Zelda auf.

Zelda: RUF MICH ZURÜCK! DRINGEND!

Das klingt nach schlechten Neuigkeiten. Gerade als ich ihren Kontakt heraussuche, kommt sie mir zuvor und ihr Anruf geht auf meinem Handy ein. Mit einer beklemmenden Vorahnung nehme ich ab.

»Robyn!«, stößt sie atemlos aus. »Na endlich.«

Ich kaue nervös auf meiner Unterlippe. »Ich hoffe, du nimmst mir den übereilten Aufbruch nicht übel.«

»Quatsch. Hauptsache, du bist okay.« Zelda klingt abgehetzt. »Wo bist du? Kommst du zurecht? Warst du heute schon online?« Das Tempo, in dem sie die Fragen abfeuert, überfordert mich.

»Ich bin in Georgetown.«

Kurz ist es still. »In Georgetown? Wie kommst du denn ausgerechnet dort hin?«

»Ehrlich gesagt, weiß ich es nicht.« Kleinlaut füge ich hinzu: »Ich bin bei Ethan.«

Zelda klingt nicht im Mindesten überrascht. »Okay, gut. Bleib erstmal bei ihm. Hier ist die Hölle los. Journalisten belagern das Apartment. Ich bin bei Anthony. Wir nehmen uns ein paar Tage frei und fahren weg.«

Diese Nachricht lockt ein Lächeln auf meine Lippen, auch wenn mir nicht weniger danach zumute sein könnte. »Dann habt ihr euch ausgesprochen?«

»Ja, na ja, wir sind dabei. Aber darum geht's jetzt nicht.« Ich kann sie herumlaufen hören. Wenn Zelda beim Telefonieren umhertigert, liegt das meist daran, dass sie unangenehme Neuigkeiten überbringen muss. »Heute Morgen ist ein Brief für dich gekommen, der ziemlich offiziell aussieht.«

»Von wem?«

»Schultz and Milling Anwaltskanzlei. Ich habe ihn bei mir. Was soll ich damit tun?«

Mister Harpers diffuse Worte kommen mir in den Sinn: *»Wir müssen uns auf Paragraph dreiundzwanzig berufen. Sie werden sicher verstehen, dass ich angesichts der neuesten Entwicklungen keine andere Wahl habe.«*

Die Existenz des Briefes zu ignorieren, ist vermutlich keine Option. »Mach ihn auf und fotografier ihn für mich ab«, bitte ich Zelda.

»Okay.«

Ich spüre, dass sie mir noch etwas sagen will, und ich behalte Recht.

»Vor zwei Stunden ist ein neuer Artikel online gegangen.«

Auch das noch.

»Schlimmer als der erste kann er ja wohl nicht sein«, bringe ich mit einem verunglückten Lachen hervor.

Zelda schweigt.

Ich schlucke nervös. »Oder etwa doch?« Oh Gott. »Was steht drin?«

»Du solltest es dir besser selbst ansehen. Ich ... Anthony ruft mich. Wir fahren jetzt los. Ich bin über Handy erreichbar, okay?«

»Okay«, hauche ich.

»Du kannst mich jederzeit anrufen, auch mitten in der Nacht. Wenn du willst, kommen wir direkt zu dir.« Zu wissen, dass es eine Handvoll Menschen in meinem Leben gibt, die mich unterstützen und hinter mir stehen, egal was passiert, erfüllt mich mit tiefer Dankbarkeit.

»Versprich mir, dass du nicht alleine bist, wenn du den Schund liest, in Ordnung?«

»Versprochen.«

Damit gibt sich Zelda vorerst zufrieden und legt auf. Ich lasse meine rechte Hand mit dem Handy darin sinken und sehe zu, wie der Anruf beendet wird. Eine friedliche Sekunde lang ist das

Display schwarz, dann leuchtet die nächste Welle Mitteilungen auf. Auf dem Startbildschirm werden die Blog-Kommentare kurz angerissen. *Krank, Psycho, Bitch, Familie* und immer wieder *Francis* stechen daraus hervor. Ich wage es kaum, mir auszumalen, was das zu bedeuten hat. Mein Atem geht stoßweise und flach. Soll ich den neuen Artikel wirklich alleine lesen? Unsicher blicke ich zum Wald hinüber.

Obwohl ich Zelda gerade etwas anderes versprochen habe, entsperre ich den Bildschirm und öffne den Browser. Das harte Klopfen meines Herzens begleitet mich, als ich meinen eigenen Namen google. Ich muss nicht lange suchen, um zu finden, wovon Zelda gesprochen hat.

Exklusiv enthüllt: So krank ist die schamlose Sexkolumnistin Robyn Ward wirklich! Erfahren Sie alles über die schreckliche Vergangenheit der Skandalbloggerin von One Hundred Lovers

von Logan White

*Mit der Offenbarung der Identität von Sexkolumnistin Samantha Bane alias Robyn Ward, Schwester von US-Serienstar Francis Ward (*All the Beautiful Girls*, Golden-Feather-Preisträgerin) wurde Amerikas bestgehütetes Geheimnis der Onlinewelt gelüftet. Gleichzeitig entlarvte der jüngst zurückliegende One-Night-Stand die unverschämten Lügen der Bloggerin, über die sich tausende Fans schockiert zeigten. Die Resonanz auf unseren Artikel, ebenso wie unzählige Reaktionen in Online-Foren und im Social Web schlugen heftige Wellen. Auf dem Blog selbst überschlagen sich die Meldungen. Nie war das Interesse an* One Hundred Lovers *und der Frau, die dahintersteckt, größer. Und noch nie war Robyn Ward einem derartig heftigen Shitstorm ausgeliefert.*

Doch wer ist die Frau, die unfreiwillig für Schlagzeilen sorgt? Unserem Starportal gelang es, durch umfassende Recherchen die Wahrheit über die Frau, deren Ziel es angeblich ist, mit einhundert Männern zu schlafen, ans Licht zu befördern. Was wir auf der Suche nach einer Erklärung für ihre skurrile Leidenschaft herausfanden, übersteigt jegliche Vorstellungskraft.

Ich lasse das Handy in meinen Schoß sinken. Meine Arme und Beine fühlen sich taub an. Es ist, als wäre ich in einem Albtraum gefangen, der mich immer tiefer in seinen Bann zieht. Noch bevor ich den Artikel zu Ende gelesen habe, weiß ich, dass die Presse alles, was ich niemals preisgeben wollte, an die Öffentlichkeit gezerrt hat.

Ich will das nicht lesen. Ich will das nicht noch einmal durchmachen. Doch es ist wie ein Zwang, dem ich mich nicht entziehen kann. Also nehme ich das Handy wieder in die Hand und atme zitternd aus.

Groß, blond, schlank, wachsamer Blick und ein kesses Lächeln auf den vollen Lippen – Robyn Ward steht ihrer berühmten Schwester Francis Ward in Sachen Schönheit in nichts nach. Doch das war nicht immer so.

Sieht man sich aktuelle Fotos der siebenundzwanzigjährigen Bloggerin an, ahnt man nicht, welch schreckliche Qualen sie als Jugendliche erleiden musste. Aufgewachsen in Mayfield, Arizona, avancierte Robyn während der Highschool zur Zielscheibe ihrer Mitschüler. Das übergewichtige Mädchen wurde beschimpft, beleidigt und körperlich attackiert, Tag für Tag, über Jahre hinweg.

Robyn versteckte ihre Rundungen unter weiter, dunkler Kleidung und zog sich weitestgehend zurück. Sie war das völlige Gegenteil ihrer drei Jahre jüngeren Schwester. Francis war beliebt, schön und klug. Schon im zarten Alter von sieben Jahren begann sie, Theater zu spielen, und entdeckte ihre Liebe zur Schauspielerei. Später lagen die Jungs Francis reihenweise zu Füßen, während Robyn keine Beachtung von ihnen erfuhr. Die Schwestern besuchten dieselbe Highschool, doch dort mied die von allen geliebte, kleine Schwester Robyn weitestgehend. Man kann nur erahnen, wie sich der unglückliche Teenager gefühlt haben muss.

Als sie siebzehn Jahre alt war, trat ein Junge in Robyns Leben, der Interesse an ihr zeigte. Ehemalige Mitschüler erinnern sich an kleine Botschaften und verstohlene Blicke, die sich die beiden während des Unterrichts zuwarfen.

»Niemand konnte verstehen, was er von ihr wollte. Er hätte jede haben können, aber aus irgendeinem Grund fand er Robyn Ward toll«, erinnert sich eine Quelle, die anonym bleiben möchte.

»Wir hörten davon, dass sie vorhatten, sich zu treffen. Im ersten Moment dachten wir, es wäre ein schlechter Scherz. Die dicke Unbeliebte und der heiße Neue«, erzählt eine andere Mitschülerin.

Am Abend des besagten Dates entstanden Fotos, die die unerfahrene Schülerin nackt zeigten. Offenbar handelte es sich bei dem Treffen um ein abgekartetes Spiel, dessen einziges Ziel es war, Robyn heimlich in unvorteilhaften Posen zu fotografieren und die Bilder später zu veröffentlichen. Am nächsten Morgen wurden Wards freizügige Bilder an den Verteiler der gesamten örtlichen Highschool geschickt.

Man mag sich kaum ausmalen, wie geschockt das junge Mädchen gewesen sein musste. Ihre Familie erfuhr zunächst nichts von dem Vorfall.

»Das Netz war voll mit diesen Bildern«, berichtet ein ehemaliger Mitschüler. »Auf Facebook ließen sich ihre Klassenkameraden ungeniert darüber aus. Sie lachten Robyn öffentlich aus und überschütteten sie mit Häme. Jeder wusste davon.«

Einen Tag nach dem Vorfall versuchte sich Robyn mit einer Packung Schlaftabletten das Leben zu nehmen. Eine vertrauenswürdige Quelle aus dem Umfeld ihrer späteren Therapeutin gewährte uns exklusiven Zugang zu ihren Insiderinformationen. Die Ärztin ging von einer Spontanhandlung aus.

Nur einer glücklichen Fügung des Schicksals ist es zu verdanken, dass Robyn gefunden wurde. Francis kehrte noch einmal nach Hause zurück und fand ihre bewusstlose Schwester vor.

»Ich wusste sofort, dass etwas Schreckliches geschehen war, als ich die Tabletten sah. Robyn war kreidebleich und atmete nicht. Ich dachte, sie wäre tot«, gab Francis in einer späteren Therapiesitzung zu Protokoll. Geistesgegenwärtig wählte sie den Notruf. Ihre Eltern wurden informiert und begaben sich direkt ins Krankenhaus. Von den Ärzten erfuhren sie, was geschehen war.

»Wir ahnten nicht, was Robyn durchgemacht hat. Ich dachte, sie wäre einfach nur ein Mädchen, das gern allein ist. Dass sie von ihren Mitschülern schikaniert wurde, war mir nicht klar. Und auch von diesem Jungen wusste ich nichts. Jetzt kann ich nicht anders, als mich zu fragen, ob ich die ganze Zeit über blind war. Vielleicht wollte ich nicht sehen, was mit Robyn geschah? Ich mache mir solche Vorwürfe«, erklärte ihre Mutter später gegenüber Robyns Therapeutin, deren geheime Akten unserer Redaktion

vorliegen.

Nach dem gescheiterten Suizidversuch begab sich Robyn in eine Therapie, die sie jedoch nach wenigen Wochen wieder abbrach. Die Gründe dafür sind nicht bekannt. Später zog sie zu Verwandten nach Kalifornien, wo sie die Highschool beendete und später die UCLA besuchte. Sie entwickelte sich zu einer selbstbewussten jungen Frau, begann Sport zu treiben und nahm ab. Die optische Veränderung blieb auch von den Männern nicht unbemerkt.

»Sie wurde oft nach Dates gefragt«, erinnert sich ihre frühere Mitbewohnerin aus dem Studentenwohnheim. »Aber meines Wissens ist nie etwas Ernstes daraus geworden. Sie lebte sehr zurückgezogen. Ging nicht häufig aus. Das änderte sich erst mit der Zeit.«

Doch mit den Männern schien die junge Frau kein Glück zu haben. In ihrem zweiten Collegejahr entwickelte Robyn eine krankhafte Obsession zu ihrem Dozenten. Aus den offiziellen Akten ist zu entnehmen, dass sie ihn mit Anrufen, Besuchen und Liebesbriefen bedrängt haben soll. Als sie sich ihm schließlich gegen seinen Willen körperlich zu nähern versuchte, meldete er sie der Universitätsleitung. Robyn Ward, eine bis dahin engagierte und ehrgeizige Studentin, wurde des Colleges verwiesen.

Wenig später trat sie eine Stelle als Grundschulsekretärin in Silver Springs, Kalifornien, an. Ungefähr zu diesem Zeitpunkt rief sie ihren Blog ins Leben. Damals trug er den Titel A Woman's Desire. *Seitdem veröffentlichte sie regelmäßig ihre sexuellen Abenteuer. Nach einigen Monaten muss in ihr der Wunsch gereift sein, einen persönlichen Rekord zu erreichen, und sie änderte den Namen in* One Hundred Lovers.

In ihrer neuen Wahlheimat, in der sie bis heute ruhig und zurückgezogen in einer Wohngemeinschaft lebt, ahnte niemand, welchem Hobby die junge Sekretärin nach Schulschluss nachgeht. Bis jetzt. Nachdem ihre Identität enthüllt wurde, floh Ward aus ihrer Wohnung. Zuletzt wurde sie in der Nähe von Georgetown, Kalifornien, gesehen, wo sich besorgte Bürger entrüstet über ihr Auftauchen zeigten. Nach kurzem Aufenthalt verschwand Ward wieder. Auf ihrem Blog hat sie sich bisher nicht wieder zu Wort gemeldet. Alles deutet auf eine übereilte Flucht hin. Wo steckt Robyn jetzt und wie geht es ihr? Hält ihre labile Psyche dem Hass der Fans stand oder wird sie erneut an ihrem Schicksal zerbrechen? Wir bleiben dran!

Jeder einzelne Satz schneidet sich mit der Präzision einer Rasierklinge in meine Eingeweide. Und als wäre der Text noch nicht schlimm genug, ist er mit zahlreichen Fotos gespickt. Bilder von mir als Jugendliche, die Hände in den Hosentaschen vergraben, mit missmutigem Blick und dunkler, weitgeschnittener Kleidung. Daneben als Vergleich das Bewerbungsfoto, das ich vor Jahren an die Schule geschickt habe. Schicke Bluse, blondes, gepflegtes Haar, schlanker Körper, ein gewinnendes Lächeln auf den zartrosa Lippen.

Wie zum Teufel ist dieses Schmierblatt an all die vertraulichen Informationen und Bilder gekommen? Sogar an die Akten aus meiner Therapie? Die Unverfrorenheit der Journalisten erschüttert mich. Es ist mir unbegreiflich, wie ein Mensch dazu in der Lage sein kann, mit solch sensiblen Informationen an die Öffentlichkeit zu gehen. Als ich weiter nach unten scrolle, erstarre ich. Mein erster Impuls ist es, den Blick abzuwenden, aber ich kann nicht. Es ist schlichtweg unmöglich. Dort sind zwei der Nacktfotos von damals abgebildet. Im Internet. Für alle Welt sichtbar. Zwar zensiert, aber dennoch viel zu freizügig. Ich, auf der Seite liegend, mit Doppelkinn, vollen Brüsten, verklärtem Blick und Fett, Fett, Fett. Überall Fett. Plötzlich ist alles wieder da. Die Scham, die Angst, die Demütigung. Mir wird schwarz vor Augen. Mein Atem beschleunigt sich. Ich pumpe Luft in meine Lunge, doch sie kommt nicht an. Atmen ... ich muss ... atmen ...

Blinzeln. Plötzlich wird es hell. Ich erkenne ein Sofa schräg über mir. Warum liege ich auf dem Boden? Draußen bellt ein Hund, irgendwo fällt eine Tür ins Schloss. All das nehme ich wie durch einen Nebelschleier wahr. Ich bin unfähig, mich zu bewegen. Kann keinen einzigen klaren Gedanken fassen.

Jemand berührt meine Schulter. Ich zucke zusammen, schaue erschrocken auf. Mein Gesicht ist nass. Ich habe geweint? Da ist Ethan. Was will er denn hier? Wir haben uns seit Ewigkeiten nicht mehr gesehen. Wie hat er mich gefunden? Und warum sieht er mich mit dieser Panik im Blick an?

»Robyn, was ist passiert? Hast du dich verletzt?«

Als er mir dabei hilft, mich aufzusetzen, fährt ein stechender Schmerz in meinen Kopf. Stöhnend befühle ich die Beule an meiner Stirn.

»Warte kurz. Nicht bewegen.« Ethan verschwindet und kehrt wenige Augenblicke später mit einem Coolpack zurück, das er in ein Geschirrtuch gewickelt hat. Vorsichtig drückt er es gegen die hämmernde Stelle und sieht mich eindringlich an.

»Was ist passiert?«, wiederholt er, jetzt etwas ruhiger.

Mein Blick gleitet zu meinem Handy, das auf dem Boden liegt. »Ein neuer Artikel ist online«, bringe ich mit schwacher Stimme heraus, als die Erinnerungen zurückkehren und ich im Hier und Jetzt lande.

Sein Blick folgt meinem, bevor er das Telefon an sich nimmt. »Darf ich?«

Ich will nicht, dass er das liest und die schrecklichen Dinge erfährt, die ich getan habe. Andererseits hilft er mir so sehr und ich will ihn nicht abweisen. Ich kann den Artikel sowieso nicht vor ihm verbergen, also gebe ich meine PIN ein und reiche ihm das Telefon zurück.

Er setzt sich dicht zu mir, liest und sagt für lange Zeit kein Wort. Irgendwann legt er das iPhone zur Seite. Seine Kiefer mahlen. Dann zieht er mich unvermittelt an sich. Mein Körper ist so schlaff wie der einer Stoffpuppe. Widerstandslos sinke ich an seine Brust. Er riecht ein wenig nach Schweiß, aber nicht unangenehm. Unter meinem Ohr produziert sein Herz wilden Trommelwirbel.

»Ist das wahr? Du hast versucht, dich umzubringen?« Ethan verstärkt den Druck seiner Hände auf meiner Haut. »Es hieß, du wärest weggezogen. Zu deiner Tante nach Kalifornien.«

»Das bin ich auch. Aber erst Wochen später.«

Sanft löst er seinen Griff. Ich lasse es zu, dass er meine Hände in seine legt. Doch ich sehe ihn nicht an.

»Es ist meine Schuld.«

Verwirrt hebe ich den Blick. Wie kommt er darauf? »Es war *meine* Entscheidung. Ich wollte nicht mehr leben«, korrigiere ich ihn.

»Und daran bin *ich* schuld«, beharrt er.

»Die Fotos, die Bobby gemacht und an die gesamte Schule geschickt hat, waren schuld. Die Anfeindungen, Beleidigungen und Blicke, die ich jeden Tag erdulden musste, waren schuld ... die Summe aus allem.«

Er lässt meine Worte einen Moment lang nachwirken. »Wärst du an diesem Abend nicht bei mir gewesen, hätte es diese Fotos nie gegeben. Und wäre ich nicht so ein verdammter Feigling gewesen und hätte Bobby daran gehindert, mit der Kamera abzuhauen, hätte er sie nie verschicken können.«

»Du standest ebenso unter Schock, wie ich.« Er hatte nie gewollt, was passiert ist. Das weiß ich jetzt.

Ethan gibt meine Hände frei. Seine Brauen ziehen sich zusammen, das Kinn schiebt er trotzig nach vorn. Er wirkt so unruhig, als ob er gleich aufspringen und auf irgendetwas einprügeln wolle. Die Vorwürfe, die er sich macht, scheinen sich in Wut zu entladen.

»Ich hätte ihn aufhalten müssen.« Sein Blick zuckt zu mir. Plötzlich ist aller Zorn verschwunden. »Es *ist* meine Schuld.«

»Nein«, wiederhole ich schwach. Doch es hat keinen Zweck, Ethan zu widersprechen. Er hört mir gar nicht richtig zu, scheint gefangen in seinen eigenen Gedanken.

Eine Weile sitzen wir schweigend nebeneinander. Irgendwann holt mich das *Pling* meines Telefons zurück in die Realität. Zelda hat mir ein Foto geschickt. Ich sehe unschlüssig auf den Sperrbildschirm, dann zu Ethan.

»Was ist das?«

»Ein Brief von einer Anwaltskanzlei. Er kam heute Morgen per Eilzustellung bei Zelda an.«

»Lies ihn vor.«

Ich öffne die Nachricht und vergrößere das Bild, damit ich die Schrift besser erkennen kann. Mit jeder Zeile drückt mich die Last des Inhalts schwerer zu Boden. »Die wollen Geld.«

Ethan sieht mich fragend an.

»Die Zeitung. Mister Harper. Für den geplatzten Buchvertrag. Sie verklagen mich aufgrund meiner Lügen.«

»Was? Wie viel?«

»Hunderttausend Dollar Vertragsstrafe«, lasse ich mir die irrsinnig hohe Summe auf der Zunge zergehen.

Ungläubig hebt Ethan die Brauen. »*Was?*«

»... berufen wir uns auf die Paragraphen 23 a unseres Vertrages: Konventionalstrafe aufgrund Vorspiegelung falscher Tatsachen, sowie Paragraph 23 b: Massive Rufschädigung infolge selbstverschuldeten Verhaltens der Autorin, einhergehend mit der sofortigen Auflösung aller getroffenen Vereinbarungen und den daraus resultierenden Verlusten seitens Harper Media U.S.«, lese ich leise vor.

Ethan nimmt mir das Handy aus der Hand. »Das ist ein schlechter Scherz.«

»Ich wünschte, es wäre einer.« Ich lache humorlos, dann hole ich tief Luft. »Ich wusste, dass ich nichts erfinden darf, und habe es trotzdem getan. Ich habe die Zeitung wissentlich betrogen.« In dem Moment, in dem ich die Worte ausspreche, erkenne ich, wie dumm ich gewesen bin. Wie naiv, geblendet von dem vielen Geld und getrieben von dem Wunsch, meinen Job hinter mir zu lassen und ein neues Leben anzufangen. Wie konnte ich glauben, damit durchzukommen?

Ethan scheint nichts mehr zu sagen zu haben. Ebenso wenig wie ich.

29. Kapitel

Ich schalte mein Handy für den Rest des Tages aus und bitte Ethan um ein wenig Ruhe. Es fällt ihm sichtlich schwer, mich allein zu lassen, aber er respektiert meinen Wunsch und geht in die Werkstatt, um nach meinem Wagen zu sehen.

Ich bleibe zurück mit meinen Gedanken und der Frage, wie es weitergehen soll. Hoch verschuldet, ohne Job und ohne Ahnung, wie ich das jemals wieder geradebügeln soll.

Einhunderttausend Dollar.

Was für eine gigantische Summe. Wie dämlich muss man sein, einen Vertrag zu unterschreiben, der mit solchen Strafen droht? Nie im Leben bekomme ich so viel Geld zusammen. Ich weiß ja noch nicht einmal, wie ich die nächste Miete bezahlen soll – geschweige denn die Reparatur meines Wagens.

Die Sorgen begleiten mich in den nächsten Stunden, während ich unruhig durch Ethans Haus tigere. Als es dämmert, spüre ich die Müdigkeit in meinen Knochen. Ich beschließe, meinem Körper eine Pause zu gönnen, und rolle mich auf dem Sofa zusammen.

Das Klimpern von Ethans Schlüssel reißt mich etwas später aus dem Schlaf. Es ist dunkel geworden.

»Robyn?« Er betritt das Wohnzimmer und versucht sein Schmunzeln zu verbergen, als er mich halb schlafend auf dem Sofa vorfindet.

»Was hältst du von Nachos und einem Glas Wein?«

Der Gedanke heitert mich zumindest etwas auf, also nicke ich dankbar. Gemeinsam holen wir zwei Gläser, eine Flasche Zinfandel und den Snack aus der Küche und machen es uns wieder auf dem Sofa bequem.

»Was macht mein Wagen?«

Ethan wirft mir einen schnellen Seitenblick zu. »Der Reifen ist gewechselt, die Batterie auch.«

»Aber?«

Ein zerknirschter Ausdruck liegt auf seinem Gesicht. »Ich habe mir den Honda nochmal genauer angesehen. Der Keilriemen ist verschlissen. Du kannst von Glück reden, dass der Motor noch keinen Schaden davongetragen hat.«

Ich schlucke. »Das heißt?«

»Er muss umgehend ausgetauscht werden. Ansonsten läufst du Gefahr, dass du mit dem Wagen liegen bleibst und der Motor kaputtgeht.«

»Das klingt teuer.«

Er sieht mich entschlossen an. »Ich kümmere mich darum. So kannst du jedenfalls nicht weiterfahren.«

»Das kann ich nicht annehmen«, protestiere ich halbherzig, wohl wissend, dass ich das nicht nur kann, sondern muss.

»Es ist das Mindeste, was ich tun kann, Robyn«, erwidert er sanft. »Bitte lass mich dir helfen.«

Und wieder rettet er meinen Hintern aus einer ausweglosen Situation. Ich habe keine Ahnung, womit ich das verdient habe oder wie ich mich revanchieren könnte. »Ich zahle dir jeden Cent zurück«, verspreche ich. Auch wenn ich noch keinen Schimmer habe, wie ich das anstellen soll.

Ethan lächelt, als wäre seine Hilfe selbstverständlich, dann beginnt er von der Werkstatt und seiner Arbeit zu sprechen. Mit der Begeisterung eines Mannes, der sein Hobby zum Beruf gemacht hat, redet er über deutsche Automarken, über wertvolle Oldtimer und die neuesten High-Tech-Spielereien auf dem Markt. Man merkt ihm an, wie viel Freude ihm der Job bereitet.

Die Ablenkung tut mir gut. Je länger Ethan spricht, desto mehr rückt der Skandal in den Hintergrund und ich vergesse für ein paar Stunden, aus welchem Grund ich eigentlich hier bin. Stattdessen genieße ich seine Nähe, lausche seinen Erzählungen und lache ausgelassen über die Anekdoten so manch schrulliger Kunden. Ich könnte Ethan stundenlang zuhören und mich vom Klang seiner tiefen Stimme in eine andere Welt entführen lassen. Zum ersten Mal seit Tagen bin ich völlig entspannt.

Nachdem wir den Wein geleert haben und sich mein Magen und mein Kopf auf angenehme Weise warm anfühlen, beschließen wir, ein Stück spazieren zu gehen. Ein wenig Bewegung an der frischen Luft ist genau das, was ich brauche.

Ethans Haus und die Werkstatt befinden sich am äußeren Stadtrand von Georgetown. Wir sind umgeben von Natur und Wald. Es ist kühl geworden und der Geruch von Regen liegt in der Luft. Ethan hat mir einen Pullover geliehen, der mir viel zu groß ist, aber kuschelig warm. Außerdem riecht dieser nach ihm und wenn ich die Augen schließe, ist es fast so, als wären seine Arme um meinen Körper geschlungen. Ich mag die Umgebung, die ruhige Straße, die gepflegten Häuser und die Stille der hereinbrechenden Nacht. Für einen Moment lasse ich meine Fantasie abschweifen und stelle mir vor, wie es wäre, hier zu leben.

Als wir ins Haus zurückkehren, spüre ich die Müdigkeit, die der Wein ausgelöst hat. Gähnend reibe ich mir über die Augen.

»Geh schlafen. Du kannst das Bett haben, mein Schlafzimmer geht zum Garten raus. Da ist es absolut ruhig. Ich nehme die Einliegerwohnung«, bietet Ethan an.

Ich kann ihm unmöglich sein Bett wegnehmen. »Kommt gar nicht infrage. Ich nehme das Gästebett.«

Leise lachend berührt er meine Arme und hält mich gefangen. Er ist so nah, dass mein Atem für einen Moment ins Stocken gerät. Der Duft nach Minze hüllt mich ein. Sein Blick ruht auf meinem Gesicht und gibt mir zu verstehen, dass er keinen Widerspruch duldet. »Du nimmst das Bett im Schlafzimmer.«

Mein Kopf verselbstständigt sich und ich nicke matt. Bett und Ruhe klingen einfach traumhaft, und beim Gedanken daran fallen meine Augen fast automatisch zu. Doch Ethans Präsenz hält mich wach. »Du weißt, dass du so lange bleiben kannst, wie du willst?«, fragt er leise, aber bestimmt.

Mein Herz stolpert unkontrolliert in meiner Brust. So verlockend das auch klingt, ich kann mich nicht ewig in seinem Haus verstecken. Irgendwann muss ich zurück nach Hause und mich all den Problemen stellen, die hier so weit entfernt scheinen. Mein Blick fällt auf seine Brust. Er überbrückt die letzten Zentimeter zwischen uns und nimmt mich in den Arm. Ich zögere einen Moment, dann verschränke ich die Hände hinter seinem Rücken und gebe mich ganz dem Augenblick hin. »Ich bin dir sehr dankbar für deine Hilfe. Aber wenn mein Wagen wieder läuft, muss ich zurück.«

Ethans Finger streicheln über meinen Rücken. Es fühlt sich unglaublich gut an, von ihm gehalten zu werden.

»Ich weiß.« Er klingt, als wollte er noch etwas hinzufügen, mich vielleicht bitten, doch zu bleiben, aber er tut es nicht. Als er mich loslässt, fährt er mit der Hand über seinen Nacken und sieht mich eindringlich ein. Ein Teil von mir wünscht sich, er hätte sich nicht zurückgezogen. Ich will meine Finger ausstrecken und über seine Wangenknochen streichen, an seinem markanten Kinn entlang und weiter zu seinen breiten Schulterblättern. Ich möchte mich zurück in seine Arme schmiegen und von ihm gehalten werden, bis die Sonne aufgeht. Aber ich tue es nicht. Es wäre verkehrt. Zumindest in diesem Moment.

»Gute Nacht, Robyn.« Sein Blick liegt ruhig auf mir, als ich mich auf den Weg nach oben mache. Ich spüre ihn bei jedem Schritt, halte jedoch nicht inne.

Am nächsten Tag steht er sehr früh auf. Ich höre das Wasser im Badezimmer rauschen, als er duscht. Bald folgt das leise Klappern von Geschirr in der Küche. Er gibt sich offenbar Mühe, lautlos durchs Haus zu schleichen, aber ich liege schon seit Stunden wach und bekomme jedes Geräusch mit. So bequem und wohlriechend sein großes Bett auch ist, das rotierende Gedankenkarussell in meinem Kopf vermag es nicht zu stoppen. Als er die Haustür hinter sich zugezogen hat, setze ich dem

Hin- und Herzwälzen ein Ende und stehe auf. Der erste Gang führt mich direkt zur Kaffeemaschine, die Ethan auf zwei Tassen Extrastark vorprogrammiert hat. Auf der Küchentheke liegt ein Zettel: *Ich sehe nach deinem Wagen. Bis später, E.* Während ich den Startknopf drücke, entdecke ich die Notiz mit seiner Handynummer an der Pinnwand, die ich umgehend an mich nehme. Mit der dampfenden Tasse in der Hand gehe ich hinüber ins Wohnzimmer und sinke auf das weiche Sofa. Mein Blick fällt auf mein Handy. Stumm und schwarz liegt es am Rand des Beistelltisches und wartet darauf, eingeschaltet zu werden. Bevor ich mich bereit dazu fühle, es zum Leben zu erwecken, nehme ich zwei große Schlucke und mache mich innerlich auf das Schlimmste gefasst. Wie nicht anders zu erwarten war, trifft eine Flut von Mitteilungen ein, nachdem ich es eingeschaltet habe. Alles, was den Blog betrifft, wische ich einfach weg. Die Beleidigungen, die mir dennoch ins Auge springen, versuche ich, so gut es geht, zu ignorieren. Stattdessen speichere ich Ethans Nummer ein. Die Gewissheit, ihn von nun an jederzeit erreichen und auch später mit ihm in Kontakt bleiben zu können, erfüllt mich mit einer inneren Ruhe, die mir ein kleines Lächeln auf die Lippen malt. Als ich zurück auf den Startbildschirm wechsele, ziehen zwei verpasste Anrufe von Francis und sage und schreibe fünfzehn erfolglose Kontaktaufnahmen aus der Schule meine Aufmerksamkeit auf sich.

Ich werfe einen Blick auf die Uhr. Es ist kurz nach sieben. Wenn ich Glück habe, ist Mister Jones schon an seinem Platz. Irgendwann muss ich mit ihm sprechen, auch wenn er mir die Kündigung schon via Internet ausgesprochen hat. Ich nehme meinen ganzen Mut zusammen und wähle die Nummer des Rektorats.

»Ah, Miss Ward. Oder sollte ich besser sagen, Miss Bane?«, flötet er süffisant in den Hörer. Mich schaudert von Kopf bis Fuß. »Wie schön, dass Sie mich endlich zurückrufen.«

Ich räuspere mich und versuche neutral zu klingen. »Ich nehme an, ich bin entlassen?«

»Allerdings«, antwortet er kühl. »Oder hatten Sie etwa

gedacht, dass ich eine Verrückte auf die Kinder loslasse?« Als hätte er den Witz des Jahres gerissen, lacht er bellend in den Hörer. »Kommen Sie vorbei und holen Sie Ihre Sachen ab!«

»Ich bin momentan nicht in der Stadt.« Obwohl ich mir größte Mühe gebe, ruhig zu bleiben, schaffe ich es nicht, das leichte Zittern in meiner Stimme zu verbergen. Das Gespräch ist mir mehr als unangenehm, aber leider unumgänglich.

»Nicht mein Problem. Dann wandert der Kram eben in die Tonne.«

Mein Magen zieht sich auf unangenehme Weise zusammen. Neben allerhand Bürozeug befinden sich auch noch ein paar Pflanzen, gerahmte Fotos sowie Wechselsachen und Ohrringe, die mir Francis geschenkt hat, unter meinen Sachen. »Das können Sie nicht tun.«

»Wollen Sie es drauf ankommen lassen?«

»Geben Sie mir bitte noch etwas Zeit. Mein Wagen muss erst repariert werden.« Ich hasse es, Mister Jones um einen Gefallen bitten zu müssen, aber ich könnte es nicht ertragen, wenn er wirklich ernst macht.

»Wenn Sie Ihren Arsch nicht bis morgen Mittag hierher bewegt haben, werfe ich Ihren Krempel persönlich in den Müll. Ihre Nachfolgerin braucht Platz.«

Er hat schon jemand Neues eingestellt?

»Sie sagen ja gar nichts.«

»Ich werde da sein«, verspreche ich leise.

Jones grunzt einmal kurz zur Bestätigung, dann legt er auf. Ich schalte das Handy umgehend wieder aus.

Den restlichen Tag über lenke ich mich mehr schlecht als recht mit Fernsehen ab. Zwar bekomme ich kaum mit, was auf dem Bildschirm vor sich geht, aber wenigstens muss ich mir in der Zeit nicht den Kopf über mein Leben zerbrechen.

Als Ethan am Abend aus der Werkstatt zurückkommt, macht

mein Herz einen vorfreudigen Satz in meiner Brust. Den ganzen Tag über habe ich mir ausgemalt, wie ich ihn begrüßen würde. Vielleicht mit einer Umarmung – oder ist das zu viel? Ich entscheide mich schließlich für ein unverbindliches Lächeln. In den letzten Tagen haben wir uns einander auf einer Ebene angenähert, die über reine Freundlichkeit und Hilfsbereitschaft unter Freunden hinausgeht, und das verwirrt mich. Ich mag Ethan, weiß jedoch nicht, wie ich mit dieser Situation umgehen soll. Sie ist neu für mich und überfordert mich ein wenig.

Etwas hilflos fühle ich mich auch den gesamten Abend über, den wir damit verbringen, mitgebrachte Burger zu essen. Auch wenn die Atmosphäre angenehm ist, gehen unsere Gespräche nicht über Smalltalk hinaus. Ich würde gern über meinen Schatten springen und auf Ethan zugehen, und ich spüre, dass er das auch tun möchte, jedoch genauso wenig wie ich weiß, wie er den ersten Schritt machen soll.

So verabschieden wir uns nach dem Essen und gehen schlafen.

Im Schlafzimmer fällt mein Blick auf mein iPhone. Den ganzen Tag über habe ich gegen den Drang angekämpft, nachzusehen, ob etwas Neues über mich geschrieben wurde. Bis jetzt habe ich tapfer durchgehalten, doch in der Stille des Abends werde ich zunehmend unruhiger. Nachdem ich das Gerät bestimmt zwei volle Minuten lang angestarrt habe, gebe ich schließlich nach und erwecke es zum Leben. Es wundert mich nicht, dass noch mehr hasserfüllte Kommentare auf dem Blog auftauchten. Ich erspare mir die Mühe, sie zu lesen. Stattdessen sehe ich nach, wer mich erreichen wollte. Seit heute Morgen niemand mehr – wenigstens etwas. Ich atme tief durch und öffne den Browser. Dann gebe ich meinen Namen in Verbindung mit dem Blogger-Pseudonym ein. Die beiden Enthüllungsartikel der Klatschpresse erscheinen an erster Stelle. Sie wurden vielfach verlinkt und werden auf unzähligen anderen Webseiten, Blogs und Onlineportalen heftig diskutiert. Ein Statement der *Good Morning USA* fällt mir ins Auge. Ich öffne den Link und überfliege den Text ...

»distanzieren uns von unserer ehemaligen Kolumnistin Samantha Bane, alias Robyn Ward ... Vorspiegelung falscher Tatsachen ... waren uns der Lügen nicht bewusst ... Ehrlichkeit und Authentizität oberste Priorität ... entschuldigen uns vielmals bei allen Lesern und Fans ... Vertrauen missbraucht ... Vertragsbruch ... angekündigte Biographie wird nicht erscheinen ...«

Das flaue Gefühl in meinem Magen ist wieder da. Aber was hatte ich auch erwartet?

Ich gehe eine Seite zurück und überfliege die nächsten Ergebnisse der Suchmaschine, als mir Francis' Name ins Auge springt.

Kinorolle geplatzt! Francis Ward verliert den Deal ihres Lebens.

Ungläubig öffne ich den Mund. Was? Bitte nicht.

Francis Meghan Ward, bekannt durch die Rolle der Lucy Jackson in der mit einem Golden Globe geehrten Serie All the Beautiful Girls*, verlor jüngst die Filmrolle ihres Lebens. Dieser bittere Rückschlag dürfte die junge Schauspielerin ganz besonders hart treffen. Sprach sie doch in der Vergangenheit öfter davon, dass sie sich eine große Rolle in einer Kinoproduktion wünscht. In diesem Jahr schien ihr Traum endlich zum Greifen nah. Für die Ullrich-Produktion* Blondine mit Hund sucht Brillenträger mit Herz *wurde Ward als heißeste Kandidatin für die weibliche Hauptrolle gehandelt. Als männlichen Gegenpart konnte Superschnuckel James Dornie verpflichtet werden. Ward betonte stets, dass sie ein großer Fan des Schauspielers sei. Doch nachdem bekannt wurde, dass Wards Schwester Robyn den umstrittenen Sexblog* One Hundred Lovers *betreibt, bekamen die Produzenten offenbar kalte Füße. Die Verträge standen angeblich kurz vor der Unterzeichnung, als bekannt wurde, wer hinter den heißen Sexstorys steckt, die Amerika in Atem halten. Vertrauenswürdigen Quellen zufolge wollten die Filmemacher Francis gerade aufgrund ihres Sauberfrau-Images verpflichten.*

Mit ihrer emanzipierten Serienrolle als Lucy Jackson spielt sie sich seit Jahren in die Herzen der Fans. Neben der Schauspielerei engagiert sie sich außerdem mit ihrer eigenen Stiftung für junge Mobbing-Opfer. In Hollywood wird Francis Ward bereits in einem Atemzug mit großen Namen wie Angie Yoling, Scarlie Jonasson oder Jenny Lawrie genannt. Gerade ihr skandalfreies Image hatte dafür gesorgt, dass sich neben ihrer erfolgreichen Serienproduktion nun auch die Türen zu weiteren großen Rollen öffneten. Aber so schnell, wie ein Star in Hollywood geboren wird, verglüht er auch wieder. Man wolle nicht, dass der Film mit den schmutzigen Sexgeschichten ihrer Schwester in Verbindung gebracht werde, hieß es auf Nachfrage unserer Redaktion. Es scheint, als sei Wards Stern am Himmel Hollywoods vorerst erloschen. Gerüchten zufolge werde momentan sogar überlegt, die Drehbücher für die neue Staffel von All the Beautiful Girls *im letzten Moment umzuschreiben und Lucys Rolle herauszustreichen.*

Meine Augen beginnen zu brennen und hinter meinen Schläfen setzt dumpfes Hämmern ein. Francis hat mit alldem überhaupt nichts zu tun! Sie können sie nicht für meine Fehler bestrafen! Das ist nicht fair.

»Kannst du nicht schlafen?« Plötzlich steht Ethan vor mir. Ich habe ihn weder klopfen noch hereinkommen hören. Er sieht mich unter zusammengeschobenen Brauen an und wartet auf meine Antwort. Doch meine Kehle fühlt sich an, als wäre sie mit einem dicken Seil zugeschnürt.

Ethan trägt ein verwaschenes Shirt und weite Boxershorts. Das blonde Haar steht ihm verstrubbelt und feucht vom Kopf ab. Als ich immer noch nichts gesagt habe, setzt er sich zu mir. Durch das Fenster dringt nur schwaches Mondlicht herein, das es mir schwer macht, mehr als seine Silhouette zu erkennen.

»Was siehst du dir da an?« Sanft nimmt er das Smartphone aus meiner Hand. Während er liest, versteift sich sein Körper. Sein Blick huscht zu mir, doch ich erwidere ihn nicht. Aus dem Augenwinkel nehme ich wahr, dass er das Handy wieder abschaltet.

»Tu dir das nicht an.«

»Meine Schwester hat die wichtigste Rolle ihrer Karriere verloren. Meinetwegen.« *Und ich habe nicht einmal davon gewusst,* füge ich in Gedanken hinzu. Früher hat sie mir von jedem wichtigen Casting erzählt und jetzt? Wo sind wir bloß hingekommen?

»Das tut mir leid.«

Ich schließe die Augen und versuche den Schock zu überwinden. Ethan rutscht näher zu mir heran. Einen Moment lang zögere ich, dann lasse ich meinen Kopf auf seine Schulter gleiten. Er zieht mich enger an sich und legt seinen Arm um meinen Rücken. In einvernehmlichem Schweigen lauschen wir der Stille, die uns umgibt. Sein Duft nach Minze und Duschgel lenkt meine Gedanken in eine andere Richtung. Ich fühle Hitze in meine Wangen kriechen. Die Härchen in meinem Nacken stellen sich auf angenehme Weise auf. Ich habe keine Ahnung, wie ich es schaffen soll, Ethan morgen wieder zu verlassen. Der Gedanke schmerzt unsäglich. Ich möchte hierbleiben, bei ihm – wegen ihm, aber auch, weil ich mich hier sicher fühle. In seiner Nähe, in seinem Haus. Auch wenn ich weiß, dass das nicht geht. Ich kann mich nicht ewig verstecken.

Er bringt etwas Abstand zwischen uns, um mich anzusehen. Mittlerweile haben sich meine Augen an die Dunkelheit gewöhnt. Ich kann denselben Hunger in seinem Blick erkennen, der auch in mir schlummert, und den ich seit unserer ersten Begegnung zu unterdrücken versuche. Plötzlich ist mein Kopf wie leergefegt. Alle Sorgen und Ängste sind verschwunden. Da ist nur noch friedliche Stille und der Wunsch nach Ethans Lippen. Ich komme ihm entgegen, als sein Mund über meinen streift, ganz leicht zuerst, dann etwas bestimmter.

Der Kuss beginnt unschuldig, fast zögerlich, doch innerhalb weniger Sekunden wird er tiefer und sehnsüchtiger. Ein kleines Stöhnen entfährt seiner Kehle, als ich meine Finger in sein Haar schiebe und alle Warnungen, warum ich das hier nicht tun sollte, über Bord werfe. Ihn endlich küssen zu dürfen kommt einer Erlösung gleich. Er beugt sich über mich, bedeckt mich mit seinem starken Körper und sinkt gemeinsam mit mir auf das Bett. Ich schlinge die Beine um seine Hüften und presse ihn enger an mich. Als ich seine Erregung spüre, werde ich von unbändigem Verlangen erfasst. Atemlos setzen wir das Küssen fort, bis Ethan seine Hände neben mir in die Matratze drückt und mich mit verhangenem Blick ansieht. Er wird nichts tun, was ich nicht zu einhundert Prozent will. Es ist meine Entscheidung, wie es jetzt weitergeht, und er will, dass ich sie treffe. Sofort melden sich meine Bedenken zurück. Ich weiß nicht, was richtig ist. Mein Körper will in diesem Moment etwas völlig anderes als mein Kopf. Aber wonach verlangt mein Herz?

»Wer ist Claire?« Die Frage überrascht mich selbst.

»Was?«, fragt Ethan verwirrt.

»Da lag ein Brief in deinem Schreibtisch«, erkläre ich. »Ich habe ihn gesehen, als ich das Ladekabel gesucht habe.«

Mit einem Mal wirkt Ethan völlig aus der Situation geworfen. Er setzt sich auf und hinterlässt ein unangenehm frösteliges Gefühl auf meiner Haut. Der besondere Moment zwischen uns ist ruiniert. Doch ich konnte nicht anders, die Frage ist einfach so aus mir herausgeplatzt. Ich ziehe die Bettdecke hoch, wickele mich darin ein und setze mich ebenfalls hin. Was gerade zwischen uns im Begriff war, zu geschehen, scheint jetzt Welten entfernt.

Ethan hat seine Ellbogen auf seinen Oberschenkeln abgestützt. Vorübergebeugt sitzt er auf der Bettkante und starrt ins Nichts. »Claire war meine Freundin. Wir waren vier Jahre zusammen. Sie hat hier gewohnt.«

Also hatte ich doch recht mit meiner Vermutung. Ihn mir mit einer anderen Frau vorzustellen fühlt sich merkwürdig an. Ein eifersüchtiger Stich zieht sich durch meine Brust.

»Vor einem halben Jahr hat sie Schluss gemacht und ist ausgezogen.«

Sie hat ihn verlassen? Verblüfft sehe ich ihn an. Doch Ethan scheint sich in der Vergangenheit zu befinden. Sein Blick wirkt in sich gekehrt. »Ich war nicht bereit, den nächsten Schritt zu gehen, deshalb ist sie gegangen.« Er sieht mich an. »Sie wollte heiraten, Kinder, das ganze Programm. Aber es hat sich falsch angefühlt. Claire war einfach nicht die Richtige. Bist du jetzt zufrieden?«

Mein Mund klappt auf. Bin ich das? Tatsächlich fühle ich einen Hauch Erleichterung. Dennoch schweige ich, doch meine Antwort spielt sowieso keine Rolle mehr.

Ethan ist bereits aufgestanden und befindet sich auf dem Weg zur Tür. »Du solltest jetzt schlafen. Für die Fahrt nach Hause musst du fit sein.«

Seine Worte verletzen mich. Ich will die Frage nach Claire zurücknehmen, um diese Distanz zwischen uns nicht heraufzubeschwören, aber dafür ist es jetzt zu spät.

Ohne mich noch einmal anzusehen, zieht er die Tür hinter sich zu und verschwindet die Treppe hinunter. Ich halte die Decke noch immer fest an meine Brust gepresst. Es ist still im Zimmer, viel zu still. Ich lege mich hin, drehe mich auf die Seite und zwinge meine Augen zu. Während ich zwanghaft versuche, einzuschlafen, frage ich mich, ob ich froh darüber sein soll, die Situation beendet zu haben, bevor es kein Zurück mehr gegeben hätte, oder ob ich mich stattdessen ohrfeigen soll.

30. Kapitel

Am nächsten Morgen gibt sich Ethan keine Mühe, leise zu sein. Er poltert die Treppe hinunter und hantiert lautstark in der Küche herum. Es kommt mir so vor, als öffne und schließe er die Türen lauter, als es nötig wäre. Ich schlage die Decke zurück und gewähre der Kälte Einlass. Augenblicklich überzieht sie meine Arme und Beine und erinnert mich daran, dass ich Ethan heute verlassen muss. Mein Herz wird schwer.

Der erste Weg führt mich ins Badezimmer. Ich wasche mein Gesicht, kämme mein Haar und warte, bis es unten still geworden ist. Als ich die Küche kurz darauf betrete, sitzt Ethan am Tisch und liest Zeitung. Er hebt nicht einmal den Blick. »Guten Morgen«.

»Guten Morgen.« Die Erinnerungen an seine Hände auf meiner Haut lassen mich leise aufkeuchen. Starr wie eine Säule stehe ich vor ihm und versuche seinen Blick aufzufangen, aber es gelingt mir nicht. Der Sportteil muss heute wahnsinnig interessant sein. Wortlos schiebt Ethan mir eine große Tasse Kaffee über den Tisch.

»Hunger?«

Als ich den Kopf schüttle, runzelt er die Stirn. »Frühstück ist nicht deine Mahlzeit, oder?«

Ich hebe unverbindlich die Schultern. Das ist zumindest nicht gelogen.

»Wann willst du fahren?« Endlich sieht er mich an.

»Sobald mein Wagen fertig ist.«

Er fixiert mich und nickt langsam. »Jim hat mir vorhin eine Nachricht geschrieben. Er hat gestern bis spät nachts daran gearbeitet. Dein Auto ist fertig.«

Überstunden extra für mich? Ich habe keine Ahnung, wie ich das jemals wieder gutmachen soll.

»Guck nicht so.« Auf Ethans Lippen breitet sich ein trauriges Lächeln aus, das ich umgehend erwidere. Warum nur fühlt es sich so furchtbar an, gehen zu müssen? Und warum verhält er sich so distanziert? Liegt es an unserem Gespräch von gestern? Oder weil ich gehen werde?

»Wie gucke ich denn?«

»Als stündest du bis an dein Lebensende in meiner Schuld.«

»Das trifft es ziemlich gut, findest du nicht?«, versuche ich zu scherzen, und tatsächlich lockert sich die Atmosphäre etwas.

Ethan schüttelt belustigt den Kopf. »Ich habe dir schon einmal gesagt, dass ich dir gerne helfe. Die paar Reparaturen sind keine große Sache, wirklich.«

Und wieder einmal bin ich erstaunt über seine Selbstlosigkeit und Hilfsbereitschaft. Ich habe keinen Schimmer, was ich ohne Ethan getan hätte. Sein Lächeln breitet sich noch weiter aus und katapultiert mich zurück zu gestern Nacht, als diese umwerfend weichen Lippen meinen so nahe waren. Als ich seine warme Haut an meiner spüren durfte – und ihn viel zu früh wieder auf Abstand gehalten habe.

Es tut zu weh, länger darüber nachzudenken, also gehe ich wieder auf Abstand. »Wäre es okay, wenn wir gleich aufbrechen?«

In Ethans Blick flackert Enttäuschung auf. »Wie du möchtest.« Er leert seine Tasse in einem Zug, dann steht er auf. »Ich ziehe mich nur schnell um. Deine Sachen habe ich gewaschen. Sie liegen im Bad.«

»Danke. Ich habe sie schon eingepackt.« Unschlüssig blicke ich an mir herab, auf seinen Hoodie.

»Du kannst meine Klamotten behalten, Robyn.«

Ich will widersprechen, doch Ethan ist bereits auf dem Weg nach oben. Gedankenverloren streichle ich über den warmen Stoff, der mir das Gefühl gibt, Ethan auch dann noch nahe sein zu dürfen, wenn ich wieder zurück zu Hause bin. Schon jetzt weiß ich, dass ich diesen Hoodie niemals wieder hergeben werde. Ein letztes Mal lasse ich den Blick durch die gemütliche Küche schweifen, dann gehe ich in den Flur und warte dort.

Keine drei Minuten später kommt Ethan in seinem Arbeitsoutfit die Treppe herunter und hantiert mit einem Schlüsselbund.

Die kurze Strecke zur Werkstatt legen wir schweigend zurück. Mein Herz klopft so dumpf und laut, als wollte es mir befehlen, hierzubleiben. Neben Ethan herzugehen, fühlt sich mittlerweile so selbstverständlich an. Durch meine Finger zuckt der Wunsch, sie mit seinen zu verflechten. Ich wüsste zu gern, ob es ihm genauso geht. Ob sich sein Magen ebenso flau anfühlt wie der meine, angesichts des bevorstehenden Abschieds?

»Da sind wir.«

Fast wäre ich in ihn hineingelaufen, so tief war ich in meinen Gedanken gefangen. Ich linse an ihm vorbei und staune nicht schlecht, als ich meinen Wagen erblicke, der wie neu aussieht. Die Schmierereien sind verschwunden.

Ethan öffnet die Fahrertür und händigt meinen Schlüssel aus. Als ich ihn entgegennehme, schließen sich meine Finger um seine. Ein kleiner Energiestoß fährt durch mich hindurch. Ethans Pupillen weiten sich kurz. Ich muss ein Aufkeuchen unterdrücken. Sein Daumen fährt an meinem Handrücken entlang und streichelt mich sanft, während sein Blick von unseren Händen zu meinem Gesicht wandert und kurz auf meinen Lippen verharrt.

»Ich danke dir für alles.« Von den tausend Sätzen, die durch meinen Kopf jagen, bringe ich ausgerechnet diesen hervor. Er erscheint mir viel zu unbedeutend angesichts der vielen Dinge, die Ethan für mich getan hat.

Seine Hände geben meine frei. »Du kannst jederzeit zurückkommen.«

»Ethan ...« Ich weiß nicht, was ich sagen soll. Meine Dankbarkeit vermischt sich mit der Traurigkeit, die den nahenden Abschied immer realer werden lässt. Aber ich muss gehen, es gibt so viel für mich zu regeln. Ich habe nicht die geringste Ahnung, wie mein Leben weitergehen wird. Im Moment stehe ich vor dem Nichts. Kein guter Zeitpunkt, um eine Liebesgeschichte zu beginnen. »Ich ... danke«, bringe ich schließlich mit leicht brüchiger Stimme hervor.

Plötzlich spüre ich seine Arme, die mich umschlingen und an ihn ziehen. Bevor ich reagieren kann, senkt er den Kopf und küsst mich. Augenblicklich fällt alle Anspannung von mir ab, während ich meine Finger wie selbstverständlich in sein Shirt kralle. Zuerst scheu, dann verzweifelt und schließlich bittersüß erobert Ethan meinen Mund. Er macht kein Geheimnis daraus, was er für mich empfindet. Ethan Cole ist wie eine Droge, von der ich mehr will, je öfter ich davon koste. Ich bin ihm längst verfallen, das ist mir klar. Und doch muss ich ihn verlassen.

Viel zu schnell zieht der Moment vorüber und unsere Lippen trennen sich.

»Pass auf dich auf, Robyn.«

Ich nicke, bevor ich ein letztes Mal über seine Wange streichle. Dann wende ich den Blick ab und zwinge meine Füße, sich vorwärts zu bewegen. Mein Inneres fühlt sich wie ausgehöhlt an, als ich mich auf den Fahrersitz setze und meine Tasche daneben abstelle. Ich starte den Motor und löse die Handbremse. All das geschieht, ohne dass ich darüber nachdenken muss. Mein Körper bewegt sich, aber in meinem Kopf ist nichts als Leere. Einzig meine Lippen prickeln warm, während ich Ethan durch den Rückspiegel betrachte. Schon jetzt fühle ich mich unvollständig. Und doch lege ich den Gang ein und fahre los. Weg von dem Menschen, der mich aufgefangen hat, als ich es am dringendsten brauchte.

Ich rede mir ein, dass es die richtige Entscheidung ist. Es wird Zeit, mein Leben in den Griff zu bekommen. Und mit meiner Kündigung werde ich beginnen.

Am späten Vormittag rolle ich mit gemischten Gefühlen auf den Parkplatz der Schule. Es ist kurz vor elf, die Mittagspause wird die letzte Stunde erst in sechzig Minuten für beendet erklären. Eigentlich wollte ich zuerst nach Hause fahren und mir etwas Anständiges anziehen, doch ich fürchte mich davor, auf Journalisten zu treffen.

Nun muss ich meinem Boss gegenübertreten. Zum Glück ermöglicht es mir der laufende Unterricht, ins Sekretariat zu gelangen, ohne einer Menschenseele zu begegnen. Doch leider ist das Zimmer abgeschlossen. Ich erinnere mich dunkel daran, meinen Schlüssel am Montag auf dem Schreibtisch liegen gelassen zu haben. Mist. Also bleibt mir nichts anderes übrig, als den Rücken durchzudrücken, eine möglichst neutrale Miene aufzusetzen und selbstbewusst zu klopfen. Nichts geschieht. Ich klopfe noch einmal, lauter diesmal, und rufe dabei Mister Jones' Namen.

»Ja ja, ich komme ja schon.« Je lauter seine Schritte werden, desto heftiger klopft mein Herz. Ich krampfe meine Hände zu Fäusten zusammen und versuche, ruhig zu bleiben, doch meine Füße tippen unruhig auf der Stelle.

»Sieh an, wen haben wir denn da?« Mit einem süffisanten Grinsen baut sich der Rektor vor mir auf und lässt seinen Blick ungeniert über meinen Körper gleiten. »Interessantes Outfit.«

Ich ignoriere den Kommentar und dränge mich durch die Lücke zwischen seinem massigen Körper und dem Türrahmen. Automatisch blicke ich zum Schreibtisch, auf dem sich Papiere und Akten stapeln. Auch ein achtlos gepackter Karton, in dem sich meine Sachen befinden, steht dort.

»Machen wir es kurz«, sage ich und drehe mich um.

»Wie Sie wünschen.« Mit lässig in den Hosentaschen vergrabenen Händen sieht er mir dabei zu, wie ich meinen Besitz an mich nehme. »Ich schicke Ihnen die Kündigung zu. Hoffentlich erwarten Sie kein Empfehlungsschreiben von mir.« Sein rechter Mundwinkel zuckt spöttisch.

»Nein, danke«, antworte ich sachlich. Einen Moment lang überlege ich, den Karton an mich zu nehmen und einfach zu verschwinden, doch dann stelle ich ihn zurück auf den Schreibtisch und gehe zu Mister Jones. Dass ich ihm plötzlich so dicht gegenüberstehe, ist ihm sichtlich unangenehm, und auch ich könnte mir Schöneres vorstellen. Aber es gibt ein paar Dinge, die endlich ausgesprochen werden müssen.

»Ich habe diesen Job nie gemocht und ich bin froh, ihn jetzt los zu sein. Sie sind ein furchtbarer Chef. Ihre cholerische Art hat nichts mit Führungsqualitäten zu tun und ihre unangebrachten sexistischen Kommentare sind unter der Gürtellinie.« Ich halte seinem Blick stand, bis er seinen abwendet.

Er richtet den Sitz seiner Krawatte und tritt einen Schritt zurück. Bevor er etwas erwidern kann, schnappe ich mir meine Sachen und lasse das Sekretariat hinter mir. Je weiter ich mich dem Ausgang nähere, desto leichter fühle ich mich. Als würde eine tonnenschwere Last von meinen Schultern genommen, die mich jahrelang zu Boden gedrückt hat.

Auf dem Flur kommt mir Jasmine mit einem Stapel Papiere unter dem Arm entgegen. Als sie mich erblickt, bleibt sie abrupt stehen und nimmt mich überschwänglich in die Arme. »Ich finde es furchtbar, dass du gehen musst«, sagt sie und überrascht mich damit. Ich hätte mit Abscheu gerechnet, doch sie sieht mich mit einem traurigen Lächeln an.

»Ich nicht«, antworte ich ehrlich. »Der Job war schrecklich. Ebenso wie Mister Jones. Ich bin froh, hier weg zu sein.«

Jasmine nickt wissend. »Das kann ich verstehen. Jones würde ich auch nicht vermissen. Seine ekligen Kommentare machen mich wahnsinnig. Aber ich bin auf den Job angewiesen.«

»Er hat sich auch an dich herangemacht?«, frage ich überrascht. Bisher dachte ich, dass ich die Einzige wäre, die er auf diese Art belästigt.

Sichtlich beschämt senkt Jasmine den Blick und nickt. »Letzte Woche hat er mich *zufällig* am Po berührt. Es wird immer unangenehmer.«

Wütend ziehe ich die Luft ein. Dieser elende Mistkerl! »Du solltest ihn anzeigen.« Ich stelle den Karton am Boden ab und schließe meine Hände um ihre. »Wenn er damit weitermacht, dann musst du dagegen vorgehen. Es wäre gut, wenn du Zeugen hast. Ich stehe auf jeden Fall hinter dir und sage für dich aus, falls du diesen Schritt gehen willst.« Genügend Vorfälle sind mir immerhin noch lebhaft im Gedächtnis.

Jasmine verzieht gequält den Mund. Sie scheint noch nicht so weit zu sein, aber falls sie ihre Meinung ändert, dann werde ich sie unterstützen.

»Ich denke darüber nach, okay?«

Wir umarmen uns noch einmal fest zum Abschied. Bei der Gelegenheit gebe ich ihr meine Handynummer und bitte sie noch einmal inständig, sich seine Belästigungen keine Sekunde länger gefallen zu lassen. Ich selbst hätte schon viel früher den Mund aufmachen und mich zur Wehr setzen müssen. Dafür ist es jetzt zu spät, aber zumindest Jasmine kann ich helfen.

»Ich bin da, wenn du jemanden zum Reden brauchst. Gemeinsam finden wir eine Lösung, okay?«

»Danke, Robyn. Das weiß ich zu schätzen. Ich wünsche dir alles Gute. Lass dich nicht unterkriegen.«

Ich verspreche es ihr, ebenso wie sie mir verspricht, sich zu melden, wenn sie mit jemandem reden möchte.

Mit hocherhobenem Haupt und einem erleichterten Gefühl in der Brust verlasse ich die mir verhasste Schule.

31. Kapitel

In Gedanken versunken lenke ich den Honda durch die Straßen von Silver Springs. Ich fühle mich seltsam berauscht davon, Mister Jones meine Meinung klipp und klar ins Gesicht gesagt zu haben. Das hätte ich schon viel früher tun sollen, ebenso wie den Job an den Nagel zu hängen. Was bringt es, in einer Arbeit gefangen zu sein, die mich nicht glücklich macht? Zu der ich mich jeden Tag überwinden muss? Langsam beginne ich zu glauben, dass nicht alle Ereignisse der vergangenen Woche schlecht waren. Obwohl ich momentan noch nicht weiß, wie ich die Vertragsstrafe, die nächste Miete oder die Reparatur meines Wagens bezahlen soll, erfüllt mich der Gedanke daran nicht mit Panik. Tief in meinem Inneren spüre ich, dass ich auf dem richtigen Weg bin. Irgendwie wird sich alles fügen, davon bin ich plötzlich fest überzeugt.

Während ich, ohne mich bewusst dafür entschieden zu haben, den Stadtrand ansteuere, gleiten meine Gedanken zu meiner Familie. Zu Francis, die durch mich ihre Kinorolle verloren hat und um ihre Zukunft in der Serie bangen muss. Ich wünschte, ich könnte irgendetwas tun, um ihr zu helfen. Um die Dinge richtigzustellen oder zumindest meine Seite der ganzen Geschichte zu erzählen. Auch meinen Eltern zuliebe. Sie mussten meinetwegen schon so viel durchmachen, und nun sind sie wieder in den Mittelpunkt der Aufmerksamkeit gerückt. Wenn ich mir die Journalisten vorstelle, die ihr Haus belagern, wird mir ganz übel. Ich will nicht, dass die ganze Stadt denkt, sie wären schlechte Menschen, die eine verhurte, kaputte Tochter herangezogen haben. Es waren allein meine Entscheidungen, die mich hierhergeführt haben, deshalb ist es nicht fair, dass meine Familie darunter leiden muss.

Ich muss etwas unternehmen. Der Entschluss wird immer

klarer. Als sich der Abstand zwischen den Häusern vergrößert und ich mich den Ausläufern der Stadt nähere, wende ich den Wagen in eine ruhige Seitenstraße und parke ihn vor einem leerstehenden Gebäude. Mein Blick gleitet zu meiner Tasche, die halb geöffnet auf dem Beifahrersitz liegt. Die Rückseite meiner Handyhülle sticht mir ins Auge. In meinem Kopf nimmt eine Idee zunehmend Gestalt an.

Soll ich wirklich ...? Etwas in mir sträubt sich dagegen, über die Dinge zu sprechen, die ich so lange totgeschwiegen habe. Meine intimsten Gedanken und Gefühle preiszugeben, behagt mir ganz und gar nicht, aber vielleicht muss ich endlich anfangen, mich meinen Dämonen zu stellen.

Ich wische meine feuchten Handflächen an meiner Hose ab, nehme das Handy an mich und öffne die Blogapp. Die Kommentare, Statistiken und Likes wische ich beiseite. Sie interessieren mich nicht. Mit klopfendem Herzen arbeite ich mich zur Beitragsübersicht vor und berühre das Schreiben-Symbol. Als das leere Textfeld erscheint, atme ich tief durch. Es ist an der Zeit, den Mund aufzumachen. Als hätten sie nur auf diesen Augenblick gewartet, fliegen mir die Sätze zu, die ich so lange verborgen hielt.

Die Wahrheit über mich

Ihr kennt mich unter dem Namen Samantha Bane, aber mein echter Name ist Robyn Samantha Ward. Ich bin siebenundzwanzig Jahre alt, habe gerade meinen Job verloren, meine Familie enttäuscht und keine Ahnung, wie es weitergehen soll. Bis gestern hat mich diese Tatsache in Panik verfallen lassen, aber heute habe ich beschlossen, dass es so nicht weitergehen kann. Es fällt mir schwer, diese Worte zu schreiben, denn ich hatte nie vor, meine Geschichte öffentlich zu machen. Nun bin ich an einem Punkt angelangt, an dem ich keinen anderen Weg sehe, um mich wieder aufzurappeln und meinem Leben einen neuen Sinn zu verleihen. In den letzten Tagen sind viele Dinge über mich und meine Familie geschrieben wurden. Dinge, die mich schockiert und verletzt haben und viele Menschen, die mir nahestehen, betreffen. Ich habe es satt, den Mund zu halten. Ich habe die Nase voll davon, mich behandeln zu lassen, als wäre ich kein menschliches Wesen, als könnte man meine Gefühle und Ängste ohne Rücksicht ausnutzen und für jede Headline missbrauchen. Ich weiß, dass ich Fehler gemacht habe, und mir ist klar, dass ich die Schuld für mein Verhalten und die daraus resultierenden Konsequenzen bei niemand anderem als mir selbst suchen muss. Es tut mir in der Seele weh, zu wissen, wie sehr meine Familie darunter leiden muss. Deshalb habe ich entschieden, nicht länger zu schweigen. Versteht mich nicht falsch, das hier soll keine Rechtfertigung sein. Es ist bloß der Wunsch eines einsamen Mädchens, verstanden zu werden. Deshalb ist es mir wichtig, meine Seite der Geschichte zu erzählen, auch wenn ich das lange nicht wollte.

Hier kommt die Wahrheit über Robyn Samantha Ward.

Wenn ich in den Spiegel sehe, blickt mir die Frau entgegen, die ich immer sein wollte: schlank, blond, straffe Haut, glänzendes Haar und kein Gramm Fett zu viel am Körper. Meine Augen strahlen das Selbstbewusstsein aus, an dessen Zurschaustellung ich viele Jahre gearbeitet habe. Wenn ich mir selbst auf der Straße begegnen und ich mich nicht kennen würde, sähe ich eine Frau, die ihr Leben im Griff hat. Die weiß, was sie will, und glücklich ist. Doch der Schein trügt. Was in einem Menschen vorgeht, kann man nicht an seinem Äußeren ablesen. Welche Ereignisse ihn zu demjenigen geformt haben, der er heute ist, bleibt Fremden verborgen. Die Dunkelheit in seinem Inneren erkennt man nur dann, wenn er es zulässt. In mir schlummert mehr Dunkelheit, als gut ist, und ich habe mein Bestes gegeben, um sie vor der Welt zu verstecken. Heute weiß ich, dass kein Schatten ohne Licht existiert, man muss es nur erkennen.

Die Highschool war die schlimmste Zeit meines Lebens. Ich war übergewichtig, versteckte mich unter weiter Kleidung und verbrachte die meiste Zeit in meinem Zimmer. Mein Körper wurde zu meinem Gefängnis. Ich fühlte mich an jedem Tag in jeder Minute unwohl darin – mehr noch: ich hasste mich. Der Gang zum Imbiss, in dem ich neben der Schule jobbte, um ein wenig Geld anzusparen, kostete mich ebenso viel Überwindung wie der tägliche Schulweg. Meine Mitschüler beschimpften, beleidigten und demütigten mich unentwegt. Ich wurde ausgelacht, herumgeschubst, bespuckt und sogar mit heißem Öl übergossen. Ich war eine wandelnde Zielscheibe, niemand mochte mich. Am allerwenigsten ich selbst. Ich hielt den Mund, wehrte mich nie und sprach mit niemandem über das, was mir angetan wurde. Das Letzte, was ich wollte, war, meinen Eltern oder meiner Schwester Kummer zu bereiten. Sie sollten sich keine Sorgen um mich machen müssen. Wie jede andere Familie hatten wir Probleme, die ich nicht mit meinen bereichern wollte. Hätte ich doch nur den Mund aufgemacht. Stattdessen versuchte ich, stark zu sein, und redete mir ein, dass es irgendwann vorbei sein würde. Ich zählte die Tage bis zu meinem Abschluss und sehnte den Moment herbei, in dem ich meinen Heimatort verlassen konnte. Doch je mehr Zeit verging, umso schlimmer wurde es. Das Mobbing hinterließ Spuren, die mich langsam kaputtmachten. Sie zerstörten meine Hoffnung und meine Seele. Und sie hängen mir bis heute nach.

Nachdem Fotos von mir öffentlich gemacht wurden, auf denen ich nackt zu sehen war, war ich am Tiefpunkt angekommen. Ich war unendlich verzweifelt und beschämt. Diese Demütigung zerbrach den letzten Rest Stärke, den ich in mir trug. Ich konnte nicht mehr. Ich wollte nicht mehr leben. Damals sah ich keinen anderen Ausweg, als mich in meinem Badezimmer einzuschließen und mir mit einer Packung Schlaftabletten das Leben zu nehmen. Nur einem dummen Zufall habe ich es zu verdanken, dass ich noch hier bin. Ich wurde rechtzeitig gefunden und ich habe überlebt. Aber ich war nicht mehr dieselbe.

Was danach folgte, lässt sich nur mit einem Wort beschreiben: Flucht. Ich verließ meinen Heimatort und meine Familie, der ich mit meiner Tat so viel Kummer und Leid bereitet hatte, um mein altes Leben hinter mir zu lassen. Ich besuchte eine Therapie, die ich bald abbrach, weil ich es nicht schaffte, mich mit meinen Problemen auseinanderzusetzen. Ich dachte, es wäre der richtige Weg, einfach weiterzumachen und so zu tun, als wäre all das nie geschehen. Und für eine Weile funktionierte es sogar.

Heute weiß ich, dass man nicht vor seinen Dämonen fliehen kann. Sie verfolgen dich, ob du willst oder nicht. Im Nachhinein ist mir klar geworden, dass es einen anderen Weg gegeben hätte. Es gibt immer einen, egal wie aussichtlos die Lage scheint. Ich hätte den Mut aufbringen müssen, mich jemandem anzuvertrauen. Ich hätte mit jemandem reden und um Hilfe bitten müssen. Meine Familie stand und steht immer hinter mir und dafür liebe ich sie. Gemeinsam sind wir stärker als der Hass. Diese Einsicht kommt jetzt zu spät, denn was geschehen ist, lässt sich nicht ändern. Ich wünschte, ich hätte meinen Eltern und meiner Schwester die Angst, die Selbstvorwürfe und Sorgen ersparen können. Ich würde alles dafür geben, dass es nie so weit gekommen wäre. Doch das kann ich nicht.

Heute weiß ich, dass es keinen Grund dafür gab, mich schlecht zu fühlen. Dass ich die Schuld für all das Negative in meinem Leben nicht in meinem Aussehen hätte suchen dürfen. Ich war gut so, wie ich war. Nicht fett und nicht hässlich. Ich war es wert, geliebt zu werden. Von anderen Menschen, aber vor allem von mir selbst.

Warum ich diesen Text schreibe? Ich wünsche niemandem, so behandelt zu werden. Und so wie ich am liebsten alles, was passiert ist, unter den Teppich kehren und für immer darüber schweigen würde, weiß ich doch, dass dies nicht die Lösung meiner Probleme ist. Ich will, dass ihr meine Geschichte erfahrt. Von mir. Denn mittlerweile habe ich begriffen, dass ich okay bin. Egal, wie ich aussehe, egal, was meine Waage sagt und egal, was die Medien oder andere Menschen mir einzureden versuchen. Das alles spielt keine Rolle.

Wenn irgendwo da draußen ein Mädchen sitzt, dem es ähnlich geht wie mir damals, und es jetzt diesen Beitrag liest, dann möchte ich ihm sagen:

Du bist perfekt, genau so, wie du bist. Zweifle nicht daran. Wenn du dich alleine fühlst und denkst, dass du mit niemandem sprechen kannst, sammle deinen Mut und spring über deinen Schatten. Es gibt Menschen, die dich lieben und von denen du Unterstützung erfahren wirst.

Bitte, lass dir helfen.

Nachdem ich den letzten Satz getippt habe, breitet sich eine seltsame Mischung aus Nervosität und Erleichterung in mir aus. Stumme Tränen rinnen über meine Wangen, als ich die Websites mehrerer Hilfsorganisationen für Mobbingopfer verlinke. Auch Francis' Stiftung *Fight Your Fear* befindet sich darunter. Den Artikel schlussendlich abzusenden kostet mich eine gehörige Portion Überwindung, doch als ich es tue, spüre ich, dass es richtig ist.

Es gäbe noch so viel mehr, das gesagt werden könnte, doch

für den Moment belasse ich es dabei. Die letzte Stunde, in der ich den Text verfasst habe, hat mich ausgelaugt und erschöpft. Ich brauche eine Pause, also stecke ich das Handy zurück in meine Tasche und verlasse die Parklücke.

Als ich kurze Zeit später vor meinem Zuhause ankomme, stelle ich erleichtert fest, dass keine Reporter auf mich warten. Meine Sorge war unbegründet. Vielleicht hat sich die Klatschpresse mittlerweile auf das nächste Opfer gestürzt. Für den Moment bin ich froh, unbehelligt in meine Wohnung zu gelangen, die Vorhänge zuzuziehen und mich ins Bett legen zu können. Als ich die Augen schließe und langsam zur Ruhe komme, driften meine Gedanken zurück zu Ethan und unserem Abschied am Morgen. Mein Herz wird unendlich schwer. Ich schmecke seinen Kuss noch immer auf meinen Lippen. Mit der Erinnerung an meerblaue Augen schlafe ich schließlich ein.

Ich werde von der Vibration meines Handys geweckt. Mittlerweile ist es dunkel geworden. Eine nicht abreißen wollende Flut an Mitteilungen wird auf dem Startbildschirm angezeigt. Augenblicklich wird mir mulmig zumute. Was mein Beitrag wohl für Reaktionen nach sich gezogen hat? Ich ringe einen Augenblick mit mir selbst, dann sehe ich nach. Mein Herz pocht kräftig gegen meine Rippen, als ich die Blogapp mit angehaltenem Atem öffne.

LuckyLullaby, October 4th, 9:20 pm:
Danke für deine Offenheit. Ich finde es bewundernswert, dass du anderen Mädchen Mut machen willst, und hoffe, dass es dir und deiner Familie gut geht. Meine Mädels und ich stehen hinter dir. Wir lassen uns nicht von der Presse manipulieren. Du bist wunderbar, Samantha/Robyn! <3

LeandraH., October 4th, 9:35 pm:
Als treue Leserin deines Blogs war ich echt wütend und enttäuscht, als ich gelesen habe, dass du uns belogen hast. Ich kann nur erahnen, was jetzt in deinem Inneren vorgeht, aber ich möchte, dass du weißt, dass ich zu dir halte. Was dir passiert ist, tut mir leid und ich hoffe, du findest deinen Weg. Lass dich nicht unterkriegen.

Jackiiiiie, October 4th, 10:02 pm:
Liebe Robyn, ich habe mich lange nicht getraut, auf deinem Blog zu kommentieren, aber jetzt muss ich mich einfach zu Wort melden. Ich habe mich in deinen ehrlichen Worten wiedererkannt und weine seit einer Stunde ununterbrochen. Seit ich die Schule gewechselt habe, werde ich von meinen Mitschülern drangsaliert, und bis jetzt habe ich mich nicht getraut, mit jemandem darüber zu reden. Aber das kann so nicht weitergehen. Ich werde mir Hilfe suchen. Du hast mir die Augen geöffnet und dafür möchte ich mich bedanken. Jackie

Mit so viel Zuspruch hätte ich nicht gerechnet. Vor allem Jackies Worte berühren etwas tief in meinem Inneren. Sie zeigen mir, wie wichtig es war, den Text zu veröffentlichen, auch wenn es mir schwerfiel. Am liebsten würde ich die Schranken des Internets durchbrechen, das Mädchen in meine Arme nehmen und ganz fest drücken. Ich wünsche mir so sehr, dass sie die Unterstützung erhält, die sie verdient. Ein kleiner Hauch Stolz durchströmt mich bei dem Gedanken, dass ausgerechnet ich dafür verantwortlich bin, dass sie sich Hilfe holt.

Ein weiterer Kommentar fällt mir ins Auge.

LucyInTheSkyWithoutDiamonds, October 4th, 10:15 pm:
Liebe Robyn, es tut gut, wieder von dir zu lesen. Ich habe mich gefragt, wie es dir geht, nach allem, was geschrieben wurde. Deine Vergangenheit hat mich geschockt und gleichzeitig tief berührt. Ich würde gerne wissen, was danach passiert ist, und denke, dass ich damit bestimmt auch im Namen vieler anderer

Leserinnen spreche. Also, vielleicht findest du den Mut, deine Geschichte weiterhin mit uns zu teilen. Alles Liebe, Lu.

Dieser Post wurde über zweihundert Mal mit Gefällt-Mir angeklickt. Die Menschen nehmen Anteil an meiner Geschichte und das überrascht und freut mich zugleich. Ich hatte nicht damit gerechnet, dass sich jemand für etwas anderes als meine Bettgeschichten interessieren würde. Doch anscheinend lag ich damit falsch. Vielleicht habe ich meine Community unterschätzt.

Eine Weile liege ich wach und denke über den letzten Kommentar nach. Sollte ich noch mehr schreiben? Erzählen, wie es nach der Highschool weitergangen ist?

Während ich in der friedlichen Stille meines Zimmers vor mich hin grüble, geht eine Textnachricht auf meinem Handy ein. Als ich den Namen des Absenders lese, vollführt mein Magen einen kleinen Salto.

Ethan: Ich habe deinen Post gelesen und möchte, dass du weißt, dass ich an dich denke.

Dieser simple Satz löst so viele Emotionen in mir aus. Was würde ich dafür geben, ihn jetzt bei mir zu haben. Auf einmal kommt mir das Apartment nicht mehr still, sondern einsam vor. Die Dunkelheit löst eine Sehnsucht in mir aus, die sich in Form eines leichten Prickelns über meinen gesamten Körper erstreckt. Vielleicht muss ich Ethan nicht ganz aus meinem Leben verbannen, solang ich in meinem Inneren aufräume. Fast automatisch betätigen meine Finger die Antworten-Funktion. Bevor ich es mir anders überlege, schreibe ich die Worte, die mein Herz mir diktiert.

Ich: Ich wünschte, du wärst hier.

In den nächsten Sekunden bin ich ein aufgewühltes Wrack. Mein Puls dröhnt in meinen Ohren und meine Gedanken rasen ununterbrochen, bis seine Antwort endlich erscheint. So etwas habe ich zuletzt mit meinem Dozenten gemacht – SMS geschrieben. Es fühlt sich seltsam an. Nicht unangenehm, aber neu.

Ethan: Ein Wort von dir und ich setze mich ins Auto.

Ich beiße auf meine Unterlippe, während ich auf das hell erleuchtete Display sehe. Was soll ich darauf erwidern? Mein Herz liefert mir die Antwort, indem es noch schneller schlägt. Doch so sehr ich Ethan auch vermisse und mir wünschte, er wäre jetzt an meiner Seite, ist es noch zu früh dafür. Ich habe gerade erst begonnen, mir über die weiteren Schritte auf meinem Weg klar zu werden. Wenn ich ihn wiedersehe – und davon gehe ich nun fest aus – will ich mich für ihn öffnen können. Ohne Ballast, ohne Angst, genauso bedingungslos und entschlossen, wie er es verdient. Aber so weit bin ich noch nicht. Ich wähle meine nächsten Worte mit Bedacht und schicke sie schweren Herzens ab.

Ich: Ich vermisse dich, aber ich brauche Zeit zum Nachdenken.

In meinen Fingerspitzen jucken tausend weitere Worte, Erklärungen, Rechtfertigungen und Entschuldigungen. Aber nichts davon sende ich ab.

Als ich Ethans Antwort lese, breitet sich ein kleines Lächeln auf meinen Lippen aus.

Ethan: Ich bin für dich da. Immer. xo

Genau das habe ich gebraucht. Verständnis und einen digitalen Kuss, der mich kurz darauf mit einem Lächeln wieder in den Schlaf gleiten lässt.

32. Kapitel

Am nächsten Morgen fühle ich mich so erholt wie schon lange nicht mehr. Nach einem ausgiebigen Frühstück, wie es bei mir normalerweise ausfällt, mache ich es mir im Wohnzimmer bequem und scrolle mich durch verschiedene Jobbörsen. Ich brauche einen Lichtblick und das Gefühl, dass es wieder bergauf geht. Und ich brauche eine neue Arbeitsstelle. Doch je länger ich die Portale durchforste, desto deprimierter werde ich. Nichts entspricht meinen Vorstellungen oder Qualifikationen. Wehmütig denke ich an mein abgebrochenes Pädagogikstudium zurück. Die Grübeleien bringen mich aber leider nicht weiter, also klappe ich den Laptop zu und atme tief durch. Mein Blick wandert zum Fenster, hinter dem sich ein milder Herbsttag ankündigt, und weiter zu meinem Handy, das dutzende in der Nacht eingegangene Benachrichtigungen anzeigt. Dabei springt mir eine Textnachricht von Zelda ins Auge:

Zelda: Wie geht es dir? Bist du wieder zu Hause? Habe deinen gestrigen Post gelesen und finde es stark und mutig von dir, nun selbst an die Öffentlichkeit zu geben. Ich schicke dir eine dicke Umarmung aus Arizona.

Ich: Hey Lieblingsmitbewohnerin. Mir geht es heute schon viel besser. Mein Bett hat mir gefehlt. Aber du fehlst mir auch. Alles okay bei Anthony und dir? Drück dich zurück.

Ihre Antwort lässt nicht länger als die Zubereitung der zweiten Tasse Kaffee auf sich warten.

Zelda: Bei uns ist alles gut. Wir wollen es ernsthaft miteinander versuchen. Werden aber noch ein paar Tage unterwegs sein. Ich hoffe, das ist in Ordnung?

Ich: Natürlich. Ich komme zurecht. Momentan bin ich sowieso lieber für mich, um meine Gedanken zu sortieren. Genießt die Auszeit. Liebe Grüße an Anthony.

Es freut mich zu wissen, dass es meiner besten Freundin gut geht. Sie hat dieses Glück so sehr verdient. Mit einem warmen Glimmen in der Brust will ich das Handy zurücklegen, als eine weitere Nachricht eingeht.

Ethan: Guten Morgen, hast du gut geschlafen?

Augenblicklich stolpert mein Herz los und meine Fingerspitzen werden feucht. Ich hätte es nie für möglich gehalten, dass mich eine einfache Mitteilung derart aus der Bahn werfen könnte. Doch die starke Anziehungskraft, die Ethan auf mich ausübt, macht selbst vor einer Textnachricht keinen Halt.

Ich: Ich habe von dir geträumt.

Nervös ringe ich die Hände im Schoß und warte auf seine Antwort.

Ethan: Dann hoffe ich, dass es ein guter Traum war ☺

Mit einem leisen Lachen schreibe ich zurück:

Ich: Du warst hier, in Silver Springs. Wir sind spazieren gegangen. Du hast meine Hand gehalten.

Dass er mich in meinem Traum geküsst hat, traue ich mich nicht zu schreiben. Nicht, wenn ich seine Reaktion nicht direkt miterleben darf. Seine Antwort folgt sofort.

Ethan: Klingt nach einem schönen Traum. Ich wünschte, ich hätte auch von dir geträumt, aber im Moment bleiben mir nur die Erinnerungen an die vergangenen Tage.

Seine Worte machen mich glücklich und traurig zugleich. Alles in mir drängt danach, mich sofort ins Auto zu setzen und nach Georgetown zu fahren. Unsere gemeinsame Geschichte ist noch nicht zu Ende. Mein Herz, meine Seele und mein Körper signalisieren mir deutlich, dass sie sich eine Fortsetzung wünschen. Sie schreien es mir beinahe entgegen. Ich muss es ihm sagen. Ethan muss wissen, dass ich ihn nicht auf dem Abstellgleis geparkt habe, sondern seine Gefühle erwidere. Deshalb atme ich tief durch und tippe die nächsten Worte mit einer Mischung aus Aufregung und Vorfreude.

Ich: Ich bin fest davon überzeugt, dass wir neue gemeinsame Erinnerungen schaffen werden. Denn das ist es, was ich mir von Herzen wünsche. Aber ich bin noch nicht so weit, mich vollkommen zu öffnen, so sehr ich das auch will. Du sollst wissen, dass ich an dich denke. Ununterbrochen. An dein Lächeln, deinen Geruch, alles, was du für mich getan hast. Wenn ich die Augen schließe, sehe ich dich vor mir und wünschte, ich könnte die Arme ausstrecken und mich in deine fallen lassen. So etwas habe ich schon lange nicht mehr gefühlt, Ethan. Es ist wundervoll, aber gleichzeitig macht es mir Angst. Du weißt, was ich erlebt habe, und du weißt auch, an welchem Punkt in meinem Leben ich mich gerade befinde. Es wäre einfach, zu dir zu fahren oder dich zu bitten, herzukommen. Wir könnten Zeit miteinander verbringen und uns jeden Tag ein bisschen besser kennenlernen. Ich bin mir sicher, dass ich mich Stück für Stück weiter in dich verlieben würde, weil ich bereits damit begonnen habe. Aber zuerst muss ich mich mit mir selbst auseinandersetzen. Ich will dich nicht zum Lückenbüßer machen, sondern unsere

Geschichte dann weiterschreiben, wenn ich mich wirklich bereit dazu fühle. Mir ist es noch nie leichtgefallen, meine Gefühle zu äußern, aber ich will, dass du weiß, was in mir vorgeht. Weil ich mir nichts sehnlicher wünsche, als eine zweite Chance für uns.

Diesmal dauert es länger, bis er antwortet. Doch so kurz seine Nachricht ausfällt, so sehr bringt sie mein Herz zum Rasen:

Ethan: Ich werde auf dich warten.

Bis zum Nachmittag bin ich damit beschäftigt, mein Leben neu zu ordnen. Ich liste meine laufenden Ausgaben auf und vergleiche sie mit der Höhe meiner geringen Ersparnisse, sortiere meine Unterlagen über abgeschlossene Module im Studium, absolvierte Praktika und Weiterbildungen während meiner Zeit als Sekretärin. Ich durchwühle meine Schränke nach Dingen, die ich nicht mehr gebrauchen und zu Geld machen kann. Meine Gedanken sind beschäftigt, ebenso meine Hände.

Als ich meinen Schreibtisch auf den Kopf stelle, fällt mir der Ordner mit den Unterlagen der Psychotherapie in die Hände, die ich im Anschluss an den Fotoskandal begonnen hatte. Mein Magen krampft sich schmerzhaft zusammen, als ich ihn durchblättere. »*... wird eine Fortsetzung und Beendigung der Therapie dringend empfohlen*«, lese ich auf einem der Blätter. Schuld und die Angst, versagt zu haben, mischen sich unter das Unwohlsein, das meinen Körper im Griff hält. Da steht es, schwarz auf weiß. Eine Empfehlung, die so viel mehr ist. Sie ist der Lichtblick, nach dem ich so lange und verzweifelt gesucht habe. Die Hoffnung, die ich in einhundert fremden Männern zu finden glaubte. Langsam lasse ich den Ordner auf den Boden sinken. Dabei fällt ein einzelnes Blatt heraus. Es ist handschriftlich verfasst und stammt aus der Zeit kurz nach meinem Selbstmordversuch. Im Rahmen meines stationären Aufenthalts im Krankenhaus habe ich einen Aufsatz verfasst, in dem ich meine Vorstellungen über die Zukunft niedergeschrieben habe. Unter anderem ging es dabei auch um meinen Berufswunsch. Als ich die Zeilen lese, die ich in nach rechts geneigten, verschnörkelten Buchstaben geschrieben habe, steht die Welt für einen Moment still.

Ich wünsche mir, etwas zu bewirken. Gutes zu tun. Anderen zu helfen. Ich möchte Mädchen, denen es so geht wie mir, unterstützen und verhindern, dass sie den Glauben an sich selbst verlieren.

Der Wunsch, den ich damals beschrieben habe und den ich mit meinem Pädagogikstudium erfüllen wollte, ist immer noch in mir verankert.

Mittlerweile ist es Abend geworden. Ich brauche eine Pause und habe Hunger. Aus den wenigen Lebensmitteln, die ich in unserer Küche finden kann, koche ich mir eine große Portion Nudeln und esse sie bis auf den letzten Bissen auf. Danach beschließe ich spontan, mir ein wenig die Beine zu vertreten. Ich ziehe Ethans Hoodie über, setze ein Basecap auf und ziehe es tief ins Gesicht. Auf dem Weg durch mein Viertel begegne ich nur wenigen Menschen. Niemand nimmt Notiz von mir, jeder ist in seine eigene Gedankenwelt versunken. Als ich an einer kleinen Grünfläche ankomme, auf der zwei Hunde unter Aufsicht ihrer Herrchen miteinander spielen, nehme ich auf einer Bank Platz und beobachte sie eine Weile. Die Erschöpfung des Tages macht sich langsam bemerkbar. Mein Rücken schmerzt und meine Augen beginnen zu brennen, doch das war es wert. Als mein Handy in meiner Hosentasche surrt und die Vorschau des Fotos anzeigt, das Zelda mir geschickt hat, breitet sich ein Lächeln auf meinem Gesicht aus. Sie und Anthony recken zwei Daumen in die Höhe. Darunter steht: *Wir denken an dich.*

Nachdem ich das Bild ausgiebig betrachtet und danach wieder geschlossen habe, zeigt mir die Blog-App die neu hinzugekommenen Mitteilungen an. In meiner Brust regt sich ein nervöses Flattern, das mit dem Gedanken einhergeht, den gestrigen Post zu erweitern. Ich möchte den nächsten Teil meiner Geschichte erzählen. Die ganze Wahrheit, ohne Lügen und ohne Beschönigungen. Je länger ich darüber nachdenke, desto stärker wird mein Wunsch. Also tue ich es einfach.

Wie aus Robyn Samantha wurde

Ich verließ Mayfield, Arizona, mit einer gebrochenen Seele. Die Hoffnung, endlich so gemocht zu werden, wie ich war, starb an dem Tag, an dem die Fotos veröffentlicht wurden. Es fiel mir schwer, meine Familie, die mich immer unterstützt hatte, hinter mir zu lassen, um bei meiner Tante neu anzufangen, doch ich sah keinen anderen Weg. In der Kleinstadt, in der ich fortan lebte, ging es mir von Tag zu Tag besser. Niemand kannte mich und meine Geschichte. Meine Mitschüler mieden mich zwar, immerhin war ich die Neue, doch das war in Ordnung. Die Hoffnung auf echte Freundschaft, Dates mit Jungs und die Zugehörigkeit zu einer Clique hatte ich längst aufgegeben. Ich verdrängte eisern jeden Gedanken an die letzten Jahre und dachte, das würde helfen. Mein Plan schien aufzugehen, doch die Albträume, Erinnerungen und die niemals schwindende Angst vor erneuten Demütigungen verfolgten mich auch dort. Sie saß zu tief, als dass sie von allein verschwinden würde. Eine erneute Therapie kam für mich nicht infrage, denn ich war fest davon überzeugt, dass nichts und niemand mir helfen konnte. Stattdessen beschloss ich, eine Andere zu werden und mein altes Leben und die alte Robyn hinter mir zu lassen.

Ich fing an, Sport zu treiben, Kalorien zu zählen und mir die Haare zu färben. Jede Mahlzeit wurde Tage im Voraus geplant und mit etlichen Joggingrunden und zahlreichen Stunden im Gym abgegolten. So verlor ich innerhalb kürzester Zeit den Großteil meiner überschüssigen Pfunde. Schwindel, Hunger und Müdigkeit wurden zu meinen ständigen Begleitern. Meine Wandlung blieb auch meinen Mitschülern nicht verborgen. Ich wurde angesprochen und zu Treffen in Cafés und Diner eingeladen – zum ersten Mal in meinem Leben. Es entwickelten sich keine tiefen Freundschaften, aber ich kam mit Mädchen in meinem Alter ins Gespräch. Ich wurde gemocht. Dieses Gefühl war so neu und überwältigend, dass ich daran festhalten musste. Und so setzte ich meine Diäten selbst dann noch fort, als ich vor Hunger kaum noch stehen konnte. Ich war der festen Überzeugung, dass es mein Aussehen war, dem ich den neuen Status an meiner Schule zu verdanken hatte. Dass meine positive Ausstrahlung, die ich plötzlich an den Tag legte, oder das neu gewonnene Selbstbewusstsein der Schlüssel sein könnten, kam mir nicht in den Sinn. Ebenso abwegig schien der Gedanke, um meinetwillen gemocht zu werden.

Erst einige Jahre später, als ich an der UCLA studierte, traf ich auf jemanden, der mir das Gefühl gab, nicht nur mein Äußeres, sondern auch mein Inneres wertzuschätzen. Er war mein Dozent, dem ich binnen weniger Tage verfiel. Es war das zweite Mal in meinem Leben, dass ich mich Hals über Kopf verliebte, und das erste Mal, dass ich mir sicher war, meine Gefühle würden erwidert. Doch ich täuschte mich. Für den Mann, dem ich meine Welt zu Füßen legte, war ich nichts als eine Affäre. Unsere stundenlangen Gespräche, seine leise geflüsterten Liebesschwüre und endlosen Komplimente dienten nur dem Ziel, mich ins Bett zu bekommen. Als ich zum ersten Mal mit ihm schlief, war ich Jungfrau. Ich wünschte bis heute, es hätte einen anderen gegeben, mit dem ich mein erstes Mal hätte erleben können. Dieser Moment sollte eigentlich etwas ganz Besonderes sein und mit tiefer Zuneigung, Vertrauen und Nähe einhergehen. Doch ich war geblendet, gutgläubig und sog jede Zärtlichkeit auf wie ein Schwamm. Ich gab ihm alles, was er wollte, und entdeckte den Spaß am Sex. Die Intimität, das Begehren und die neuen, überwältigenden Gefühle kostete ich aus, solange sie anhielten. Zwanzig Jahre hatte ich darauf gewartet, so zu fühlen, doch als es endlich so weit war, wurde ich abermals bitter enttäuscht. Er verliebte sich in eine andere Frau, strich mich aus seinem Leben wie einen Gegenstand, der ihm nicht mehr gefiel, und sorgte durch falsche Beschuldigungen dafür, dass ich meinen Studienplatz verlor.

Dieses Ereignis nahm mir den letzten Funken Glaube an die Liebe. Ich dachte, dass ich nicht dafür geschaffen war, zu lieben – oder vielmehr geliebt zu werden. Mein Herz blutete und ich war am Boden zerstört. Ich schwor mir, nie wieder Gefühle zuzulassen, die mich derart verletzen konnten. Ich war verbittert, wütend und tief enttäuscht.

In der ersten Zeit nach dem Rauswurf vom College versuchte ich, diesem Tiefpunkt zu entkommen, indem ich auf jede Party ging, die sich mir bot. Ich trank zu viel, schlief zu wenig und ging mit wildfremden Männern ins Bett, um mich besser zu fühlen. Und es schien zu funktionieren. Jeder Blick, jede Berührung und jeder Kuss bauten mein Selbstbewusstsein wieder ein Stück weit auf und pushten mein Ego. Für wenige Stunden fühlte ich mich wie die schönste Frau auf Erden. Das ganze Gegenteil der negativen Empfindungen, die mich mein Leben lang begleitet hatten. Ich begann

Tagebuch zu führen und hielt jedes Detail aus diesen Nächten fest. Wann immer ich das Notizbuch zur Hand nahm und darin blätterte, fühlte ich mich in ebendiese Nächte zurückversetzt und kostete deren Nachhall erneut aus.

Bald fand ich einen neuen Job, der zwar nicht mich, aber seinen Zweck erfüllte: ich verdiente Geld und kam über die Runden. Mehr verlangte ich damals nicht. Mit dem Abbruch meines Studiums schien mein Recht auf Selbstverwirklichung erloschen. Ich hatte keine Ziele, keine Wünsche und lebte von einem Tag zum anderen. Nach außen hin schien ich okay zu sein, nicht unbedingt glücklich, aber doch zufrieden. Ich mochte mein Aussehen und fühlte mich gut. Doch in mir sah es anders aus. Die Albträume von damals suchten mich noch immer regelmäßig heim und jedes Mal schienen sie tiefer zu graben. Sie ließen mich an mir zweifeln. War ich attraktiv? War ich dünn genug? Begehrenswert?

Die Antworten darauf suchte ich bei zahllosen One-Nights-Stands, über die ihr auf diesem Blog lesen könnt. Ich habe ihn unter dem Pseudonym Samantha Bane ins Leben gerufen, weil ich süchtig nach Selbstbestätigung wurde. Und ihr, die Leser dieser Seite, habt sie mir gegeben, indem ihr meine Beiträge gelesen, gelikt und kommentiert habt. Es war wie eine Droge, die ich immer häufiger in immer kürzeren Abständen konsumieren musste, um ihre Wirkung aufrechtzuerhalten. Mit jedem Klick schienen die Wunden auf meiner Seele besser zu verheilen. Durch jeden Kommentar wurde mein Selbstwertgefühl gestärkt. Ich verlor mich in einer Scheinwelt. Jeder begeisterte Aufruf nach der nächsten Nummer *drängte die Wahrheit in den Hintergrund: dass ich nicht glücklich war.*

Es hat lange gedauert, bis ich das erkannt habe. Der Schlüssel zu wahrem Glück liegt nicht darin, gut auszusehen, mit möglichst vielen Männern ins Bett zu gehen, Unmengen Geld zu verdienen oder die bekannteste Bloggerin Amerikas zu sein. Die Ereignisse der letzten Tage und Wochen haben mir die Augen geöffnet. Vielleicht musste alles genau so geschehen, damit ich an diesem Punkt angelangte und mir darüber bewusstwerden konnte, worum es im Leben wirklich geht. Weder meine Körbchengröße noch meine Haarfarbe oder die Pfunde, die meine Waage anzeigt, sagen etwas über den Wert meiner Person aus. Kein Mann und keine flüchtige Begegnung, die in belanglosem Sex endet, vermögen mir das zu geben, wonach ich mich tief in meinem Inneren wirklich sehne.

Mit jedem Satz scheint ein Gewicht von meinen Schultern genommen zu werden. Eine Träne tropft von meinem Kinn, als ich den Post in die Weiten des Internet entlasse. Ich ziehe die Beine an meine Brust, schlinge die Arme darum und denke an Ethan. Als hätte er ein Gespür für meine Empfindungen, trifft wenige Minuten später eine Nachricht von ihm ein.

Ethan: Wie geht es dir?

Ich: Es geht mir gut. Ich bin heute einen großen Schritt weitergekommen und habe angefangen, ernsthaft darüber nachzudenken, wie es mit meinem Leben weitergehen soll. Hast du den Beitrag gelesen?

Ethan: Das freut mich zu hören. Ja, ich habe ihn gerade gelesen. Du bist die stärkste und mutigste Frau, die ich kenne. Ich bewundere dich dafür, dass du deine Geschichte so offen mit der Welt teilst. Weißt du schon, was du in Zukunft tun willst?

Eine Frage, die mir vor zwei Tagen noch die Schweißperlen auf die Stirn getrieben und ein Kopfschütteln verursacht hätte. Doch jetzt habe ich eine grobe Richtung vor Augen, in die es gehen soll.

Ich: Ich möchte im sozialen Bereich arbeiten und Kinder und Jugendliche unterstützen, die Hilfe benötigen. Und ich will erneut in Therapie gehen.

Mein Herz klopft heftig, als ich auf seine Antwort warte. Sie kommt fast augenblicklich und fällt wieder sehr kurz aus, doch auch diesmal reicht ein Satz, um mir das Gefühl zu geben, er wäre jetzt hier und würde seine starken Arme um mich legen.

Ethan: Ich bin stolz auf dich.

33. Kapitel

LucyInTheSkyWithoutDiamonds, October 5th, 8:45 pm:
Deine Geschichte hat mich nachdenklich gestimmt. Bisher dachte ich, du wärst eine Frau, die sich nimmt, was sie will und ihr Leben so lebt, wie es ihr passt. Jemand, der gern und viel Sex hat. Als der Zeitungsartikel erschien, der deine Lügen offenbarte, war ich geschockt, aber jetzt, nachdem ich deine eigenen Worte gelesen habe, kann ich mich etwas besser in dich hineinversetzen.

SamanthaFanGirl, October 6th, 1:03 am:
Robyn, ich habe Gänsehaut! In deinem Text steckt so viel Wahrheit und Verletzlichkeit. Danke, dass du dich uns auf diese Weise öffnest. Wir lieben dich.

Ein paar Fragen habe ich noch: Hast du nur den Artikel über #99 erfunden oder stimmt es, dass du uns in allen Posts belogen hast? Wie geht es jetzt mit dem Blog weiter? Und was ist es genau, wonach du dich tief in deinem Inneren sehnst?

Es ist Sonntagvormittag. Ich liege seit einer Stunde in meinem Bett und scrolle mich durch die Resonanz auf meinen letzten Post. Wieder überwiegen die positiven Kommentare und bestärken mich darin, das Richtige getan zu haben. Sie zaubern mir ein Lächeln ins Gesicht und erfüllen mich mit Stolz.

In diesem Moment geht ein Anruf von meiner Mutter ein.

»Mom? Guten Morgen.«

»Robyn, Schatz? Du bist ja schon wach. Ich wollte nur hören, wie es dir geht.«

»Gut, Mom. Ich habe langsam das Gefühl, wieder vorwärts zu kommen. Viel wichtiger: Wie geht es euch? Ist Fran noch in Mayfield? Werdet ihr noch von Journalisten bedrängt?«

»Nein, nein. Mach dir keine Sorgen. Diese Aasgeier lassen uns zum Glück in Ruhe, seitdem sie gemerkt haben, dass wir nicht mit ihnen sprechen werden. Deine Schwester hat sich eine kleine Auszeit genommen und bleibt noch eine Weile. Bei uns ist soweit alles in Ordnung. Wir machen weiter wie bisher.« Unter ihre Stimme mischt sich ein Hauch Traurigkeit, der mir einen Stich versetzt. Francis nimmt sich normalerweise nie frei, das lässt ihr Drehpensum gar nicht zu. Ich muss zurück an die geplatzte Kinorolle denken. Augenblicklich wallen Schuldgefühle in mir auf. Nachdem ich eine Weile geschwiegen habe, räuspert sich Mom vernehmlich.

»Schatz, weshalb ich anrufe ...«

»Ja?« Ohne es zu wollen, vermute ich sofort, dass etwas Schlimmes passiert sein muss. Noch ein Artikel oder eine Katastrophe, die auf meinem Mist gewachsen ist.

»Mir behagt der Gedanke nicht, dass du ganz allein in deiner Wohnung sitzt und Trübsal bläst.«

»Aber Mom«, wehre ich mit einem kleinen Lachen ab. »Ich bin doch kein Trauerkloß! Im Gegenteil. Ich habe mich zurückgezogen, um nachzudenken, und das hat mir gutgetan. Ich weiß jetzt, dass ich etwas ändern muss, und arbeite daran, diese Änderungen anzupacken.«

Ich kann ihr Lächeln vor mir sehen, als sie die nächsten Worte ausspricht. »Das freut mich sehr. Wir haben deine letzten Beiträge gelesen und lange miteinander gesprochen. Wir wären gern für dich da, aber das geht nicht, wenn du so weit weg bist. Schatz, wir sind eine Familie und wir vermissen dich. Bitte komm nach Hause.«

Mein Herz rutscht ein Stockwerk tiefer. Nach Hause? Seit der Highschool vermeide ich es, öfter als nötig nach Mayfield zu fahren. Jeder Ort dort ist mit Erinnerungen gespickt, die wehtun. Außer zu den Weihnachtsfeiertagen, Thanksgiving und den Geburtstagen meiner Eltern fahre ich nie nach Mayfield. Mom weiß, was die Besuche in mir auslösen und wie schlecht es mir geht, wenn ich an den Ort fahre, der früher mein Zuhause war. Sie würde mich nicht bitten, zurückzukommen, wenn es ihr nicht wirklich wichtig wäre, mich zu sehen. Und ich vermisse meine Eltern auch. Und Fran. Ein paar gemeinsame Tage würden mir bestimmt guttun. Also dränge ich mein Unbehagen zurück und ringe mich zu einem Nicken durch, das sie natürlich nicht sehen kann.

»Du hast recht. Lass mich nur noch ein paar Dinge regeln und meine Sachen packen.«

Sie stößt ein kleines Juchzen aus. »Wunderbar. Wir freuen uns auf dich, Robyn. Melde dich kurz, bevor du dich auf den Weg machst, und fahr vorsichtig, okay?«

»Okay«, verspreche ich. Dass sich meine Mom jedes Mal um meine Sicherheit sorgt, wenn ich mich für eine längere Strecke ins Auto setze, gehört wohl zu den Dingen, die sich nie ändern werden. Und genau diese Art von Fürsorge macht unsere Familie aus.

Wie geht es jetzt mit dem Blog weiter? Und was ist es genau, wonach du dich tief in deinem Inneren sehnst?

Die beiden Fragen lassen mich den restlichen Tag nicht mehr los. Nachdem ich meine Sachen gepackt und mir etwas zu essen gemacht habe, sitze ich am Abend mit übergeschlagenen Beinen vor meinem Laptop und starre auf die Buchstaben. Nachdem ich mich dazu entschlossen habe, so ehrlich zu sein, möchte ich diese Fragen auch beantworten, also öffne ich einen neuen Beitrag und verfasse die Überschrift. Zaghaft strecke ich die Finger aus und verharre kurz über der Tastatur, bevor ich den neuen Post mit den Worten beginne, mit denen der letzte endete.

Ein Ende und ein Neuanfang

Kein Mann und keine flüchtige Begegnung, die in belanglosem Sex endet, vermag es mir das zu geben, wonach ich mich tief in meinem Inneren wirk-

lich sehne. Zeit mit guten Freunden und meiner Familie zu verbringen, lange Gespräche zu führen, Anerkennung zu ernten, einen erfüllenden Beruf auszuüben, Selbstachtung zu erlangen. Ich möchte stolz auf mich sein können und am Ende des Tages mit dem Gefühl zu Bett gehen, etwas erreicht zu haben. All das wünsche ich mir für meine Zukunft.

Liebe. Lange habe ich geglaubt, dass ich nicht liebenswert bin. Später dachte ich, dass es in meinem Leben keinen Platz für eine feste Beziehung gäbe. Aber wie jeder Mensch sehne auch ich mich danach, geliebt zu werden. Vor kurzem habe ich einen Menschen wiedergetroffen, der mein Leben auf den Kopf gestellt hat. Zunächst habe ich mich gegen die Gefühle gewehrt, die er in mir entfachte. Ich habe ihn von mir gestoßen und wollte nicht wahrhaben, wie viel er mir bedeutet. Als er meiner Aufforderung nachkam und mich verließ, ging es mir so schlecht, dass ich mich direkt ins nächste Abenteuer stürzen wollte. Ihr kennt den Beitrag unter der Nummer neunundneunzig. Ich konnte mich nicht auf ihn einlassen, deshalb habe ich gelogen. Es war das erste und einzige Mal, dass ich einen Post frei erfunden habe.

Der Mann, an den ich mein Herz verlor, ging mir nicht mehr aus dem Kopf. Mein Weg führte mich unbewusst zurück zu ihm. Er nahm mich vorbehaltlos bei sich auf, als es mir schlecht ging. Er war für mich da, hielt mich, wenn ich weinte, und half mir, als ich nicht mehr weiterwusste. Wir hatten uns zehn Jahre nicht gesehen, doch als er plötzlich unverhofft vor mir stand, war es, als hätten sich unsere Wege nie getrennt. Er war der erste Junge, zu dem ich mich hingezogen fühlte – meine erste, wenn auch unerfüllte, Jugendliebe. Die Gefühle von damals waren sofort wieder da. Mehr noch, sie wurden stärker denn je. Und ihm ging es nicht anders. Wenn ich jetzt die Augen schließe und meinem Herzschlag lausche, der sich in seiner Nähe zu überschlagen scheint, dann spüre ich, dass es keinen anderen Mann gibt, an dessen Seite ich mein Leben verbringen will.

Aber ich habe Angst.

Angst vor Zurückweisung, einer erneuten Enttäuschung und vor einem gebrochenen Herzen. Die Wunden meiner Vergangenheit sitzen zu tief, als dass ich mich vorbehaltlos auf ihn einlassen könnte. Doch ich will es versuchen. Ich will an mir arbeiten und die Frau sein, die er verdient. Ich wünsche mir nichts mehr als eine Chance für unsere Liebe, und dafür muss ich meine Ängste überwinden, um mich auf das große Abenteuer einlassen zu können. Ich bin fest davon überzeugt, dass es mir diesmal gelingt. Weil es Menschen gibt, die hinter mir stehen. Weil er an meiner Seite sein wird. Diesmal bin ich stark genug.

Das Leben liegt vor mir und ich kann es kaum erwarten, mich voller Tatendrang hineinzustürzen. Bestimmt wird es nicht immer einfach und bestimmt läuft nicht alles so, wie ich es mir erhoffe, aber auch das gehört dazu. Von nun an möchte ich mich darauf konzentrieren, all meine Kraft und Energie darauf zu verwenden, meine Ziele zu erreichen. Deshalb habe ich beschlossen, den Blog aufzugeben. Er war lange Zeit ein Teil von mir, aber nun wird es Zeit, weiterzuziehen und dieses Kapitel hinter mir zu lassen. Ich danke euch dafür, dass ihr mich auf dem Weg hierher begleitet habt und wer weiß: Vielleicht lesen wir uns ja eines Tages an einer anderen Stelle wieder?

Von Herzen alles Liebe
Robyn

Diese Art des Abschlusses war nicht geplant. Doch sie ist die einzige logische Konsequenz und fühlt sich richtig an. Ich behaupte nicht, dass es falsch war, den Blog zu führen, oder dass er mich ins Unglück gestürzt hat, denn so ist es nicht gewesen. Er war eine Erfahrung und eine Lektion, die mich zu der Frau gemacht hat, die ich heute bin. Eines Tages, in einigen Jahren, hoffe ich, dass ich auf diesen Post zurückblicken kann und die Ziele und Wünsche, die ich soeben beschrieben habe, erreicht haben werde. Bis dahin liegt es an mir, hart dafür zu arbeiten.

Als ich den Laptop zuklappe, merke ich, wie spät es geworden ist. Mein Körper signalisiert Müdigkeit, aber mein Kopf arbeitet noch immer auf Hochtouren. Ich beschließe, wieder einen kleinen Spaziergang zu machen, um meine Gedanken zu klären. Vielleicht könnte das mein neues Abendritual werden?

Während ich durch die Straßen laufe und voller Vorfreude an meine Eltern und Francis denke, wünsche ich mir stärker als je zuvor, dass Ethan bei mir wäre. Plötzlich bleibe ich stehen. Mein Puls beschleunigt sich, als ich das Handy aus meiner

Hosentasche nehme und seine Nummer heraussuche. Ich warte einen Moment ab und spüre in mich hinein. *Ja*, bestätigt mein stolperndes Herz, *du bist soweit.* Ich drücke den Anruf-Button und warte mit angehaltenem Atem darauf, dass er abnimmt.

»Hey«, begrüßt mich seine tiefe Stimme nach dem zweiten Klingeln und jagt kleine Schauer über meinen Rücken.

»Hallo«, gebe ich lächelnd zurück. »Was machst du gerade?«

»Ich habe deinen Post gelesen«, gibt er unumwunden zu.

Nervös beiße ich mir auf die Unterlippe. »Und was sagst du dazu?«

»Mir gefällt die Stelle am besten, an der du schreibst, dass sich dein Herzschlag beinahe überschlägt, wenn du in meiner Nähe bist.« Ich weiß, dass Ethan jetzt grinst, und bin dankbar, dass er die Ernsthaftigkeit des Gesprächs durch seine Leichtigkeit auflockert. »Und ich habe mich darüber gefreut, dass du dir wünschst, dein Leben mit mir zu verbringen. Denn genau das ist es, was ich mir auch wünsche. Mit allem, was dazugehört. Alle Herausforderungen, alle Rückschläge. Ich bin für dich da. Gemeinsam können wir alles schaffen.« Seine Worte tanzen über meine Haut und hinterlassen Wärme auf meinen Armen. Sie berühren mein Herz mehr, als er sich vorstellen kann.

»Was hältst du davon, ein paar Tage gemeinsam mit mir in Mayfield zu verbringen?« Ich stoße die Worte in einem schnellen Schwall aus und warte gespannt auf seine Antwort.

Er schweigt, offensichtlich überrumpelt von meinem Vorschlag, und ich frage mich bereits, ob die Idee blöd war, als er ein kleines Lachen ausstößt. »Klar, warum nicht. Wann soll es losgehen?«

»Morgen?«, gebe ich unsicher zurück.

Sein Lachen wird lauter. »Die Idee gefällt mir. Ich wollte sowieso mal ein paar Tage ausspannen. Ich spreche mit Onkel Jim und packe ein paar Sachen. Morgen Mittag bin ich bei dir, okay?«

Wow, das nenne ich wirklich spontan. Ethan schafft es immer wieder, mich sprachlos zu machen. Vorfreude mischt sich unter die Aufregung, und ich kann ein glückliches Jauchzen nicht zurückhalten.

»Ethan?«, frage ich leise.

»Ja, Robyn?«

»Danke.« Damit meine ich nicht bloß seine Bereitschaft, alles stehen und liegen zu lassen, um mich zu begleiten, sondern vor allem sein Vertrauen in uns.

»Immer.« Wieder spüre ich sein Lächeln und versinke in Gedanken in seinen schönen meerblauen Augen. Morgen werde ich sie endlich wiedersehen.

34. Kapitel

Ich sitze neben Ethan, der den Wagen über den Highway lenkt. Er wird während meines Heimatbesuchs im Gästehaus seiner Eltern wohnen. Ich will ihn, so oft es geht, sehen und hoffe, dass wir ein paar Gelegenheiten dazu erhalten werden. Je näher wir Mayfield kommen, desto nervöser werde ich. Meine Füße tippeln ruhelos auf der Stelle, die Hände habe ich in den Tiefen meiner Tasche vergraben. Ich nestle an meinem Schlüsselanhänger herum, der unentwegt klappert. Irgendwann legt Ethan seine rechte Hand auf meinen Unterarm und streichelt mich sanft. Augenblicklich werde ich ruhiger. Ich schenke ihm einen dankbaren Seitenblick, den er mit einem Lächeln quittiert.

Als wir das Ortseingangsschild von Mayfield passieren, drückt Ethan liebevoll meinen Arm. Diese simple, wortlose Geste reicht aus, um die Dämonen meiner Vergangenheit für einen Moment zu verdrängen.

Wir folgen der Main Road, auf deren Bürgersteig eine Handvoll Passanten unterwegs ist. Automatisch rutsche ich tiefer in meinen Sitz und ziehe die Schultern nach oben. An der nächsten Kreuzung müssen wir warten, bis die Ampel auf Grün springt, bevor wir links abbiegen können. Zwei Frauen mit langen blonden Haaren unterhalten sich lachend am Straßenrand. Eine von ihnen dreht sich kurz in unsere Richtung. Ich erhasche einen Blick auf ihr Gesicht und glaube, ein Mädchen aus meinem Jahrgang zu erkennen. Schnell drehe ich den Kopf weg und spüre, wie eine Eiseskälte von meinem Körper Besitz ergreift und eine Gänsehaut über meine Arme jagt. Es ist noch immer das Gleiche. Ich hasse diese Stadt. Ich hasse die Menschen, die hier leben. Ihre Blicke, das hämische Grinsen, die Tuscheleien hinter dem Rücken meiner Familie. Nachdem ich nach Kalifornien gezogen war, hatte ich gehofft, dass mich die Leute vergessen würden – mich und diese unsäglichen Fotos. Doch das haben sie nicht. Eine Kleinstadt wie Mayfield vergisst nichts. Aber vor allen Dingen kann *ich* nicht vergessen.

Wir erreichen die Auffahrt zum Haus meiner Eltern. Unauffällig sehe ich mich um, doch auf der Straße ist es ruhig. Die Nachbarhäuser sehen so einladend und friedlich aus wie eh und je. Welch ein Trugschluss.

Francis' Audi steht glänzend unter dem Carport. Davor parkt Moms Wagen, der von Dad fehlt. Die Vorhänge im Erdgeschoss sind zugezogen.

Mein Elternhaus ist nichts Besonderes. Zwei Stockwerke, vier Zimmer, ein winziges Gästebad, um das Fran und ich uns in unserer Teenagerzeit jeden Tag stritten. Luxus sucht man hier vergebens. Selbst nachdem Francis berühmt wurde und mehr Geld im Jahr verdiente, als der Rest unserer Familie in seinem gesamten Leben erwirtschaften kann, hat sich nichts geändert. Seit jeher lehnen meine Eltern die finanzielle Unterstützung ihrer jüngsten Tochter ab. Stattdessen ermutigen sie sie darin, die Stiftung voranzutreiben, neue Projekte zu entwickeln und Gutes zu bewirken. Und was habe ich getan? Ich habe mir von ihr ab und an ein paar hundert Dollar zustecken lassen, wenn ich – mal wieder – knapp bei Kasse war. Auch das wird sich in Zukunft ändern. Ich muss verantwortungsvoller mit meinem Geld umgehen.

Der Anblick der leicht ergrauten Hausfassade, die früher einmal weiß war, führt mir die Bescheidenheit, in der meine Eltern leben, deutlich vor Augen.

»Hey.« Ethan schnallt sich ab und wendet mir seinen Oberkörper zu. Eine besorgte Furche hat sich auf seiner Stirn gebildet. »Alles okay? Soll ich mit reinkommen?«

Einen Moment lang denke ich darüber nach. Soll er? Ich bin mir nicht sicher, was meine Eltern davon halten würden, wenn ich plötzlich mit einem Mann vor ihrer Tür stünde.

Ethan deutet mein Schweigen richtig und nickt verständnisvoll. »Ich bin im Gästehaus meiner Eltern, wenn du mich brauchst.«

»Du kannst den Honda haben«, biete ich an, doch er winkt ab.

»Quatsch, ich gehe zu Fuß.«

Ich versuche mich an einem Lächeln, ahne jedoch, wie kläglich es aussieht. Ethan löst meinen Gurt und rutscht ein Stück zu mir. Er legt beide Hände an meine Wangen und hält meinen Blick gefangen. »Ruf mich an, wenn du mich sehen willst, okay?«

Ich nicke. Sein rechter Daumen streicht sanft über meine Wange hinunter zu meinem Mundwinkel. Ich teile meine Lippen und warte, bis sein Finger auf meiner Unterlippe liegt, dann platziere ich einen Kuss darauf.

»Danke«, flüstere ich. »Ohne dich wäre ich auf halber Strecke umgekehrt.«

»Unsinn.« Er lacht kurz und rau.

Ich schmiege meine Wange an seine Schulter und atme tief durch. Ein Teil von mir wünscht sich, hier im Auto sitzen zu bleiben, bei Ethan. Aber mir ist klar, dass ich diesen Moment nicht ewig hinauszögern kann. Es beruhigt mich zu wissen, dass er nicht weit entfernt ist und ich jederzeit zu ihm fahren kann, wenn mir danach ist.

Ethan lässt mich los und ich hebe den Kopf. Tiefe Zuneigung spricht aus seinen meerblauen Augen. Seine Hand findet den Weg zu meinem Hinterkopf und zieht mich langsam heran. Ich stoße einen Atemzug aus, schließe die Augen und heiße seinen Kuss willkommen. Als unsere Lippen aufeinandertreffen, fällt ein Großteil der Anspannung von mir ab. Ethans Lippen geben mir das Versprechen, uns bald wiederzusehen. Viel zu früh entlässt er mich wieder und platziert einen weiteren Kuss auf meiner Stirn. Dann steigen wir aus.

Ich sehe ihm hinterher, bis er mit seiner kleinen Reisetasche an der nächsten Kreuzung verschwunden ist, und setze mich selbst in Bewegung. Noch bevor mein Zeigefinger das Klingelschild berührt, wird die Tür aufgerissen. Moms Anblick jagt mir einen Schreck ein. Sie trägt einen weiten Pullover, in dem sie furchtbar verloren aussieht. Die Haare hat sie in einem unordentlichen Knoten zusammengebunden, aus dem einige Strähnen herausgefallen sind. Ihre sonst so leuchtenden Augen blicken mich müde an. Wortlos zieht sie mich in ihre Arme und hält mich lange fest. Ich streiche über ihren Rücken und atme ihren vertrauten Veilchenduft ein.

»Wie schön, dass du da bist.« Aus dem Augenwinkel nehme ich wahr, wie sich eine Gardine am Fenster des Nachbarhauses bewegt. Mom hat es auch bemerkt. Sie senkt den Kopf und schließt schnell die Tür hinter uns.

»Dein Dad und Francis sind einkaufen gefahren.« Sie geht vor mir her in die Küche und setzt Kaffee auf.

Ich lasse mich an dem kleinen Küchentisch nieder, der gerade genügend Platz für vier Personen bietet. Die Maschine rattert, als sie die Bohnen mahlt.

»Der Mann, der dich hergefahren hat ...«, beginnt sie, weiß aber nicht so recht, wie sie den Satz beenden soll.

»Das war Ethan. Du erinnerst dich an ihn? Ethan Cole, aus der Highschool.«

Sie reißt kurz die Augen auf, sichtlich überrascht, weil ich mit jemandem unterwegs bin, den sie mit der schwersten Zeit meines Lebens in Verbindung bringt. Damals habe ich alle Hebel in Bewegung gesetzt, damit meine Mom ihn nicht zu mir lässt, nachdem ich aus dem Krankenhaus entlassen wurde. Sie hat nie erfahren, dass er in den Fotoskandal involviert war. Alles was meine Eltern wissen, ist, dass es einen Jungen gab, der sich für mich interessierte – und ich ihn wegschickte.

»Dann ist er der Mann, über den du in deinem letzten Artikel geschrieben hast?«

Meine Wangen beginnen zu glühen. Gleichzeitig breitet sich Hitze in meinem Nacken aus. Alles in mir gerät in Wallung. »Ja«, sage ich leise.

»Oh, Schatz.« Sichtlich ergriffen setzt sich Mom mir gegenüber an den Tisch. Tränen glänzen in ihren Augen, als sie meine Hand nimmt und fest drückt. Ich kann nur erahnen, was in diesem Moment in ihr vorgeht, doch ihr sanftes Lächeln verrät mir, wie sehr sie sich darüber freut, dass es jemanden in meinem Leben gibt, dem mein Herz gehört.

Es dämmert bereits, als die Haustür ins Schloss fällt und Dads tiefe Stimme seine und Frans Rückkehr ankündigt. Ich liege seit einer Stunde auf meinem alten Bett und starre an die Decke.

Schritte poltern die Treppe hinauf und halten vor meiner Zimmertür inne. Ich setze mich auf und lausche. Das Flurlicht scheint unter dem Türspalt in mein Zimmer. Es ist die einzige Leuchtquelle in der Dunkelheit. »Robyn? Schläfst du?« Francis' leise Stimme dringt dumpf durch die Tür.

»Nein, komm rein.«

Langsam drückt sie die Klinke runter und tritt ein. Ich setze mich auf, schalte das Nachtlicht neben dem Bett an und mustere meine Schwester. Auch sie wirkt müde und noch dünner, als ich sie in Erinnerung habe. Aber als sie mich ansieht, hellt sich ihr Gesicht auf. Sie nimmt neben mir auf der Bettkante Platz und umarmt mich so fest, als wollte sie mich nie wieder loslassen. Es tut unbeschreiblich gut, ihre Wärme zu spüren.

»Ethan also, ja?«, kommt sie direkt zum Punkt. Ihre Lippen ziert ein verschmitztes Grinsen.

»Hat Mom etwa ...?«

Winzig kleine Lachfältchen bilden sich um ihre Augen. »Du kennst sie doch.« Aufgeregt rückt sie näher an mich. »Erzähl mir alles!«

Oh Gott, ich weiß gar nicht, wo ich anfangen soll. In meinem Magen flattern die Schmetterlinge nervös mit den Flügeln, als ich an die Zeit denke, die ich in seinem Haus verbracht habe.

»Jetzt mach's nicht so spannend!«, drängt Francis lachend und zupft ungeduldig am Ärmel meines Oberteils.

Und dann erzähle ich ihr die ganze chaotische Geschichte, von unserem unerwarteten Aufeinandertreffen nach Zeldas Autopanne und unserer gemeinsamen Übernachtung in seinem Haus, über seinen Besuch bei mir, bis hin zu meiner übereilten Flucht nach dem Enthüllungsartikel, die mich zurück in seine Arme trieb. Ich lasse nichts aus, erzähle ihr von seiner fürsorglichen Art und den vielen Gesprächen, die wir geführt haben, und meinen Gefühlen, die mit jeder Minute, die ich mit Ethan verbrachte, tiefer wurden. Als ich am Ende angelangt bin, schimmern Francis' Augen feucht. Mit einem tiefen Seufzen legt sie die rechte Hand auf ihr Herz. »Das ist das Romantischste, was ich je gehört habe. Und ich habe so einiges gehört. Immerhin arbeite ich in Hollywood.« Nach dem letzten Wort schließt sich ihr Mund abrupt und ein kurzer Moment der Verletzlichkeit verdunkelt ihre Züge. Doch Francis, ganz Schauspielerin, hat sich sofort wieder im Griff und stellt eine neutrale Miene zur Schau.

»Es tut mir leid, dass du deine Rolle verloren hast«, sage ich leise.

Nun kann sie den Schmerz auf ihren Zügen nicht mehr verbergen. »Mir auch.« Wir verlieren uns in Schweigen, bevor sie meine Hand nimmt und mich aufmunternd anlächelt. »In ein paar Monaten interessiert sich kein Mensch mehr für den Blog und dann kommt ein neues Rollenangebot. Mach dir keine Sorgen.«

Ich kann nur hoffen, dass sie recht behält.

»Und jetzt zurück zu Ethan«, beharrt sie und lächelt schelmisch.

»Ich mag ihn«, gestehe ich leise und knete meine Hände im Schoß.

Ein wissendes Lächeln legt sich auf Francis' Lippen. »Du hast nie aufgehört, ihn zu *mögen*.« Sie betont das letzte Wort, als würde es nicht annähernd ausreichen, um zu beschreiben, was ich für Ethan fühle. Und natürlich hat sie recht, trotzdem senke ich den Blick auf meine verknoteten Finger. »Da hast du wahrscheinlich recht ...«

»Aber?«, spricht sie das Wort aus, das wie dickflüssiger Sirup in der Luft hängt. Als ich nicht sofort antworte, rutscht sie ein Stück näher.

In einer verzweifelten Geste reiße ich beide Hände in die Höhe. »Ich habe keine Ahnung, wie das geht. Beziehung, Zusammenleben, ein Paar sein. Ich will es so gerne herausfinden, aber was ist, wenn ich es nicht hinkriege? Wenn ich die Therapie wieder in den Sand setze oder beim ersten Streit kalte Füße bekomme?«

»Liebst du ihn?«

Liebe. Was für ein verdammt großes Wort. Verunsichert sehe ich meine Schwester an, dann höre ich in mich hinein und lausche darauf, was mir mein Herz sagt. Sobald ich nur Ethans Name denke, beginnt es schneller zu schlagen. Ich rufe mir sein wunderschönes Lächeln vor Augen, tauche ein in das tiefe Blau seiner Seele. Behaglichkeit, Wärme und ein Gefühl von Zusammengehörigkeit breiten sich in mir aus. Augenblicklich spüre ich die Sehnsucht nach ihm wie einen körperlichen Schmerz, der sich langsam durch meinen Körper zieht. *Ja, ich liebe ihn.* Und ich will nicht ohne ihn sein. Nie mehr. Dessen bin ich mir absolut sicher. Aber das bedeutet noch lange nicht, dass es automatisch funktioniert.

»Ethan war der erste Junge, in den du dich verliebt hast, richtig?« Francis' Worte holen mich zurück ins Hier und Jetzt. Ich nicke. »Und nun, zehn Jahre später, trefft ihr euch wieder. Jetzt habt ihr die Chance, die euch damals verwehrt wurde. Du solltest sie nutzen, Robyn.«

»Das möchte ich auch.« Aber etwas zu wollen, bedeutet nicht, es auch zu bekommen. »Ich habe solche Angst«, gebe ich zu.

Francis lacht leise. »Das haben wir alle. Liebe macht nun mal verletzlich. Dieses Risiko muss man wohl oder übel eingehen, wenn man sein Herz für jemand anderen öffnet. Aber es lohnt sich, denn es gibt nichts Schöneres auf der Welt, als zu lieben und geliebt zu werden.«

Ich schlage mir die Hände vors Gesicht und stöhne genervt auf. »Du klingst wie ein verdammter Ratgeber.«

Lachend boxt mich Francis gegen den Oberarm. »Na und? Mein letztes Date ist zwar gründlich in die Hose gegangen, aber ich habe recht!«

Zwischen gespreizten Fingern sehe ich sie an. »Dein letztes Date?«

»Lenk ja nicht ab!«, droht sie mir mit spielerisch erhobenem

Zeigefinger. »Wir sind hier noch nicht fertig, Robyn Ward!«

Ich atme tief ein und versuche, meine Gedanken zu ordnen. »In Ordnung, Miss Beziehungsexpertin. Was rätst du mir also?«

»Beziehungsexpertin?« Sie schnaubt. »Rede mit ihm. Sag ihm, wovor du dich fürchtest. Nur wenn er wirklich weiß, wie es in dir aussieht, kann er dir dabei helfen, deine Ängste zu überwinden.«

Sie hat recht. Wenn das mit uns funktionieren soll, muss ich auch die letzten Reste der Schutzmauer fallen lassen, die mein Herz umgibt. Es will lieben, mehr denn je. Und ich weiß, dass Ethan der Richtige für mich ist.

»Das werde ich tun«, verspreche ich und entlocke Francis damit ein zufriedenes und stolzes Lächeln. Einen Moment lang verharren wir in einvernehmlichem Schweigen, dann wird es Zeit, das Gespräch auf sie zu lenken.

»Wie geht es *dir*, Francis?«

»Es ist alles in Ordnung, Robyn. Mach dir um mich keine Sorgen. Ich komme klar.« Das unbekümmerte Schulterzucken, gepaart mit der aufgesetzten Fröhlichkeit überzeugt mich nicht im Mindesten.

»Fran«, antworte ich eindringlich und ergreife ihre Hände, die unter der Berührung leicht erzittern. »Lüg mich nicht an. Ich bin deine Schwester und ich möchte wissen, wie es in dir aussieht und was dich beschäftigt. Bitte sei ehrlich.«

Beschämt senkt sie den Blick, während sich ein Hauch Rosa auf ihre Wangen legt. »Es lief schon mal besser.«

Ich nicke verständnisvoll und warte, bis sie mich wieder ansieht. »Es tut mir alles so leid. Wenn ich nicht ...«

»Nein«, unterbricht sie mich energisch. »Das Letzte, was ich will, ist, dass du dir die Schuld an irgendetwas gibst. Die Welt geht nicht davon unter, weil ich eine Kinorolle nicht bekommen habe. Ich habe genügend andere Angebote und außerdem wollte ich mir sowieso mehr Zeit für die Stiftungsarbeit nehmen.« Um ihre Mundwinkel zuckt es verräterisch. Sie nimmt den Verlust nicht so locker, wie sie mich glauben machen will, dieser Verdacht kam mir schon vorhin, als das Gespräch zum ersten Mal auf die geplatzte Rolle fiel.

»Und was ist mit *All the Beautiful Girls*? Stimmt es, dass sie dich in der nächsten Staffel rausschreiben wollen?«

»Das sind nur Gerüchte, Robyn.«

»Ach, Fran.« Sie beherrscht ihr Handwerk gut. Aber ich kenne meine Schwester und sehe ihr die Verunsicherung an.

»Fancis? Robyn?« Moms Stimme hallt den Flur hinauf.

Abrupt steht Francis auf und reicht mir ihre Hände. »Na komm. Lass uns was essen. Du weißt doch, wie unausstehlich Mom sein kann, wenn das Abendessen kalt wird.« Mit einem Zwinkern hilft sie mir auf die Füße. Als wir uns an den Händen haltend in meinem ehemaligen Kinderzimmer gegenüberstehen, kann ich nicht anders, als Francis für ihre Stärke und ihren Optimismus zu bewundern. Doch der Moment währt nur kurz, denn schon zieht sie mich hinter sich her die Treppe hinunter. Unsere Füße poltern die Stufen hinab und ich fühle mich um zehn Jahre in die Vergangenheit zurückversetzt. Vor der Küche kommt Francis schlitternd zum Stehen. Mom füllt gerade die Teller, während mich Dad mit einem breiten Lächeln in eine feste Begrüßungsumarmung zieht. »Hallo Spatz. Wie war die Fahrt?«

»Gut«, murmle ich an seiner Brust und nehme einen tiefen Zug des Duftes in mich auf, der nach Dads Aftershave, frischer Wäsche und Zuhause riecht.

»Das glaube ich gerne«, trällert Francis hinter mir, und als ich sie ansehe, zwinkert sie verschwörerisch. Auch Mom grinst und lässt meine Wangen aufglühen.

Es gibt One-Pott-Pasta, was früher eines meiner Lieblingsgerichte war. Die Teller sind bis obenhin gefüllt. Als Dad keine Anstalten macht, mich loszulassen, deutet Mom auf das fertig angerichtete Dinner.

»Setzt euch. Das Essen wird sonst kalt und ...«

»Ich sehe nicht ein, warum ich Essen kochen soll, wenn es am Ende doch nur kalt wird«, beenden Francis und ich gleichzeitig den Satz, den wir ungefähr eintausend Mal in unserer Kindheit gehört haben.

Mom klappt ihren Mund überrascht zu, dann schüttelt sie schmunzelnd den Kopf. Dad tarnt sein Lachen, indem er sich auffällig räuspert, während Francis und ich uns grinsend anblicken. Es fühlt sich unfassbar gut an, wieder zu Hause zu sein.

35. Kapitel

Den nächsten Tag verbringe ich gemeinsam mit Fran damit, Mom bei der Hausarbeit und Dad im Garten zu helfen. Die beiden haben sich ein paar Tage frei genommen, um die Zeit mit Francis und mir verbringen zu können. Die Normalität tut mir gut und ich genieße jede gemeinsame Minute und jedes Gespräch mit meiner Familie. Meine Eltern um mich zu haben ist so schön, dass ich mir fest vornehme, sie ab jetzt öfter zu besuchen.

Nach dem Abendessen entdecke ich einen Anruf von Ethan auf meinem Handy und rufe mit wild klopfendem Herzen zurück.

»Hallo schöne Frau. Wie war dein Tag?«

Als ich seine Stimme höre, legt sich automatisch ein Lächeln auf meine Lippen. »Es ist schön, wieder zu Hause zu sein. Ich habe Mom und Dad im Haus geholfen und mich ausgiebig mit ihnen unterhalten. Was hast du gemacht?«

Er atmet geräuschvoll aus. »Ich habe die Zeit genutzt, um den Schuppen hinter dem Haus zu entrümpeln, und war ein bisschen spazieren.«

»Hättest du Lust auf ein wenig Gesellschaft?«

Ethan lacht rau. »Ich dachte schon, du fragst nie.«

Meine Organe beschließen einen spontanen Freudentanz aufzuführen und lassen mich mit dem Gefühl zurück, gerade einen Looping auf der Achterbahn gefahren zu sein.

Als Ethan mir eine Stunde später die Tür des Ferienhauses öffnet und mich mit einem entwaffnend offenen Lächeln an sich zieht, bin ich die glücklichste Frau auf Erden.

»Komm rein.« Er nimmt meine Hand und führt mich ins Wohnzimmer. Die Vorhänge sind zugezogen. Im Kamin brennt ein Feuer. Es ist die einzige Lichtquelle und erfüllt den Raum mit Behaglichkeit und Wärme. Das Sofa mit seinen unzähligen Zierkissen sieht einladend und gemütlich aus. Auf dem Tisch davor stehen eine Flasche Wein und zwei Gläser.

»Hast du Hunger? Wir könnten was bestellen.«

Ich schüttele den Kopf. »Danke, ich habe schon gegessen. Aber zu einem Glas Wein würde ich nicht Nein sagen.«

»Kommt sofort.«

Ethan wirkt befreit und entspannt. Die Freude darüber, dass ich hier bin, ist ihm deutlich anzusehen. Ich nehme Platz und warte darauf, dass er sich zu mir setzt. Mit einem Lächeln auf den Lippen gießt er mir ein Glas Wein ein und überreicht es mir.

»Ich wusste doch, dass irgendetwas gefehlt hat.« Er sieht sich kurz im Raum um und drückt mir dann einen kleinen Kuss auf die Wange, der ausreicht, um ein ganzes Feuerwerk an Emotionen in mir zu entfachen.

»Was meinst du?«, frage ich verständnislos.

»Dich.« Er lächelt auf eine Art, die mein Inneres zum Glühen bringt. »Ich mag das Ferienhaus und fühle mich wohl hier, aber erst mit dir ist es perfekt.« Er macht eine kurze Pause, bevor er weiterspricht. »Ich glaube, so ist es mit jedem Ort. Ohne dich ist es kein Zuhause.«

Mein Herz vollführt einen kleinen Salto in meiner Brust. Ich liebe die Tatsache, dass er seine Gedanken und Gefühle nicht zurückhält, sondern unverblümt mit mir teilt.

»Auf einen schönen Abend.« Er stößt sein Glas gegen meines und lässt mich dabei nicht aus den Augen. Im Schein des flackernden Kaminfeuers tanzen helle Sprenkel im tiefblauen Meer seiner Augen. Ich sehe dabei zu, wie er einen kleinen Schluck nimmt und sich anschließend über die Lippen leckt. Er bemerkt meinen Blick und stellt das Glas ab. Dann nimmt er mir meines aus der Hand und rückt näher. Zärtlich legt er die rechte Hand an mein Gesicht und streichelt meine Wange. Ich schließe die Augen und schmiege mein Gesicht in seine Handfläche. Ethans Daumen wandert zu meiner Lippe, die sich sogleich wie elektrisiert anfühlt.

»Du hast mir gefehlt«, raunt er.

Ich öffne die Augen wieder und begegne seinem glühenden Blick.

»Wir haben uns doch erst gestern gesehen«, erwidere ich mit einem leisen Lachen.

»Gestern ist viel zu lange her.«

Gott, wie macht dieser Mann das nur? Mit jedem Wort entfacht er einen neuen Tornado in meiner Brust. Ob ich wohl jemals genug davon kriegen werde? Ich stehle ihm einen blitzschnellen Kuss, dann klettere ich auf seinen Schoß. Ethans Blick verdunkelt sich, als ich meine Oberschenkel links und rechts an seine Beine presse. Seine Hände streichen mein Haar über meine Schulter, dann fahren sie meinen Rücken hinab und umschließen meinen Po. Ich küsse Ethans Nasenspitze, bevor ich seine Lippen erobere. Unter mir spannt sich sein Körper merklich an. Sein Mund öffnet sich bereitwillig. Er gewährt meiner Zunge Einlass und lässt sie mit seiner tanzen. Mein gesamter Körper beginnt zu vibrieren. Ich genieße jede einzelne Sekunde, koste sie voll aus. Wenn ich mit Ethan zusammen bin, ihn berühre und küsse, fühle ich mich schwerelos. Mit ihm Zeit zu verbringen, gibt mir das Gefühl, angekommen zu sein. Nie hätte ich gedacht, dass es mir einmal vergönnt sein würde, so zu fühlen. Bevor ich ihm erneut begegnet bin, war ich davon überzeugt, dass es besser ist, allein zu sein. Liebe, Sehnsucht, Nähe oder Geborgenheit habe ich nie vermisst, nie gewollt. Doch jetzt erkenne ich, dass ich all das will. Dass ich es brauche und sich mein Herz danach sehnt. Es möchte sich öffnen, will lieben und zurückgeliebt werden. Von keinem anderen als ihm.

Unsere Küsse werden tiefer, hungriger, wilder. Hitze schießt in meinen Schoß und breitet sich von dort aus. Mein Atem geht heftiger, ebenso Ethans. Als er seine Lippen von meinen löst, sieht er mich eindringlich an. Wie schön er ist. Ich nutze die

Atempause, um die obersten Knöpfe seines Hemdes zu öffnen. Mit den Fingerspitzen fahre ich über die feinen Haare auf seiner Brust. Ich spüre sein Herz wild pochen. Die Wölbung unter seiner Jeans drückt gegen meine Mitte. Zu spüren, dass er mich will, versetzt mich in einen Rausch. Mit flinken Fingern mache ich die restlichen Knöpfe auf, um seinen nackten Oberkörper zu bewundern. Ethans Bauchmuskeln spannen sich unter meiner Berührung an. Ich kann nicht anders, ich muss jeden einzelnen berühren, seine Härte erkunden. Dann lehne ich mich langsam zurück und öffne seinen Gürtel. Er zieht die Brauen zusammen, doch er lässt mich gewähren. Erst als ich den Reißverschluss seiner Jeans aufziehe und mit meiner Hand in seine Shorts gleiten will, greift er nach mir und hält mich fest.

Überrascht halte ich inne. »Was ist?« Plötzlich bin ich wieder siebzehn Jahre alt. Meine alte Verbündete, die Unsicherheit, ist zurück. Will er mich etwa nicht? Bin ich nicht gut genug für ihn?

Er senkt die Lider, scheint zu überlegen, dann blickt er mich an. »Ich ... warte.«

Ich gebe ein amüsiertes kleines Lachen von mir. »Worauf?«

»Ich möchte nichts überstürzen«, sagt er ernst.

Seine Worte überraschen und verunsichern mich gleichermaßen. »Das hat sich aber gerade ganz anders angefühlt.«

Doch sein Blick lässt mich verstummen. Es ist ihm ernst, das merke ich. Doch verstehen kann ich es nicht. Die Zurückweisung fühlt sich wie ein Hieb an. Getroffen lasse ich von ihm ab und rücke ein Stück zurück. Bevor ich mich von ihm lösen und aufstehen kann, legt er seine Hände an meine Hüften und hält mich fest.

»Bitte versteh mich nicht falsch, Robyn. Du bist umwerfend. Und ich will dich. Sehr sogar.«

»Aber?«

Er umfasst meine Oberschenkel und hebt mich von seinem Schoß. Vorsichtig setzt er mich neben sich ab, schließt seine Jeans und den Gürtel und nimmt meine Hände in seine. »Wenn ich mit jemandem schlafe, dann hat das etwas zu bedeuten. Ich genieße jeden Moment mit dir, Robyn, jede Berührung und jede

Zärtlichkeit. Du machst mich halb wahnsinnig. Ich bin regelrecht süchtig nach dir. Aber ich möchte, dass wir mehr Nähe zueinander aufbauen und uns besser kennenlernen, bevor wir diesen Schritt gehen. Du sollst mir zu hundert Prozent vertrauen und dich ganz fallenlassen können. Kannst du das verstehen?«

Das ist mit Abstand das Schönste, was je ein Mann zu mir gesagt hat. Es geht ihm nicht darum, den Moment auszukosten und unserer Sehnsucht nachzugeben, sondern um mich. Um meine Gefühle. Jetzt, da ich seine Beweggründe kenne, fühlt sich der Rückzieher nicht mehr wie eine Abweisung an, sondern vielmehr wie eine Wertschätzung. Und das ist etwas völlig Neues für mich. Wieder ist er ganz offen zu mir und deshalb möchte ich es auch sein. »Ich möchte dir etwas sagen.« Während ich meinen Mut sammele und nach den richtigen Worten suche, streichelt Ethan sanft über meinen Handrücken. Kurz ringe ich mit mir, dann entscheide ich mich dazu, das Fundament meiner Schutzmauer einzureißen und meine Gedanken freizulegen.

Ethan hält meinem intensiven Blick stand und ermutigt mich mit einem Nicken, zu sprechen. Scheu greife ich nach seiner Hand und lege sie in meine. Mich einem Mann körperlich zu nähern, fiel mir immer leicht, aber mich emotional zu öffnen, ist etwas völlig anderes. »Ich will mit dir zusammen sein, Ethan. Das will ich wirklich.«

»Das möchte ich auch.«

»Aber ich hatte noch nie eine richtige Beziehung. Ich weiß nicht, wie das geht. Ich habe Angst davor, noch einmal verletzt zu werden. Ich könnte es nicht ertragen, dich zu verlieren. Und ich will dich nicht enttäuschen.«

»Das könntest du gar nicht.« Er führt meine Hand, die seine hält, zu seinem Mund und küsst meine Fingerspitzen. »Ich kann dir nicht versprechen, dass wir ein hollywoodmäßiges Happy End haben werden. Aber ich schwöre dir, für dich da zu sein, dich zu respektieren und an deiner Seite zu stehen. Ich habe nicht vor, dir wehzutun oder dich abzuweisen. Im Gegenteil – ich will der Mann sein, der dir den Glauben an die Liebe zurückgibt und der dich endlich glücklich macht. Du hast es verdient. Ich kann an nichts anderes mehr denken, als an dich, und ich bin fest davon überzeugt, dass wir beide zusammengehören. Damals genauso wie heute.«

Seine Worte locken eine Gänsehaut auf meine Arme. Sprachlos sehe ich ihn an.

»Lass es uns langsam angehen, okay? Wir haben alle Zeit der Welt.«

Ich und langsam angehen? Fast hätte ich gelacht. Doch Ethans aufrichtiges Lächeln drängt meine Zweifel zurück. Er zieht mich zurück auf seinen Schoß und legt beide Hände an meine Wangen. Ich möchte nicht mehr und nicht weniger, als von ihm geliebt zu werden. Mit all meinen Makeln und all meinen Fehlern. »Okay«, hauche ich. Und so lege ich mein Herz in Ethans Hände, in dem Wissen, dass er gut darauf achtgeben wird.

36. Kapitel

Am nächsten Morgen bringe ich es kaum übers Herz, mich von Ethan zu trennen. Der Abend und die Nacht waren unglaublich schön. Wir haben bis weit in die Morgenstunden geredet und einander an den vergangenen zehn Jahren des jeweils anderen teilhaben lassen. Ich hätte für immer in seinen Armen liegen bleiben und die Welt um uns herum ausblenden können. Aber ich möchte die Zeit in Mayfield auch nutzen, um sie mit meiner Familie zu verbringen.

»Ruf mich an«, bittet er, bevor er mich in einen innigen Abschiedskuss zieht. Ich verspreche es ihm mit einem weiteren Kuss. Dann mache ich mich auf den Weg zurück.

Ich suche meine Mutter im ganzen Haus und finde sie schließlich im Garten. Eingekuschelt in einen dicken Cardigan sitzt sie mit einer dampfenden Tasse Tee auf der Gartenmauer und hängt ihren Gedanken nach.

»Darf ich dich stören?«

Als mich Mom bemerkt, hellt sich ihr Gesicht auf. Sie nickt und klopft auf den breiten Stein neben sich. »Wie war es bei Ethan?«

Die bloße Erwähnung seines Namens reicht aus, um ein Feuerwerk in meiner Brust zu entzünden. Während ich nach den richtigen Worten suche, schleicht sich ein wissendes Lächeln auf Moms Züge. Ertappt senke ich den Kopf und beginne mit einem Grashalm zu spielen, der zwischen den Ritzen des Gesteins hervorragt.

»Dein Dad und ich haben uns dazu entschlossen, von hier wegzuziehen.«

Das kommt völlig unerwartet. Mein Mund klappt auf, doch im ersten Moment weiß ich nicht, was ich dazu sagen soll.

»Wir hätten uns schon viel früher für diesen Schritt entscheiden sollen. Ich ertrage die Engstirnigkeit der Menschen in dieser Stadt nicht mehr.« Ihre Wangen verfärben sich, ein sicheres Anzeichen dafür, dass meine sonst so friedliebende Mom wütend ist. »Es ist wie damals mit diesen Fotos.« Ihre Stimme nimmt einen zerbrechlichen Tonfall an. »Auf der Straße grüßen sie freundlich, nehmen mich in den Arm und sagen mir, wie leid ihnen alles tut.« Sie stellt die Tasse ab und knetet ihre Hände. »Und hinter unserem Rücken beschimpfen sie unsere Familie aufs Schlimmste. Diese Leute nennen sich Nachbarn und wollen unsere Freunde sein, aber in Wirklichkeit setzen sie Gerüchte in die Welt, lästern und tratschen und machen alles immer schlimmer.«

Als ich Tränen in ihren Augen schimmern sehe, werde ich von meinen Schuldgefühlen übermannt. »Es tut mir so leid.«

»Nein!«, sagt sie aufgebracht. »*Dir* muss überhaupt nichts leidtun. Du hast nichts verbrochen. Damals nicht und heute auch nicht. Diese Aasgeier können es dir nicht zum Vorwurf machen, dass du als Teenager hereingelegt und gedemütigt wurdest. Und sie haben auch kein Recht dazu, dich für dein Liebesleben zu verurteilen.« Mom schiebt sich das Haar hinter die Ohren und nickt entschlossen. »Mit Francis ist es genau dasselbe. In der Mall erkundigen sich die Leute nach ihr und beglückwünschen mich zu ihrem Erfolg. Aber kaum habe ich ihnen den Rücken zugewandt, ziehen sie über mein Kind her, dichten ihr sonst was an und werden von ihrem Neid zerfressen. Ich habe die Nase gestrichen voll von Mayfield.«

Ich nehme ihre Hand und drücke sie leicht. »Aber deshalb gleich wegziehen?« Mein Blick schweift zum Haus. »Ihr liebt euer Heim, den Garten und die Aussicht.«

»Schatz, das ist doch alles nicht von Bedeutung.«

»Aber wo wollt ihr denn hin?«

»Francis hat gute Kontakte nach Arcadia. Dad und ich können dort in einem Versicherungsunternehmen anfangen.«

»Ihr wollt in den Verwaltungsbezirk von Los Angeles ziehen?«, frage ich überrascht.

»Warum nicht? Wir wären näher bei Fran und auch bei dir. So

wie es aussieht, scheint es unsere Familie ohnehin in den *Golden State* zu ziehen.« Ihr rechter Mundwinkel schiebt sich leicht nach oben.

Ich bin überrascht, aber die Vorstellung gefällt mir.

»Nächste Woche sehen wir uns ein kleines Haus an. Für unseres gibt es auch schon einen Interessenten.«

»Wow, Moment mal. So schnell?«

»Es ist gut so, Robyn.« Mom blickt an mir vorbei zur Hintertür, aus der Francis in den Garten heraustritt. Als sie uns sieht, hebt sie die Hand zum Gruß. Mom erwidert die Geste. »Ein Neuanfang ist genau das, was dein Dad und ich jetzt brauchen. Wie war es bei Ethan?«, wechselt Mom plötzlich das Thema.

Ich beiße mir auf die Lippen, ehe ich ein leises »Sehr schön«, herausbringe.

»Dann ist es also etwas Ernstes?«

»Ich glaube schon.«

Moms Augen leuchten.

In diesem Moment stößt Francis zu uns und setzt sich neben mich. »Schönen Abend gehabt?«, fragt sie mit einem anzüglichen Grinsen.

»Es ist was Ernstes!«, verrät Mom ungefragt.

Francis stößt einen kleinen Jubelschrei aus und nimmt mich überschwänglich in die Arme. »Robyn hat einen Freu-heund, Robyn hat einen Freu-heund!«, trällert sie so laut, dass es sicher bis ins Haus zu hören ist. »Nein, im Ernst. Ich freue mich für dich bis zum Mond und wieder zurück. Ab jetzt geht es wieder bergauf, du wirst sehen.«

Ein schmales, aber dennoch hoffnungsvolles Lächeln schiebt meine Mundwinkel nach oben. »Daran glaube ich fest«, stimme ich meiner Schwester zu. »Nach dem Trubel der letzten Tage, meiner Kündigung und der Klage kann es nur noch besser werden.« Die Worte sind aus meinem Mund gepurzelt, bevor ich sie zurückhalten kann.

»Welche Klage?«, fragt Mom verdutzt.

Oh, shit. Als ich nicht sofort antworte, bohrt Francis ihren Zeigefinger in meinen Brustkorb. »Na los, spuck's aus.«

Ich überlege fieberhaft, wie ich die Situation herunterspielen kann, doch Mom hat mich längst durchschaut. »Versuch gar nicht erst, mich anzulügen, Robyn Samantha Ward! Ich sehe es dir an der Nasenspitze an, wenn du im Begriff bist zu lügen.«

Francis greift nach meinen Oberarmen. Sanft, aber doch bestimmt hält sie mich fest. »Na los. Du weißt, dass du uns alles erzählen kannst.«

Seufzend gebe ich mich geschlagen. »Das Unternehmen, dem die *Good Morning USA* und der Sachbuchverlag gehören, in dem meine Biographie erscheinen sollte, hat mich wegen meiner Lügen über Nummer neunundneunzig und der geplatzten Veröffentlichung verklagt.«

Mom verschränkt die Arme vor der Brust. Offenbar wartet sie auf weitere Erklärungen. »Nach dem Lügenskandal, in den die Zeitung letztes Jahr verwickelt war, legen sie großen Wert auf absolute Ehrlichkeit. Ich habe dafür unterschrieben, den Ruf des Unternehmens nicht durch Vorspiegelung falscher Tatsachen zu gefährden. Leider war ich so naiv zu glauben, dass die Wahrheit sowieso nie ans Licht kommen würde, als ich mir den kompletten Post ausdachte.« Beschämt sehe ich zu Boden. »So ging es schon länger. Das halbe Buchmanuskript war frei erfunden.«

»Wie viel?«, will Mom wissen.

»Mom, bitte ...« Doch der Blick meiner Mutter ist ernst und unnachgiebig. Unter ihm fühle ich mich, als wäre ich wieder zehn Jahre alt und hätte heimlich die Schokoladenvorräte im Küchenschrank geplündert.

»Wie viel wollen sie haben?«, fragt sie noch einmal mit mehr Nachdruck.

»Hunderttausend«, murmle ich.

Mom schnappt nach Luft. »*Hunderttausend* Dollar? Das ist ein schlechter Scherz!«

»Leider nicht.« Mein Oberkörper kippt nach vorn, als ich ihrem bohrenden Blick erneut ausweiche.

»Wie um alles in der Welt willst du jemals so viel Geld auftreiben? Hast du dir einen Anwalt genommen?«

Ich spare mir die Mühe, sie darüber aufzuklären, dass ich nicht über die Mittel verfüge, um mir einen leisten zu können. Das kommt davon, wenn man den ersten größeren Scheck, den man in den Händen hält, sofort verprasst. *Bravo, Robyn.*

»Ich gebe dir das Geld«, sagt Francis unvermittelt.

Mom sieht meine Schwester ebenso ungläubig an, wie ich es tue.

»Nein«, lehne ich ab. »Kommt gar nicht infrage.«

»Ich will nicht, dass du dich bis an dein Lebensende verschuldest. Oder hast du vielleicht eine Idee, woher du einhunderttausend Dollar nehmen willst?«

Darauf habe ich keine Antwort und das weiß sie.

»Dachte ich mir. Mir tut es nicht weh und du bist deine Sorgen los. Wo ist das Problem?«

Hoffnungsvoll sieht Mom meine Schwester an. »Das würdest du wirklich tun?«

»Natürlich.«

»Nein, Fran. Das ist viel zu viel Geld.« Allein, wenn ich an die Summe denke, wird mir schwindelig. Ich könnte das niemals wieder gutmachen.

»Weißt du, wie viel ich mit der letzten Staffel von *All the Beautiful Girls* verdient habe?«

Ich sage nichts dazu. Mom schweigt ebenfalls. Wir haben nie darüber geredet, was Francis verdient. Geld war immer ein heikles Thema in unserer Familie. Als Fran und ich klein waren, hatten wir nicht viel und jetzt ist meine Schwester ein gefeierter Hollywoodstar. Ich glaube, dass wir im Grunde ihres Herzens immer Moms kleine Mädchen bleiben werden und sie das Thema deshalb nie auf den Tisch brachte. Jedes Mal, wenn Francis versuchte, über Geld zu reden, lenkten meine Eltern das Gespräch in eine andere Richtung. Aber natürlich leben sie nicht hinterm Mond und wissen, dass bei einer solch erfolgreichen Produktion Summen im Millionenbereich an die Hauptdarsteller fließen.

Wann immer Fran versuchte, ihnen ein Geschenk zu machen, das ihr eigenes Portemonnaie sprengen würde, lehnten unsere

Eltern vehement ab. Weder zu ihren Geburtstagen noch an Weihnachten durfte Francis ihre Kreditkarte überstrapazieren. Eine Einladung zum Essen war das höchste der Gefühle. Ich bin die Einzige in dieser Familie, die es zuließ, dass Fran ihr etwas zusteckte. Es muss Mom also eine Menge Überwindung kosten, jetzt Francis' Hilfe für mich in Anspruch nehmen zu wollen. Doch nun bin ich diejenige, die sich mit ihrem großzügigen Angebot nicht wohlfühlt.

»Ich kann das nicht annehmen. Ich würde mich dir auf ewig verpflichtet fühlen und will nicht, dass die Sache zwischen uns steht.«

Mom lässt meine Bedenken einen Moment auf sich wirken, dann nimmt sie meine Hand. »Robyn, ich weiß, dass du stolz bist und deine Angelegenheiten allein regeln willst. Aber lass dir bitte von deiner Schwester helfen. Hunderttausend Dollar sind kein Pappenstiel. Du hast gerade erst deinen Job verloren. Hast du Ersparnisse?«

»Ein paar hundert Dollar befinden sich noch auf meinem Konto«, antworte ich kleinlaut. Wir wissen beide, dass ich damit nicht weit kommen werde.

»Pass auf, wie wäre es damit: Ich besorge dir einen Anwalt und wir sehen, ob wir auf irgendeinem anderen Weg aus der Nummer herauskommen«, bietet Francis an.

Moms Gesicht hellt sich auf.

Ich knabbere unschlüssig auf meiner Unterlippe herum. »Was soll das bringen?«

»Vielleicht kann der Anwalt einen Vergleich erwirken? Oder er findet ein Schlupfloch in diesen Verträgen«, erklärt Mom hoffnungsvoll.

Francis nickt zustimmend. »Bitte, Robyn. Lass mich dir helfen.«

Ich habe ohnehin keine wirkliche Wahl. Dass sich Francis so sehr für mich einsetzt, bedeutet mir viel. Sie würde mir ihre Hilfe nicht anbieten, wenn sie nicht zu einhundert Prozent hinter mir stünde.

»In Ordnung.«

Francis ist kurz davor, in einen Jubelschrei auszubrechen, als ich sie unterbreche. »Ich weiß noch nicht wie, aber ich werde dir jeden Penny für den Anwalt zurückzahlen, hörst du?«

Lächelnd winkt sie ab. »Wie du willst.«

Als Dad wenig später aus der Stadt zurückkehrt, essen wir gemeinsam zu Mittag. Im Hintergrund plätschert irgendeine Promisendung im Fernsehen vor sich hin. Die Stimmung ist fröhlich und ausgelassen. Meine Eltern sprechen von ihrem bevorstehenden Umzug und der neuen Firma, auf die sie sich merklich freuen, als plötzlich Francis' Name blechern durch die Küche hallt und unsere Aufmerksamkeit auf sich lenkt. Mein Magen zieht sich schmerzhaft zusammen, während mein Blick wie festgeklebt am Bildschirm haftet.

»... ist es nun offiziell: Die Rolle der Lucy Jackson, die seit Serienbeginn von Francis Ward gespielt wird, soll in der nächsten Staffel nicht mehr dabei sein. Einer internen Quelle zufolge wolle sich das Produzententeam auf diese Weise von den Sexskandalen distanzieren, die Wards Ruf durch den Sexblog ihrer älteren Schwester Robyn Ward schädigen. Nachdem Francis bereits eine Kinorolle aus demselben Grund abschreiben musste, dürfte das ein weiterer herber Schlag für den jungen Serienstar sein.«

Francis' Gesicht ist zu einer ausdruckslosen Maske erstarrt. Das Bild wechselt und zeigt nun mehrere Screenshots von *One Hundred Lovers.* Blogpost Nummer neunundneunzig wird gut lesbar eingeblendet, während die Sprecherin verkündet: *»One-Night-Stand Nummer neunundneunzig selbst war es, der das Geheimnis um die Identität der berüchtigten Bloggerin in der letzten Woche lüftete. Unserer Reporterin verriet Neunundneunzig, der eigentlich Logan White heißt, weitere Details über die Nacht ...«*

Der Satz reißt in der Mitte ab, als Dad den Fernseher ausschaltet. Mom ist kreidebleich geworden. Francis' Augen füllen sich mit Tränen. Eine halbe Unendlichkeit lang sind wir gefangen in der Schockstarre des soeben Gehörten, bis sich Mom räuspert und ihrer Wut Luft macht.

»Hört das denn nie auf? Reicht es nicht, dass diese Schmierfinken in den dunkelsten Stunden unserer Familie herumgewühlt und vertrauliche Gespräche und Dokumente breitgetreten haben? Haben die denn gar keinen Respekt? Ich verstehe das nicht. Und was ist dieser Logan White nur für eine Person, dass er immer und immer wieder die Öffentlichkeit wegen eines One-Night-Stands sucht?«

»Darling, beruhige dich«, bittet Dad sie sanft.

»Moment mal.« Langsam kehrt Francis in die Realität zurück und sieht erst Mom, dann mich mit geweiteten Augen an. Ihre Stimme ist kaum mehr als ein Krächzen. »Sagtest du gerade Logan White?«

Ich antworte an Moms Stelle. »Ja. Das ist wohl der echte Name von Nummer neunundneunzig.« Ich stutze, als ich bemerke, dass er sich mir damals ebenfalls unter falschem Namen vorgestellt hat. »Er hat mich angerempelt und nicht lockergelassen, bis er mich als Entschuldigung zu einem Drink einladen durfte«, rede ich langsam weiter. Erst jetzt fällt mir auf, wie merkwürdig das alles war.

Francis keucht.

»Was ist? Warum schaust du so schockiert?«, frage ich sie, während ich noch immer zu begreifen versuche, was das bedeutet.

Ihr Gesicht verdunkelt sich für einen Sekundenbruchteil, dann schiebt sie die Augenbrauen eng zusammen. »Weil ich ihn kenne.«

37. Kapitel

Zu dritt starren wir auf das Display von Francis' iPad, auf dem uns das Porträtfoto eines dunkelhaarigen, sehr attraktiven Mannes Anfang vierzig entgegenlächelt. Er trägt ein weißes Hemd, dessen oberste Knöpfe geöffnet sind, darüber ein marineblaues Sakko. Das pechschwarze Haar ist leicht gewellt, der Bart etwas länger, als ich ihn in Erinnerung habe. Und doch würde ich ihn überall wiedererkennen.

Mom stößt einen empörten Laut aus. »Das ... also das ist einfach die Höhe.«

Francis schweigt. Sie zieht es stattdessen vor, den Mann auf dem Bild mit ihren Blicken zu erdolchen. Ich selbst bin noch viel zu überrumpelt, um auf irgendeine Weise zu reagieren.

Vor zehn Minuten fanden wir heraus, dass Logan White ein alter Schauspielkollege von Francis ist. Er war das Date, von dem sie mir bei meinem letzten Besuch in Los Angeles erzählen wollte. Aber das ist noch nicht alles.

»Dieses miese kleine Arschloch.« Die Fingerknöchel meiner Schwester färben sich weiß, als sie die Hände zu Fäusten ballt. »Wenn ich den Kerl in die Finger kriege, kann er was erleben!«

»Bist du ganz sicher, dass er ...?«, fragt Mom an mich gewandt.

»Ja«, bestätige ich leise. »Das ist Neunundneunzig.« Mein Brustkorb fühlt sich seltsam ausgehöhlt an.

»Der Kerl heißt weder Logan White noch Leonard Montgomery. Beides sind Pseudonyme, die er manchmal im Internet benutzt. Sein richtiger Name ist Trevor Dundee«, erklärt Francis mit düsterer Miene. »Wir lernten uns vor fünf Jahren beim Casting zu *All the Beautiful Girls* kennen und freundeten uns an. Doch als er keine Rolle bekam, verloren wir uns wieder aus den Augen.« Sie senkt die Lider, kneift sich in die Nasenwurzel, und sieht mich dann wieder an. »Seit ein paar Wochen ist er wieder in der Stadt. Wir begegneten uns zufällig beim Joggen und kamen ins Gespräch. Er lud mich zum Mittagessen ein und beglückwünschte mich zu meinem Erfolg in der Serie. Trevor erzählte von seinen letzten Rollen, die nicht so groß ausfielen, wie er es sich erhofft hatte. Wir gingen öfter miteinander aus, ich mochte ihn.« Der letzte Halbsatz verklingt leise. »Trevor erzählte mir, dass er in den letzten Jahren wieder als freier Journalist für verschiedene Magazine arbeitete, um über die Runden zu kommen. Dabei griff er eines seiner Pseudonyme auf.« Sie holt tief Luft, und erst in diesem Moment begreife ich die ganze Tragweite der Situation. Ich wurde von einem Reporter hereingelegt, der es von Anfang gezielt auf mich abgesehen hatte. Meine Nackenhärchen stellen sich auf. »Es passt alles zusammen«, fährt Francis fort. »Seine hartnäckigen Annäherungsversuche, die Fragen über meine Familie. Er wusste auch, dass ich an dem Abend vor anderthalb Wochen mit Robyn zum Essen verabredet war. Trevor muss geplant haben, Robyn abzufangen und eine nette kleine Story daraus zu basteln.« Sie lacht bitter auf. »Und ich dumme Kuh wunderte mich noch darüber, warum er sich plötzlich nicht mehr bei mir meldete. Dabei war ich nur Mittel zum Zweck.«

»Aber wenn Trevor-Logan-Leonard es gezielt auf mich abgesehen hatte, muss er ja vorher gewusst haben, dass ich hinter *One Hundred Lovers* stecke? Wie hätte er das wissen können?« Die Story mit dem aus der Tasche gefallenen Führerschein muss er sich ausgedacht haben. Wenn ich mich richtig erinnere, hatte ich meine Ausweisdokumente im Wagen gelassen.

Francis' Blick huscht zu mir. »Er muss meinen Laptop gecheckt haben.« Sie schlägt die Augen nieder, holt tief Luft und reibt sich die Schläfen. »Okay, von vorne: Wir waren verabredet. Ich fuhr direkt von einem Shooting in die Bar und ...« Sie sieht mich reumütig an. »... habe vielleicht ein wenig zu viel über dich erzählt.«

Ich schlucke meine brennenden Fragen runter und warte darauf, dass sie weitererzählt.

»Wir sprachen über unsere Geschwister und dabei erwähnte

ich, dass sich unsere Beziehung in den letzten Jahren verändert hat. Und dass du ein Hobby hast, mit dem ich nicht ganz glücklich bin. Ich glaube sogar, dass ich von einem Blog sprach, aber ohne seinen Namen oder genauere Details zu nennen.«

»Und wie kam er an deinen Laptop?«, frage ich.

»Ich gebe zu, dass ich an dem Abend ein paar Cocktails zu viel hatte. Trevor-Schrägstrich-Logan brachte mich mit dem Taxi nach Hause. Wir haben uns zum Abschied geküsst.« Ein wehmütiges Lächeln legt sich auf Francis' Lippen. »Es ist lange her, dass ich mich so zu einem Mann hingezogen fühlte. In der Aufregung des Abends habe ich mein MacBook auf der Rückbank vergessen. Ich hatte es ausnahmsweise dabei, weil ich in den Drehpausen ein paar Dinge für die Stiftung erledigen wollte. Eigentlich arbeite ich sonst nur von zu Hause aus damit. Deshalb ist es auch nicht passwortgeschützt.«

»Hattest du die Website des Blogs geöffnet?«, will Mom wissen.

Francis windet sich ein wenig, dann schüttelt sie den Kopf. »Schlimmer. Ich führe darauf Tagebuch.«

»Oh fuck.« Es rutscht mir einfach so heraus.

Francis' Mundwinkel fallen herab. Sie sieht todtraurig aus. »Ich weiß noch, dass der Akku ziemlich weit unten war und ich deshalb dachte, dass Trevor schon nicht herumgeschnüffelt haben wird. Meine größte Sorge war, dass er meine albernen Schwärmereien über ihn gelesen haben könnte. An Robyn habe ich gar nicht gedacht. Trevor versicherte mir hoch und heilig, den Laptop nicht angerührt zu haben, als er ihn mir am nächsten Tag zurückbrachte, aber das war offenbar gelogen. Eines muss man ihm lassen: Er ist ein sehr talentierter Schauspieler. Vielleicht hat er den Laptop selbst wieder aufgeladen und dann gewartet, bis der Akku erneut gesunken ist. Ich meine: halb L.A. besitzt ein MacBook mit passendem Ladekabel.«

Damit hat sie leider recht.

»Es ist meine Schuld, Robyn. Ich habe alles aufgeschrieben, über dich, den Blog, die ganzen Männer. Trevor wusste durch mich über dich Bescheid.«

Im ersten Moment bin ich wie vor den Kopf geschlagen. Dann ringe ich mich zu einem Lächeln durch und nehme Francis' Hand. »Er hat uns beide verarscht, Fran.«

Sie schüttelt entschieden den Kopf. »Ich hätte misstrauischer sein müssen. Welcher Kerl datet dich bitteschön wochenlang, gibt sich die größte Mühe und meldet sich dann von einem auf den anderen Tag nicht mehr?« Sie schlägt die Hände vors Gesicht und stöhnt erstickt auf. »Wie kann man nur so blöd sein?«

»Mach dir keine Vorwürfe, Fran. Ich will mit dem Thema abschließen. Soll er erzählen, was er will.«

»Dann bist du mir nicht böse?«, fragt sie zerknirscht.

Ich schüttele den Kopf. »Ich mache mir vielmehr Sorgen, welche Auswirkungen die ganze Sache auf dich hat. Deine Rolle ...«

Wir verfallen beide in Schweigen, bis Francis mit entschlossener Miene vom Tisch aufsteht. »Ich fliege übermorgen zurück nach L.A. und spreche mit den Produzenten. Sie sollen mir ins Gesicht sagen, dass sie mich nicht mehr dabeihaben wollen.« Ihr Blick wandert zu Mom, Dad und weiter zu mir. »Ich will die letzten Tage in Mayfield mit euch genießen. Lasst uns das Thema vergessen und stattdessen eine schöne Zeit haben.

»Das klingt gut«, pflichtet Dad ihr bei. »Nur meine Mädchen, meine zauberhafte Frau ...«

»Ich will Ethan kennenlernen!«, platzt es plötzlich aus Mom heraus.

Völlig überrumpelt starre ich sie an. »Was denn? Etwa jetzt?«

»Abendessen morgen bei uns?«, schlägt Dad begeistert vor.

»Abendessen?«, gebe ich verdattert zurück.

»Super Idee! Ich muss den Kerl, der das Herz meiner Schwester erobert hat, unbedingt treffen«, mischt Francis sich ein. »Robyn und ich gehen einkaufen. Mom kocht, wir helfen dir. Dad sucht den Wein aus. Deal?«

Sie hebt die Hände zum High Five und meine Eltern schlagen schneller ein, als ich protestieren kann. Wann haben sich die drei das denn bitte ausgedacht? Ethan und ich haben gestern erst beschlossen, unserer Liebe eine Chance zu geben, und nun soll er gleich meine Familie kennenlernen? Jeden anderen Mann würde ich mit einer so kurzfristigen Einladung in die Flucht schlagen, davon gehe ich jedenfalls aus. Aber Ethan ist nicht wie andere Männer. Er ist einzigartig. Und genau deshalb gehört ihm mein Herz. Aber bestimmt würde er sich genauso überfahren fühlen wie ich gerade. Oder?

Als ich verdattert zwischen den dreien hin und her schaue, beugt Fran sich so nah zu mir, dass nur ich die folgenden Worte hören kann.

»Komm schon. Das wird nett. Außerdem warten unsere Eltern seit Jahren darauf, dass eine von uns endlich mal einen festen Freund mit nach Hause bringt.«

Dass ausgerechnet ich die Erste von uns beiden sein würde, die ihren Wunsch erfüllt, hätte wohl niemand vermutet – am allerwenigsten ich. Mein Blick schweift zu Moms hoffnungsvollem Gesichtsausdruck und Dads breitem Lächeln. Ach, was soll's. Ich tue ihnen den Gefallen und stimme zu. Währenddessen hoffe ich inständig, dass mir Ethan den kurzfristigen Überfall verzeihen wird.

38. Kapitel

Als ich Ethan am nächsten Morgen anrufe und ihm um den heißen Brei herumstotternd mein Anliegen schildere, bricht er in schallendes Gelächter aus.

»Machst du Witze? Beefsteak und Apple Pie? Natürlich komme ich!«

Mein Magen dreht einen Looping und ich atme erleichtert aus. »Wirklich?«

»Dafür werde ich sogar den Rest des Tages fasten, auch wenn mich mein Magen hassen wird.«

»Spinner«, gebe ich lachend zurück. Mein Blick fällt auf den Einkaufswagen, den Francis fleißig befüllt und ich runzele die Stirn. »Meine Schwester muss glauben, dass du ein ausgehungerter Bär bist. Anders kann ich mir die Mengen, die sie gerade einkauft, nicht erklären.«

Franny zwinkert mir zu, dann schiebt sie den Wagen fröhlich pfeifend weiter. In diesem Augenblick schallt ein zischendes Geräusch durch die Gänge. Aus dem Augenwinkel nehme ich eine Gruppe Frauen wahr, die eng beisammenstehen und die Köpfe zusammengesteckt haben. Ihr nicht gerade unauffälliges Getuschel hinterlässt ein mulmiges Gefühl in meiner Magengegend. Ich höre die Worte *Francis, Sex* und *Skandal* deutlich heraus und muss hart schlucken.

»Alles in Ordnung?«, fragt Ethan am anderen Ende der Leitung besorgt.

Eine der Frauen zeigt ungeniert mit dem Zeigefinger auf Francis.

»Der übliche Kleinstadtmist«, antworte ich düster. »Wir werden begafft wie die Tiere im Zoo.«

Bevor Ethan etwas erwidern kann, dreht sich Francis blitzschnell um die eigene Achse und streckt in einer Tada-hier-binich-Pose die Arme aus. »Was gibt's, Ladys? Noch nie zwei scharfe Schwestern bei Walmart gesehen?«

Die Lästermäuler verstummen abrupt. Mit großen Augen und offenstehenden Mündern gaffen sie meine Schwester an. Ethan lacht leise. Er muss sie gehört haben.

Doch Francis ist noch nicht fertig mit ihrer kleinen Show. »Was ist los? Hat es Ihnen die Sprache verschlagen?« Sie stemmt die Hände in die Hüften, setzt ein diebisch-falsches Lächeln auf und läuft seelenruhig auf die Frauen zu. Diese treten automatisch einen Schritt zurück. Eine von ihnen stößt mit dem Rücken gegen einen M&Ms-Aufsteller. Etliche Tüten purzeln zu Boden.

»Oder möchten Sie vielleicht ein Autogramm? Kommt ja nicht so oft vor, dass gleich zwei berühmte Personen im selben Supermarkt einkaufen.« Sie tritt so nah an die Frauen heran, bis ihre Nasenspitze die der am weitesten vorne stehenden fast berührt. Es handelt sich um diejenige, die gerade mit dem Finger auf Fran gezeigt hat. Sichtlich unwohl knetet sie die Hände vor dem Bauch.

»Schon gut«, murmelt sie. »Kein Grund, ausfällig zu werden.«

Francis stößt ein derart hohes Lachen aus, dass sich noch zwei Gänge weiter die Köpfe nach ihr umwenden. »*Ausfällig werden?* Wer, ich? Wer beglotzt uns denn und lästert hinter unserem Rücken über uns? Wollen Sie vielleicht Ihr Smartphone zücken und ein paar verpixelte Bilder für die Boulevardpresse aufnehmen? Ich bin mir sicher, dass die Journalisten eine schöne Story daraus basteln werden.« Sie hebt die rechte Hand und fährt damit eine imaginäre Headline in der Luft nach. »Großes Versöhnungsessen bei den Ward-Schwestern: Können Süßkartoffeln und Steaks den Familienfrust aus der Welt schaffen?«

Nun muss sogar ich prusten. Die Damen hingegen ziehen Gesichter, als hätte Francis sie gerade mit stinkender Knoblauchsoße übergossen. Als ihnen nach fünf Sekunden immer noch keine Erwiderung einfällt, nickt Francis ernst. »Dazu fällt Ihnen nichts ein? Dachte ich mir.« Sie klopft der Dame, der sie gegenübersteht, kumpelhaft auf die Schulter. Diese zuckt unter der unerwarteten Berührung zusammen und blickt meine Schwester mit angstgeweiteten Augen an.

»Einen schönen Einkauf wünsche ich noch.« Damit dreht sich Fran um und kehrt zurück zum Einkaufswagen, den sie fröhlich vor sich hin summend durch den nächsten Gang schiebt.

»Also eins muss ich deiner Schwester ja lassen«, reißt mich Ethan aus meiner Starre. »Sie hat Eier.«

»Die hat sie definitiv«, stimme ich mit einem amüsierten Kopfschütteln zu.

Ethan beendet das Gespräch mit den Worten, dass er sich auf das anstehende Dinner freut und es kaum erwarten kann, mich wiederzusehen. Ich versichere ihm, dass es mir genauso geht. Dann eile ich meiner Schwester hinterher, bevor sie noch mehr unnötige Massen an Lebensmitteln in den Wagen stopft. Schließlich wollen wir keine Footballmannschaft verköstigen.

Als wir die Einkäufe kurz darauf im Kofferraum von Dads Wagen verstauen, beginne ich mir ernsthaft Sorgen um Francis' Zurechnungsfähigkeit zu machen.

»Denkst du nicht, dass das ein bisschen viel ist? Ich meine: Wer zum Teufel soll das alles essen?« Mir dreht sich schon beim bloßen Gedanken an die Unmengen Fleisch und Gemüse der Magen um.

Unbeeindruckt packt Francis Tüte Nummer vier ins Auto. »Wart's ab. Das wird köstlich! Morgen bist du mir dankbar für die übrig gebliebenen Reste.«

Das bezweifle ich zwar, behalte meine Einwände aber für mich. Schweigend helfe ich ihr dabei, die restlichen Tüten in den Wagen zu wuchten, danach schließt sie die Kofferraumklappe. Plötzlich breitet sich eine Gänsehaut auf meinen Armen aus. Mit einer unguten Vorahnung wende ich mich nach links um. Mir wird unfassbar heiß, bevor ein kühler Schauer über meine Haut fährt. Wenige Meter von unserem Wagen entfernt öffnet sich eine Autotür und gibt den Blick auf den letzten Menschen frei, den ich in diesem Leben sehen will. Er sieht anders aus als früher. Das tief in die Stirn gezogene Basecap und der unordentliche Bart haben ihn mich fast nicht erkennen lassen. Doch seine Augen werde ich nie vergessen. Diese Augen, die mich während meiner gesamten Highschool-Zeit verfolgten und abschätzig anstarrten. Heute blicken sie müde und erschöpft. Seine Muskeln sind verschwunden. Stattdessen spannt sich ein Bäuchlein unter dem viel zu engen Chargers-Trikot. Mit einer seltsamen Mischung aus altbekannter Furcht und unkontrollierbarer Neugier beobachte ich ihn beim Aussteigen. Vor zehn Jahren hätte ich meinen Hintern darauf verwettet, dass der große Bobby Bane später einen schicken Sportwagen fahren würde. Hauptsache schnell, auffällig und kostspielig. Einen mausgrauen Minivan hingegen habe ich nicht erwartet.

»Was ist? Bist du eingeschla...« Francis folgt meinem Blick und verstummt. »Ist das ... Bobby? Was will der denn hier?«

»Einkaufen?«, gebe ich lahm zurück.

»Er ist direkt nach der Highschool weggezogen. Soweit ich weiß, können seine Eltern an einer Hand abzählen, wie oft er sie seitdem besucht hat.«

Da haben wir ja etwas gemeinsam. Welch Ironie.

»Scheiße, sieht der fertig aus.« Mit vor der Brust verschränkten Armen und einem ablehnenden Gesichtsausdruck sieht Francis dem Schrecken meiner Jugend dabei zu, wie er den Kofferraum öffnet und eine Rampe herauslässt.

»Was tut er da?«

Das kleine Mädchen, das in dem wuchtigen Rollstuhl sitzt, den Bobby auslädt, kann kaum älter als sechs sein. Ihr Kopf lehnt abwesend an der Kopfstütze, über ihren Beinen liegt eine selbstgenähte bunte Patchworkdecke. Ihr Anblick schnürt meine Kehle ab. Als sie Bobby ansieht, breitet sich ein winziges schiefes Lächeln auf ihren Lippen aus, das er um das Hundertfache verstärkt erwidert. Bobby kniet sich vor den Rollstuhl und legt seine Hände auf die Knie des Mädchens. Seine müden Augen leuchten, als er zu ihr spricht. »Daddy kauft dir etwas Schönes, in Ordnung?«

Überrascht schnappt Francis nach Luft. »Oh mein Gott. Er hat ein Kind.«

»Ein behindertes Kind«, erwidere ich heiser. Meine Sicht verschwimmt. Ich will die beiden nicht anstarren, aber ich schaffe es nicht, wegzusehen. Mein Kopf ist immer noch damit beschäftigt, diesen Mann mit dem Bobby von früher zusammenzubringen. Jahrelang habe ich mich davor gefürchtet, ihm zu begegnen, aus Angst vor seinen Sprüchen, die mich mehr gequält haben, als alle anderen zusammen. Und plötzlich hat Bobby Bane, der Junge, der mich damals tyrannisierte und demütigte, der der Grund für unzählige Tränen und noch mehr schlaflose Nächte war, gerade all seinen Schrecken verloren. Während ich ihn mit seiner kleinen Tochter beobachte, ziehen sich meine Eingeweide zu einer zähen Masse zusammen. In mir regt sich tiefes Mitgefühl. Doch es geschieht auch noch etwas anderes. Etwas, das ich nie für möglich gehalten hätte: Ich schließe meinen Frieden mit Bobby Bane.

39. Kapitel

Um Punkt sechs Uhr abends klingelt es an der Tür. Mom erledigt die letzten Handgriffe in der Küche und Francis deckt gerade den Tisch, der zur Feier des Tages extra ins Wohnzimmer geräumt und auf die doppelte Größe ausgezogen wurde. Dad zieht sich oben um. Ich eile zur Tür und öffne einem nervösen Ethan. Er hält einen Strauß Blumen in der Hand und lächelt schief.

»Hallo, schöne Frau.«

Ich ziehe ihn an mich und küsse ihn stürmischer, als ich mir vorgenommen hatte. Ethan lacht in unseren Kuss hinein. Er wirkt augenblicklich gelöster.

»Komm rein.« Als ich nach seiner Hand greife, erwacht ein Schwarm Schmetterlinge in meinem Bauch zum Leben und wirbelt wild durcheinander. Ich führe ihn in den kleinen Flur, wo er seine Schuhe und die Jacke auszieht, und staune nicht schlecht, als ein türkisgrünes Hemd darunter zum Vorschein kommt. Der Ton unterstreicht die intensive Farbe seiner schönen Augen. Bisher kannte ich Ethan nur in seinem Arbeitsoutfit und einfachen T-Shirts.

Als er meinen Blick bemerkt, grinst er. »Gefällt's dir?«

Zur Antwort ziehe ich ihn in den nächsten Kuss, länger diesmal und zärtlicher. Mit einem zufriedenen Brummen löst er sich wieder von mir. »Ich werte das als ein Ja.«

Mein Dad stößt zuerst zu uns. Er begrüßt Ethan mit festem Händedruck und ernstem Gesicht. Unter seinem väterlichen Röntgenblick verrutscht Ethans Lächeln leicht, doch als Dad ihm kumpelhaft auf die Schulter klopft und zu seinem hervorragenden Frauengeschmack gratuliert, ist das Eis gebrochen.

Angelockt von der angeregten Unterhaltung über Autos, in die sich die beiden prompt verstricken, eilt Mom aus der Küche herbei und strahlt erst mich, dann Dad und zum Schluss Ethan an. »Hallo Ethan. Wir freuen uns, dass du hier bist. Schön dich kennenzulernen.« Sie hält sich gar nicht erst mit steifen Begrüßungsfloskeln auf, sondern umarmt ihn herzlich.

Hinter ihrem Rücken sieht mich Ethan erstaunt, aber ebenso glücklich an. »Ich habe zu danken. Es freut mich ebenfalls, Sie kennenzulernen, Misses Ward.« Lächelnd überreicht er ihr die Blumen. »Für Sie.«

Mom stößt einen freudigen Laut aus, als sie den Strauß an sich nimmt. »Vielen Dank, die sind wunderschön. Aber Ethan?«

»Ja?«

»Bitte nenn mich Lydia«

»Und mich Dave«, ergänzt Dad.

»Sehr gerne. Vielen Dank.«

Hinter Ethans Rücken taucht Francis auf und reckt ihren rechten Daumen in die Höhe. In der anderen Hand hält sie ein Weinglas.

»Ich gebe mich mit Francis zufrieden«, scherzt sie, bevor sie ihm gegen den Oberarm boxt. »Schön dich wiederzusehen.« Die beiden tauschen einen Wir-haben-uns-ewig-nicht-mehr-gesehen-sind-uns-aber-auf-Anhieb-sympathisch-Blick aus, der mein Herz höherschlagen lässt.

Dad legt seinen Arm um Ethans Schultern und führt ihn aus dem Flur. »Hast du Lust, den Wein mit mir auszusuchen?«

»Klar.« Mit den Lippen formt er ein »Bis gleich«, in meine Richtung. Moms Augen glänzen. Sie drückt die Hände auf ihr Herz und seufzt tief.

»Er sieht *so* gut aus.«

»Allerdings«, pflichtet ihr Francis bei.

»Und diese Augen. Das sind keine farbigen Kontaktlinsen oder?«

»Nein«, antworte ich lachend. »Ethans meerblaue Augen waren das Erste, was mich an ihm fasziniert hat.«

»Kann ich verstehen. Er hat sich wirklich gemacht«, stellt Francis anerkennend fest und hakt sich bei mir unter. Während Mom zurück in die Küche verschwindet, führt mich meine

Schwester am Wohnzimmer vorbei zur Treppe. Als sie sicher ist, dass sich meine Eltern und Ethan außer Hörweite befinden, beugt sie sich verschwörerisch zu mir.

»Du hättest mir ruhig sagen können, *wie* heiß er ist.«

»Vorsicht, der gehört mir.« Grinsend knuffe ich sie in die Seite. Francis quiekt kurz auf, dann nimmt sie einen Schluck Wein. Lachend schüttelt sie den Kopf. »Kaum zu glauben, dass du erst siebenundzwanzig Jahre alt werden musstest, bis du deinen ersten Freund mit nach Hause bringst. Ausgerechnet deine Jugendliebe!«

So habe ich das zwar noch nicht gesehen, doch der Gedanke hat etwas. *Meine Jugendliebe*, wie das klingt. Ob unsere Beziehung wohl bis heute Bestand gehabt hätte, wenn wir damals schon ein Paar geworden wären? Die Vorstellung gefällt mir.

Francis nimmt noch einen Schluck. »Ich freue mich jedenfalls sehr für dich. So wie er dich ansieht, erfüllt er dir sicher jeden Wunsch. In jeder Hinsicht«, fügt sie leise hinzu und wackelt anzüglich mit den Brauen, während sie in ihr Glas kichert.

Ich senke den Kopf, während sich meine Wangen erhitzen.

»Mo-o-ment!« Francis' Gesicht schiebt sich vor meines. »Den Ausdruck kenne ich doch. Das ist der Robyn-fühlt-sich-peinlich-ertappt-Blick.« Sie holt tief Luft und stößt die nächsten Worte in einem einzigen Schwall heraus. »Sag bloß, ihr habt noch gar nicht miteinander ...?«

»Francis!«, zische ich. »Nicht so laut.« Ich blicke mich hektisch um, doch niemand nimmt Notiz von uns. »Wir wollen uns Zeit lassen«, murmle ich.

»Wow.« Der Mund meiner Schwester bleibt offen stehen. »Hätte nicht gedacht, dass du das mal sagen würdest.«

Ich schnappe mir ihr Glas, stürze den letzten Rest Wein runter und ziehe sie mit mir auf die untere Treppenstufe. Eng aneinandergeschmiegt nehmen wir Platz. Francis hängt förmlich an meinen Lippen.

»Ethan möchte, dass unser erstes Mal etwas Besonderes wird, und das will ich auch.«

»Das ist so süß!« Sie stützt die Ellenbogen auf ihre Knie und blickt mich mit sehnsüchtigem Blick an. Dann wird sie plötzlich wieder ernst. »Ich wollte noch einmal in Ruhe mit dir sprechen, Robyn, bevor der ganze Trubel losgeht.«

Nanu, was kommt denn jetzt? Und von welchem Trubel redet sie da? Ihr Tonfall verrät mir, dass das folgende Gespräch wichtig ist. »Ja?«, frage ich unsicher und zugleich neugierig.

»Du suchst doch einen neuen Job oder?«

Ich nicke.

»Und, laut deinem letzten Blogeintrag, könntest du dir vorstellen, im sozialen Bereich zu arbeiten, habe ich recht?«

Wieder nicke ich. Mein Herz klopft schneller, als ich zu ahnen beginne, worauf ihre Fragen hinauslaufen.

»Ich könnte Hilfe in der Verwaltung der Stiftung gebrauchen. Es ist nichts Spannendes. Buchführung, Papierkram, Öffentlichkeitsarbeit. Also im Grunde langweilige Büro- ...«

»Ich mache es!«, unterbreche ich sie laut, bevor sie den Satz beenden kann.

»Im Ernst?« Francis' Augen funkeln.

»Natürlich! Es wäre mir eine große Ehre, für *Fight Your Fear* arbeiten zu dürfen.« Ich lege meine Hände auf ihre.

»Du bist die Beste, die ich mir für den Job vorstellen kann, außerdem vertraue ich dir blind und würde mich freuen, mehr Zeit mit dir zu verbringen.«

Dankbar und überglücklich blinzele ich die aufwallenden Tränen weg, die hinter meinen Lidern aufsteigen. »Ich werde dich nicht enttäuschen«, verspreche ich mit brüchiger Stimme.

Wir nehmen uns fest in die Arme, als plötzlich Moms Stimme durchs Haus gellt. »Mädchen! Dave! Ethan! Kommt ihr? Das Essen ist fertig.« Ihr Ruf lässt uns ins Wohnzimmer eilen, aus dem es lecker duftet. Im Türrahmen bleibe ich verdutzt stehen. »Ich glaube, du hattest zu viel Wein, Franny. Ich zähle sieben Gedecke.«

Unschuldig blinzelt sie mich an. »Ich denke, das passt so.«

Dad und Ethan kehren mit zwei Flaschen Rotwein und einer Karaffe Wasser zurück.

»Erwartet ihr noch jemanden?«, frage ich an meinen Vater

gewandt.

Er sieht sich suchend nach Mom um, die mit einer riesigen Schale voll gebratenem Gemüse aus der Küche kommt. »Frag Francis. Sie ist für die Gästeliste zuständig.«

Doch die kichert nur. In diesem Moment biegt ein Wagen in unsere Einfahrt. Mit ausgestrecktem Finger deutet sie darauf. »Da kommen sie ja.«

»Wer?«, platzt es aufgeregt aus mir heraus. Gleichzeitig macht mein Herz einen Satz. Sie wird doch nicht ...? Meine Beine verselbstständigen sich und lassen mich förmlich zur Tür fliegen. Ich reiße sie auf, noch bevor es überhaupt geklingelt hat. Als ich Zelda und Anthony gegenüberstehe, schlage ich die Hände vor den Mund und unterdrücke ein Quietschen. Dann springe ich meiner besten Freundin in die Arme. Gemeinsam brechen wir in schallendes Gelächter aus und drehen uns im Kreis.

»Was macht ihr denn hier? Wo wart ihr überhaupt? Wie geht es euch?« Die Fragen sprudeln alle gleichzeitig aus meinem Mund. Bevor Zelda die Gelegenheit erhält, auf eine von ihnen zu antworten, ziehe ich sie fest an mich. Als ich ihren vertrauten Geruch einatme und ihr Lachen höre, merke ich erst, wie sehr ich sie vermisst habe.

»Francis hat uns eingeladen. Wir waren auf dem Weg zurück nach Silver Springs und gerade in der Nähe.« Sie lässt von mir ab und tritt einen Schritt zurück. Anthony reibt verlegen über sein raspelkurzes Haar, bevor ich ihn ebenfalls umarme.

»Hi, Robyn.« Nachdem er mich wieder losgelassen hat, verschränkt er seine Finger mit Zeldas und blickt gelassen an mir vorbei. Ethan erwidert seinen Blick mit einem knappen Nicken. Das ist wohl Männersprache und bedeutet so viel wie *Schön dich zu sehen. Die Frauen an unserer Seite sind beste Freundinnen, also lass uns mal ein Bier zusammen trinken.*

Mom schiebt sich an Ethan vorbei und reicht Zelda und Anthony die Hand. »Hallo ihr zwei. Kommt rein, das Essen wird sonst kalt und ...«

»Ich sehe nicht ein, warum ich Essen kochen soll, wenn es am Ende doch nur kalt wird«, ruft Francis vom Wohnzimmer aus.

Mom schließt den Mund, schüttelt den Kopf und tritt lächelnd beiseite, um unsere Gäste hereinzulassen.

Im Vorbeigehen drückt Zelda noch einmal meine Hand. Diese Geste gehört zur Beste-Freundinnen-Sprache und steht für *Ich habe dich vermisst, schön, dich wiederzusehen* und – gemessen an Zeldas sehnsüchtigem Blick: *Ich sterbe gleich vor Hunger.*

Ethan versteht sich blendend mit meinen Eltern. Gemeinsam scherzen und lachen sie, als käme er regelmäßig zum Dinner vorbei. Zelda und Anthony bereichern unsere Runde mit Anekdoten ihrer kleinen Reise und Francis spricht über ihre Zukunftspläne. Als sie allen stolz erzählt, dass ich ab sofort für die Stiftung arbeiten werde, besiegeln wir den neuen Job mit einem Glas Sekt. Ich fühle mich so glücklich, frei und leicht wie lange nicht.

Ethans Hand liegt locker auf meinem Oberschenkel. Dann und wann drückt er mich leicht und gibt mir so zu verstehen, dass alles okay ist. Und das ist es auch – sogar noch viel mehr als das. Dies ist der schönste Abend seit langer Zeit. Mit den Menschen zusammen zu sein, die ich am liebsten habe, zaubert ein Lächeln auf meine Lippen und eine angenehme Wärme in meine Brust.

Zwischen Hauptgang und Dessert nimmt mich Zelda zur Seite. »Anthony hat sich auf eine Stelle in der City Library von Groves Hill beworben. Nächste Woche findet das Vorstellungsgespräch statt. Wenn das klappt, kann er noch näher bei seinen Kindern sein.«

Das freut mich zu hören, doch gleichzeitig breitet sich ein Hauch Sorge um meine beste Freundin in mir aus. »Und was ist mit dir?«

»Ich bleibe dir erstmal erhalten, keine Angst.« Zelda lächelt schief. Doch das kleine Wörtchen *erstmal* hallt noch eine Weile in meinem Kopf nach. Mir ist bewusst, dass wir nicht für immer in unserer kleinen Mädels-WG zusammenleben werden, doch der Gedanke, Zelda irgendwann zu verlieren, schmerzt. Aber was heißt schon verlieren? Sie ist und bleibt eine meiner engsten Vertrauten, ganz egal, wohin unsere Wege uns führen werden. Und ich freue mich ehrlich darüber, dass sie und Anthony an ihrer Beziehung festhalten. Die beiden sind füreinander geschaffen und werden ganz bestimmt auch als Teil einer Patchworkfamilie funktionieren.

Mein Blick wandert zu Ethan. Seine meerblauen Augen liegen unverwandt auf mir. Dass er heute hier ist, bedeutet mir die Welt.

Der Abend vergeht wie im Flug. Francis unterhält uns mit Geschichten aus Hollywood, Zelda lacht sich kaputt darüber und meine Eltern wirken so gelöst und entspannt wie schon lange nicht mehr. Jedes Mal, wenn sich Ethan zu mir beugt, um mir vor versammelter Mannschaft einen Kuss auf die Wange zu drücken oder mir zärtlich ins Ohr zu flüstern, wie glücklich er ist, vollführt mein Herz einen kleinen Salto. Ich habe aufgehört zu zählen, wie oft dies in den letzten Stunden vorgekommen ist. Es spielt ohnehin keine Rolle. Dass ich dieses Gefühl erleben darf und den tollsten Mann der Welt an meiner Seite habe, erfüllt mich mit grenzenlosem Glück.

In einer der seltenen kurzen Gesprächspausen räuspere ich mich und lenke damit die Aufmerksamkeit auf mich. Mein Puls beschleunigt sich, als aller Augen auf mir liegen. Ein wenig unruhig rutsche ich auf meinem Stuhl herum, bevor ich tief durchatme. »Ich danke euch für diesen tollen Abend. Dass ihr in dieser turbulenten Zeit an meiner Seite steht und mich so sehr unterstützt, bedeutet mir unglaublich viel.« Meine Augen füllen sich mit Tränen, als ich schwer schlucke. »Ich weiß, dass die letzte Zeit auch für euch nicht einfach war. Ich habe euch von mir gestoßen, verletzt und belogen, und das tut mir aufrichtig leid.« Mein Blick streift jeden einzelnen am Tisch und wird mit Vergebung und Liebe erwidert.

»In der Vergangenheit habe ich Fehler begangen und war nicht gut zu mir. Es hat lange gedauert, bis ich begriffen habe, was ich mir im Leben wirklich wünsche.« Mein Blick streift Ethan, der meine Hand fest drückt. »Ich möchte optimistisch und voller Pläne in die Zukunft starten und meinen Platz im Leben finden. Das geht aber nur, wenn ich die Schatten meiner Vergangenheit endgültig hinter mir lassen kann. Deshalb habe ich beschlossen, erneut in Therapie zu gehen. Und diesmal werde ich sie durchziehen.«

Einen Moment lang erfüllt ergriffene Stille den Raum. Dann steht meine Mom auf und zieht mich wortlos in ihre Arme. Ihre Schultern beben, als sie zu weinen beginnt. Fran kommt zu uns und schließlich auch Dad. Gemeinsam halten wir uns ganz fest, bis Moms Tränen versiegen. Ich möchte sie nie wieder meinetwegen weinen sehen, außer vor Freude.

Vielleicht musste alles, was bisher in meinem Leben passiert ist, genau so geschehen. Alles hat einen Sinn. Das Gute ebenso wie das Schlechte, die richtigen und die falschen Entscheidungen, die ich getroffen habe. Ohne sie wäre ich jetzt nicht hier und könnte nicht bei null starten. Umgeben von den wichtigsten Menschen in meinem Leben. Meinen Eltern, die immer hinter mir standen und mich bedingungslos lieben und unterstützen. Meine Schwester, die mein Fels in der Brandung ist, seitdem ich denken kann. Meine beste Freundin, deren Verrücktheit nur durch ihre Herzlichkeit übertroffen wird. Anthony, den ich mittlerweile stolz zu meinen Freunden zählen darf.

Und natürlich Ethan. Der Junge, der von Anfang an mehr als nur mein Äußeres gesehen hat. Der Mann, der mein Herz im Sturm erobert hat und es zum Rasen bringt – heute mehr denn je. Der Eine, von dessen Seite ich nicht mehr weichen will. Der Mann, den ich liebe.

Meine Vergangenheit, meine Gegenwart und, so hoffe ich, meine Zukunft.

40. Kapitel

In gemächlichem Tempo rollt mein Wagen in die Einfahrt zu Ethans Haus in Georgetown. Ethan schaltet den Motor aus, schnallt sich aber nicht sofort ab. Stattdessen legt er seine Hand auf meine, die auf meinem Oberschenkel ruht. »Du bist so still.« Auf seiner Stirn zeichnet sich eine Furche ab.

Ich schüttle den Kopf und versuche mich an einem Lächeln. »Ich kann nicht glauben, dass alles so schnell ging. Ist es nicht verrückt, dass ein ganzes Leben in so wenige Kisten passt?«

»Es war die richtige Entscheidung.«

»Ich weiß«. Trotzdem ist es ein merkwürdiges Gefühl, zu wissen, dass ich mein Elternhaus nie wieder betreten werde.

»Du kannst deine Mom und deinen Dad jederzeit besuchen. Bis nach Arcadia ist es nur ein Katzensprung.«

»Das stimmt«, gebe ich lächelnd zurück.

Nach dem Abend, an dem uns Zelda und Anthony zum Dinner überraschten, sind Ethan und ich noch vier weitere Wochen in Mayfield geblieben. Sein Onkel Jim hat ihn in der Werkstatt freigestellt und versichert, dass er sich einen längeren Urlaub mehr als verdient habe. In dieser Zeit haben meine Eltern ihren Umzug und den Verkauf des Hauses in die Wege geleitet. Schon morgen werden sie ihre Jobs bei der neuen Versicherung antreten. Mom steckt voller Tatendrang und Dad freut sich auf den Tapetenwechsel.

Ethan löst zuerst meinen Gurt, dann seinen. Bevor ich die Beifahrertür öffnen kann, beugt er sich nach vorn und versperrt mir den Weg. »Würdest du kurz im Wagen warten? Ich muss noch etwas erledigen.«

»Um kurz nach zehn Uhr abends? Nachdem wir über dreihundert Meilen gefahren sind?«

Er lächelt entschuldigend und ich seufze ergeben. »Na gut.

Aber beeil dich. Ich habe da vorhin etwas von einer Flasche Wein gehört, die uns erwartet.«

Ethans Lächeln wächst zu einem diebischen Grinsen heran. »Bin gleich wieder da.«

Ich verschränke die Arme vor der Brust und frage mich, was er wohl vorhat. Keine zehn Minuten später kehrt er zum Wagen zurück und öffnet meine Tür.

»Kann losgehen.« Er reicht mir seine Hand und ich lege meine hinein. Ethan geleitet mich zu seinem Haus, das still und dunkel vor uns liegt. Nur ein schwacher Lichtschein dringt aus dem unteren Stockwerk. Nachdem er mir den Mantel abgenommen und mich ins Wohnzimmer geführt hat, wo ich auf dem Sofa Platz nehme, bedeutet er mir kurz zu warten. Auf dem Schreibtisch brennen ein Dutzend Teelichter und leise Musik erfüllt den Raum. Er kehrt mit zwei Gläsern Wein zurück und reicht mir eines. Als wir anstoßen, sieht er mir tief in die Augen und entfacht damit einen Wirbelsturm in meiner Brust. Ob sich das wohl jemals ändern wird? Ich hoffe es nicht.

»Auf uns, Robyn.«

»Auf uns.«

Schillerndes Blau nimmt mich gefangen, während der erste Schluck meine Kehle hinabrinnt.

Ich sehe zu Ethan, der mich genau beobachtet, und kann meinen Herzschlag bis in meinen Hals spüren. Nach außen hin versuche ich Ruhe auszustrahlen, doch meine zitternden Hände verraten mich. Ethan nimmt sie in seine und küsst jeden Finger einzeln. Langsam nähert sich sein Gesicht meinem. Ich schließe automatisch die Augen. Als unsere Lippen aufeinandertreffen, geht ein Ruck durch mein Inneres. Ethan vertieft den Kuss, und als ich leise in seinen Mund seufze, zieht er mich dichter an sich. Seine Lippen liebkosen die meinen, bevor er weiter zu meinem Hals wandert. Ich lege den Kopf zurück und verliere mich in dem Endorphinrausch, den seine Berührungen in mir auslösen. Ethan streicht mein Haar über meine Schulter und öffnet den obersten Knopf meines Cardigans. Er haucht eine Spur von Küssen auf meine Haut, Stück für Stück immer weiter nach unten, über den Ausschnitt meines Tops bis zur Spitze meines BHs. Ich streife die Jacke ab und lasse mich zurücksinken. Sofort ist Ethan über mir. Seine schönen Augen glühen vor Verlangen. Mir geht es nicht anders. Ich möchte ihn spüren, so nah wie nur irgend möglich. Langsam ziehe ich ihn zwischen meine Beine und schlinge meine Arme um seinen Hals. Er küsst mich gierig, gleichzeitig schiebt er mein Top nach oben. Meine Haut prickelt unter seinen Fingerkuppen. Jeder Zentimeter scheint in Flammen zu stehen.

Ethan streift die Träger meines BHs über meine Schultern und schiebt die Cups nach unten. Mit den Fingerspitzen malt er immer enger werdende Kreise um meine Brustwarzen und beobachtet meine Reaktion. Ich ziehe die Unterlippe zwischen die Zähne und wimmere lustvoll. Kleine Stromstöße durchzucken mein Inneres. Jede Berührung fühlt sich unfassbar intensiv an. Als wüsste mein Körper, dass dieser Moment etwas ganz Besonderes ist. Ethan saugt meine rechte Brustwarze in seinen Mund. Dann öffnet er den Gürtel meiner Jeans. Ich taste mich zu seiner Schnalle vor, doch seine Hand hält meine zurück. Fragend sehe ich ihn an, doch er schüttelt nur leicht den Kopf.

»Lehn dich zurück.« Mit geschlossenen Augen komme ich seiner Aufforderung nach und lasse zu, dass er mich auszieht, bis ich splitternackt vor ihm liege. Hingabe und Bewunderung liegen in seinem Blick, während er meinen Körper betrachtet. Ich fühle mich geborgen, geliebt und schöner als je zuvor.

Er haucht mir einen Kuss auf den Bauch, dann beginnt er, sich selbst zu entkleiden. Ich stütze mich auf die Ellbogen und beobachte ihn dabei. Die Muskeln seines Sixpacks treten deutlich hervor, als er das Shirt über seinen Kopf zieht und ich das Muskelspiel seiner Arme beobachten kann. Ethan ist mit Abstand der attraktivste Mann, dem ich je begegnet bin. Und das liegt nicht nur an seinem Körper.

Er lässt sich Zeit, legt jedes Kleidungsstück behutsam ab. Es ist eine bittersüße Qual, ihm so lange tatenlos dabei zusehen zu müssen, bis auch er endlich nackt ist.

Ich öffne die Beine und warte darauf, dass er sich zwischen

ihnen positioniert. Doch er hat andere Pläne. Er schiebt seine Hände unter meinen Po und hebt ihn an. Dann haucht er heiße Küsse auf die Innenseiten meiner Oberschenkel. Ich lasse mich zurück auf den Rücken sinken und schließe die Augen. Seine Zunge streicht über meine Mitte und lässt mich laut aufkeuchen. Oh mein Gott, hat sich das schon immer so wahnsinnig toll angefühlt? Binnen weniger Sekunden steigert sich meine Lust in ungeahnte Dimensionen. Als er innehält, öffne ich die Augen und blicke direkt in seine.

Wir haben lange auf diesen Moment gewartet. Unsere Körper sollen sich ebenso vereinigen wie unsere Herzen. Ich will ihm alles von mir geben, weil ich weiß, dass ich im Gegenzug alles von ihm bekomme. Und nun ist es endlich soweit. Ich überkreuze die Beine hinter Ethans Rücken und ziehe ihn langsam an mich, während er in mich eindringt. Wir halten beide den Atem an, als wir eins werden. Keine einzige Sekunde bricht er den Blickkontakt ab. Dann küsst er mich. Die Emotionen, die durch meinen Körper wirbeln, sind mit nichts vergleichbar. Ich fühle mich Ethan auf eine Art verbunden, die tiefer geht, als alles, was ich bisher kannte. Ein einziger Blick in seine Augen genügt, um zu wissen, was ich ihm bedeute, ebenso fühlt sich jede seiner Berührungen an, jeder Kuss.

Hier und heute lasse ich das Vergangene hinter mir. Die Einsamkeit, die Sorgen und die Ruhelosigkeit meines alten Ichs. Ich lebe diesen Moment. Begebe mich voll und ganz in Ethans Hände, und lasse mich fallen, mit allem, was ich habe und allem, was ich bin. Es gibt keine Barriere mehr zwischen uns, keine Geheimnisse und keine Grenzen. Unser erstes Mal geht weit über das Körperliche hinaus. Ich spüre, was es heißt, zu lieben und geliebt zu werden. So wie ich bin. Mit meinem Körper, meiner Seele und meinem ganzen Herzen.

Epilog

Ein Jahr später …

»Das war super.« Mit stolzem Lächeln nimmt mich Francis in die Arme.

»Danke«, gebe ich lächelnd zurück. Es fühlt sich gut an, für meine Arbeit gelobt zu werden. Es kommt nicht oft vor, dass mich Francis zu einem Termin begleitet. Ihr voller Terminkalender macht es unmöglich, uns öfter als ein- bis zweimal im Monat für die Arbeit in der Stiftung zu treffen. Umso mehr freue ich mich darüber, dass es heute geklappt hat. Mir hat der Tag in der Schule ebenfalls Spaß gemacht. Mittlerweile kann ich mir keinen schöneren und wichtigeren Job vorstellen, als Schüler über das Thema Mobbing aufzuklären und meine persönlichen Erfahrungen mit ihnen zu teilen. Auch wenn es ein langer Weg bis hierhin war, jeder Schritt hat sich gelohnt. Zu sehen, dass meine Geschichte etwas in den Teenagern bewirkt und sie zum Nachdenken anregt, erfüllt mich mit Stolz und Stärke.

Ein Summen verkündet den Eingang einer Nachricht auf Frans Handy. Sie zieht es aus ihrer Handtasche, wirft einen schnellen Blick darauf und steckt es zurück.

»Ich muss los. Der Flieger geht in drei Stunden.«

»Ruf mich an, sobald du gelandet bist.« Noch einmal drücke ich Francis ganz fest an mich, dann sehe ich dabei zu, wie sie mit beschwingten Schritten davonläuft.

Morgen beginnen die Dreharbeiten für die nächste Staffel von *All the Beautiful Girls*. Entgegen unseren Befürchtungen wurde die Rolle der Lucy nicht aus dem Script gestrichen – im Gegenteil. Das Leben der alleinerziehenden Anwältin nimmt sogar einen größeren Raum ein, als in den vorherigen Staffeln. Ich kann kaum in Worte fassen, wie glücklich und erleichtert ich darüber bin. Nachdem der Shitstorm im letzten Jahr vorübergezogen war, lehnten sich ihre Fans auf und riefen unter dem Hashtag *#SaveLucyJackson* eine Social-Media-Kampagne ins Leben, die weit über die Grenzen der USA hinausging. Über eine Million Fans aus aller Welt setzten sich dafür ein, Francis' Rolle zu erhalten. Die Produzenten, ihre Schauspielkollegen und vor allem Francis selbst waren überrascht, wie hartnäckig die Zuschauer für ihr Ziel kämpften. Heute bekommt meine Schwester mehr Rollenangebote, als sie annehmen kann. Doch neben den zeitintensiven Dreharbeiten für die Serie und der Stiftungsarbeit wählt sie sehr genau aus, welche Projekte sie verwirklichen will.

»Wenn das Interesse an meiner Person eines Tages abnimmt, möchte ich den Menschen nicht nur als Schauspielerin in Erinnerung bleiben«, erklärte sie mir vor wenigen Monaten. »Ich will, dass etwas von mir bleibt. Etwas, das größer ist als du und ich und diese Serie.«

Damals fragte sie mich, ob ich mir vorstellen könnte, die Büroarbeit niederzulegen, um meine persönlichen Erfahrungen vor Ort mit den Schülern zu teilen. Ungeschönt, ehrlich und hautnah. Obwohl ich sofort wusste, dass es genau das ist, was ich tun wollte, dauerte es eine Weile, bis ich meine Ängste ablegen und diesen Schritt gehen konnte. Als ich die ersten Gesprächsrunden an den Schulen vorbereitete, steckte ich gerade selbst mitten in der Therapie und war unsicher, ob es nicht zu früh war. Doch meine Therapeutin ermutigte mich in meinem Vorhaben und half mir dabei, die Gespräche zu strukturieren.

Trotzdem hatte ich Angst. Würde mich überhaupt jemand anhören wollen, nach all dem Schmutz, der über mich geschrieben wurde? Ich glaubte nicht, dass es da draußen Eltern gab, die mich mit ihrem Kind in Kontakt bringen wollten. Zu sehr fürchtete ich, dass der Stempel, den mir *One Hundred Lovers* aufgedrückt hatte, ein Leben lang negativ anhaften würde. Doch ich hatte mich getäuscht. Die Anfragen in Francis' Postfach stapelten sich damals genauso wie heute. Sogar über die Grenzen Kaliforniens hinweg wollen die Menschen meine Geschichte hören.

Es hat eine Menge Mut gekostet, heute hier zu stehen, und ohne eine erneute Therapie wäre ich nicht dazu in der Lage gewesen. Es war hart, mich meiner Vergangenheit zu stellen. Ich vergoss viele Tränen und durchlebte etliche Rückschläge. Doch am Ende konnte ich Frieden schließen und bin nun endlich dazu in der Lage, nach vorne zu sehen. Die Therapie hat mir nicht nur dabei geholfen, die Erlebnisse meiner Vergangenheit aufzuarbeiten, sondern führte mir auch vor Augen, wie sehr sie mich auch zehn Jahre später noch beeinflussten. Ich erkannte, dass ich eine völlig verzerrte Körperwahrnehmung besaß und unter einer Essstörung litt, die es in den Griff zu kriegen galt. Heute kann ich mit Stolz sagen, dass es mir gelungen ist. Ich ernähre mich bewusst und gesund, treibe Sport und habe gelernt, mich so zu akzeptieren, wie ich bin. Ich weiß, dass ich, ohne zu hungern, niemals an die Modelmaße meiner Schwester heranreichen werde, aber das will ich auch gar nicht mehr. Ich genüge mir selbst und das ist das Wichtigste. Ethan liebt meine neuen Rundungen und begehrt mich mehr denn je. Mittlerweile kann ich in den Spiegel schauen, ohne meine Makel aufzuzählen oder vermeintliche Problemzonen zu suchen. Ich nutze Sex nicht mehr als Ventil, um mich besser zu fühlen oder Bestätigung zu erhalten, sondern genieße ihn aus all den vielen richtigen Gründen. Mit dem richtigen Mann an meiner Seite. Dem einzigen, dem ich nahe sein will. Ohne seine Unterstützung hätte ich das nie geschafft.

Gedankenverloren lasse ich die Geschehnisse des vergangenen Jahres Revue passieren, bevor auch ich mich in Bewegung setze.

Es ist Zeit.

Mit jedem Schritt, dem ich mich meinem Ziel nähere, werde ich nervöser. Meine Handflächen beginnen zu schwitzen und mein Atem beschleunigt sich. Gleich werde ich das Ergebnis meiner monatelangen Arbeit zum ersten Mal in aller Öffentlichkeit sehen können.

Die Mall befindet sich nur drei Straßenecken von der Schule

entfernt. Auf dem Weg checke ich noch einmal die Uhrzeit. In einer halben Stunde treffe ich mich mit Ethan. Er wollte es sich nicht nehmen lassen, extra nach Los Angeles zu fahren, um diesen wichtigen Moment mit mir zu teilen.

Als sich wenig später die riesigen Glastüren des Einkaufszentrums vor mir öffnen, kommt mir eine aufgeregt schnatternde Gruppe junger Frauen entgegen. Jede von ihnen trägt eine Tüte der Buchhandlung bei sich.

»Ich muss gleich anfangen zu lesen«, verkündet eine von ihnen.

»Ich auch! Ich bin so gespannt, was danach alles passiert ist.«

Durch die halb transparenten Plastiktüten kann ich das Cover des Buches erkennen, das die drei gekauft haben. Ein Lächeln legt sich auf meine Lippen. Die Frauen sind so vertieft in ihr Gespräch, dass sie mich gar nicht bemerken. Wie gerne würde ich Mäuschen spielen und ihnen beim Lesen in ihre Köpfe schauen können.

Vor den riesigen Schaufenstern bleibe ich mit etwas Abstand stehen. Der Anblick, der sich mir bietet, überwältigt mich. Die gesamte Front wurde mit Plakaten, Aufstellern und natürlich stapelweise Büchern von *One Hundred Lovers – die wahre Geschichte hinter Amerikas berüchtigtstem Blog* dekoriert. Mittig prangt ein Foto von mir. Ethan hat es gemacht. Ich erinnere mich noch genau daran, wie ich mich hinsetzen und in welche Richtung ich den Kopf drehen sollte. Er drückte genau in dem Moment ab, als er einen furchtbar schlechten Witz erzählte und ich lauthals loslachte. Auf ebendiesem Foto strahle ich mir nun offen und befreit entgegen.

Eine weitere Gruppe Frauen verlässt das Geschäft mit meinem Buch in der Hand. Was für ein verrückter Augenblick. Ich habe mich nie wirklich als Autorin gesehen, doch ich muss zugeben, dass mir der Gedanke gefällt.

Als ich beschloss, die Veröffentlichung meiner Autobiographie selbst in die Hand zu nehmen, ahnte ich nicht, wie groß das Interesse an meiner Geschichte sein würde. Zehn Monate sind seitdem vergangen. Nachdem Frans Anwälte einen Vergleich mit Harpers Verlagshaus erzielen konnten, erhielt ich meine Rechte an dem Manuskript zurück. Zuerst wollte ich die Kapitel auf meinem Laptop einfach löschen, doch dann erkannte ich, dass das nicht der richtige Weg war. Viele Fragen blieben offen, auf die meine treuen Blogleser eine Antwort suchten. Allen voran nach dem Mann, der mein Herz erobert hatte. Das Internet war voll von Gerüchten und Spekulationen, die ich nicht kommentarlos stehen lassen wollte. Lange Zeit erzählte ich niemandem von meinen Plänen, das Buch selbst herauszubringen. Erst als ich bereits daran arbeitete, weihte ich Ethan, Zelda, Francis und meine Eltern ein. Sie alle motivierten mich dazu, diesen Schritt zu gehen. Als ich schließlich die nahende Veröffentlichung meiner Biographie vor einem Monat über eine knappe Pressemitteilung verlauten ließ, überschlugen sich die Meldungen. Viele meiner alten Leser meldeten sich in Foren und auf Social-Media-Plattformen zu Wort. Natürlich brachte die Ankündigung nicht nur positive Stimmen hervor, aber mittlerweile habe ich gelernt, mit dem Hass, der im Internet unweigerlich kursiert, umzugehen.

Und nun stehe ich hier und starre meinem überlebensgroßen Ich ins Gesicht. Was für ein surrealer Moment. Nachdem ich mich durch einen leichten Kniff in den Handrücken davon überzeugt habe, dass dies kein Traum ist, betrete ich den Laden und steuere auf einen mittig platzierten Tisch zu, der über und über mit meinen Büchern bestückt ist. Ich nehme eines der Exemplare in die Hand und streiche über die schwarz-weiße Oberfläche mit der erhabenen goldenen Schrift. Die Seiten gleiten mit dem satten Geräusch eines frisch gedruckten Buches, das zum ersten Mal geöffnet wird, auseinander. Der Duft des Papiers jagt ein vorfreudiges Kribbeln durch meinen Körper.

Mit dem Zeigefinger fahre ich die Widmung auf der Vortitelseite entlang:

Für Ethan.
Du bist meine Nummer eins.
Gestern, heute und für alle Zeit.

Ich blättere weiter, überfliege die Überschriften und die Fotostrecke. Beim letzten Kapitel halte ich inne. Es ist das Einzige, das ich im Präsens verfasst habe. Flüsternd lese ich die folgenden Worte: *Es gibt keine Barriere zwischen uns, keine Geheimnisse und keine Grenzen. Unser erstes Mal geht weit über das Körperliche hinaus. Ich spüre, was es heißt zu lieben und geliebt zu werden. So wie ich bin. Mit meinem Körper, meiner Seele und meinem ganzen Herzen.*

Ich habe lange darüber nachgedacht, wie viel ich über Ethan und mich preisgeben soll. Er war es schließlich, der mich dazu ermutigte, alles aufzuschreiben – begonnen mit unserem misslungenen ersten Date, über den Tag, als Zelda ihre Autopanne hatte und unser damit verbundenes Wiedersehen in seiner Werkstatt, bis hin zu dem Abend, als er mich fragte, ob ich bei ihm einziehen will. Ich muss gestehen, dass ein Teil von mir Ethan am liebsten herausgehalten und unsere Liebe für mich behalten hätte, doch dann entschied ich mich dagegen. Ich wollte dieses Buch schreiben, um meine Lebensgeschichte zu erzählen. Die wahre, ungeschönte Story, von damals bis heute.

Vielleicht kann mein Buch dazu beitragen, anderen Frauen zu helfen. Frauen, die nicht daran glauben, dass das Leben auch für sie Liebe bereithält. Jeder Mensch hat es verdient, zu lieben und geliebt zu werden. Doch bevor man sich einem anderen Menschen öffnen kann, muss man lernen, sich selbst zu lieben. Ethan hat mir dabei geholfen. Durch ihn habe ich gelernt, mich mit anderen Augen zu sehen, meine Fehler und Makel zu akzeptieren und mich in meiner Haut wohlzufühlen.

Obwohl dieses Buch voller sexueller Geschichten steckt, ist es doch so viel mehr als das. Es ist meine Geschichte, die Aufarbeitung meiner Vergangenheit. Dieses letzte Kapitel zu schreiben, das von Ethan und mir handelt, war intimer als alle vorangegangenen One-Night-Stands zusammen. Es ist ein merkwürdiges und zugleich befreiendes Gefühl, das mit dem heutigen Veröffentlichungstag einhergeht.

Ich blättere weiter zur Danksagung und überfliege die Zeilen, die ich vor wenigen Wochen erst getippt habe.

Am Anfang der Aufzählung stehen meine Eltern, die heute

stolzer auf mich sind, als je zuvor. Sie verfolgen die Arbeit der Stiftung und sammeln akribisch jeden noch so kleinen Zeitungsartikel und jeden Internetpost, den sie über Francis und mich finden.

An zweiter Stelle steht Zelda, die vor zwei Wochen zu Anthony nach Georgetown gezogen ist. Ihre chaotische kleine Patchworkfamilie wird sich schon in wenigen Monaten vergrößern. Als sie mich fragte, ob ich die Patentante ihrer Tochter werden will, bin ich vor Freude in Tränen ausgebrochen. Anthony nahm mir das Versprechen hab, kein einziges Kleidungsstück in den Farben Rosa oder Pink zu kaufen. Natürlich werde ich mich daran halten – vorerst jedenfalls. Mein Geschenk zur Geburt liegt schon fertig verpackt in meinem neuen Zuhause: ein schwarzer Strampler mit dem Bandlogo der *Broken Teacups* auf der Vorder- und dem Songzitat, das die beiden als Tattoo auf der Haut tragen, auf der Rückseite.

An dritter Stelle nenne ich meine ehemalige Kollegin Jasmine Lorde, durch deren Mut sich schließlich noch drei weitere Lehrerinnen trauten, Mister Jones wegen sexueller Belästigung am Arbeitsplatz anzuzeigen. Er wurde mittlerweile verurteilt und wird nie wieder einen Fuß in eine Schule setzen. Jasmine leitet jetzt die Silver Springs Elementary School.

Als Nächstes nenne ich Francis, die mir dabei half, meinem Leben eine neue Richtung zu geben und durch meine Arbeit für die Stiftung Gutes zu bewirken. Sie hat sich dafür eingesetzt, dass die besten Anwälte des Staates Kalifornien für mich kämpften. Mit deren Hilfe erhielt ich nicht nur die Rechte an meinem Manuskript zurück, sie sorgten außerdem dafür, dass die Mitarbeiterin der psychotherapeutischen Praxis, die vertrauliche Dokumente und Aufnahmen an die Presse herausgab, verurteilt wurde und nie wieder das Vertrauen ihrer Patienten missbrauchen wird.

Das Verhältnis zu meiner Schwester ist heute enger denn je. Auch für sie habe ich dieses Buch geschrieben. Mit dem Erlös will ich meine Schulden bei ihr zurückzahlen. Ich freue mich auf alles, was die Zukunft für uns und *Fight Your Fear* bereithalten wird. Ich glaube fest daran, dass unsere Arbeit dabei hilft, Mädchen wie die kleine Melissa vor den Schikanen ihrer Mitschüler zu schützen, und deshalb ist meine Arbeit so viel mehr als ein Job. Sie ist eine Herzensangelegenheit.

Zum Schluss bedanke ich mich bei Ethan – für seine Unterstützung, sein Vertrauen in mich und den unerschütterlichen Glauben an unsere Liebe.

Als ich seinen Namen lese, spüre ich ein vertrautes Kribbeln im Nacken und hebe den Kopf. In diesem Moment betritt er das Geschäft. Seine Augen strahlen, als er die Auslage sieht. Überschwänglich nimmt er mich in die Arme und wirbelt mich herum. Ein paar Köpfe wenden sich nach uns um, manche Kunden lachen. Als er mich wieder auf dem Boden abgesetzt hat, küsst er mich, als hätten wir uns seit Wochen nicht gesehen. Dabei habe ich erst vor wenigen Stunden unser Zuhause verlassen.

»Wie fühlt sich das an?«

Ich lecke über meine Lippen und grinse breit. »Unfassbar gut, wie immer.«

Lachend lehnt er seine Stirn an meine. »Das freut mich, aber eigentlich meinte ich das hier.« Mit ausgestrecktem Arm deutet er auf die Bücherstapel, auf denen mein Name steht.

»Verrückt. Und schön«, gebe ich lachend zu.

Das Kreischen einer Kundin dringt durch den Laden. »Oh mein Gott! Das ist Robyn Ward!« Eine Mitarbeiterin wird auf uns aufmerksam und schlägt die Hände vor der Brust zusammen.

»Miss Ward! Was für eine schöne Überraschung. Sie hätten nicht zufällig Zeit, ein paar Bücher zu signieren?«

Ich werfe Ethan einen amüsierten Blick er. Er tritt zur Seite und deutet mit einer auffordernden Geste an, dass ich loslegen soll.

Aus *ein paar Büchern* wird schließlich eine spontane, mehrstündige Signiersession. Meine Anwesenheit spricht sich schnell herum, als ich beginne, Widmungen zu schreiben und für Selfies mit den Käuferinnen zu posen. Im Minutentakt strömen immer mehr Menschen in das Geschäft, bis mein Buch schließlich ausverkauft ist. Meine Hand schmerzt, ebenso mein Mund vom vielen Lächeln. Aber mein Herz ist randvoll gefüllt mit purem Glück.

Als wir die Buchhandlung verlassen, legt Ethan seinen Arm um meine Taille. »Lass uns nach Hause fahren.«

Ich schmiege meinen Kopf an seine Schulter und brumme zustimmend. Genau das ist es, was ich tun möchte. In unser gemeinsames Zuhause fahren und mich an den Mann lehnen, der mein Leben vervollständigt. Heute, morgen und für alle Zeit.

Danksagung

Ich habe *One Hundred Lovers* mit der schlichten Intention begonnen, einen Erotikroman zu schreiben. Dass die Geschichte um Robyn und Ethan am Ende so viel mehr geworden ist und einen festen Platz in meinem Herzen erobert hat, verdanke ich einer Handvoll Menschen, die ich an dieser Stelle erwähnen möchte:

Bei Franziska Förster und Ingrid Pabst bedanke ich mich für ihren unermüdlichen Glauben an meine Bücher. Dass ihr gemeinsam mit mir auf das Ergebnis hingefiebert und mich stets angespornt habt, hat mir enorme Motivationsschübe verschafft. Danke, dass ihr immer fleißig die Werbetrommel für mich rührt und meine Geschichten weiterempfehlt. Ebenso bedanke ich mich bei Sindy Hattisch, die seit dem ersten Satz neugierig auf die Geschichte war. Ich hoffe, das Ergebnis gefällt euch genauso gut, wie mir.

Meinen Eltern Stephan und Jana Obermeier sowie meinem Mann Andreas Ullrich danke ich dafür, dass sie mir während der arbeitsreichsten Zeit den Rücken freigehalten haben. Seien es Spielplatzbesuche oder lange Spaziergänge mit meiner Tochter, damit ich in Ruhe schreiben konnte, gekochte Mittag- und Abendessen oder eine kleine Auszeit, wann immer ich sie gebraucht habe: Danke für euer Verständnis und eure Hilfe.

Mein allergrößter Dank gilt dem grandiosen Team von Romance Edition. Ich bin überglücklich darüber, dass meine Geschichte bei euch ein Zuhause gefunden hat. Eva Leitold danke ich dafür, dass sie mein Manuskript aufgenommen und das Beste daraus hervorgeholt hat. Deine Wertschätzung und deine motivierenden Worte haben mich zu Höchstleistungen beflügelt und mir gezeigt, dass ich über mich hinauswachsen und das Unmögliche möglich machen kann. Die Arbeit mit dir hat nicht nur unfassbar viel Spaß gemacht, sondern ich habe auch viel dabei gelernt.

Liebe Leser: Vielen Dank, dass ihr dieses Buch ausgewählt und gelesen habt. Wenn euch *One Hundred Lovers* gefallen hat, würde ich mich riesig über eine kurze Bewertung bei Amazon oder Lovelybooks und Co. freuen. Für mich gibt es nichts Schöneres, als zu erfahren, wie meine Bücher bei euch ankommen. Gerne könnt ihr mir auch privat schreiben. Ihr erreicht mich hier:

Mail: Nicole.Obermeier@gmail.com
Instagram: nicole_obermeier

HATE IS ALL I FEEL
von Siobhan Davis

ISBN-Paperback: 978-3-903278-28-8
ISBN-EPUB: 978-3-903278-29-5

Das Leben ist hart und es gewinnen nur die Skrupellosesten ...

Meine Mom hat gegen das System der alten Elite gekämpft und mit ihrem Leben bezahlt – nun bin ich es, die ihr Spiel mitspielen muss, während ich hinter verschlossenen Türen meine Flucht plane.

Trent, Charlie und mein Zwillingsbruder Drew regieren als Söhne der alten Elite die Hallen der Rydeville Highscool mit eiserner Faust. Jeder hält sich an die Regeln, wie es seit Generationen getan wird, und auch ich habe mich perfekt der Rolle angepasst, die ich in diesem Gefüge einzunehmen habe. Alles läuft im zugedachten Rhythmus, bis Cam, Sawyer und Jackson auftauchen. Drei verboten heiße Jungs, die sich die neue Elite nennen und uns den Krieg erklären.

Ich hatte nicht vor, zwischen die Fronten zu geraten. Doch ich habe einen Fehler gemacht und mich in einer verhängnisvollen Nacht auf einen Fremden eingelassen. Ich dachte, mein Geheimnis wäre bei ihm sicher. Heute weiß ich, dass er mein schlimmster Feind ist, und das lässt er mich Tag für Tag spüren. Nun habe ich keine andere Wahl mehr, als zu kämpfen oder zuzusehen, wie meine Welt mit mir untergeht ...

ROCKFORD LEGENDS: SETH
von Kate Lynn Mason

ISBN-Paperback: 978-3-903278-15-8
ISBN-EPUB: 978-3-903278-16-5

Die Frauen liegen dem berühmten NHL-Mittelstürmer Seth Cameron reihenweise zu Füßen, doch ihn interessiert nur eine: die Journalistin Ally Malpasse, die ihm gleich bei ihrer ersten Begegnung einen Korb gibt. Ally ist nicht nur süß, witzig und klug, sie scheint eine verdammte Herausforderung zu sein, der sich Seth nur allzu gerne stellt. Erst nach und nach gestattet sie ihm einen Blick hinter ihre Fassade, und langsam wird ihm klar, warum sich Ally so lange vor ihm verschlossen hat: Sie verbirgt ein Geheimnis, das die schlimmsten Albträume seiner Jugendzeit ans Tageslicht holt. Nun muss Seth entscheiden, ob er bereit ist, seine Vergangenheit aufzuarbeiten, um Ally in ihrer dunkelsten Stunde auffangen zu können ...

R.I.O.S. – Brisante Wahrheit
von Michelle Raven

ISBN-Paperback: 978-3-903278-17-2
ISBN-EPUB: 978-3-903278-18-9

Vor Jahren hat Emily Gray eine furchtbare Entdeckung gemacht und ist in Washington, DC untergetaucht, um sich zu schützen. Als sie einen Brief ihres Freundes Aaron erhält, weiß Emily, dass ihre Zeit abgelaufen ist, denn das Schriftstück wurde nach seinem Ableben an sie verschickt. Aaron war der Einzige, der ihren Aufenthaltsort kannte, und er wurde gefoltert, um diese Information preiszugeben.

Detective Tom Carter beschattet Emily, seit er bei einer routinemäßigen Untersuchung herausgefunden hat, dass sie eine falsche Identität benutzt. Als ein Mordanschlag auf sie verübt wird, den er in letzter Sekunde verhindern kann, wird ihm klar, in welch großer Gefahr sie schwebt. Obwohl Tom nicht mal ihren wahren Namen kennt, fühlt er sich unerklärlich stark zu Emily hingezogen und bietet ihr an, zu helfen. Er bringt sie zu der Sicherheitsfirma R.I.O.S., für die er hin und wieder arbeitet. Dort stellt sich jedoch heraus, dass ihn Emily die ganze Zeit belogen hat ...

LOUISIANA KISSES
Vier Lovestorys und eine Hochzeit
von Laini Otis, Ewa A., Annie J. Dean und Romina Gold

ISBN-Paperback: 978-3-903278-23-3
ISBN-EPUB: 978-3-903278-24-0

Vier herzergreifende Liebesgeschichten in einem Band!

Im Sommer 1999 ließen sich vier Freundinnen ein Tattoo stechen, das ihr Versprechen besiegeln sollte: Sie werden immer füreinander da sein – komme was wolle. 20 Jahre später ist außer der verblassenden Tinte in ihrer Haut nicht mehr viel von ihrem Versprechen übrig. Bis drei Hochzeitseinladungen ins Haus flattern, mit denen Olivia ihre Freundinnen zurück nach Mardi River locken möchte.

Doch die Zeit hat ihre Spuren hinterlassen: Rebels Leben gleicht einer Baustelle, obwohl der Rocksängerin die Welt zu Füßen liegt. Estelle weiß inzwischen, dass Geld allein nicht glücklich macht. Und die geschiedene Ashley hält Männer für treulose Seelen.

Auf dem Weg nach Mardi River müssen sich die Freundinnen nicht nur ihrer Vergangenheit stellen, sondern auch ihr Herz für neue Möglichkeiten öffnen, denn das Leben hat nicht vor, nur Olivia einen Mann an die Seite zu stellen ...